U0904098

梦之湖

Kim Edwards

［美国］金·爱德华兹／著

江洁／译

THE LAKE OF DREAMS

译林出版社

图书在版编目(CIP)数据

梦之湖 / （美）爱德华兹（Edwards, K.）著，江洁译. —南京：译林出版社，2015.11
书名原文：The lake of dreams
ISBN 978-7-5447-5245-9

Ⅰ. ①梦…　Ⅱ. ①爱… ②江…　Ⅲ. ①长篇小说-美国-现代
Ⅳ. ①I712.45

中国版本图书馆CIP数据核字（2015）第000026号

书　　名　梦之湖
作　　者　［美国］金·爱德华兹
译　　者　江　洁
责任编辑　张媛媛
原文出版　Viking, 2011
出版发行　凤凰出版传媒股份有限公司
　　　　　译林出版社
出版社地址　南京市湖南路1号A楼，邮编：210009
电子邮箱　yilin@yilin.com
出版社网址　http://www.yilin.com
经　　销　凤凰出版传媒股份有限公司
印　　刷　江苏苏中印刷有限公司
开　　本　880毫米 × 1230毫米　1/32
印　　张　12.375
插　　页　2
字　　数　310千
版　　次　2015年11月第1版　2015年11月第1次印刷
书　　号　ISBN 978-7-5447-5245-9
定　　价　39.80元
　　　　　译林版图书若有印装错误可向出版社调换
　　　　　（电话：025-83658316）

引 子

虽然已近午夜，一丝不寻常的光亮还是从羊毛织物上的一条缝隙透了进来，像翅膀上的羽毛般摩挲着她的手臂。她的父母在隔壁房间里熟睡，黑漆漆的村子里万籁俱寂，而她，却在这几个小时里一直清醒地躺在那里。这会儿，她爬下了床，踩着脚下粗糙的地板。这几周来，人们所谈论的就只有彗星，谈论着地球将会如何穿过彗星尾巴上那有毒的水汽，谈论着世界将会如何终结。她已经十五岁了，而一整天里，她和她的哥哥都在帮忙用又黑又厚的羊毛织物将屋子封起来——窗、门，甚至是烟囱——到处都是叮叮咚咚的锤子声，他们的邻居也在忙着做同样的事。

她穿过屋子，那奇异的三角形的光亮也随着她的走动忽而照着她身上的这一块，忽而又照到那一块。她穿着那条已经显小的蓝色裙子，老旧的棉布贴着她的皮肤。这个房间位于店铺的上方，虽然很矮，但只属于她一个人。羊毛织物只是松垮垮地挂在窗子上，当她掀起羊毛织物的一角时，整块织物掉了下来，苍白的彗星的光芒瞬时充满了整个房间。她推开窗，深深地吸气，一口，又一口，更深的一口。什么事都没有发生。没有毒气，肺也没有变得灼热——只有湿漉漉的春天，万物生长的气息，还有，远处的大海。

那是奇特的光亮。而那些星座就如同她手上的掌纹，她已非常地熟稔，所以她根本不需要花什么力气就找到了彗星。它是那样地高高在上，珠宝般闪闪发亮，缓缓移动，年复一年，刺激而又矜持。远处传来一只狗的叫唤声，还有小鸡在它们的鸡舍里窸窸窣窣的响动。有个温柔的声音响起，那是她哥哥的声音，还有另外一个人的声音，她也认识；她的心跳因愤怒和渴望而加速。她迟疑了一下。这一刻——将会成为她生活的转折点的这一刻，并不在她的计划之中。然而，将她拉到窗沿边的也并不是一时的冲动。她的光脚丫悬在半空，离花园有着好几码的距离。不过幸好，至少她穿戴整齐了。她故意把羊毛织物松松垮垮地留在那里。这一整天里，她都幻想着彗星，幻想着它那野性十足而又热烈的美丽，幻想着它可能的意义，和她的生活可能会发生怎样的变化。

声音大了起来，于是，她纵身一跃，跳了下去。

第一章

我叫露西·贾勒特。我曾经住在日本一个靠海的小村子里，那时我还不认识那个窗边女孩，还没有回老家，也还没有遇到那些散落的碎片并开始将它们拼凑成整个故事。那一个春天里，小的地震不断发生，而那一晚，我从睡梦中惊醒。外面，鹅卵石铺成的小路上，传来了渐行渐远的脚步声，还有远处隆隆的火车声；我又竖起耳朵听了听，直到我能依稀分辨出海涛的声音。除了这些，万籁俱寂，什么都听不见。吉隆的手轻轻搭在我的臀上，就像早些的傍晚时分，我们还在跳舞时那样。漆黑的厨房里传来柔曼的音乐，我们的步伐渐渐慢下来，慢下来，直到完全停下脚步，我们在充满茉莉花香的空气里亲吻。

我重新躺了下来，蜷起身体，贴近他的温暖。在梦中，我回到了伴着我长大的那个湖边。其实梦中的我并不想回去，但我却真切地回去了。天阴沉沉的，褪了色的绿色小木屋——我之前见到过，但也只是在梦中见过——发了霉，屋顶上枝桠蔓生。小木屋的窗子已经有了裂缝，覆盖着尘埃和雪花，什么都看不见。我走过小木屋，来到海边，踏上厚厚的、半透明的冰层。我一直走啊走，直到我碰上他们。原来有那么多人就生活在那冰层之下。我瞟了一眼，看到了他们，我跪下来，将手掌紧紧地贴在玻璃般的冰层之上——那么厚实，那么清晰，那么冷冽。是我把他们留在那里的，冥冥之中，我就是知道是我做的，是我将他们留在那里那么久。他们的头发在激流中四散漂荡，而当他们的眼睛与我对视时，我看到他们的眼里满是渴望，一如我的眼。

窗帘在不断地颤抖。我紧张起来，纠缠在地震和睡梦之间。然而，那其实只不过是远处的一列火车，渐渐驶入山林之间。已经有一周的时间，每一个夜晚，我都会做这个同样的梦，被震颤的大地惊醒，继而又将过往的一切搅得鲜活起来。这让我回到了我十七岁的那个夜晚。那个狂野而又不安分的我，从基根·弗尔的摩托车后座上滑下来，苹果树开出了丛丛白色的花，宛若我们头顶上的星星。他离开时，我的手指轻抚过他的胸膛，接着，摩托车的引擎声划破夜色，呼啸而去。我转过身，看到爸爸正在花园里。月光下，他的短发中已泛有缕缕银丝；手里的烟头燃烧着，烟气袅袅上升，烟灰缓缓坠落。丁香和早开的玫瑰的香气在黑暗中涌动。你终于回来了，真不错。爸爸说道。不好意思让你担心了。我说。接着就是沉默，空气中有着湖水、肥料和一夜之间从黑色的土壤里冒出来的绿芽的味道；他接着说道：露西，想和我一起去钓鱼吗？怎么样？我们好久没有一起去了。他的话里满是惆怅，我记得小的时候，我会赶在黎明前起床，和他碰头，吃力地拎着那个工具箱，穿过草地，去船那儿。我想去钓鱼，想接受我爸的邀请，但是我更想上楼想念我的基根·弗尔。所以，我转过身，用尖刻的语气说道：爸，得了吧。我已经不是小孩子了。

这就是我和他说的最后一句话。几个小时以后，我在阳光和大家焦虑的说话声中醒来。我跑下楼，穿过被露水打湿的草地，跑到湖边，他们已经将我爸从湖里打捞了起来。妈妈跪在浅浅的水里，用指尖抚摸着爸爸的脸颊。爸爸的嘴唇和皮肤已经发蓝。他的嘴角还留着白沫的痕迹，而他的眼皮则闪着奇异的斑斓色彩。就像一条鱼，我想，多么疯狂的想法，但至少这个想法阻挡住了其他的想法，那些更糟糕的想法，那些我一直以来都没有放下的想法：如果那天我和他一起去钓鱼就好了。如果我在那里就好了。如果我当时答应了他就好了。

我躺在榻榻米上，身边的吉隆叹了一口气，动了一下，他的手从我的臀部滑落。月光照进屋里，在地上投射出一个长方形；和着远处海浪的拍打声，窗帘在微风中沙沙作响。渐渐地，几乎是在不知不觉中，晃动变得剧烈起来。一开始晃动还比较轻微，就像几分钟前火车隆隆驶过时带来的轻颤。接着，放在地上的西藏钟碗[①]开始自动吟唱起来。我收集的小石子也开始纷纷从书架上掉下来，落在垫子上，就像雨声。楼下有什么东西倒下来，摔碎了。我屏住了呼吸，仿佛只要我保持了静止，那么世界就能静止。然而，震动还是越来越剧烈。书架倾斜得厉害，有一些书掉到了地上。接着，一阵剧烈的震动，墙壁在摇晃，地面似乎也开始摇晃，就像有一只巨兽从梦中醒来，翻了一个身；大地仿佛有生命般，地面只不过是它的皮肤，随时都可以起伏变化。

忽然，一切戛然而止，四处一片寂静。远处传来水滴滴入水池的声音。吉隆的呼吸平静而又均匀。

我转过身，晃着他的肩膀。他慢慢睁开了眼睛。这些小地震他已经习以为常，虽然在那个春季，出现了几百次的小震，有的时候一天里就会来上几十次，有些小震甚至连监测地震的仪器都没有检测到；但还有几次地震，就像这次这样剧烈，把我们从睡梦中惊醒。

“地震？”他咕哝道。

“是啊，震级还不低。楼下有东西摔碎了。”

“是吗？好吧，现在已经结束了。外面很安静哟，我们还是继续睡吧。”

他闭上眼睛，把我揽到他的身边。很快，他的呼吸又开始变得深沉而又规律。透过半开的窗户，对街房子屋顶上的远方，我瞥见了稀稀拉拉的星星。“吉隆？”我叫他。他没有回答，于是我溜下榻榻米，下了楼。

有一盆芦荟从厨房的窗台上掉了下来，花盆摔了个粉碎。我烧了一壶水，然后把散落一地的泥土、玻璃，还有摔折的芦荟扫到一起。也许这整条街上的日本家庭主妇都在做着同样的事情，而这让我觉得有点不

---

① 西藏钟碗：又叫喜马拉雅钟碗，是用一块平的含有不同金属的合金敲制而成。——本书注释如无说明，均为译者所加。

安，也有些心酸——的确，我已经太久没有工作了。我不喜欢依赖吉隆，不喜欢没有收入，不喜欢没有一份有意义的工作。我是一名水文学者，研究世界各地的水系，那些在地表的和地下流动的水。我在雅加达遇到吉隆时，已经为一家跨国公司做了近六年的研究工作。一如所有的异国情缘，我们坠入情网，远离了我们熟悉的世界，沉浸在一个完全属于我们自己的世界里，可以任由我们随心所欲。这是唯一一个有意义的地方。这是唯一存在的世界。吉隆曾一直这么说，他会一边这么说一边爱抚着我的全身。第一年，还有第二年，我们真的很幸福。后来我们的合同到期了。在我找到工作之前，吉隆得到了一份工作，乍一看，那是一份他梦寐以求的工程师工作。于是，我们搬来了日本，后来我们才发现，这真的是一个完完全全不同的国度。

我给自己倒了一杯茶，来到前厅，推开百叶窗。夜晚的空气扑面而来，新鲜、清冷的空气。外面还很黑，但是周围已经开始有些嘈杂声；远远近近，水声潺潺，盘碟叮当。窄窄的小巷对面，邻居们正在小声地说着话。

屋子随着一波波的海浪有些轻微的摇晃，紧接着又静下来。我坐在小桌子旁，抿了一口茶，思绪却飘到了第二天，我和吉隆要去山中远足，已经计划很久了。在印尼的时候，在那异国他乡，吉隆和我谈到了婚姻，甚至还谈到了孩子。然而，在那些模糊的幻想中，我永远都有着一份令人满意的工作，或者我会很乐意学习日语、插花，喜欢去那些幽静的地方远足。当时我根本不了解，如果我没有工作，那会是什么样的光景；我们也没有想过，吉隆最终会花那么多的时间潜心于他的工作。最近，我们之间有些问题，常为了一些无谓的小事争吵。我也没有意识到，过去会那样如影随形，一旦我慢下我的脚步，过去的一切就会重新一一浮现在眼前。在经过了三个月的无所事事之后，为了让我在白天能听到除了我自己声音以外的声音，我开始教英文。我带着年轻的学生们散步，在海边停下，教他们一些名词：石头、水、海浪；我是多么怀念曾经的那些日子，那时我总在日常工作中游刃有余地使用着这些名词。有时我发现自己会说一些不着边际的话，一些我认为他们永远都不能理解的话。*恐龙曾经喝的就是这些水，你们知道吗？水会永远不断循环；孩子们，有一天，你们的孙子孙女们也许会喝到你们的眼泪。*

现在，几周之后，我开始思考，这样的一切最终会不会成为我的生活，而不是我之前简单认为的，只是我生活中的一段插曲而已。

房间的另一端，我的手提电脑的指示灯在闪烁。我站起身去收电子邮件，屏幕的光将我的手和手臂映得有些苍白的蓝。一共有十六封邮件，大多数都是垃圾邮件，两封是我在斯里兰卡的朋友发给我的，三封是我在雅加达的前同事发来的，他们寄给我他们在丛林里徒步的照片。我快速浏览了这些邮件，回想起我曾经和这些朋友一起去水上旅行，想起了岸边那些茂盛的植物，还有那些我们用睡莲做的帽子，遮挡住了猛烈的阳光；我好怀念我和吉隆以前的生活啊，可是我们已经回不去了。

家里一连发来了三封邮件。第一封竟然是妈妈的，真让人惊讶。我们经常联系，每年我也都会去看她，尽管每次待的时间都不长。就像老一辈人用长途电话的习惯一样，我妈妈不常写邮件，即使写了，也总是很简要，只说一些重要的事情。多数时候，我们都是在电话上聊天，或者写信给对方，装在那些蓝色的小信封里。我流浪到哪里，她的信就会跟着寄到哪里，而我写给她的信，总会寄到同一个信箱里，就在我从小长大的那个凌乱的房子外面，就在那个叫作梦湖的镇子里。

> 露西，我出了车祸，但只是一个小车祸，你千万别担心。别把布莱克的消息太当真了。当然他也是好意，但是他有些保护过度了，这让我有些抓狂。我几乎可以确信我的腕关节只是扭伤，而不是骨折。医生说等 X 光结果出来就可以确诊了。你不需要为此回家一趟。

我把这封邮件看了两遍，一边想象着妈妈孤单地坐在空无一人的厨房桌子旁，还带着伤。我知道我不该这么想——已经快十年了，我们都已经出发走向新的生活了，至少从表面上看起来是这样——但是我的思绪还是被带回了那一年的夏天，我爸爸去世的那个夏天。那些日子里，我们整天做的都是一些日常琐事，大家都在试图维持一个脆弱的秩序。我们还是按部就班地做着一日三餐，但是却几乎吃不下什么；我们在客厅里进进出出，擦肩而过，但互相却不说什么；我妈妈开始睡在楼下的空房间，她把二楼的每一间房间都锁了起来。整栋房子里一片寂静，寂静的中心就是她的悲伤。而我们都很小心很安静地在她身边走动，尽量不去打扰她的悲伤；如果我允许自己痛哭或是发脾气，所有的一切可能都会分崩离析，所以我只能静静地忍着。甚至一直到现在，我回家时都会发现自己还和以前一样，陷入那个满是失落的世界里。

第二封邮件果然是布莱克的，这让我有些担心。布莱克一整个夏天都住在他的游艇上，他的工作是驾驶梦湖的游船，每两个小时从梦湖的码头发船；冬天的时候，他就会去圣克洛伊河，差不多也做同样的事情。他喜欢用 Skype① 聊天，还不远万里来看过我两次，但是他不喜欢电子邮件，几乎从来不写信。他告诉了我更多有关车祸的细节——是有人违规，他说我妈妈的车子整个都报废了——不过听起来，他并没有像妈妈说的那样保护过度，只不过有些担心罢了。下一封是我的堂妹柔依的信，她看上去倒是有些失控，不过她一直都这样。她出生时我快十四岁了，和我们这些人比起来，她实在是太年轻了，所以有时候我们感觉，她就像在一个完全不同的家庭中长大的孩子。她的哥哥乔伊和我差不多大，继承了家族的名字和财产，我和他一直都不合。但是柔依，现在也才只有十五岁，热爱网络，她觉得我的生活很精彩，充满异国情调。她常常写邮件给我，跟我讲她中学校园里那些夸张的事情，即使我很少回信。

① Skype：一种网上聊天工具。

天快亮了。我站起身，走到窗前。窗外，鹅卵石的颜色已经开始变得明亮起来，呈现出灰色，木制的房子轮廓也在夜色中渐渐浮现。街对面传来水壶碰撞的声音，打断了我的思绪，接着又传来放水的声音。藤本夫人走出来，打扫着她家门前的小径。我走到露台上，向她点头问好。她用力挥舞着她的扫帚——唰、唰、唰——在她停下来之前，我都没有注意到地面又开始晃了。一开始还好，晃动的感觉就像一个巨大的海浪打到了岸上，或是一辆卡车开过街道——但接着就不同了。我和藤本夫人四目相对。晃动越来越剧烈了，她抓住了我的手。

树叶在抖动，地上水坑里的水也在翻腾。藤本家厨房的窗子下面出现了一条细小的裂缝，歪歪扭扭的，一直延伸到了地基那里。我抓着她的手，一动不动地站在那里，想着我妈妈的车祸，想着出事的那一刻，她意识到她无法阻止那辆车冲她撞过来，就像她无法改变月亮的阴晴圆缺。

晃动停止了。从屋子里传出了小孩子的声音，询问发生了什么事。藤本夫人深深吸了一口气，往我身边后退了几步，向我鞠了一躬。她捡起了她的扫帚。她的表情，前一秒才流露真实的感情，瞬间已经恢复，又重新保持了距离。我一个人站在磨得滑溜溜的鹅卵石上。

“你把煤气关了吗？”她问。

“哦，关了！”我回答，“我已经把煤气关了！”我们之间常常会作这样的对话；这句话是我能说的为数不多的标准日语之一。

我转过身的时候，吉隆已经站在门口了，顶着一头乱蓬蓬的头发，套着一件旧的T恤衫，底下穿了条运动短裤。他有一张和颜悦色的脸。他向藤本夫人浅浅鞠了一躬。藤本夫人也回了礼，用日语和他说话，语速很快。她丈夫是吉隆父亲的同学，我们的房子就是向他们租的。偶尔吉隆的父母从伦敦来看我们时——吉隆的母亲是英国人——他们会住在藤本家在附近的另一处公寓里。

吉隆终于又向藤本夫人回礼鞠了躬，走进了房里，我问他：“你们刚刚在说什么？”他从小就在双语环境中长大，可以在两种语言之间转换自如，这让我很是羡慕也有些嫉妒。

“哦，她在跟我讲20年代时的关东大地震[①]。她的一些亲戚在当年的地震中去世了，她说就是因为那样她才会那么害怕，即使是小震来的时候。她害怕火灾。她说如果刚才她抓着你的手吓到了你的话，那她很抱歉。”

“那有什么，没关系啊。”我说，跟着吉隆一起走到厨房，路上顺手拿上了我的空杯子。“地震也让我害怕。可为什么你能这么冷静啊？”

“嗯，地震嘛，要么会停，要么不会停。你其实也做不了什么，不是吗？另外，你看，”他指了指我完全看不懂的报纸继续说道，“头版头条。说是海底有一座岛屿正在形成，接下来情况应该会有所好转。目前只不过是在释放能量而已。”

“太好了。你真会安慰人。”我看着他给茶加了水，动作熟练而又从容。“吉隆，我妈妈出事了。”我说。

他抬起了头。

“发生了什么事？她还好吗？”

“是车祸。应该不严重吧。或者说，车祸其实是挺严重的，但是她人还好。每个人的说法都不一样，不知道该听谁的。”

“啊，怎么会这样啊。你要回去看看她吗？”

我没有马上回答。他希望我去吗？是不是我离开对他而言可以让他如释重负？“我想我还是不回去了。”我终于回答道，“她说她没事。而且，我还得找一份工作。”

吉隆盯着我，就像他能彻头彻尾地看透我。曾经就是那样的眼神深深吸引了我，而如今却让我感觉我像得了幽闭恐惧症。

“下周，下个月，你仍然可以找工作啊。”

---

① 关东大地震：指发生在1923年9月1日11时58分的日本神奈川县的7.9级大地震，共造成伤亡人数约25万。

透过厨房的窗子，我看着隔壁房子的墙壁。

“不，吉隆。我真的不想再拖下去了。我觉得这一阵子我一直无所事事，我都快被逼疯了。”

“嗯，这个嘛，”吉隆坐在桌边，用轻快的语气说道，“倒的确是真的。”

“我很努力地在找了，你一点都不懂。”我咕哝了一句。

吉隆正在剥一只柑橘，他很熟练，剥出来的橘皮完整无缺，就像一只空心灯笼，他头都没有抬。

“那么，那份顾问工作怎么样了——就是关于中国要在湄公河上修建大坝的项目？你有没有跟进？”

“还没。在我‘要做的事情’的清单上。”

“你的清单——露西，你的清单到底有多长啊？”

在回答之前，我深吸了一口气。这几周来，我们一直都在期待这次徒步旅行，所以我不想跟他吵架。“我在调查那家公司。”我终于开口说道。我努力提醒自己，就在几个小时前，我们还在这个房间里跳舞，周围一片黝黑，而空气中充满芬芳。

吉隆递给我几瓣橘子。这些小小的橘子，就长在附近山里的树上，当它们成熟的时候，看上去就像亮闪闪的装饰品。去年秋天我们去那里玩的时候发现了它们，那个时候吉隆刚刚得到这份工作，一切都充满了无限可能。

“露西，你为什么不休息一下，然后回去看看你妈妈？等我去雅加达出完差之后，我也可以在那里跟你碰头。我想去你家，想见见你的妈妈。”

“可是好远啊。”

“如果你打算走路的话，那是有点远。”

我笑出声来，但是吉隆是认真的。他的眼睛，黑玛瑙般的颜色，就像湖底般黝黑，正盯着我。我屏住了呼吸，想起来前一晚，他就是那样凝视着我，一眨不眨，而他的手则轻轻地拂过我的每一寸肌肤。由于工作的原因，吉隆经常要出差。他是工程师，在一家在很多国家都有分公司的公司里负责桥梁设计。这次出差也只不过和之前那么多次的出差一样，他会离家一段时间。但现在，他的工作倒能给我们重新相聚的机会，多么地讽刺。

“难道你就不想让我见见你妈妈吗？”他步步紧逼。

“不是。”我说，的确不是。我捡起了空的橘子皮，托在我的手掌里，好轻。“只不过是时机问题罢了。而且，我妈妈的情况也不是很糟糕。又不是什么紧急情况。”

吉隆耸了耸肩，从蓝色的碗里又拿了个橘子。“有时候，孤独就是紧急事件，露西。”

“什么意思？”

“我的意思是，你最近看上去很悲伤，也很孤独，仅此而已。”

我别过头，有些吃惊地眨了眨眼，不知道为什么，泪水涌上了眼眶。

“嗨。”他碰了碰我的手；他的手指有些黏黏的。“露西，对不起，好吗？我们别烦这个了。一起去山里吧，我们计划好的。”

于是我们便出发了。靠近海边的时候，天气还有些潮湿闷热，但当火车蜿蜒着上山时，天便放晴了，世界变得敞亮而又明快。之前的早春时节，这里漫山遍野都是樱花和李子花，白色的花瓣落在地上，就像给大地铺上了一层地毯。于是我的词汇课上便充满了诗意：树、花、飘落、花瓣、雪。现在这个时候，春天快过去了，海边湿润的土地上，水稻已经开始生长；而在山里，春天依然逗留着。绣球花才刚刚开，那一簇簇的花瓣带着盈盈的浅绿色，慢慢地转成浅紫色和蓝色，密密匝匝地垂在火车的窗子外。

我们徒步走到一个露天的纪念馆，那里雪松成荫。之后，我们来到一个山间小村吃饭，那个村子就建在一座休眠的火山边上。我们的对话轻松而又愉快，就像我们曾经最美好的时光一般。我们走到那个露天温泉的时候，已经快黄昏了。我们在门口分头行动。更衣室里都是松木和水流，静谧、放松，而且几乎没有人。我从头到脚将自己细细擦洗了一遍，让温暖的水流缓缓冲刷我的身体，接着便光着身子走向用岩石砌成的池子。空气很清冷，靛蓝色的天上月亮正在缓缓升起。还有两名女子懒散地靠在光滑的石头上，聊着天，湿漉漉的灰色岩石衬着她们白皙的皮肤，腰部以下的身体没在水下。她们的声音很温柔；还有水流潺潺的声音，也那样温柔。不远处，墙的另一端，传来水花四溅的声音，还有男人们的说话声。

我滑进烟雾缭绕的水里，想象着供给这些温泉的地下河流，想到世界万物都是互相联结着，也想到两年多以前，在雅加达最初的几个星期里，我一个随意的决定是如何决定了我们的生活。那天，我刚在现场察看了一个运河系统回到家，很累，我把行李箱扔在冰冷的大理石地上，什么都不想干，只想冲个澡，来一份*雅加达印尼炒饭*，再喝上一杯酒。我的室友在爱尔兰大使馆工作，当时正准备出门去参加一个派对，她请我一起去，说那里有好吃的，还有好听的音乐。一开始我拒绝了，但在最后一分钟，我改变了主意。如果那天我没有去参加那个派对，我就永远都不会碰上吉隆。

派对在一栋大房子里举行，到处都是欢声笑语和隆隆的音乐。我穿了件深蓝色丝制紧身衣，是订做的，很合身，而且颜色很衬我的眼睛。我在不同的房间里走来走去，谈笑风生。后来，我经过一个安静的阳台，一时兴起，便走出去呼吸下新鲜空气。吉隆正倚在栏杆上，凝视着下方的河流。我迟疑了一下，因为他的状态让我觉得不应该打扰他。但是，他转过了身，冲着我笑了笑，是那种整个脸庞都充满笑意的笑容，温暖而又友善。他问我是否愿意过去和他一起看那条河。

我接受了邀请，走过瓷砖铺砌的地板，站在他的身边，一起倚着栏杆。一开始我们并没有说很多话，我们都被那湍急而又浑浊的水流迷住了。当我们开始聊天时，我们发现彼此其实有很多共同点：除了工作性质相似、同样热爱旅游以外，我们还一般大，而且都对啤酒过敏。我们滔滔不绝，甚至根本没有注意到来来去去的人们，也没有注意到早已空了的酒杯，或是逐渐变化的天气。直到季风雨开始落下——热带的大雨总是突如其来——我们才回过神来。我们对视着，大笑起来。吉隆伸出手，迎向从天而降的大雨。因为我们已经湿透了，所以也没有必要再避到屋里去。我们继续在阳台上聊天，直到雨突然停下来，就像之前突然落下来一样。吉隆陪我走回了家，穿过黑暗潮湿的街道。到我家的时候，他用手掌将我脸上的雨水抹去，接着，吻了我。

一开始，控制我们的关系不往深处发展还比较容易。我已经受够了短暂的远距离恋爱，对于我们这些一天到晚到处跑的人而言，这是无法避免的。后来，雨季又来了。那一年，雨季到来得特别早，而且雨还特别大。雨水冲垮了城市的开放式管道系统，淹没了街道。雅加达的大部分地区都是洼地，在雨水面前不堪一击，而且城市周边的发展——树木被砍伐，绿地的消失——也使得可以吸收雨水的地区越来越少。水位不断上涨。早上鱼儿还在被淹了的花园里游泳，到了中午，客厅里的水位已经上升到了五英寸。我和我的室友看了新闻，洪水冲走了汽车，冲倒了建筑物的门面，还淹没了一整个有着一百四十三名村民的村庄。

洪水开始退去的时候，吉隆和他的两个同事一起组织去一个孤儿院彻底清扫。他开着一辆借来的旧尼桑货车接上了我，穿过整个泡在水里的城市。孤儿院的地上都是泥巴，到处都是各种碎片，一片狼藉，散发着阵阵恶臭。我们干了整整一天，第二天也是，吉隆到处忙个不停，铲泥巴、组织志愿者分派工作。有一次，一个小男孩穿着一件破烂的红色T恤，站在泥里哭，吉隆走到他身边，抱起他，把他带进了屋里。

第二天晚上，他送我回家时，天已经放晴了。我从车上跑下来，摸索着我的钥匙，却不小心滑了一下，我抓住了边上的一棵芒果树，以防跌倒。一堆叶子和树枝掉了下来，还有种子、花粉和干枝丫；之前在孤儿院的清洗工作已经让我很狼狈了，这下更糟糕。吉隆抓着我的胳膊，我们摸索着往里走。*你在发抖，他说，过来。*热腾腾的淋浴下，我们的湿衣服滑落在地。闭上眼睛，他说。他走到我的身后，温暖的水流落在我们的身上。他的手滑进我的头发里，把洗发水抹遍我的每一缕头发，爱抚着我的头皮，按摩着我的肩膀。寒冷和污垢渐渐褪去，我的紧张和不安也渐渐远去。我的手臂在他的碰触下渐渐放松下来。他捧着我的胸，就像捧着花朵，于是，我转过了身。

而现在，我们却在这里，经过了这么多日子，远行了千里。吉隆的声音，他的笑声，穿过隔断温泉的墙壁。我把自己更深地埋进了水里，把头靠在潮湿的岩石上。我的四肢浮在那里，泛着淡淡的光，热气袅袅上升着；对面的女子在轻声交谈着。她们应该是母女，我想，或者是岁数相差很大的姐妹，因为她们的体形看上去很相似，而且举手投足都像是一个模子出来的。我又想起了我的妈妈，一个人坐在她的房子里。

*你最近看上去很悲伤，也很孤独。*吉隆的话言犹在耳，有些伤人，但是我不得不去想这是否是真的。在我爸爸去世后的几个星期，我就离开家去上大学了，那时的我满心漠然，但是下定了决心要离开那样的沉寂，那就像被黑暗的魔法笼罩着的沉寂。基根·弗尔一次又一次地尝试打破那种沉寂，但是我却一次又一次地把他从我身边推开，两次、三次，直到他不再打电话过来。接下来的几年，我一直在四处游荡——从大学到研究生，从好工作跳到更好的工作，经历了一系列的浪漫恋情，把所有的悲伤丢在身后，从来不让自己慢下脚步。一直到现在，在日本，没有了工作，我终于停了下来。

一个接着一个，对面的女子走出了池子，水滴滴答答地滴在了石头上，泛起小小的涟漪。我记起了我的梦境，那些留在冰层底下的脸孔。我爸曾经常常讲故事给我听，而我永远都是故事里的女主角，故事的结尾也永远都是皆大欢喜。对于他的去世我完全没有心理准备。根据验尸报告，当时他失足掉下了河，头部磕在了船上，跌落到水下。一个无法解释也无法挽回的可怕事故。几天之后，他的鱼竿被人找到，缠在沼泽地边的芦苇上。

我出了池子，穿上衣服。但是吉隆还没有出来，所以我便独自沿着一条石子路，随意地闲逛起来。小路沿着一条狭窄的溪流往前，一直延伸到了一个如碗一般圆的池塘，在月光下泛着银色的光芒。我在池边停了脚步。黑暗中，池塘的另一边，有什么东西在动。

这一天里，地震不断，我又一次屏住了呼吸。一只巨大的蓝色的鹭伫立在阴影里，它那长长的腿没入了暗暗的水面，翅膀紧紧贴着它的身体。接着，池塘平静了下来，如云母般闪闪发亮。接着，另外一只小一点的鹭出现在第一只鹭的身旁。我想到了刚刚在温泉里的两名女子，仿佛她们步出温泉之后，便化身成了这安静而又美丽的鸟儿。接着，我听到吉隆呼唤着我的名字，两只鹭展开了翅膀，慢慢地、优雅地飞起来，在水面上投下了它们的影子，之后，便消失在树丛里。

“露西，”吉隆又在叫我，“如果我们动作快一点，我们还赶得上下一班火车。”

随着火车往山下开去，温度开始上升，车窗外的绣球花也渐渐变得越来越成熟，也更加败落，本应缓慢转变的季节仿佛被浓缩在一个小时里。当我们快到达海边的车站时，花儿完全不见了，只剩下光滑的树枝。我们沿着狭窄的鹅卵石小径，慢慢走回了家。蟋蟀在低低地吟唱，地面随着海浪轻微地晃动着。有两次，我停下了脚步。

“是大海吗？”我问。

“也许吧。”

“不是地震？”

吉隆叹了口气，我想他略微有些不耐烦。“我不知道。也许是小震。”

桌上有一盆花翻倒了。几本书散落在地上。我把水擦干净，把花瓣拾起来。就在我站在那里的时候，忽然传来一阵剧烈的晃动，那么强烈，甚至连吉隆都有所动作，他拉着我跑到门口，我们在那里站了几分钟，又开始对脚下大地那变幻莫测、颤抖的特性保持警惕。我也害怕紧接而来的新的一天，害怕那些毫无意义的争吵，还有吉隆出门工作以后包围着我的寂静。我想起那池塘边的鹭，展开它们暗色的翅膀。

“吉隆，”我说，“我想我得回去看看我的家人。”

第二章

两天之后的凌晨，我们便动身去了车站。薄薄的晨雾中，我行李箱的轮子在鹅卵石上高高低低地颠簸着。我们沿着曲折的小路，经过卖水果的小贩，经过贩卖清酒和啤酒的自动售货机，经过有着小型雕塑的寺院花园，还有手工制作豆腐的小店。吉隆一身上班族打扮：白衬衣、黑西装，我曾经嘲笑过他的装扮，但在过去几个月来，这身装扮似乎开始成为了他的身份真实的一部分。我觉得，随着我们留在这里的日子一天天的过去，吉隆离我认识的那个吉隆就越来越远，这是不是仅仅是我的想象呢？抑或是，他只是变得越来越像他自己，之前在我们自己缔造出来的国度生活时，我没有看到的那个他自己？

开往东京的列车行驶了大约一个小时，车上越来越拥挤，我俩也挨得越来越近。车门打开时，我们随着人流拥出了车门，吉隆的手臂勾住了我的手臂，以免我们被人流冲开。一路上我们对彼此都很好，很正式，也很客气。但是在站台上，在行色匆匆的人流之中，在一堆穿着暗色西装的男人中间，吉隆停下脚步，转过身对着我，把一个小包塞进了我的包里。

“是一个摄像头，”他解释道，“这样在我们见不着面的时候也可以聊天。再过两周，我们在你家碰头。”就在那里，在茫茫人海之中，他抱着我的肩膀，亲吻了我。“旅途平安，”他说，“早点打电话给我。”然后，他便消失在了赶车的茫茫人流中。

我在机场大巴上找到了一个座位。虽然我试着记住吉隆的触碰，但是它还是随着窗外闪过的雨景慢慢淡去。我坐下来，开始想接下来的旅程和我的家人。我尽可能每年都回家一趟，但是自从搬来日本之后，这个习惯便被打破了，我已经将近有两年没有回家了。我想，我的血液里有着流浪的基因，至少从我这辈子一直听说的故事中来看的确如此。我的曾祖父，约瑟夫·亚特·贾勒特，在哈雷彗星回归的那一年，也就是 1910 年，还只有十六岁。虽然全世界对于彗星的回归都充满了恐慌，但是他的头脑还是很清醒，而且还很具有冒险精神；那一天晚上，他偷偷溜出了家门，走到了山上的那个教堂，决心要见证历史。当年他正值青春年少，又是一个梦想家，而且和他那不寻常的眼睛一样，他还有一个天赋，传了一代又一代：他能够听懂每一把锁的声音，解开它的秘密。在他手中金属丝的探测下，钟楼门上的锁芯转了一下，咔嗒一声，门闩被推到位，门开了，他沿着破败的石灰岩台阶爬到了屋顶上。夜空里，在那些熟悉的星星之间，哈雷彗星划过了天际。他扬起脸，对着彗星。他想，*这是祝福，是恩赐。*英文中的“轨道”这个词来源于拉丁语，是“轮子”的意思。对于我的曾祖父而言，命中注定他会和他的父亲和祖父那样成为一名车轮工匠，这道奇异的光亮对他而言，就像一个启示。

接下来的日子一如往昔，就是工作、吃饭、睡觉的不断循环，然而，对于彗星的记忆却深埋在他脑海里，萦绕不去，就像白天里隐匿着的星星，就像装在口袋里的闪闪发亮的硬币。后来，就在那年夏天，雷电劈倒了一棵大榆树。我的曾祖父摸着它的树干，一个梦想开始在他心中萌发，明亮而又急不可待，很快，嫩芽便长出了繁茂的枝丫，仿佛是一双手臂般拥抱着他，枝丫上那密实的花朵耀眼得闪闪发亮，温柔地贴着他的皮肤。*做一个大箱子吧。*他似乎听到了一个声音。于是，他取走了一截树干，并把它藏在他邻居的仓库里。接下来整整一年时间里，他偷偷地量着尺寸，锯开并刨平那根木料。他用滚烫的铁条把新锯开的木板定好型，并用皮革做成粗粗的皮带。终于到了可以离开的那一晚，他的心在欢唱、在颤抖。先坐船，接着坐火车，他终于来到了梦湖，那里有他从未谋面的远房表兄，杰西·埃文斯顿——一个只不过是在纸上出现过的名字，正站在站台上，在潮湿的空气中等着他。

总之，故事就是那样的。办理登机手续时，我不禁想，当时他到底是怎样离开的呢，他是如何将他的梦想寄托在那么遥远的未知数上——那时没有电话，没有电子邮件，没有后路。近一个世纪之后，于我而言，距离已经不是什么问题。到达肯尼迪机场的时候，差不多是我前一天从东京起飞的那个时间。机场走道里人声鼎沸，熙熙攘攘。又在空中飞了一个小时之后，大大小小的湖便映入了眼帘：长长的、窄窄的、深邃的蓝色，镶嵌在低矮的山林之中，就像修长的手指。那些湖曾经都是流向北方的河流，在冰川的缓慢作用下，变得更加宽阔，也更加深。我一直凝神看着，直到它们消失在银色机翼的尽头。我回想起那水带来的冰冷、清冽的刺激感觉；还有那一层层渐冷的温度与渐变的颜色，从靠近岸边的浅蓝色，随着湖水越来越深而变成蓝色、青绿色、靛青色，最后变成深蓝色。

之前我已经给我弟弟写了电子邮件，告诉他我要回去。我乘着电动扶梯下到行李提取处时，看到了布莱克已经等在那里，双手插在牛仔裤的口袋里，眼光搜索着下来的人群。看到我的时候，他咧嘴笑了，一边冲我招了招手。从某种程度上说，父亲的忽然去世对于布莱克的打击最大。其实之前他在海运学院混得很好，而且他也在五大湖区的那些大型船只上承接了一些不错的工作，但是每年夏天，他依然会回到梦湖，就像盘桓于一道他永远无法跨越的等待航线。

“嘿，姐。”他说，一边伸出一只手给了我一个拥抱。他是一米九几的大个子，虽然我并不矮，但是我也不得不踮起脚尖才能回他一个拥抱。“妈去看医生了，要不然她也会过来的。”

“她怎么样，还好吗？”

“她还好。最后确诊是扭伤。得绑几个星期的石膏。”

我的包在传输带上转过来，我拿了包，想起来就在一天前，行李服务人员把它从我在日本的那个小小的院子里拿走。真是恍如隔世的感觉。我往租车的地方走去，但是布莱克一把抓住了我的手臂。

“你可以用爸爸的旧车，”他说，“不用租了。”

“真的？那辆雪佛兰羚羊？”我们穿过自动门，在去停车场的路上，我问他，“难道妈妈真的能发动那玩意儿？它在仓库里放了很多年了。”

“是啊，不过还能用。几个月前妈妈把它送去检修了，我猜她可能想卖掉它。已经都检修好了，性能还不错。”

“妈居然会想要卖掉它，好吃惊啊。”

布莱克瞟了我一眼，眼神中带着认真和促狭。他的眼睛遗传了家族的特性，变幻的蓝色中带着一点绿色，还有又长又黑的睫毛。“发生了很多事，跟以前不一样了，露西。你会明白的。现在很多事情都变了。”他把我的行李扔在他的货车后仓。“你怎么样？最近如何？还想念印尼吗？我常常想起上次去那里玩的事。特别是我们一起去过的那个公园，就是有好多野生的树，还有火山的那个。”

在我遇到吉隆之后不久，布莱克来看过我。我们一起去珊瑚礁上玩浮潜，在低洼的热带雨林里徒步。其实那是吉隆的主意，之前他和几个朋友一起去玩过，他觉得布莱克和我应该会喜欢。

“我们玩得很开心，是吧？”

“当然了。虽然那里实在是很潮湿闷热。日本怎么样？我的好朋友吉隆最近还好吗？你们还好吧？你知道我喜欢他。”

“我知道。”吉隆和布莱克很合得来。他们都热爱航行以及和航海相关的一切，也有着同样自由散漫的生活态度，有时候真让我很受不了。他们俩都狂爱红毛丹，那种有着红色绒毛的水果，高高地一垛垛地堆在路边亭子里，像乱蓬蓬的乒乓球一样。我们停下来了五六次，每次都买下一篮。把它们剥开来，里面就是甜甜的透明的果肉。“这次他也会过来，几周之后吧。”

“真的假的？太好了，露西。真高兴能够再见到他。”

“我也是。”我跟布莱克聊起了我在日本的生活，聊起了吉隆，还有那个温泉，持续不断的地震。我滔滔不绝地讲着，我太累了，看到他我又是那么高兴，也很不安，就像每次我回到这个熟悉的地方，这里没有我，可大家的日子依然不紧不慢地过着。布莱克也跟我讲有哪些店开门了，哪些店关了；有些同学生了孩子，有些结了婚，还有些离了婚，诸如此类的一些事情。

我们离开了主干道，开始奔驰在各个湖之间的低地之上。周围的风景是那么熟悉，让我觉得很安心。乡间的车道接着古老的步道，穿梭在郁郁葱葱的林子和田野之间，沿途零星散落着白色的农舍、红色的仓库和筒仓。易洛魁族人[①]曾经就住在这片土地上，他们给这些湖取了名字：长湖、丽湖、福地湖、石湖、轻舟湖、梦湖。独立战争之后，他们的村庄被付之一炬，夷为平地——几乎每隔十二英里左右，都可以看到蓝色和金色的牌子，记录着苏里文将军的暴行。那时，土地被分给了那些打了胜仗的士兵，他们利用漫长的冬天在树林里开垦出了田地，为短暂而又美妙的夏天做好了准备。沿着湖岸，布满了避暑小别墅和简陋的钓鱼营地。不过近几年来，越来越多宽敞华丽的度假屋取代了原先的小别墅和营地。但我们经过的大多数地方还是农场；我们从山坡顶上的地界开始，一路开下山，穿过郁郁葱葱的田野，田野的尽头便是梦湖的边缘，靛蓝的湖水泛着银色的光芒。

“对了，你的老朋友基根也回来了。”

我的心跳了一下，接着心跳加速，多么熟悉的感觉，恍若从前。

“是吗？我已经很多年都没有看到他了。”这倒是，虽然感觉上并非如此。

“是啊。他在原来那个约翰玻璃绝缘体工厂里开了一个工作室，就

---

① 易洛魁族人：美洲土著居民联盟，居住在纽约州。

在湖口边上。工厂的整栋楼都重新翻修过了。里面有餐厅、美术馆。很新潮哪。”布莱克转头看了我一眼说，“你还记得艾芙丽吧？”

“就是你那个老朋友嘛。”

布莱克笑着点了点头。“是啊。我们又在一起了。她现在是一家新素食餐厅的厨师，也在那个约翰工厂的楼里。我有没有跟你讲过，我们第二次分手的时候，她去上了烹饪学校？她的手艺可真是了不得。”

说着说着，我们已经到了环湖路的十字路口，边上就是兵营的入口。梦湖的水很深，很适合战舰训练。第二次世界大战期间，成百上千的家庭被一纸强制征用令赶出了家园，不得不去其他地方安家，他们的房子和仓库被夷为平地，就像之前的易洛魁族人的村落遭受的劫难一样。几乎在一夜之间，小型军用机场、匡西特活动房屋[①]以及武器库在谷物之间拔地而起。平常这个地方人迹罕至，除了偶尔有一些军绿色的车子开进开出，执行着一些神秘的任务。而现在，却有几十辆车子停在绿草如茵的路边，还有一小堆人聚在兵站敞开的大门口。

“出了什么事啊？”

“那是另外一桩大新闻了，”布莱克说，“看到了吧，你离家那么久，都不知道这里发生了些什么事情！那个兵营关了，就在上周。消息倒是三四个月之前就发布了。”

可我还在想着基根，想起以前他骑着摩托车，到这条路时总会加大马力，那时风就会灌满我们的衣袖；所以过了一分钟我才反应过来布莱克在说什么。

“怎么可能啊？那个兵营已经是大伙生活的一部分了啊。”

“是啊，很奇怪吧？这里的经济一直不景气，现在只会更糟糕了。很多人都是在这里工作的。”

我向南望去，沿着湖岸，在那高大的围墙背后，是大量未开发的土

① 匡西特活动房屋：一种用预制构件搭成的长拱形活动房屋。

地。我妈的祖辈们也是当年土地征用的受害者，在那个时候被赶出了家园。我们从小就常常听大人们讲起这件事。从小到大，我们常常沿着那绵延几英里的围栏走，围栏顶上还装着带刺的铁丝网，里面有着一个我们永远无法进入的秘密世界。布莱克放慢了车速，艰难地绕过拥堵的人群，后来他干脆停了下来，冲着一个人挥了挥手，那人穿着一条牛仔裤和一件带有当地电视台标志的夹克衫。

“嗨，皮特。这是怎么回事啊？”

“嗨，布莱克。”皮特很矮，一头铁丝般粗硬的黑发。他冲过了马路，低头探进车窗。“是示威——为了拯救黑燕鸥什么的。”他往南一指，那里是一片湿地，我们的家园。“有一个组织想把那一片土地都设为湿地保护区。我还不知道剩下的那些人是来干什么的——大概还来了其他六个组织。你是来随便看看的吗？”

布莱克笑了。“不是。我刚从机场回来。我姐刚回来——这是露西。露西，这是皮特。”

我向他点点头打了个招呼。

“开发商们也在这里？”布莱克问。

皮特点了点头。“哦，是啊。有很多家开发商。还有，易洛魁族人也想拿回土地，还有一个联盟要保护生活在那片土地上的一群稀有的白鹿。还有在第二次世界大战期间被驱逐的家庭的后代也要求索赔。布莱克，你确定这跟你的利益没关系？好像其他人都想插一脚呢。”

布莱克咧着嘴笑了。“可别。我都不知道都有些什么利益。”

皮特笑了。“反正，利益是很多的啦。好吧，很高兴看到你。露西，很高兴认识你。”

他往后退了几步，一边还在车身上拍了一记。布莱克开着车在人群中缓缓移动，一直到路上人少了的时候，他才开始加速。我瞥见了浅水处的芦苇荡，那里是我父亲最钟爱的钓鱼场所，沙沙作响的草堆里常常藏着白鹭。我感到突如其来的悲伤，想起了鱼线划过薄雾时那悠长而纤细的声音。

“以前我很喜欢爸爸带着我们去钓鱼。”

布莱克的右手松开了方向盘，抓住了我的手。

“我懂，”他说，“我也很喜欢。”

我俩都陷入了深深的沉默，令人欣慰的沉默，我想，这个世界上再也没有第二个人可以和我一起分享这样的沉默了吧。我们终于开到了家里的车道，苹果树那低垂的枝丫擦过货车的车顶。家里那栋高大的意大利风格的房子，有着两道开阔的门廊和一个圆屋顶；看上去有些略微下陷，仿佛它深深吐出了一口气。门窗边的饰条和门廊上的漆已经在剥落。我妈的月亮花园也彻底荒废了。那里曾经是一个梦幻般的地方：白色的番红花、黄水仙、从土里探出头来的小苍兰、木曼陀罗和在夜间开花的睡莲，当空气变得如肌肤般温暖时，那些花儿带来所有的芬芳和光亮，黄昏里，花影流动。而现在，花架都已经破败，倾斜得一塌糊涂；月光花藤四散搭在篱笆之上，和疯长的玫瑰缠绕在一起。牡丹开得正艳，张扬而又美丽；到处都是薰衣草和羊耳石蚕，在花园中间的一片长得还挺茂盛，而在花园四周的则长得参差不齐。

阳光下，妈妈正坐在屋子侧面的台阶上，伸着双腿，脚踝交叠，右手打着鲜艳的绿色石膏，吊在胸前。自从我大学毕业之后的十年里，我回来过很多次，她也来西雅图和佛罗里达探望过我。每次她看上去都是那么熟悉、那么年轻，这真让我吃惊。她的脸庞几乎没有皱纹，不过在她二十几岁的时候，她的头发就已经是银色的了。她鬓角银白，头发拢到了身后，像一条粗绳子垂在背后。我们停车的时候，她站起了身，向货车走来。

“露西！”我一下车她就用她那只没有受伤的手臂拥抱了我，柔软的脸颊贴着我的脸，有着淡淡的牛至和薄荷的香味。我也轻轻地拥抱了她，小心不碰到她受伤的肋骨。我们一起往家里走，她一直用没有受伤的手臂挽着我的手。“宝贝儿，看到你真是太开心了。哦，你看上去真不错，真漂亮。你是不是长高了？那不可能，是吧，不过你看上去变高了。来，进来，你饿吗？渴不渴？一定累坏了吧。”

我们穿过装有纱门的门廊，走进厨房；我把我的包放在门边。所有的一切看上去都和原来一样，开阔的窗子正对着花园，桌子靠着墙，青绿色和白色相间的格子窗帘还挂在门玻璃上，那还是我在念中学的时候做的。布莱克切了几片柠檬，妈妈在高脚玻璃杯里盛满了冰块，又从大玻璃壶里给大家倒上了“太阳茶”。夏天的时候，她总会准备一大壶“太阳茶”放在厨房向阳的长餐桌上。

“为露西干一杯！”她说，用她那没有受伤的手举起了杯子。“欢迎回家。”

“露西已经到了？”饭厅里传来了喊声。

我爸爸的哥哥亚特出现在厨房门口。虽然我立刻认出了他，但我还是吃了一惊。他比我爸年长一岁不到，看上去明显老了，脸庞已经松弛，鬓角也已斑白，短短的头发根根竖立。不知怎的，他越老越像我爸。他站在门口，感觉就像是我爸的鬼魂站在那里。我无言以对。不过亚特似乎并没有注意到。“流浪的姑娘回来啦。”他边说边走进厨房，给了我一个紧紧的拥抱。

“终于回家了。这次会待多久？”

“几个星期吧。”我说。

“太好了。你一定要到我们家来玩啊——这次有很多变化噢。”

“刚刚我也在跟她说。”布莱克倚在长餐桌边，“今天兵营那聚集了不少人，你看到了吗？”

亚特点了点头：“看到了。他们让我签一份请愿书。请愿保护湿地的——嗯，真见鬼。我告诉他们那可是黄金地产，千载难逢的机遇啊，一辈子大概也就能碰上这么一次吧。”

布莱克笑着表示同意，我看了一眼我妈妈，她站在那里，受伤的手搭在腰前。她对上了我的眼神。

“亚特今天是来帮我们换卫生间的龙头的。”她说。

这句话的意思是：露西，别让大家下不了台，求你了。

我不为所动。正当我想告诉亚特我对失去湿地的真实想法时，走廊里那台老掉牙的冰箱忽然震动了起来，让我不得不正视这栋老旧的房子，它也有需求，也会抱怨。还有厨房的重修工程，爸爸去世的时候，还有一大半的重修工程没有做完：撕下的墙皮，装在箱子里的各种器具，石膏灰胶纸夹板上落下来的灰尘堆积在角落里。一直以来，亚特和我爸的关系并不好，但是他却接手了爸爸没有来得及完成的厨房重修工程。在葬礼后的那两个浑浑噩噩的星期里，有两次，我走进厨房，看到水槽下伯伯的腿，他正在修那些连接头，周围堆了一堆工具，恍惚中，我还以为那是我爸。

“爸爸很喜欢那些湿地。”我终于说道。

亚特身材很魁梧，手臂很长，长年的工作让他的一双手结满了老茧。他用手指敲着桌面，虽然面对着我，却并没有看我；他的目光越过了我，投向了窗外，望着那个湖。

“是啊。你爸爸的确喜欢那个地方，我知道，露西。”他的手指敲得更加用力了，接着一巴掌拍在台子上。“我们小时候经常一起去那里。可以那么说，那是我们的仙境，每当我们需要思考，或只是想逃开的时候，我们都会去那里。钓鱼也不错。”说完，他便沉浸在他的思绪中沉默不语了。过了一会儿，他甩了甩头，换了个话题，继续说道，“那么布莱克，我们今天晚上见咯？”

“今天不行。我明天可以过去。”

“那早点来，还有好多事要做。”亚特转过头跟我妈妈说，“艾薇，我把卫生间里的窗挡也修好了。下周我还会再来，给它刷一层油漆。这会儿用起来应该没什么问题。过来看看吧。”

“真是谢谢你了，亚特。”妈妈一边说，一边跟着他去了卫生间。

“怎么回事啊？”他们一离开我便问布莱克，“你现在在梦大师工作了？”

梦大师五金锁厂是我们曾祖父在1919年创立的基业，他用自己对于锁内部机械的天赋，成就了一番欣欣向荣的事业。在梦大师工厂的鼎盛时期，梦大师出品的锁畅销全国各地。后来，就像那个年代里的其他产业一样，梦大师也不复存在，但是五金店却留了下来，为亚特所有。我爸爸曾经也拥有过它，但是，在1986年，就是彗星回归的那一年，当时我快十岁，有一天早晨，他回到家，捧着个箱子，装满了他办公室里的东西，自那以后，他再也没有回去过，也从来没有跟我提起过任何关于他为什么离开的只言片语。

布莱克抬手抓了抓他的鬈发，望着亚特的背影，说：“你陪我出去走走吧。”

我们穿过门廊，走下楼梯。布莱克沿着草坪径直走向湖边。天气很晴朗，但是风有些大，吹皱了水面，泛起层层的白浪，如逗点般隔断了湖水，湖中的浮标浮浮沉沉，哼唱着乐曲。快到码头时，我才赶上了他。

“怎么回事？你辞掉了船上的工作？”我问。布莱克凝视着湖面，看着变幻的涟漪，远处有一群鸭子游过。

“还没有。我答应继续开船，一直开到这个夏天结束，但是只开晚上的航班。不过我可能连这个都要不干了。我正在考虑。亚特给了我一份工作。一份不错的工作。几周之前他亲自来问我，当时我还挺吃惊的。”

我没有说什么，我正试着想弄明白，为什么这个消息让我有些郁闷。

“亚特帮了妈妈很多忙。”布莱克平静地说道，“我知道他和爸爸以前老吵架，而且我们从小都和亚特不亲。但最近我一直在想，其实我对他的态度并不公平。也许我们都对他不公平。”

“那又怎样？爸爸和亚特之间就有公平吗？”

布莱克耸了耸肩。“那时我们还只是孩子，露西。其实我们并不知道事情的来龙去脉。也许亚特对整件事情也心存愧疚。爸爸去世前，亚特还和爸爸不和，亚特自己也一定很难释怀吧。也许他只是希望做些补偿？”

就在那时我感觉到了家族的历史那股隐性的重力牵扯着我，让我几乎无法抗拒。

“那航行怎么办呢，布莱克？你热爱旅行。圣克洛伊河的冬天呢？你要放弃这一切吗？”

“就像我说过的，事情在变啊。”布莱克看了我一眼，有些尴尬，若有所思。“长话短说吧，艾芙丽怀孕了。孩子 10 月份就要出世了，所以现在我考虑问题的角度不同了。”

我惊讶得完全说不出话来。

“是的，”布莱克说，“我们就要有孩子了。如果你能说些祝福的话，我会很开心的。”

“哦，不好意思，布莱克，我当然为你高兴了。只是这也太突然了，我都来不及消化。”

他微微笑了笑，点了点头：“没关系啦。其实当初知道的时候，我的反应和你完全一样，吃惊到说不出话来。”我们站在湖边，风轻轻吹过。

“你开心吗？”我问。

“有时候。当然我很兴奋，但我也没有做好准备。对我们两人而言，这个孩子来得并非很是时候。”

风吹得码头上的绳子答答作响。我很努力地想回忆起艾芙丽，那个纤细、精力充沛的女孩子，有着深棕色的眼睛和头发。

“你看，”布莱克说，“梦大师的这份工作，我只是把它当作——当作一份工作而已。不会干一辈子的，但是现在这个时候做做还不错啊。”

“有道理，我明白了。”

于是他笑了，露出了他那招牌式的迷人笑容，然后他又顽皮地推了推我的肩。

“湖水看上去不错哦。”他说。

“哦，你不会吧！”

“你说呢？”

接着他重重地推了我一下，虽然我可以保持住重心，但还是顺势倒了下去，而且拽住了他的胳膊，把他一起拖下了水。我们掉进了清澈而又冰冷的湖水里，露出水面大笑，一边甩着头发上的水珠。

“哎呀，冷死啦！”

“现在是6月——你以为！”

“我以为不会下水啊。”我的手扫过水面，激起一片晶莹的水花。布莱克闪了一下，接着也朝我泼起水来。

“停战！”我终于喊道，蹒跚着走上有着灰色页岩的岸边。布莱克跟着我走到了草地上，快到车道的时候，他抓住了我的胳膊。

“妈妈还不知道。”他一边说，一边严肃地看着我，他有一双带有家族标志的眼睛——蓝色中掺杂着绿色，还有美丽的黑色睫毛。“还没有其他人知道。我答应了艾芙丽在她准备好之前，我不会透露一丁点儿消息，所以你一定要保密，好吗？”

我缓缓地点了点头。“好的，我会绝口不提的。”

“谢啦。嗨，真高兴你在家，露西。”我们走到车道的时候，他给了我一个拥抱，接着走向他的货车。

“你不把衣服烘干吗？”

“一会儿等水滴完就干了。”他喊道，“回头见啦！欢迎回家。”

我挥了挥手，看着他发动车子，消失在视野里。

亚特也已经走了。我看到妈妈在厨房里忙着用鸡肉沙拉、生菜和葡萄做拼盘。不过她的动作很慢，因为她只能用一只手。

“弄个简单的晚餐。”她说，她抬起头，看到了我湿漉漉的衣服和头发。“哦，你们两个真是的。”她笑着说，一边紧咬着唇，因为一笑她的肋骨就痛。不过我能看出来她很高兴。“门廊那儿有毛巾。能给咱俩倒点红酒吗？你一定累了吧，露西，不过看到你实在太开心了，我还不能放你去睡觉，至少现在还不成。”

我换好衣服之后，和妈妈一起在阳台上吃晚饭。风还是有些大，所以我们用叉子压着餐巾，风吹着我湿湿的头发，有些冷飕飕的。夕阳从云层中露出脸来，湖面从深灰色变成了蓝宝石色，一波波的浪花层层叠叠地冲向岸边。金色的光线里，妈妈脸上的线条变得很柔和，银色的头发闪烁着琥珀色。她开口说道：“好了，你回来了，而且听说你家的吉隆也会来。这可是头一遭啊，露西，你有过一堆的男朋友，终于有一个可以让我们见见了。看来你们是认真的啰？”

“噢，我也不知道。嗯，大概是吧。我想我们现在正处于一个十字路口。”我顿了一下，很惊讶自己居然说出了这样的话。真是如此吗？

“好吧，不过还是不要拖太久了。”妈妈说。

“什么拖太久？”话一说出口我就后悔了，因为我的语调有些尖刻。妈妈移开了她的视线，手指轻轻抚着杯子的边缘。

“对不起，宝贝儿。”她用温柔的声音说道，一边抬起了头，冲着我微笑。“我不是想干涉什么。我也不是说你只能在爱情当中找到幸福。完全不是这个意思。但是我真的希望你可以幸福。不管你能在哪里找到幸福，我都希望你可以找到。仅此而已。”

我不得不调转了头，看着平静的湖面。

“我想你会喜欢吉隆的。”良久我才憋出了一句话，“他和布莱克很合得来。他工作很忙，所以最近我们之间并不是很顺利，尤其是现在我没有任何工作。我只是觉得现在让他过来是个不错的时机。”

“我都等不及想见到他啦。”

我们又继续聊了聊工作，接着，我问了她车祸的情况。

“不严重。”她摆了摆没有受伤的手，继续说道，“其实可能会很严重的，但是我运气比较好。肋骨情况最糟糕，每次我笑或者深呼吸的时候都会痛，但也没什么办法，只能慢慢好起来了。不过，我还是不明白为什么大家都这么担心难过。可能这让我们想起了有些事情发生得是多么让人猝不及防。”

我们又陷入了沉默。然后我开口说：“我还是很想念爸爸。”

“我知道。”

“你怎么看布莱克的事情？”过了一会儿我问道，“我是说他去为亚特工作的事？”

她望着波光粼粼的湖面，轻轻摇了摇头。“我尽量不去插手，因为你们俩现在都是大人了。露西，亚特帮了我很多忙。你不在这里，你看不到，但这是真的。我猜你爸的过世对他打击很大。我想也许他们一直以为他们还有时间来改善彼此的关系，找到和睦相处的方式，但是，事情就那样发生了，一切都太迟了。”

“可是，就那样不去管他们之间曾经发生的那些了吗？”

“唉，宝贝儿，这很难一概而论。当时他们之间的关系的确有些紧张。我还记得当年你爸带着我来这里吃晚饭，向大家宣布我们即将结婚的消息，亚特特地把我拉到了一边，告诉我你爸爸所有的缺点。感觉有点怪，就好像他有些嫉妒，而且希望我们不能顺利结婚。但是这又说不通，当时他已经在和奥斯丁约会了。但不管怎样，我可以告诉你，他那样做是让我有点看不起的。我自己是独生女，我一直希望能有兄弟姐妹，所以我从来不能理解为什么他们不能和睦相处。但是这就是他们成长的方式，也许是因为他们的年龄太接近了。”

“那梦大师呢？”我问道，“那是之后发生的事情？”

妈妈看了我一眼，有些警惕。“是的。”

“那么——？”

“你这个孩子总是这么坚持，”她评论道，“怪不得在世界各地你都可以获得成功。”

桌上的花瓶里插着的白色剑兰，有着修长的茎蔓。我碰了碰其中的一朵花瓣，心中没有被赞扬的欣喜，却感觉有些受伤；我妈一直反对我在国外生活，尤其是 9 · 11 事件之后，当时我在斯里兰卡，而这分歧一直是我们两人之间的心病。金色的花粉沾满了我的手指。

“好漂亮啊。秘密的仰慕者？”

没想到妈妈居然笑了，脸上居然还浮现了红晕。“不是秘密啦。是我在急诊室里碰上的一个人。他叫安德鲁，安德鲁什么什么的。当时我吃了止痛药，还有些迷糊。我们聊得很高兴，但是我几乎一点都不记得我们聊了些啥。”

我打开了送花人的信封，抽出了那张小卡片。

“没事儿，你随便看吧。”她说。

亲爱的艾薇，谢谢你在如此糟糕的一天里给我带来一次这么愉悦的谈话。这些就是我们那天聊到过的阿波罗剑兰，希望你会喜欢。

安德鲁 · 斯图尔特

“为什么送阿波罗剑兰？”我问道。这时，一阵风乍起，风铃叮当，湖浪拍岸，信封被吹向桌子的另一边，我伸手抓住了它。

“嗯，那天我们聊到了阿波罗登月的事儿，这我倒是记得。好像聊到 1969 年时我们在哪里吧。我想我肯定是提到了我的月亮花园，虽然很多年前已经荒废掉了。可能这就是为什么他送了这些花吧。”

“看上去你给他留下了深刻的印象哦。”我把卡片装回信封里，忽然有些伤感。我的爸妈是在一个社区公园里认识的，当时他们都是志愿者，我爸正准备去越南。之后的一年里，他们互相通信。我妈很宝贝他的信，总会细细品味，那些半透明的信纸，装在那薄薄的信封里，一页页都写满了他那倾斜的字体。她认识他的时间很短，短到仿佛他就像是她凭空想象出来契合她的一般。她在回信里总是畅所欲言，和他分享着那些她从来没有和其他人分享的东西——她的秘密、恐惧，还有梦想。

然后，有一天，当她抬起头的时候，就在她工作的花房门口，看到了斜倚在那儿的他的身影。他比印象中高大多了，感觉既熟悉又陌生。他穿过房间，在她面前停下，却没有说话。泥土的芬芳让她的喉咙发紧。水池里的水滴滴答答。

“我在种鱼尾菊。”她终于说出话来。为了证明她的话，她举起了双手，泥土卡在她的指缝里，指尖被染成了棕色。

我爸笑了笑。接着，他俯下身，吻了她。她也回应了他，手腕搭上了他的肩膀，沾满泥土的手抬在半空，像两只翅膀。

这个故事我从小到大听过无数次，所以我一点都不喜欢有个我从来没见过的人居然送花给我妈。霎时间，时差带来的不适席卷了我全身每一个细胞，世界忽然变得有些恍惚和怪异，就像所有的色彩即将冲破形体的束缚，喷薄而出。我用一只手撑在桌上，以保持平衡。

“你还好吗？”妈妈问。

“只是有点累了，没什么。”

“是噢，宝贝儿。我都奇怪你坚持了这么久呢。我已经帮你把门廊上的沙发床给铺好了。”

“我原来的房间呢？我能睡那里吗？”

“你真的想睡那儿？”

她听上去有点不大情愿。我记起来她曾经告诉过我，在我爸突然去世之后，这里的一切都陷入了沉寂，她也开始听到这栋房子不时对她低语。那些装饰条叫嚣着想被重新油漆，车道噼里啪啦地抱怨着裂缝和坑洞，水龙头总是在不满地漏着水。而厨房的橱柜则轻声诉说着爱意，那是我爸亲手用橡木做的。缝纫间里的灯，院子里暗蓝灰色的瓷砖，还有新铺的地板，所有的这一切，都在向她诉说着爱意。而当水槽堵住的时候，百叶窗松了的时候，还有窗玻璃碎裂的时候，她都无法忍受换掉他最后亲手打理过的东西；她也无法聆听这栋房子的声音。所以最终她封了整个二楼，转上玻璃门把手，锁上了金属门闩。

“你介意吗？我可以自己来铺床什么的。”

“当然不介意了。”她说，虽然我能够感觉出来其实她还是有点介意的。

我找到了挂在厨房橱柜里的钥匙，拎着上楼，钥匙发出了细微而又清脆的金属声。二楼很暖和，不过也很闷，所有的门都关着。我走进以前的房间，逐一打开每一扇窗户，让新鲜空气进来。我给那窄小的床套上了床笠，铺上床品，掖好边角之后，疲惫瞬时席卷了我。

这时还不到九点，天色还有点微亮。我和衣躺了下来，按下手机上的快速通话键，闭上了眼睛。在第二声“嘟”之后，吉隆接起了电话，他的声音低沉而又圆润，就像水中的鹅卵石。

“喂喂。”

“是我。我平安到家了。”

“太好了。我想你了，露西。”

“我也是。你在干吗？”

“正走在去火车站的路上。有点小雨。”

我在脑海中勾勒着那条路，那条河，在到达车站之前他一定会经过那条河。如果我在那里，这个时候我一定会躺在床上，看着雨滴从屋檐下滴下来，一边计划着该怎么来上那一天的词汇课。

“我还没有搞好网络摄像头。也许明天弄吧。我妈对这些高科技的东西都不太在行。”

“她还好吧？”

“还行。挺好的。不过这里真的好安静噢。”

“你看，我说吧。”

“是啊。她很高兴你能来。她很想见见你。”

“再过几天就来啦。我也很想见到她。你弟弟怎么样？”

“他也很好。他向你问好来着。他要当爸爸了。”

“什么？”

“真的。不过这可是顶级机密。今年 10 月我就要当姑妈了哦。”

“恭喜你啊。我不知道他都已经结婚了。”

“没。现在还没有结哪。我的意思是，我不知道他会不会结。这一切都太突然了。”

“呵呵，那就代我向他问声好吧。”

“好的。你那边还地震吗？”

“有时候有，不算太糟糕。”

“嘿，你关上煤气没有？”

他笑出声来。“关啦。”他说，“我关了煤气啦。嗯，我快到火车站了，我得挂了。”

“好吧。那你晚上再打给我？”

“好啊。你有空的话就给我写封电子邮件吧，好吗？”

“好啊。”

“我爱你。”

他一定是很想念我，我想，心里有些感动——吉隆其实不太善于表达爱意，尤其是在电话里。

“我也爱你。”我回答。

我挂了电话。黑暗之中，我们之间，便只剩下了距离，远隔万里的距离。我闭着眼把电话放在床边的桌子上。想起了我们当时在印尼的那栋混凝土小房子，那个院子里长满了芒果树，还有一些我叫不上名的植物，茂密，快速生长。每次下班回家，我们都会在院子里，喝同一杯酒，看着月亮升起，听着草丛里的蜥蜴发出窸窸窣窣的声音。我好想伸出手，把吉隆的手攥在手心里，好想和他一起回到曾经平静的生活。然而，他那里还是大白天，而且他还在万里之外。我盖上毯子，在湖水的律动和芬芳中沉沉睡去。

梦的伊始，我在雨中长途跋涉，到处都是机场，一直都不太顺利，错过了转机，时间一分一秒地过去，最后期限步步紧逼。我一直被人跟踪，一开始是在几条走廊里，接着是一片树林中。我拎着一个老式的皮质手提箱，撞上了一棵树，箱子破了，东西撒了一地。惊慌失措的我开始在积满树叶的地上爬来爬去，身下的泥土潮湿而又肥沃。我在仙客来那光滑的叶子堆里四处搜寻，身边开满了闪耀的花朵，像四散惊起的鸟儿。我丢失的东西似乎很重要，对我而言，至关重要，事关生死。尽管追我的人正在逼近，我已经能听到他们越来越近的脚步声和响动，形势越来越危急，但我却不能停止搜寻。我扒开层层树叶，用手在地上刨出一个个坑，直到他们的声音在我头上响起。

我惊醒了，害怕而又茫然失措，无法动弹。

渐渐地，我想起来自己身处何方。不过，我还是得做好几次深呼吸，才能抬起腿下地，并站起身来。卫生间里的灯光有些刺眼，我往脸上泼了一些水，看着镜子里的我，形容憔悴。我的眼睛和布莱克的眼睛很像，又大又蓝，但现在有了黑眼圈，是因为疲倦吧。

房子里很安静，走廊里关上的一扇扇门就像一张张没有表情的脸。我打开了所有的门。所有的一切都仿佛停留在过去的时间里，仿佛在我父亲去世的那个夏天之后，世界就停了下来。我父母的房间里，床铺得整整齐齐。布莱克的房间里还挂着月亮和地球的海报，我们那蓝绿色的耀眼星球，正在他墙上那星际空间里飘浮着。客房里的一面墙边堆满了打包好的箱子，垒得很高，所以我妈妈还是来过这里，整理了以前的一些东西。当我打开通往阁楼的门时，陈腐而又炎热的空气沿着楼梯飘了过来，仿佛那里几十年来都不曾被人打扰。这就像童话里的城堡，住在那里的公主会被扎破手指，或是会把稻草变成黄金，又或者会垂下她那头浓密的秀发，让等在城堡下的爱人可以爬上来。

阁楼那个房间又小又闷，于是我也打开了所有的窗户，抹掉窗台上那些死苍蝇。等到房间里充满了潺潺的水声、灌满了风时，我在窗边的一个座位上坐了下来，呼吸着新鲜空气。湖面平静而又光洁，泛着几近乳白的色泽。我看着黎明渐渐来临，阳光照到了我放在上过漆的座椅上的钥匙圈：钥匙有新的，也有年代已久的，相配的锁早已不复存在，而钥匙还在，因为它们制作精美，或是因为没有人记得它们是用来开哪把锁，所以想也许有一天还会用到它们。

我爸用来开锁的工具也挂在那钥匙圈上，就像瑞士军刀一样折叠成了一个小小的金属盒。这算得上是家传宝了，从我的曾祖父约瑟夫·亚特·贾勒特那里一代代传了下来。我打开了它，想着不知道爸爸最后一次用是什么时候。在我还是一个小女孩的时候，有时在放学之后，我会去他在梦大师的办公室，待在角落里做作业。我喜欢听他们对话，也喜欢金属和锯屑的味道。顾客们会上门来买钉子、各种工具、六角形网眼轻质铁丝网，或是订制某种瓷砖。有的时候，他们也会带来他们的秘密，藏在金属的盒子里，而盒子的钥匙已不知所终。爸爸工作时的神情总是很专注，在明亮的灯光下，他那一头短发下的头皮清晰可见。当锁里的制拴终于咔哒响了一声时，他的脸上总会浮现出满足的表情。每次他都收五美元，上门服务收十美元。人们也很乐意付钱，他们总是急不可耐地想知道盒子里到底装了些什么，所以他们都等不到跑到一个没人的角落再打开那些盒子：盒子里头有的时候是一些珠宝，或是遗嘱；有些时候，就什么都没有。

爸爸把他的手艺都教给了我。他让我坐在他的椅子上，让我的耳朵贴上摆在他桌上的合得密密实实的盒子，一般是木质或是金属的盒子。他教我怎样聆听金属的私语——就像波浪，平缓而又连续，直到忽然之间频率一转，变得沉重而又紧张。到底里面装了什么东西，或是有没有东西其实并不重要，他只希望我能够听懂那些金属之间的窃窃私语。我第一次成功的时候，那个盒子在我的摆弄下被打了开来，他高兴地欢呼，并把我一把抱了起来。

就在窗边的座位边缘下方，被层层油漆遮盖着的下层，如今因为椅垫被移走，显出了一个钥匙孔。我弯下身，蹲在满是灰尘和苍蝇尸体的地上，把一根细细的金属丝伸进了钥匙孔，同时把耳朵贴在了上面。我闭上了眼睛，想象着很久以前，爸爸也是以同样的姿势，同样的专注，听着金属的声音。当最后的锁栓落到正确的位置，我才深深地呼出了一口气，我都没有意识到自己之前一直在屏着气。我感觉很欣慰，几乎有些欣喜地打开了柜门。

里面似乎是空的。在初升的太阳温和的光亮下，我把手伸了进去，沿着底板摸索着，担心会有什么死老鼠之类的，或者更惨——除了砂石什么都找不到。这时，我的手腕擦过了一沓纸，我把纸拿了出来。灰尘沾满了我的双手，那沓纸里也全是灰。一开始，我很兴奋；当然，如果有人大费周章地把这些藏得如此隐秘，那它们一定很重要。然而，那沓纸除了一开始引起了我一些微弱的兴趣之外，实在是让人有些失望：它们多数不过是一些女权主义者写的，或是为了她们而写的传单和小杂志。那些册子更像是被人隐藏起来的东西，而不是什么有意义的发现。我关上了柜门，重新落了锁，把钥匙和灰扑扑的纸带回了我的房间。我在床上躺下来，本来打算读一读那些纸上写了些什么，但是时差反应又重新袭来，于是我又睡了过去。

第三章

我起来的时候，妈妈正在阳台上，穿着一件深紫色的慢跑衫，喝着咖啡；银色的头发用紫色的发带拢在脑后。她已经把那束有着娇柔而又粉嫩花心的剑兰移到了矮墙边的阴影处。幽蓝的湖面光滑如镜。在经历了东京的喧闹繁华之后，能待在户外这么开阔的空间，呼吸新鲜的空气，穿着慢跑衫，感觉真好。

她正在写清单，看到我便把单子推到一边，给我倒了一杯咖啡，浓郁的香味瞬时弥漫出来。

“昨晚睡得还好吗？”

“谢谢。”我接过杯子，小心地啜了一口——咖啡，很浓，很烫。“味道不错哦。谢谢。我睡得还行吧。醒了好几次——还是有时差。”

“也难怪啦。那么远呢。”

“也不是很远。至少我不用走着来。”她笑了。我突然很想念吉隆。“那是什么？购物清单？”

“是啊。你刚好赶上了夏至。就是后天。大家都想见见你。”

“对哦，有夏至派对呢。”从小到大，我爸妈总喜欢开各种和某些天文现象有关的派对——月食啦，几星连线啦，金星靠近啦什么的。大人们会带上望远镜，在岸边点燃篝火，而我们小孩子则会到处乱跑，直到我们累极了，趴在草地的毯子上，或是蜷在吊床里睡着了。我还记得自己被抱进屋里，爸爸那有力的胳膊紧紧抱着我，接着又被轻轻地放在柔软的床上，浓浓的倦意，很安全的感觉，陷入干净的床单里，有着风的味道。“我都忘了夏至的事。”

“因为你离开太久啦。”她说。

“每次我回来你都这么说。”我回答。

“嗯，别这么敏感嘛。”她说，一边喝完了她的咖啡，“亲爱的，我今天得去上班。我希望我不用去，可是因为车祸的原因，我已经休息了很久很久了。给——拿着这个。”她把一串钥匙顺着桌子上的玻璃台面滑了过来，她手上的骨头在皮肤下清晰可见。“是那辆雪佛兰羚羊的钥匙。”她解释道，不过我早就知道了，“车都整修过了，可以开。里面还有家里的钥匙。”

“谢谢。”我记得以前星期天的下午，爸爸经常带我们出去兜风，我们会漫无目的地闲逛几个小时，尽情享受春光，或是欣赏缀满秋叶的树木，在深蓝色的天空下满眼的金色、橘色和火红色秋叶。“布莱克说你想卖了它？”

她点了点头。“也许吧。很舍不得把它卖掉，但现在真的是时候卖了。家里没有人想开，把它一直扔在仓库里也很傻。”她停了一下，又继续说道，“我也在考虑把房子卖掉。”

我没有马上回答。“真的吗？”

“我知道你一定会很惊讶。有很长一段时间，我连想都不敢想这些事。这房子里有太多关于你爸爸的回忆了。你昨天说的是对的，他爱这个湖，尤其是那片湿地，所以要做出这个决定真的很难。可是，亲爱的，看看这个地方。这些年来，虽然我已经能干了很多，但是我还是无法完全应付得过来。我已经考虑了一段时间了，但是一直到那天在急诊室，我和人聊起了我们的花园——它曾经是多么美丽啊——那时我才意识到，事情已经发展到了什么样的地步。正因为每一天，我们都看到那些东西，所以我们才不会注意。而当我好好去看的时候，”她指了指那些纠缠在一起的藤蔓、野草和花，还有门廊上剥落的油漆，“我不得不承认，这一切已经超出了我能控制的范围。”

“可是，难道你不会想念住在这里的时光吗？”

“当然会了。但是我不会怀念这么多杂事，也不会怀念这些税！不管怎么说，我只是刚刚开始考虑有没有这个可能而已。亲爱的，别紧张啊。”她笑了笑，“要把这个地方整理出来估计都得花上个几年。”

“可能需要几十年！”我故作轻松地说道，“这里到处都堆满了东西。”

“是啊，因为你们都不要啊。”当妈妈若有所思地说着时，我才意识到，她说要卖房子的事看来是认真的了。“你在外面闯荡世界，而布莱克几乎从来都不下船，很少上陆地，更少有机会来打理这个地方。不过，卖掉这个房子还是标志着一个时代的结束啊。”

我沉默了好几秒钟，试图理清自己的感觉。我妈说的都很有道理，但是一想到会有其他人住在这些房间里，我就觉得讨厌，即使我自己也不想住在这些房间里。

“那可会是几个时代的结束。”我默默地想，想到布莱克和艾芙丽即将为人父母，而我却不能将这个消息透露一星半点。“哦，说起旧的东西，我昨天晚上找到了一些东西，给你看看。”

我上楼去拿放在床头柜上的那沓灰扑扑的小册子。下楼的时候，我看到妈妈正在把枯萎的花朵修剪下来，堆在石头墙边；她还一边在打电话，咯咯地笑着。

“花很漂亮呢。这会儿就在我面前呢。谢谢你啊，你真是太有心了。你那天缝的伤口还好吗？哦，太好了。今天晚上？不好意思，今天晚上不行。我女儿刚刚回来，我还不确定我们晚上有没有事啊。”

我把那些纸和册子放在玻璃桌子上，假装我没有在偷听我妈的电话。日光之下，这些纸看上去更加破旧，年代更久远，纸张已经脆得仿佛随时都会四分五裂，边缘也已经泛黄，几十年来积下的灰尘已深深地嵌入纸张的纤维里。

等我妈讲完电话后，我问她："是你的秘密仰慕者？"

"是安德鲁。"她说，合上了手机。"今天早上他心情不错。"她放下了手机，拿起其中一张传单。

"如果你今天晚上想和他一起吃晚饭的话就去吧。"

她抬起头，微笑着说道："我知道。"

"我的意思是，你不用老考虑我。你不需要每天二十四小时都陪着我。"

"我知道，亲爱的。谢谢你。"她又继续看那张宣传单，"天啊，这些是 1913 年出版的哟。"

"很有意思吧？我是今天早上在阁楼里找到的。塞在靠窗的座位下面。"

她的眼神对上了我的，淡灰色的眼睛透出好奇："没想到那些座位居然打开了啊。"

"那个面湖的座位边缘有个小小的钥匙孔。垫子拿掉以后你就可以看到那个孔了。爸的工具也还挂在钥匙圈上。"

"啊，你自己打开了锁？"

"是啊。一次就成功了。"

她笑了，忽然有些惆怅："你爸如果还在，一定会为你骄傲的。"

我说不出话来，只好转头望向湖面，直到我可以再度开口。"其实，主要就是因为这个，我才试着打开那把锁——就是因为他曾经教过我怎么开锁。不过里面什么都没有，只有灰尘，还有这些。"

我们在桌边坐下，一边翻看着那些册子，一边喝着咖啡。这些东西真是大杂烩。有一份是 1914 年俄亥俄州辛辛那提市最后一只候鸽的讣告，下面是那鸽子的图片，图片下面写着灭绝两字。还有一张纸上列出了全州 1911 年 3 月到 4 月间出生的新生儿名单——我草草看了一遍，但是上面所有的名字都不熟悉。另外我找到了我曾祖父和科拉·埃文斯顿的结婚声明，文章中提到科拉在五岁的时候还和泰迪·罗斯福[①]握过手。她是我曾祖父的表兄杰西·埃文斯顿的遗孀。剩下来的就是一些宣传册子了，多数是在1911至1914年间在纽约出版的，不过也有一些是更早时期的册子，还有一些是其他城市的。有两本小杂志是关于女性艺术家的。有一张传单上的言词更加激烈一些，宣传的是一次支持女性选举权的示威，示威的时间是1914年5月，地点在纽约的坎通，发言人是凯莉·查普曼·卡特[②]。“你想想，”我把那张传单递给妈妈说，“说不定这栋房子里曾经住了一名女权运动者哪。”

“有可能噢。”妈妈边说边从口袋里摸出一副老花镜。“嗯，我们这个地方以前的确是有过那些活动。让我好好想想——我想这栋房子应该建于19世纪的80年代，之后又荒废过一段时间。”她指了指堆得乱七八糟的四周，“那时，这栋房子的状况大概和现在的差不多。这也是为什么你爷爷能用很低的价格买下这栋房子。我想他大概是在1925年左右买下这房子的，然后就开始了修缮工作。”

这沓纸的最底下还有一些新闻剪报，用一个生了锈的夹子夹着，纸质已经很脆了，边缘都几乎碎掉了，印刷的字体也很模糊。

“听听这个，”我拍拍我妈的手说，“是1913年的，很搞笑。”

“幸运的是，我们现在已经意识到，健康的户外活动不仅仅对小男孩有益，对小女孩也同样大有裨益。我们祖母时代的观念——男孩子应该打球、骑马、游泳、射击等等，而女孩子则被限制于一些缝纫、玩洋娃娃那样的游戏——已经过时了。现在的女孩子和她的兄弟们同样享有参加户外活动的自由。”

妈妈笑着说，“那我真是把你生得很是时候啊，露西，我可没办法让你一整天都只和洋娃娃玩。”

---

① 泰迪·罗斯福：即西奥多·罗斯福，昵称泰迪，美国军事家、政治家，第26任美国总统。

② 凯莉·查普曼·卡特：美国妇女选举权运动领袖及世界和平运动领袖，全美女性选民联盟创始人之一。

“想象一下，住在这样的房子里却不能去湖里游泳哟。”

“我打赌她们一定会偷偷溜出去游的。”

“希望如此吧。”

在最后的两篇报道之间我找到了一个小信封，方方的，纸张很厚实，和邀请函差不多大小。信封没有黏住，只是折了起来，里面只有一张折叠起来的纸。信封里还有一朵棕色的干花，中间有些淡淡的紫色，干花从信封里滑出来，掉在玻璃桌面上，碎成了一片片。

信纸上的字迹已经淡化，是浅浅的棕色，倾斜的字体清晰而又有力。

1925 年 9 月 21 日

约瑟夫，如果你非得把爱丽丝送走的话，我求求你，千万别把她送到陌生人那里去，让她到我这里来吧。如果她不愿意，那就送她去爱丽丝·斯托克夫人那里，她是我在这里的朋友的朋友，她的地址我已经写在信里了，她会供爱丽丝读书，还会帮她找适合她这个年纪的工作——她才十四岁呵。

当我写下这些的时候，我的心很痛。我明白你列出的那些花费：衣物啊，书啊，还有住宿之类的，但是我不明白为什么钱还是会不够。我已经把我所有的钱都寄给你了。不过既然你这么说，那就一·定是不够了。可是我今天是没有办法在信里向你致上爱意了。

R

我把这些话看了一遍又一遍，试图理出个头绪。原先我头脑里那个穿着考究的女权主义者形象已经迅速地淡化了。约瑟夫一定就是我的曾祖父了，那个梦想家，那个爬上了教堂顶去看彗星的梦想家。可是写这封短信的“R”又是谁呢？爱丽丝是谁？字里行间的语气很强烈，也很亲密；看上去不像是一个无关紧要的熟人。

“你听说过这些人吗？”我把信递给我妈妈。

她看完后摇了摇头，而我则还在纠结到底是谁写了这封信，又是谁把它藏了起来。会不会是我的曾祖母科拉藏起来的？也许，她甚至参加过凯莉·查普曼·卡特的演讲。我们对科拉了解得并不多，只知道她在第一任丈夫失足摔在地上去世之后，便嫁给了我的曾祖父。在曾祖父的熠熠光辉之下，她和家族里的其他人一样，只存在于光辉的阴影之下。所以想象着她的内心世界，是一件令人兴奋的事；想象着她坐在阁楼里热切地阅读着这些材料，当听到有人上楼时，把这些小册子塞进窗边的座位里。“没有。我从来没有听说过这些名字。贾勒特家族有很多人，分散在各地，也许我忘了——不过应该不可能啊，我真的从来没听说过这些名字。”

“可怜的爱丽丝，”我说道，“不管她是谁，才十四岁就被送出去打工。”

“那个年代就是那样的。我的祖母也是同样的命运。当她成为孤儿的时候，她的亲戚收养了她，但并不是善意的收养。他们只是需要一双手给他们干活。我想他们一定没有好好对待她。”

“不知道爱丽丝是不是也是一个孤儿？”我轻声说道。

“不知道啊。”妈妈若有所思地回答。“对了，我想起来了，几年前我还找到过一张纸条，可能和这些东西相关。我得拿上钥匙去看看还能不能找到。它应该锁在楼上那个行李箱里。”

“都是开的，我把所有的房间都打开了。”我说。

“是吗？”她若有所思，脸上浮现了一丝悲伤，之后又闪过一丝恼怒。我知道我做得有些过火了。“好吧。反正我总得去查看查看那些东西，对吧？等我一下，我马上回来。”

她的脚步声轻轻地回荡在楼梯上。我不知道她已经有多少年没有走到那上边去了，不知道她看到那些大开的房门后会是什么样的感受。我再一次浏览着那些文章，看得更加仔细。这时，一张纸片从文章之间掉了出来，上面有着和之前那张纸条同样清晰的斜体字迹。

> 我把这些文字翻来覆去地看了一遍又一遍。我得把我的感受写下来。在我这一辈子里，从来没有人跟我说起过这些事。我父母的家里没有镜子，这是我自己的身体，但是我却从来没有见过。所以，我把门关上，门后有一面镜子。我脱下夹克和裙子，把它们叠好放在床上。接着脱下内衣、内裤和长筒袜。
>
> 我觉得我很瘦，我的皮肤很白。我漂亮吗？我不知道。房间里很暗，光线似乎都集中到我身上了。
>
> 我的脸颊，我的锁骨，如同翅膀一般。那些画还画出了身体里面的翅膀，像一个谜。我的身体有着这样一个图案，我从来都没有发现。啊，我知道的是那么地少，简直是一无所知！当时的空气凝固而又灼热，而门又离得那么的远。我想离开，但是我不想他恨我，我很害怕。就在那奇异的光线下，他在我身边绕着圈子，他的目光从未离开过我，喃喃说道，美人儿，我的美人儿，我要娶你，我一定会。而我相信了他。

我把这简短的字条看了两遍，被其中的愤怒、迷失和激情深深吸引了，这样的情感，和夹着这张字条的那些事实性的文章，形成了强烈的对比。

我妈回来了，纱门在她背后砰地合上了。她那只没有受伤的手里拿着一个小包裹，用深蓝色的纸包着，还系着浅蓝色的绸缎蝴蝶结。她把包裹放在玻璃桌面上，接着在刚才的位子上坐了下来。

“还有一张卡片，是和这个包裹一起发现的。”她边说边把卡片递给我，“很多年以前，我重新修那个行李箱的时候，在衬里后发现了这个包裹。我觉得字迹是一样的。”我打开信封的时候，淡淡的雪松和薰衣草的香味飘散了出来，信封里只有一张卡片。

我的最爱，这是用满满的爱意专门为你而制。

我仔细端详着那清晰斜体的字迹，字母“i”和“e”的圈倾斜得几乎都成水平状了。“对哦，我想这绝对出自同一个人之手。真有趣，你刚才不在的时候，我找到了这个。”我继续说道，一边给她看那张潦草的字条。“同样的笔迹，不过语气完全不同啊。”

妈妈看完之后，轻轻地把字条放在桌上。

她说：“可怜的女人，想象一下，从来没有在镜子中看过你自己的身体，这是一种什么感觉啊。我想，在当时，即便是读这些关于生理学的文章都是丑闻一桩。说不定当时发表这种文章还是违法的呢。难怪有人把这些藏在窗椅底下啊。”

我点了点头问道：“那包裹里是什么？”

“很漂亮的东西哦。还是让你自己看吧。”妈妈解开那个蝴蝶结，一层一层地打开包装纸，纸张如同树叶般发出窸窸窣窣的声音，“那时候，我结婚没多久，无意中发现了你曾祖父做的这个著名的行李箱，藏在仓库的顶楼里，已经很破烂了，所有的带子都生了锈，到处落满了灰尘。当时我有一个疯狂的想法，我想把它修好，希望能借此博得大家的好感——结果却是一场灾难！那个箱子之所以一直放在那里，是因为这个到底应该归谁大家没有统一意见。你爷爷认为这个应该属于亚特，但是你爸爸也想要，而你奶奶则站在你爸爸这边。后来争吵愈演愈烈，吵了几周之后，你爷爷就把这个箱子拖到了顶楼里，从此之后它就一直留在那儿了。我把它翻出来的时候，你爷爷可不太开心。不过也不是一无所获，至少我找到了这个包裹，藏在破烂的衬里后面。你看。”

她站起身，抓住包裹里的一块织物的两个角，把它抖开来。布是银色的，做工精致，算不上薄如蝉翼，但是织得很精细。织物的边上是一排质地稍厚的圆圈，像交织在一起的多个月亮悬浮着，周围是卷须状的花朵和藤蔓。

“好漂亮啊！”我摸了摸它那如丝绸般柔软的边。

“是啊！我刚找到它的时候，感觉它就是属于我的。我从来没有跟任何人提起过这件事，当然，除了你爸。”她用手指抚摸着布的边缘，“这些月亮，这些花朵，它们就是我的月亮花园的灵感来源。就是它们，还有弗吉尼亚·伍尔芙[①]。”她笑着背诵了起来，“每一朵花似乎都会自己燃烧，在雾气蒙蒙的床上，温柔地纯粹地燃烧；她是多么爱那些灰白色的蛾子，它们在樱桃派上，在夜晚的纵情声色里飞进飞出。”

我不愿多想我妈那个已经荒废了的月亮花园，于是点了点头，说道：“不知道这个是谁织的，因为看上去是像手工活，可能是用上等的亚麻做的。”

一阵微风轻轻地吹起了那块布。

“我不知道。有时候我会想起这个人，想起她的用心良苦。”

“也许她曾经住在这里；也许就是她收集了这些册子。”

“也许吧。你居然翻出了这些被埋藏了这么多年的纸片，真有意思。”

“是吧？所以你可不能卖掉这栋房子，至少在我们弄清楚是谁写了这些纸条之前不能卖。”

我妈没有回答，只是勉强笑了笑。

“我开玩笑的。”我说。

“我知道。”她看了一眼手表，叹了口气，“我得去上班了，虽然我很不想去。”

“你什么时候得到那儿？”

“一个小时以内。你能载我进城吗？我不能带着石膏开车，但是我忘记让布莱克来接我了。”

“当然可以。你先准备起来吧，我先游个泳。”

“可是很冷啊，露西。六月里的冷，可是化冰一样的寒冷哦。”

---

① 弗吉尼亚·伍尔芙（1882—1941）：英国女作家，被誉为20世纪现代主义与女性主义的先锋。作品包括《戴洛维夫人》《灯塔行》《雅各的房间》等。

“嗯，我知道。我已经下去过了，你忘啦？下水可以让我清醒一下。”

她摇了摇头，微笑着把咖啡壶拿了进去。

我忘了带泳衣过来，不过在阳台上找到了一件我妈的旧泳衣，以前我们一直把泳衣挂在阳台里晾干。我穿过草地，走到码头尽头，毫不犹豫地跳入了水中，冰冷的刺激瞬间袭来。这样最好了；当我浮到水面上时，已经感觉水里比空气暖和了。我再次潜入水中，层层而下，越来越冷，直到我的脚触到湖底覆盖着苔藓的岩石，我才重新浮上来，抛开了所有的回忆和渴望，唯一想要的就是呼吸一口空气。

我飞快地穿好衣服，把那些纸收在一个旧文件夹里拿上楼。那块布轻盈得仿佛像一团雾，一个残留的梦。之后，我便走到仓库里，发动了车子。那辆雪佛兰羚羊是淡黄色的，白色的车顶，车身两边有一道道弓箭般的镀铬装饰。车子被擦得闪闪发亮，还带着点陈年的空气清新剂的味道。我进到车里的时候愣了一下，因为驾驶座还是按照我爸的腿长来设置的，他的腿比我的长，我还记得以前他钻进车子、发动引擎时那得意的样子。而那时，我难得能够坐在副驾驶的位置上，和他一起开车兜风的时光是那么珍贵，在开往市区的路上听他东拉西扯，仿佛我们拥有全世界的时光。

我终于重新收拾好心情，把座椅位置调整好。雪佛兰一下子就发动了，当我把车倒出仓库的时候，几乎都没有发出任何声响。我妈走了出来，站在门廊的阶梯上，锁上了身后的门。她穿着一条笔挺的深蓝色裙子和一件金色碎花衬衣，没有受伤的手里提着一只公文包，那抢眼的绿色石膏和她正装的打扮形成了鲜明的对比。她是银行信贷部的主管，从一个小小的出纳开始，一步步升到了这个职位。

“感觉很奇怪吧。”她一进来坐到白色的皮椅上便说道。

“真像一艘游轮啊，”我说，“一加仑油大概只能跑五公里。”

“有可能。而且也没有安全带。不过他就喜欢捣鼓这辆车，对他而言，这不仅仅是交通工具。”

我向市区开去，一路上，经过了绵延几公里的兵营土地，银色的铁丝网栅栏后方有一片片绿色的田野，蝴蝶和金翅雀在高高的草丛里飞舞。在靠近兵营入口处的弯道，我减缓了速度，心想会不会看到更多的示威者，但是今天一切都很平静，大门紧闭，一个人影都没有。

“你把这些文件也带上了呀。”妈妈一边打开放在我们中间座位上的文件夹，一边说道，“我在想，那个历史社团是不是能帮上忙。你也可以问问亚特，看看他是不是知道些什么。”

“亚特看上去不像是热衷于家族历史的人哟。”这时我们已经到郊区了，四周的房子也开始密集起来，马路依湖而建。“那么，我爸和亚特之间到底发生了什么事？”

“唉，露西，那又有什么关系呢？”她问道，“我实在不想去回忆那段时光了，宝贝儿。过去的都已经过去了，不是吗？可生活还得继续啊。”

“那是当然。”虽然我能感觉到她的不情愿，但是我还是不想放弃，“可是，难道你不认为记住过去也很重要吗？”

“我不知道，露西。也许吧，可能吧。但是这对我来说没什么用，至少现在没有用。”

我不想就此罢休，于是继续逼问她。

“可我就是不明白。我想可能是布莱克的事吧，妈妈。去梦大师给亚特工作——那么多过去的恩恩怨怨夹在我们中间，他去那儿工作会有什么好结果呢？”

“怎么忽然之间过去就变得这么重要啦。”妈妈不动声色地说道，我知道她在想我离家那么多年的事。

“唉。可为什么不告诉我呢？我只是为布莱克担心。我的意思是，亚特不会正儿八经给他在梦大师找一个职位。他永远都取代不了乔伊，一丁点儿都不可能。”

一阵短暂的沉默。我转了个弯，开上了进入市区的主干道。

“我只知道是因为亚特没有去越南。”我妈终于开口了，“这是主要原因。当时在征兵，而你爸被抽中了，但是亚特没有。现在回想起来，那真是一段不堪回首的时光啊。全国的年轻人都伸长了脖子，等着别人宣判自己是生对了日子还是生错了日子。被征入伍的那些人因为随机选中的日子而聚集到了一起。可怕的时代，可怕的运气。本来梦大师的经营权，你爸也有一半的份额，之前家里一直都是这么计划的，但是当他在越南的时候，你爷爷忽然中风，于是你奶奶便把经营权全权交给了亚特。”

“她为什么要那样做？”

妈妈耸了耸肩：“也许她只是不知所措了吧。毕竟当时你爸还在打仗，远隔千山万水的。总之呢，当你爸回来的时候，亚特已经占有了梦大师的多数股份。他早就在私底下和一家竞争对手谈，想要把锁具厂和所有的专利卖给对方。这件事他从来没有和我们提过一个字。有好几年，你爸都被完全蒙在鼓里。他回来以后，我们结了婚，之后他就去上班了。他很开心能够回到家里，很开心他还活着。当他最终弄明白发生了什么之后，他都疯了。他想过把他的股份卖掉，一走了之，可接着你爷爷去世了，而你奶奶搬到了城里住，把这所湖边的房子和土地留给了我们。感觉像是一种补偿吧，不过她真是精明，她知道这样我们就走不了了。”

“就是从那个时候开始，大家互相不理睬了？”

“差不多吧。可以说是最终决裂的开始吧。在丢掉锁具生意之后，你爸在梦大师又多待了几年，想着他和亚特或许能够搞些什么新花样出来，可是他们又很少能坐下来谈谈。最终的决裂是在 1986 年，就是彗星回归的那一年。当地的报纸长篇报道了你曾祖父的事迹，关于他是如何来到这个国家，如何在彗星出现的 1910 年之后创建了梦大师。亚特在报道中屡被提及，而你爸几乎都没有被提到。我记得他把报纸往厨房的长餐桌上一扔就去上班了，两个小时之后，他就抱着他的东西回来了。之后就再也没有回去过。”

“我记得。”

“真的吗？你那时候还那么小。”

“我记得那时我在房间里躺着，听到楼下有人在争吵。我也记得，那时候爸爸有很长一段时间都不用去上班，感觉很奇怪。”

她沉默了一阵子。“我们一直在讨论是不是该搬家。也许我们当时真应该搬走。不过，我们还是留了下来，想要努力过下去。就是那个时候我粉刷了房子。你还记得吗？我是从阁楼开始粉刷的，一直没有停，粉刷了整栋房子。如果我们要一直住在那个房子里，我得保证这个房子可以让我们有归属感。”

“你还整理出了好几个花园呢。”我轻轻说道，心里感觉有些酸涩。

“是啊！好几个花园呢。很美吧？你爸把梦大师的股份全卖掉了，买了那个码头。我们在逆境中给自己创造了很不错的生活。我们真的做到了。”

这时我们已经开进了市区，两边是维多利亚式建筑，家家户户都有着宽敞的草坪。接着，我们经过了湖边公园，穿过在市中心的砖立面楼房，那里曾经是饲料店、杂货店和廉价小杂货店，不过现在都是礼品店、花店和饭店了。早先的电影院也变成了公寓楼。我在银行的后面停下，把雪佛兰停在停车场最里面的最后一个位置，离大伙都远远的。我妈下了车，用没有受伤的那只手整理了下她的裙子，拎起她的公文包，俨然是一位专业人士，专业得都让我觉得陌生。我也下了车。

“你不回家？”她问道。

“这会儿还不回。我想去喝杯咖啡。下午要不要我来接你？”

她犹豫了下，露出一丝神秘的笑容，看样子，似乎这一天她都不再需要我了。“亲爱的，谢谢你，不过会有人送我回去的。安迪会来接我。”

我愣了一分钟。“那个神秘的仰慕者？”

她笑了：“是的，不过，我的天，露西，他只是顺道载我一下而已。”

我妈亲了一下我的脸颊告别之后，便穿过停车场，朝另一端走去。我看着她爬上台阶，走进银行，消失在我的视线里。我试着想理清自己的情绪。她还只有五十出头，很迷人，生气勃勃；没理由不让她展开新的生活。也许在我离开的这段时间里，她已经开始新生活了。至少从理论上讲，这是一件好事。那为什么我要如此不安？先是布莱克马上要有一个宝宝了，接着是我妈正在开始一段罗曼史——这一切让我感觉我被抛在了后面，就仿佛，虽然我到处游历，但其实我还一直停留在原地踏步。

我锁上雪佛兰，在城里闲逛着，想找一家咖啡馆坐坐。布莱克说得对，到处都变了。我高中时候打工的那家三明治店，现在已经变成了一家寿司店。我停下来，透过玻璃窗往里看，好像那样我就能看到以前的自己：那时的我，站在柜台后面做着三明治，然后用白色的方纸把它们一个个包好，一边向往着大学生活和自由。我堂兄乔伊经常来买三明治，像他那一类的人过得无忧无虑，可以整天去游泳或是去航行。对于这些，虽然我也会觉得有些小委屈，也会想对不公平的生活发泄，但是我都会一直忍到晚上快下班时，基根·弗尔骑着他的摩托车来接我。我们沿着狭窄的环湖小路飞驰，在随便什么空旷的谷仓、瀑布，或是田野派对停下来，风呼啸过我们的耳边，凛冽而又刺激。

一个女招待敲了敲窗子，吓了我一跳，打断了我的思绪。我继续朝前走。曾经那些空置的临街房已经开了新店——一家旅行社，一家专卖手工珠宝的商店，一家房地产中介，橱窗上贴满了湖边的房产信息。那些曾经点缀着湖岸的小木屋都不见了；取而代之的是一栋栋豪宅。我几乎都不敢想，我们的祖宅可能要被卖掉。我的积蓄一半是日元，一半是欧元，我算了算这些一共能换成多少美元。但即使我能买得起房子，大多数时候我并不会住在这里。而且现在的税率真是高得吓人。我妈从来没有和我讨论过财务问题，但是我头一回意识到，她工资的很大一部分得花在房子和我们的那块地上，而如果她把房子卖了的话，她的经济负担就会小很多。

湖风很大。公园里，有几个人坐在板凳上，手里紧紧攥着报纸，以免报纸被风吹跑。远处的湖面上已经出现了不少帆船，色彩斑斓，仿佛彩蝶，舞动在白色的浪花和湛蓝的海水之上。布莱克的船“骇人的对称”停在他从码头租来的泊位里。我跳上甲板，叫了他几声，但没有人应答，于是我就继续往前走。

梦大师五金锁厂曾经是运河街上的第一栋楼房：黑褐色的砖，一楼的门面是一排挑高的窗，门面房之上还建了两层楼。它最初的名字叫“梦大师锁厂 1919”，就刻在石质的门楣上。布莱克大概就在里面，但是我没法鼓起勇气走进去；如果我们的家族历史是有形的话，那么就一定非这栋楼莫属了。

我跟着一群游客往前走，经过一片安放有长凳的绿地，来到重新翻修过的老绝缘玻璃工厂。厂区几乎占了整个街区。这个厂子废弃了几年之后，被重新翻修得很漂亮。墙砖被清洁并修补过了，玻璃窗也换了新的，还加上了门廊和阳台。五颜六色的招牌上列出了厂区里面新开的各色店铺。我一下便找到了艾芙丽的店：

绿豆荚素菜馆

店面宽敞又明亮，高高的屋椽裸露着，天花板上的吊扇慢慢悠悠地转着。墙面是砖砌的，窗子和门都包了橡木边。上一次我来这里的时候，这栋楼简直就是一塌糊涂，到处都是破碎的窗子和废弃的机器。而现在，人们却在有着时髦木纹的木地板上排起了队，陈列柜里打着金黄色的光，放着小圆面包、松饼和饼干。空气里弥漫着各种浓郁的味道：咖啡和鸡蛋，香脂味的醋和甜甜的糙米。艾芙丽正在柜台后面忙碌着，轻盈而又熟练地干着一件又一件活。我走到阳台上，找了一张面湖的桌子坐下来。一个戴着绿色帽子穿着绿色围裙的女招待走过来帮我点单：烤洋蓟、绿豆荚和煎蛋。她端给我一杯咖啡，用绿色的马克杯盛着。我啜了一口，再次翻看着我找到的那沓黄色的纸，思量着爱丽丝到底是谁，后来她又有着什么样的经历。湖水则在我面前缓缓流淌。

我的手提电脑就装在包里；我看到有人在桌上工作，于是我也把电脑拿出来，而且很快找到了一个无线网络。一共有二十七封电子邮件，其中三封是吉隆的。一封是前一天晚上他用手机发给我的："我正在喝酒，好想你在这里啊。"他喜欢那些嘈杂的小馆子，很适合下班之后去的那种店，点上一些烤肉串或是面条，再小酌个几杯——其实就是上班生活的延续罢了。另外两封则很简短，是公事，有人想请我教英语，向我咨询一些问题。他还在最后一封邮件里附了一张照片，是从我们卧室的阳台上拍的，画面里是藤本家黄铜色的屋顶和远处闪光的大海。"夜晚，火车经过的声音吵醒了我。很想你。"我保存了那封电子邮件；我也想他。

女招待把我点的东西端了上来，盘子边上还放了一个桂皮卷。

"厨师请你吃的哦。艾芙丽在忙，不过她让我向你问好哪。"

"也帮我向她问个好吧，还有恭喜她哦，这个地方真是太棒了。"的确很棒，煎蛋很嫩，肉桂卷的味道浓郁，入口即化。我慢慢吃着，细细品尝着美味，呼吸着新鲜空气，看着湖水的起伏。当亚特和我表兄乔伊进来的时候我差不多吃完了，他们在阳台另一边的一张桌子上坐了下来。要说亚特和爸长得越来越像，那么乔伊和布莱克看上去也越来越像亲兄弟了；乔伊有着和布莱克同样的鬈发，虽然他的颜色更黑一些，而且他也有着同样迷人的蓝绿色眼睛和长长的睫毛。

我不想见到乔伊。我甚至连想都不愿想起他。虽然我们在我爸的葬礼和入殓时碰过面，之后的这些年也偶尔碰到，但是自从在我爸过世的那一晚，我们在峡谷里遇见之后，我几乎都没怎么跟他说过话。那天晚上，我和基根正站在瀑布边的弯道上，水声在我们耳边轰鸣，我们没有听到关车门的声音，也没有听到靠近的人声。直到他们聚拢在湖边时，我们才发现他们在那些破碎的页岩上晃荡，掏出了香烟和大麻，打火机的火光不时照亮了他们的脸。他们的笑声盖过了淙淙的水流声，划破夜幕传了过来。那伙人有十几个，爱出风头，他们经常在一起吃午饭，放学之后又一起在镇子上鬼混。他们都很有钱，穿着帆布鞋、名牌牛仔裤和马球衫，开着崭新的汽车。基根和我站在那里，一声不吭，像鹿一般安静，直到一束手电筒的光打到了我的脸上。

“哦，是露西。露西·贾勒特和基根·弗尔。”

我们没得选择，只好向他们走去。

“嗨，堂妹！”乔伊从人群中走出来，打开一罐啤酒，跟我打招呼。有人点了火，他的脸在火光的映射下显出了诡异的阴影。因为父辈之间的过节，我们在学校里碰面的时候，从来都是擦肩而过，装作完全不认识对方，他对我突然示好，让我心生戒备。“你怎么把头发剪得那么短啊，堂妹？”

“因为我想。”我说。

他哈哈大笑；显然他已经喝了不止一罐啤酒了。“听说你要去西部了。”

“是的。”

“听说你还拿到了大额奖学金。”

“是的。”我说。我前天才收到信，想到这一点我又满心欢喜起来，脸上还飘起了红晕。

“不错嘛。恭喜你能拿到奖学金啊。”不过在我道谢之前——我是真心想跟他道谢——他又加了一句，“你的确很需要这些钱。”

“走吧，露西。”基根柔声说道。他的打架策略就是默默躲开，他妈妈是塞尼亚族里的积极分子，经常站出来说话，所以他从小就受惯了别人冷言冷语的嘲弄。但是我站在那里，一动不动，水流顺着我脚踝流过。

“你什么意思啊，乔伊？是我自己争取来的奖学金。”

“当然当然。”乔伊说道。湖岸上洒满月光，而他则是月光下的阴影。“你是在尽力而为啊，对吧？该努力就得努力嘛。”他耸了耸肩，举起他的啤酒，“很高兴你终于能去上大学了。为你干杯。”他一饮而尽。

基根抓住了我的胳膊，低声说：“我们走吧。”我跟着他走了，但并没有离开峡谷。我还是耿耿于怀，咽不下这口气。那个时候我就明白，我不仅仅是纠结于这样愚蠢的侮辱，更是纠结于某种隐匿的更深的黑暗力量，这是遗传，就像我也遗传了贾勒特式的眼睛和听锁的天赋。我和基根藏身在几英尺外茂密的树丛里，一直等到乔伊和他的朋友们脱掉衣服，涉水走向瀑布，冲进滂沱的水流之下，泡在被瀑布日积月累冲刷形成的池子里。直到我确信他们看不见我们了，我才快速爬到岸边，抓起乔伊的衣服和钥匙，撒腿就跑。“这样做好吗？”基根问道，但是我一点都没有犹豫。我把他的衣服挂到了最高的树枝上。他的红色T恤就像一面红旗，他那时髦的牛仔裤在高不可攀的枝丫上迎风招展，他的钥匙消失在夜色里，落地之前擦过树丛，飒飒作响。那个时候我可不在乎乔伊是不是得光着身子回家。他可以花上一整夜找他的衣服；就算他爬到瀑布顶上跳下来，我也不在乎。

如今，他的穿戴依然很考究，一条尼龙裤加一件深蓝色的棉质T恤。他抬头冲着女招待微笑，眼角浮现出鱼尾纹，迷人而又带点挑逗的味道。女招待回应的笑声响彻整个阳台。看来，有些事情倒一点都没有变。我合上我的文件夹，也把尘封的往事合了起来，收好电脑，结了账，经过一张张拥挤的桌子，希望在他们看到我之前赶紧溜走。可是还是迟了一步。亚特看到了我，叫了我的名字，还招手让我过去。让我诧异的是，当我走到他们桌前时，乔伊居然站了起来，一只手还搭上了我的肩膀。不知道他是否还记得那天在瀑布发生的事情。

“这次回来会待一段时间吗？”他问道。

“几个星期吧。你怎么样？”我最新听到的消息是，乔伊失业了，在洛杉矶附近混着，学拍电影。听到这个消息时，我颇为得意，当时我正坐在雅加达那优雅的办公室里，读着我妈妈的信，信上报告着家人们的近况。

“这个夏天我把他给绑到这里来工作了，”亚特插嘴道，“我正打算开拓一项新事业。为什么不叫他回来呢？有乔伊和你弟弟，新生意的前景可是一片光明啊。你没有兴趣吧，露西？你知道的，只要你想，我永远都会留一个位子给你。”

我礼节性地笑了笑，心想，亚特忽然这么宽宏大量，不知道乔伊会怎么想。我想起来我爸还在世时数次提起要开拓新事业，但是他却总不屑一顾。不过想了想，我还是决定不提这茬了。“谢谢。我会记在心里的。看来这次是个大计划？”我问道，点头示意摊在桌上的那堆草稿纸。

“哦，那个啊。”亚特摆了摆手，“不过是些我们随便想的主意罢了。你知道我们总是在幻想嘛。走在时代的前沿。你懂的。”在我们说话的时候，乔伊扫视着现在已经熙熙攘攘的阳台，打量着坐满人的桌子。“是啊，得试着走在时代的前沿。说到这一点，艾芙丽在这里还真是找到了一个金矿啊。”他加了一句，之后他抬起头，冲我眨了眨眼睛，“看来我应该和布莱克竞争一下，怎么样？”

我告诉自己这只是句玩笑话。但就是在那一刻，我忽然想起来，当年我偷他的衣服，藏起他的钥匙时为什么会那么开心了。我想起了那种嫌恶和愤怒。

“你们应该很忙吧，”我勉强挤出一丝笑容，边走边说道，“那么我们之后再见啦。”

第四章

“听说他很厉害哦！”一个女人走进餐厅，一边正聚精会神地和同伴聊着天。我正准备走出餐厅，差点被她撞到。她背着一个超大的包，我只好后退到门后，让她先进来。

“噢，是啊，他的确很了不起。”另外一个女人说道，“去年春天，他刚开张的时候，我就去过那儿。他们还会让你亲手尝试一下哦，太令人难忘了。他们会带着你做，你几乎都不用吹什么气。这和吹气球什么的很不一样。那次我做了一个玻璃蛋。”

“真的？我也想试试。”

“你肯定没问题。”

“他一定很厉害哟。”

“哦，那当然，他可是得过奖的。”

她们走过我的身边，穿过正午前的阳光，去了翻修后的厂房另外一边。我知道她们说的是基根，于是，听着她们对基根的赞美，我一路跟了上去。

基根工作室的入口并不难找；厂房角落里挑高的落地窗外已经聚集了许多人，等着参加下一拨的游览。门口挂着一块牌子，上面刻着一个五彩缤纷的词：玻璃艺品。

我凑近去仔细看了看，原来那是用一些细小的玻璃碎片粘成的马赛克拼接品。有很多人挤在那儿，挡住了我的视线，所以我也看不太清楚，只看到玻璃上倒映了一些树啊水啊，远处还有闪烁的火焰。站在前排的那些人看上去完全被迷住了，一副欣赏陶醉的样子。人群里还有一些穿着考究的女士，就像刚刚经过我身边的那两位；但也有几个穿着黑色衣服的年轻人，还有两组似乎是出来实地考察的青少年。

里面的场景看不太清楚，真是让人郁闷。当我正准备离开的时候，终于有一位导游推开了双重玻璃门，邀请我们进去。队伍动了起来，开始慢慢往里走；我随着人流往前走去。我们鱼贯而入，走进宽敞的房间里，在栏杆后站好，一阵热气朝我们扑面而来。接着，走出来了几个人，持着火把，跳着缓慢的舞蹈。虽然导游已经提高了嗓门，但是鼓风机和火焰的声音太响，我很难听清她在说些什么。

工作室另外一边的墙上有三个炉子，燃着熊熊的橘红色火焰。这时，过来一个男人，戴着护目镜，黑色的头发在脑后扎成了一个马尾，他走到那头，打开玻璃炉的一扇门，里面是金灿灿的火焰。热气在他和火焰之间形成了一道屏障。他从边上的一个大桶里挑出来一根管子，放入了火炉里，慢慢地转了几个圈，然后又拿出来，管子末端的玻璃已经熔化，闪闪发亮。

他把管子放在一张金属桌子上，在铁面上滚动、打磨并拉长，焦糖一般厚的液态玻璃开始渐渐变形。玻璃团的颜色也渐渐褪去，随着每一次的滚动，一点点地变得越来越通透，直到完全透明。他坐下来，继续慢慢地翻转着管子，接着，他举起管子，把管子的一头对准他的嘴巴，开始吹气。

这一切在极为缓慢地进行着，慢到几乎让人察觉不到：熔化的玻璃在渐渐胀大，像肥皂泡般变得圆圆的，表面变得越来越薄，还显出了些许斑斓的色彩；它渐渐变成了金橘大小，接着变成了苹果般大小。吹玻璃的那个人中途停下来了两次，察看下进度，然后把正在塑形的玻璃重新放入炉子里，我们的导游说这是为了软化玻璃。加热之后他又会重新回到桌边，继续吹气。他的助手拿来一块湿漉漉的桨状木板，按在玻璃的底座上，一团水汽冒了出来，大概是木头遇上高温有点闷燃。之后，她拿开了木板，这时玻璃的底座已经变得有些平整了。重复了几次之后，玻璃渐渐有了花瓶的样子。吹玻璃的那个人又把玻璃挪到了另外一个管子上，一边让他的助手转动玻璃，而他自己则用一个金属工具将玻璃花瓶的开口弄得更大一些。最后，他轻轻一拍，一个花瓶便应声而落，而戴着手套的助手则利索地把花瓶放入退火炉里去冷却。

制作流程分布在工作室的四处，整个过程都很引人入胜。导游说一会儿会有时间让大家提问，之后，如果大家有兴趣，我们还会有机会来亲自尝试吹一下玻璃。

吹玻璃的人娴熟而又准确地把吹管重新放回装满了水的桶，一股水汽蒸腾而起，就在那时，我才意识到，刚刚在吹气做玻璃的人是基根。是啊，那是他的疤，肘部上方那条三角形的疤；那是他的双手，他脱下了隔热手套，露出了他那强壮而又稳健的双手；就是那双手，曾经握着摩托车的把手；也是那双手，曾经在清冷的春夜里，滑进我的衣衫，在我的肌肤上游走。

基根曾经是一个叛逆的少年，常常沉思，这让他有着一种特殊的魅力。 而如今，他却悠然自得地做着这一切，在那些跳舞的工作人员和熊熊火焰中间游刃有余，同时也娴熟地指挥着那些学徒。曾经那些叛逆的象征：那身皮夹克，那沉默寡言的样子，那甜蜜促狭的微笑，似乎已经不见了；然而，多年前我对他的感情，却瞬时涌上了心头，仿佛我从来未曾离开过，从来未曾去上大学、念研究生，从未去环游世界。

基根摘下了护目镜，向我们走来。由于长年干着做玻璃的活，他的手臂很结实，都是肌肉。他比我印象中瘦了一些，也似乎高了一点。我痴痴地看着他，看着他比划着那些火炉和设备，回答大家的问题。但是我其实并没有注意听他在说些什么。我在回忆我们曾经的那些往事：当年，我锁上三明治小店的门，脱下塑胶手套和橘红加棕色的涤纶制服，套上牛仔裤和无袖上衣，披上黑色的皮夹克，而基根则在停车场的角落里等着我。我穿过停车场，跨上他的摩托车，紧紧地贴在他的身后，然后一起消失在茫茫的夜色里。

大家开始排队等待吹玻璃，而我则站在原地，看着他们。基根一个一个地指导他们做出彩色的玻璃球，然后把那些球放在一边，让它们冷却。之后，游客们被带到礼品店转转。终于，只剩下我一个人坐在那里了。刚刚那名助手向我走来，她很年轻，穿着深褐色的连裤服，暗红色的短发，两颊被火炉的温度烤得绯红。

“不好意思，快到午休时间了，我们要准备吃午饭啦。”她说道，“不过礼品店还是开着的，你可以去看看。那里有不少好东西呢。”

“噢，其实我是想和基根打声招呼。他是我的老朋友。我已经好几年没有见他了。不知道他有没有时间？”

她打量了我一番，点点头，转过身，轻巧地绕过那些设备，走到基根站的火炉边。她指了指我站立的方向，基根抬起眼，点了点头，从他后面的口袋里拿出一块布擦了擦手。看得出来他一时之间没有认出我，难道我的变化有那么大吗？直到走到离栏杆还有几尺远的地方，他才认出我，他那棕色的眼睛四周已经浮现出几道浅浅的皱纹。

“露西？”他的笑容更深了。“露西·贾勒特。哇！真没想到啊。我们是不是已经有，几百年没见了？”

“呵呵，你怎么样，基根？这些年来还好吗？”时光飞逝，当我再一次听到他的声音，真是有点百感交集，那种情感仿佛从头到脚贯穿了我。

他跨过了栏杆，在我身边坐了下来，带着淡淡的热气和汗水的味道，他认真地看着我，开心而又满足。

“我很好啊。刚刚开了这个新工作室。”

“我看到了。不错嘛。人们在你门口围了里三层外三层呢。”

他点了点头：“是啊，目前看起来还不错。我这里已经开张了快六个月了。我打算给自己三年的时间，不过大家都说，其实第一年就能决定成功还是失败。不过这也说不准。如果遇到一个寒冷的夏天，游客们都不出门，那就歇菜了；有很多东西都不是我能掌控的。”他咧嘴笑了。“不过，我这个人倒是从来不畏惧冒险的。”

“是啊，我记得你就是这个样子。”

“你怎么样？听说你在全世界到处跑啊。”

我跟他简短地聊起了我曾经居住和学习的地方，我曾经的那些工作，还有我和吉隆在雅加达和日本的生活，然而一时之间那些生活似乎已经变得十分遥远。

“你知道吗，”我话锋一转，突如其来的遗憾涌上心头，因为当时那样和他分手，“我有好多话想跟你说，我知道你也在到处跑，我也很想知道你回到这里之前的经历哟。但是在这之前，我想先跟你道个歉。”

“为什么？”

“因为在我爸过世之后的那段时间，我居然那样对你。”

“哦，露西。”基根摇了摇头盯着他放在夹在膝盖间那修长而结实的双手，说道，“听着，虽然当时我并不理解，但是我现在能够理解。真的，当时我不明白。可是那时的你真的是吓坏了，我知道。爸爸过世，这个打击太大了，当时我不应该那样逼你。”

“不，真的要跟你道歉。我不该把事情搞成那样。这些年来我常常想起这件事。对不起。”

他点点头，没有说话。我把手放在了他的手臂上，他看着我，笑容里带着疑问。我想起了当年，我们会在荒无人烟的地方停下车，被风吹得瑟瑟发抖……我抽回了手。

“反正那年夏天一过，你都是要离开的。”基根说，“虽然我们没有谈过这件事，但是我知道你要走。所以，就让过去成为过去吧，怎么样？”

可以这样吗？我想。过去可以只是过去吗？不过我还是感觉到卸下了一个包袱，一个多年以来我自己都没有意识到背负着的包袱。

这时，基根的注意力被什么东西吸引了过去。一开始我以为他在看火炉，但或许是在看他的助手。她工作的时候，一头红色的短发翩翩起舞，或许对他而言，她不仅仅只是一名雇员吧。但这时我看到他的目光越过了火炉，望向后面的那面墙，一扇门开了。一个有着黑色鬈发的小男孩站在门口，穿着 T 恤和牛仔裤，光着脚丫子。一个年轻的女人站在他的身后，双手搂着他的肩。她指了指我们的方向，小男孩冲着我们这边挥了挥手，基根也向他挥了挥手，站了起来。

"真见鬼，我告诉过蒂娜不要把他带到这儿来，这里太危险了。"一边说着，基根的一条腿已经跨过了栏杆。他回过头来对我说："露西，你有时间吗，要不过来见见麦克斯吧，我儿子。"

这时大多数人已经走了，只剩几个人还在照看着火炉，好让火炉在下一拨游客到来之前都不熄灭。他们一边也不时打量着我，而我则小心翼翼地挨着墙走，尽量离那些发热的东西远远的。而且，我还没从听到基根说"我儿子"的震惊当中缓过神来呢。

基根走到门口的时候我也正好赶到。他蹲在地上和麦克斯讲话。麦克斯看上去已经有六七岁了。他有着和基根一样的黑眼睛。他的小拳头里握着个什么东西。他慢慢松开手指，基根从他那小小的手掌心里拎起了一只甲壳虫。

"真不错，"他说道，"你是把它带来当午饭吗？"

麦克斯被逗乐了。"说什么傻话呀，爸爸。"

"傻话？怎么会啊？虫子里可是有很多蛋白质的。"

麦克斯不禁咯咯地笑了起来，"爸爸！"

"我跟他说了这很恶心，"蒂娜说，"但是他就想留着这虫子。"

"这是我的老朋友，露西。"基根边说边把那只泛着亮光的棕色甲壳虫递给我，"也许露西会留下来用午餐。我们是不是要邀请她？也许她喜欢吃虫子哦。"

"你知道吗？"我说道，"有一次午餐，我真的吃了虫子哟。准确地讲，是炸透了的蟋蟀。”

麦克斯瞪大了眼睛：“好吃吗？”

“吃起来很脆。”我回答道，一边把甲壳虫放回了麦克斯那小小的、潮湿的手掌里。

基根轻声地笑了：“说真的，露西，如果你有时间，就留下来吃午饭吧。”他退到一边，好让蒂娜出来。她很苗条，也很娇小，看上去很安静，双手插在她的连帽T恤口袋里。基根从钱包里抽出几张现金，感谢她能临时过来照顾麦克斯。接着，他指了指楼梯，揉着麦克斯的头发说：“不管是不是吃虫子，我都得让你吃点午饭。下一个保姆大概一点左右来。妈妈病了，是不是啊，小伙子？”

“那我就不上去了，”我说，“我不想打扰她。”

“哦，她不在这儿。”基根说。

“妈妈住在奥本。”麦克斯也说。

“我们分居了。”基根解释道，“我们已经分开快一年了。平常的那个保姆临时没法过来，所以我们刚刚请了蒂娜过来帮忙，下午是特蕾西。麦克斯和我还有一个协议呢，对吧？麦克斯可以画会儿画、玩一会儿。嗯，每个小时爸爸都会上来看看麦克斯；当然还可以看一点电影。”

“还有手机可以玩。”

“对的，”基根拍了拍他的口袋，“就在这儿呢。”

我们走进一间大房间，高高的天花板，金黄色的松木地板，看上去打磨过，还上过光，虽然有着松木特有的节疤，但还是很漂亮。有一面墙上还保留着原先厂房里那巨大的玻璃隔窗，和我印象中的一样。基根巧妙地用一些家具摆放把房间分隔成不同的空间。一张沙发正对着窗户，可以看到运河，边上是一张咖啡桌和两把椅子。旁边是电视和游戏区，随意摆了几个懒人豆袋椅和小矮桌。显然这块地方是麦克斯的地盘，到处都是蜡笔、毛绒玩具和塑料积木，还有一袋开口的动物形状的饼干，地毯上还散落着不少的碎屑。

房间另外一边的窗户位置高了许多，楼上的光线透过玻璃流了进来。基根在这里搭了一个厨房，还有一个吧台，边上就是餐厅。他的家具都是一些旧货的混搭，橱柜是不锈钢的，而餐厅是50年代的丹麦风格。靠着一面白墙竖着几个架子，上面摆着几排蓝色的玻璃绝缘体模具，排列得整整齐齐，仿佛一顶顶精巧的玻璃帽子；这些东西是在这个镇子繁荣时期，这家工厂出品的，基根解释道，那时，油价还没有飞涨，纤维光学还没有发明，企业也还没有转移到南方。他养成了收集这些东西的习惯。我一边摸着那海蓝色的玻璃，清澈透明，里面充满了气泡，一边想象着那个时代，这些房间里到处都是机器轰鸣，热气腾腾，人声鼎沸。而现在，一切都是那么安静，只有运河在工厂下面静静流淌。

基根已经卷起袖子干了起来。他把几片全麦面包放在柜台上，抹上厚厚的花生酱和果酱。

“来个三明治吗，露西？”

“不用了，谢谢。”我找了一个凳子坐下来，看着基根做三明治，感觉很自在。我想麦克斯能有这样一个傻乎乎、好玩又充满爱心的爸爸一定很幸福。“我刚才吃过了。”

“那吃个苹果？喝杯牛奶？”

“真的不用了。”

我想问基根他到底和谁结了婚，但是我不想当着麦克斯的面问这个问题。

我想到另外一件事，说道：“我知道这听上去会有些疯狂，但是我觉得这个地方真的很像我们以前经常来玩的地方。至少从窗户望出去的风景是一样的。”

基根把麦克斯的三明治切成了四小块，抬起头说：“你眼力不错啊。就是同一个地方。”

“真的？你以前的秘密小窝？”

“是啊，远离家的第二个家。”他打开冰箱拿出一瓶牛奶。

这时，麦克斯说想吃苹果；我走到窗边，那里摆了很多家具，略显拥挤。我望着窗外静静流淌的运河，回忆着往事。那是在中学的时候，基根发现了这个地方，还把这里变成了他的秘密小窝，他在废弃的机器和各种垃圾残骸中间摆了一张破旧的皮沙发和一张橘红色的柳条桌。他曾经说过，他到这里来是为了清醒头脑，但是我唯一一次和他一起到这里来时，我都感觉我快得幽闭空间恐惧症了：白天的热气羁留在这些毫无生气的房间里，还有那条河，在外面沉寂地流淌而过，仿佛任何事情都与它无关。我还是喜欢骑摩托车兜风那种刺激的感觉，也喜欢我们驾着独木舟划进黝黑的湖里，让独木舟自己漂在湖面上，一边接吻，一边尽量保持平衡，不让独木舟翻船。

“露西？”基根走到我的身边，“你还好吧？”

“只是有些感怀往事而已，”我回答，“这里和以前完全不一样了。”

“是啊，我也觉得很不可思议。但是一切都发生得很偶然。你知道吗，后来我去上了艺术学校，在芝加哥，一直都没有机会告诉你。那年春天，我一直都在候补名单里，但是我没有跟别人说起过，因为那个时候，我其实不相信，我生命中一直渴望的事情会真的发生。但是我居然真的被录取了，也攒到了足够的钱，还有奖学金。一开始的几个夏天，我在货船上打工，多数时候都是去墨西哥和南美。我也在墨西哥住了一阵子。”

“听上去很有意思啊！那你为什么回来呢？”

“我妈妈病了，癌症。她还那么年轻。四年前她过世了，过世之前已经病了好几年。那时每隔几个月，我都会坐车回来看她。照顾她的护士中有一个叫贝思·罗兰的。你还记得她吗？”

“她是不是有个兄弟，叫戴夫？”

“是的，戴夫。怎么说呢，事情总是环环相扣的吧。后来，我转学回到这里，上了阿尔弗雷德大学，还和贝思结了婚。太快了，当时我们还太年轻，实在是太、太、太年轻了。”他双手抱胸，望着窗外的河水。

“麦克斯生下来的时候，我们的婚姻其实已经岌岌可危了。那段时间对我而言真是很黑暗。有一天，我正沿着运河散步，忽然看到这栋房子挂着‘出租’的牌子。当时整栋楼都还没有改建好，也没有人买下任何一间房，所以我可以随便挑；他们希望找一个稳定的租客，所以价钱还很公道。一个住的地方，又可以当工作室，简直就是上天的恩赐。所以，我就在这里啦。”

“你妈妈的事我真遗憾，”我说，“我都不知道。”

“你知道吗，她一直都很喜欢你。”

我笑了，心里想着贝思·罗兰，我对她只有一些模糊的印象。她是一个优雅的女孩儿，运动型的，有着棕色的鬈发。看得出来麦克斯很像她，不知道为什么，这个念头有点让我失落。我从来没有放纵自己去想，如果当时我没有突然和基根断绝往来，我们之间会如何发展。那时我需要离开家，后来我的确也走了。然而就在那个春天，在我爸爸去世之前，我们的生活是那么紧密地联系在一起。嫁给基根的人也可以是我，是我和他一起分享这安定而又充满乐趣的生活。

“我可以吃点动物饼干吗？”麦克斯叫道。

“这得看你吃了多少长颈鹿啦，”基根大声地回答道，“如果你都数不清你吃了几只的话，你就不能再吃啦。”麦克斯大声地笑了起来。“我把他妈妈逼疯了，”基根轻声跟我说，“但他在这里的时候，我希望他能开心地生活。”

我问他洗手间在哪里，他指了指厨房的方向，那后面还有一片空的区域，放着两张床，一张大床，还有一张有脚轮的矮床，是给麦克斯的。洗手间就在那后面，有一面和我差不多高的隔断墙，简单地装了些水管之类。我用一条硬邦邦的白毛巾擦干了手，走出来，想找找有没有镜子。

就在这个时候我看到了那些花窗，漂亮的彩色玻璃花窗，倚在房间的大窗户旁。其中有两扇是现代风格，明亮的色彩，几何图形的形状，我猜那是基根的作品。第三扇就很不一样，很奢华，新艺术风格，色彩搭配完美。它描绘了一个有点似曾相识的故事：画面中有两个男人正在打开一袋稻谷，露出藏在里面的一只银质圣杯。四周围了一圈人，其中有几个女人，有一个穿着绿色长袍的女人，离开人群独自站在一边。即使在我这个外行眼里，这扇窗户的艺术价值也是显而易见的。虽然它很脏，只有一角已经被清理干净了，但是花窗颜色很丰富，也很浓郁。不过对我而言，这都在其次。让我停下脚步的，是花窗的饰边，设计极为繁复，而今天早上，我才第一次见到这个图案：丝带般的藤蔓和明艳的花朵簇拥着一排交叠着环环紧扣的白色圆月。

“基根，”我站在原地叫道，“你是从哪里搞到这扇窗的？”

“哪一扇啊？”

“有稻谷和圣杯图案的。就是有饰边的那个。”

“你是说约瑟夫花窗？”基根走进卧室。麦克斯也跟了进来，爬上小矮床，趴在那里，双臂垫在脑袋下面，看着我们。

“累了吧，小伙子？”基根问道。他给麦克斯盖了条毯子。“休息一会怎么样？我放歌给你听。”

“我不想睡。”麦克斯说，但是他也没动。

“我知道。就睡一小会儿，闭上眼睛吧。”

基根把一盘磁带放进了一台很旧的机器里，一首欢快的歌传了出来，歌中唱的是关于一场动物大游行的故事。他冲我点了点头，拿起那扇带有饰边的窗户，把它搬到客厅，靠在那面带窗的墙上。从这个角度一看，花窗的色彩显得更加浓郁。

“你看，得好好清洁下才行。这是从那个兵营附近的小教堂里拿出来的。不知道为什么，这扇窗户甚至都没有安装上去，他们是在教堂后部的一个柜子里发现它的。你知道那个兵营关了吧？”

“我那天回来的时候，看到有人在那儿游行抗议。”

他点了点头。“是啊，我想肯定有人会为了那片土地大打出手的。但是，一开始建兵营基地的时候——也就是那片土地刚被征用的时候——那里曾是一个繁荣的小村子，市区的教会还在那里建了一个小教堂。珍珠港事件之后，为了能建兵营基地，那片土地很快就被清空了。虽然现在，我们可能很难想象当时的场景，但在那个战争的年代，人们只是简单打包了他们的个人物品便离开了。其他所有的东西，包括房子、谷仓、商店，都被夷为了平地。但是教堂高层却提出了抗议，他们认为小教堂和那块土地都是神圣的财产，更何况那里还有一小片墓地，紧邻着的是易洛魁族人的墓地。所以，当村子被夷为平地的时候，作为妥协，小教堂只是被封了起来，并没有被毁，墓地也被保存了下来。几个月前，有人进了那个教堂，我想那里都几十年没有人去了吧。他们发现这扇窗靠在圣坛后面的墙上，接着，他们把其他窗上的封条也卸了下来。这些年来人们几乎早已把它们遗忘了。这些窗的品质很高，大家都觉得很惊艳。除了这块花窗玻璃，另外还有九块。我看到过的几块都很与众不同，真是让人叹为观止啊。他们雇了我来给这些窗玻璃的质量作一个前期评估，并且给他们推荐一家工作室来修复，的确，它们需要好好地修复一番。因为这扇窗玻璃没有被固定在墙上，所以我先把它带到这里来仔细研究一下。”

“你知道是谁的作品吗？”

“有些猜想，但是都不确信。怎么了？”

我在地板上坐下来，正对着那块窗玻璃，仔细研究着沾满灰尘，又美艳绝伦的图案。

“是因为这道饰边。”我说道，一边用手指拂过玻璃表面：那色泽洁白、环环相扣的圆月图案，还有藤蔓和花朵图案的铅框。“几年前，我妈从我们家的一个行李箱里翻出了一块布。布上的图案和这个一样。我从来没有见过类似的东西，你见过吗？”

“没有见过。至少没见过带这个图案的玻璃作品。”

“我猜这可能是当时那个时代常见的一个图案。我得研究一下。不过这也太巧了，我总感觉，这两样东西怎么着都有点联系吧。”

基根在我身边蹲了下来，他挨得那么近，我能感觉到他手臂的温度。

“也许教会会知道这扇窗是谁捐的。其他的花窗中至少还有一块和这有着同样的饰边，而且更大、更壮观，也是从那个教堂里找到的。而且他们已经把它修复好了，现在正在市区的教堂里展出，供大家参观呢。剩下的那些花窗玻璃还在评估和清洁中。我想他们可能希望借此来募捐一点钱吧。修复工作还挺费钱的。你一定要去看看，因为它实在是太漂亮了。我明天会在那里工作，如果你想过来看看，就来吧。”

“谢谢。我想去看看。基根，为什么你叫它约瑟夫窗？”

他笑了。“教区长是这么叫的。我也不知道为什么。我想大概是源于五彩梦幻衣的故事吧，就是约瑟夫被扔到了井里，后来被带去了埃及的那个故事。据我所知，这扇窗描绘的场景就是发生在故事的最后，他的兄弟们最终在大饥荒的时候找到了他。”

“真的吗？我不记得那个故事里还有圣杯啊。”这扇玻璃的底部有点厚，还略微有点隆起，感觉就像玻璃已经在流动，并在底部汇集。“看上去就像它快融化了。”我又加了一句。

“也可以这么说吧。玻璃其实并不是真正的固体，它一直向往重新回到液体的状态。随着时间的流逝，铅框会软化，玻璃受重力影响会被往下拉，所以修复工作才是那么重要啊。要不然，最后玻璃就会变形，那么这扇花窗就不复存在了。”

这时门铃响了。基根站了起来，打开了房间门。他和新来的保姆小声而又快速地说了几句话，而我也收拾起我的包，和一整天都带在身边的那些文件。我感觉周围的氛围有些变化，既感到兴奋，又觉得自己打扰了别人。

“那我们明天见？”我一边问，一边沿着楼梯走下楼，基根停下了和保姆的谈话，向我微笑并挥了挥手，告诉我明天十点去圣路克教堂找他。

下一拨的游客已经进来了，火炉烧得正旺，导游正在向那些着了迷的游客解释玻璃制作的流程。唯一的出口得经过礼品店，我也停下了脚步，欣赏了那些玻璃制品，有各式花盆、盘子、彩色玻璃制作的可以折射阳光的装饰品，还有体态优美的各种玻璃球。我转身的时候，包不小心碰到了一个陈列，就在我伸出手想接住那个完美无瑕的玻璃球时，我一下失去了重心，撞到了另外一个陈列，一堆盘子开始像多米诺骨牌般一个接一个地倒了下来，直到最后一个盘子碰倒了一个暗红色的碗，碗掉到了地上，摔了个粉碎。

“别动，”售货员举起手，摊开手掌，摆出像是要挡住波浪一般的姿势，说道，“站在那儿别动，来个深呼吸。”

我照做了，一边看着她把打翻的盘子收拾起来。

“只打碎了一个碗而已。”她说，而且还不让我赔钱，“这种事情难免的啦。不要紧的。”

我小心翼翼地离开，满怀懊恼，也忽然也有些精疲力竭。天气不错，微风阵阵。这天气真有点变幻莫测：原本聚拢来的云层现在已经散开了，午后的天空很晴朗。我开着雪佛兰穿行在低矮的山林间，湖面在树木的间隙中忽闪着朝后退去。我没有想到，再次见到基根会让我如此激动。也许是因为当初我们之间结束得太过突然，一点都没有分手的感觉，而当时我又对他那样冷酷无情。那些过往激动人心的时刻仿佛又在眼前重现，是那样真实，那样让人感怀。

我到家的时候，房子里还空无一人。我能听见自己的脚步声，在楼里层层回荡着，那一刻，我明白了为什么我妈妈要把这么多间屋子都锁起来。我上楼，好好地补睡了一觉，调整了时差，一觉无梦。

我醒来的时候，已经是傍晚了，妈妈还没有回来。楼下那间狭小的卧室里窗户都开着，新鲜的空气穿过松树林吹进了房里。一条黄色的裙子扔在床上，一半沿着床角耷拉了下来。衣柜的门也都开着，门把手上挂着衣架，衣架上搭着衣服，一派混乱而又生机勃勃的场景，完全不像是妈妈的风格。我感觉有些浮躁，于是换上了前一天刚穿过还有点潮的泳衣，向着湖边走去。

我推开船屋的门，门吱吱呀呀作响，我走进清冷的黑暗里，正在涨潮的湖水不断地拍打着汽艇。我松开了我那墨绿色的独木舟，把它拖出大门，推向湖滩。独木舟一半已经入水，一半还搁在岩岸上，一边还随着波浪轻轻荡漾。我走进湖水里，跨进独木舟中，用桨撑着凹凸不平的湖底，直到湖水慢慢变深，我可以轻巧地划起桨来。微风里，我的肌肉有节奏地运动着，那样的韵律，就仿佛呼吸般熟悉。明媚的天空下，树叶随风飞舞。

我轻轻划着幽蓝的湖水，沿着湖岸前行，一直划到那片湿地的起点，这里沉积了一条支流带来的很多淤泥，还有一大片的香蒲，点缀着紫色的花儿，燕雀飞进飞出，在静谧的芦苇丛中划出一道道明艳的红色、黄色和蓝色。以前我们一到这里便会停下来，因为这里有一条隐形的边界，是我们家的土地和兵营禁地的分界线。我的胳膊有些疼，于是便停下了划桨，让自己随波逐流。有鱼儿的影子在水下闪过。鲈鱼，也许是石斑鱼；如果是我爸看到这些，他一定会微笑。风吹过芦苇，飒飒作响，湖水轻轻拍打着艇身。岸边的树已经长大了不少，树林的边缘连着一片原野，杂草丛生，风吹过，涟漪阵阵。

这时，一个奇特的场景发生了，完全出乎我的意料，如同那些转瞬即逝的美丽。当我在那里静静地坐着，漂荡着，梳理着这奇特的一天的发现时，鹿儿就那样忽然从树丛里现出身来。就是那传说中的白鹿，野生的、难得一见的白鹿；我从来都没有见到过它们，我屏住了呼吸。它们一头接着一头地出现了，一共有五头，在树丛边抖动着身子，直到有什么东西忽然惊扰了它们，它们高高地跃起，如飘忽而过的云朵般穿过了田野，消失不见了。

第五章

晚上，妈妈搭着一辆浅绿色的丰田普锐斯回来了。她一边笑，一边用没有受伤的那只手拎起几个瘪瘪的塑料袋。送她回来的车子倒车出去时，因为她一只手打着石膏，一只手上又拎满了东西，所以她没法挥手，于是便站在那里向车里的人微笑。不过开车的人倒是冲她挥了挥手，还伸出了脑袋向她说再见。他的脸棱角分明，看上去也很和蔼可亲，头发有一半已经花白。妈妈一直站在那里，直到他的车消失在视线里。

我们在厨房吧台上吃了个简单的晚餐：法式面包，去核黑橄榄，烟熏法国布里白乳酪，还有一份蔬菜沙拉。饭桌上我们聊起了一天里所发生的事情。她跟我讲今天在银行出入的那些人，那些我可能还记得的人；而我则告诉她我发现这里的变化有多大。去年春天她也去了基根的玻璃艺品工作室，她还拿给我看在那儿买的一个明黄色带有圆齿边的玻璃盘。吃完饭之后，我们把晚餐的盘子收拾好，又倒了些葡萄酒，一起来到露台上。妈妈在一旁指挥我把夏至派对的小装饰挂起来：灌木丛和植物上都挂上了迷你灯珠，甚至连那夜花园里疯长的牡丹上也缀满了灯珠。我想起了爸爸。上一次我在这里参加这个派对，还是在他去世前的那个夏天，那时，他把灯笼挂满了整个湖岸，还点起了篝火，整夜不熄。我从树丛间摘了一些花，放进白色的篮子里。我还给树枝绑上了丝带，也重新调整了一下家具的摆放位置。

第二天早上，我们很早就起来了。我用妈妈买的巨大的氦气瓶冲了一些气球，把它们拴在草坪上、走廊的扶手和树枝上。它们就像随处游荡的小行星一样，飘浮在那里。为了能够在十点之前赶到教堂与基根碰头，我们提早开车进了城。把妈妈送到银行之后，我停下了雪佛兰，在车里坐了几分钟，查看手机上的信息。吉隆给我发了电子邮件，告诉我他印尼之行的时间表，问我他什么时候过来比较好。我给他写着回信，可是忽然之间，我很想听听他的声音，或许是因为过去两天来发生的这么多意料之外的事情让我有些无措吧，于是我按下了通话键。

电话响第二声的时候，吉隆就接起了电话，他的声音是那样沉稳，那样熟悉，让我忽然觉得好安心，也勾起我想见到他的渴望。

“嘿，你在哪儿呢？”我问道。

“在厨房呢。喝点小酒。处理一些文件。”

“在厨房啊，”我重复道，“真希望我们现在可以在那里跳舞。”

“啊，我也是。”

“嗯，好想在黑暗里和你跳舞啊。”

我打赌吉隆在电话那头一定是笑了，他应该很开心。

我们又接着聊了一会儿他的行程。挂掉电话之后，我发现周围的空气也变得纯净清新了许多，仿佛焕然一新。

这会儿，游客已经开始拥入，他们应该是去参加公园里的一个什么艺术活动，而我则逆着人流朝教堂走去。教堂的门是拱形的，圆弧的曲线在顶部会成一个尖顶，外部则漆成了暗红色。

上面的铰链和五金零件都是老款式，图案华丽繁复，锁眼深邃，模仿的是更早期的工艺。

繁复的铁艺装饰在深红色的门上格外显眼。走进教堂，扑面而来的是一片寂静，寂静得那么深邃，让我不禁想驻足聆听。空气中散落着木头和蜡的味道。我在门槛处停下脚步，让自己适应一下那里的安静和黯淡的灯光。教堂的地上铺着铁锈红的瓷砖，上面是一排排的抛光橡木长椅，四周彩色的玻璃花窗色泽饱满亮丽，在昏暗的教堂里，显得仿佛被赋予了生命一般鲜活。

我闭上了眼睛，陷入了回忆。小时候，我每个礼拜都会来教堂两次，一次是参加唱诗班练习，另一次是周日的礼拜。我和布莱克总是心不在焉地坐在长椅上，在信封的背面涂鸦，写一些无聊的话，互相传来传去，而爸妈总会投来制止的目光。我还记得，那时候，我们时而站立，时而起身，时而跪下，每一次大家异口同声地念着同样的祷告词；念完祷告词之后便是更有神秘色彩的默默的祷告，每当我有些不自然地跪下时，我都能感受到周围的呼吸声。那时候，上帝仿佛我爸爸般安静，像我伯伯般苛责，也像挂在大厅里的祖父像般遥不可及；当我闭上双眼，总能感受到他们的凝视，这使我总是很紧张。尽管如此，在我八岁、十岁、十二岁的时候，我还是尽了全力，一直为生活中的那些寻常小事祈祷：分数啦，恋情啦，还有那只从小窝里掉下来的小山雀，在我的手掌中颤动的那幼小的生命。七年级的时候，我因为担忧污染的问题，甚至还认真地为全世界祈祷。

在我小时候，教会里女人唯一能扮演的正规角色就是打理祭坛的布料，或是在唱诗班里唱歌。虽然这些事我都沾不上边，但我还是不由自主地，被我自己都说不上来的东西吸引到了这里，也许是那深邃的寂静，或是由寂静所带来的神秘。甚至在我年轻的时候，虽然我会和基根·弗尔一起狂野飞车，但我依然会去教堂。后来，教会终于修改了规定，结束了几十年来的争议和艰苦奋斗，首次让女孩子担任教士助手，而我是第一批成为教士助手的女生。我还记得当时我套上了白色的棉布长袍，下摆一直拖到脚踝那里，在腰上系上了长袍的腰带，举着沉重的铜质十字架，引导着唱诗班徐徐走过中间的过道。我既开心，也感觉有些叛逆，那是我离家前的最后一个春天，我留着短发，飘逸的长袍下穿着露腿牛仔裤。

后来，我爸爸就溺水去世了。葬礼上，我还是坐在惯常的那条长椅上，他的棺木就摆在面前，上面堆满了鲜花。

“主啊，请让我们将您的仆人马丁托付给您……”我们排着队，一个接着一个，与他告别。脚步声、克制的咳嗽声和清嗓子的声音在教堂里回响。我们在围栏前跪下，我的一边是妈妈，一边是布莱克，在派发圣饼和葡萄酒的间隙，我听着他们的呼吸，心里的悲伤仿佛要把我撕成两半。牧师在木质的围栏后慢慢走着，派给我们圣饼，递给我们圣杯，一人一口。“这是基督的血肉，这是救赎的圣杯。”其实我并不相信这样的话，因为这听上去毫无逻辑可言，然而，在这样的一个仪式里，在这个地方，我却常常能够感受到一丝神秘的渴望，而这样的渴望也能在这里得到满足。

所以我静静地等待着，一边是我妈妈，两眼通红，银色的头发拢在脑后；一边是布莱克，身上的西装袖子已经短了几厘米。我静静地等着，当我终于站起身来时，感觉到嘴里的葡萄酒既甜又苦，我穿过狭窄的走道，绕过管风琴，回到圣坛。然而此时，我并未感受到我的悲伤有一丝的减轻，整个世界也没有发生任何变化。我站在教堂的前方，看着一排排的长椅，眼前都是熟悉的脸庞：有我的堂兄乔伊，亚特伯伯，他的妻子奥斯丁，怀里抱着柔依，每一个人都穿着黑色的衣服，有些人在哭泣，还有些人在抹眼泪。这些人很富有，他们之中有的人拥有游艇，有的是私营老板，他们曾经都指望着我爸爸帮他们打开那些锁，开启他们的那些秘密和财富。可同时这些人也很困顿，因为他们也曾有着同样的梦想和秘密，也曾经历遗憾和挫折。爸爸走了，永远地离开了，然后，几分钟以后，我们所有的人，都会重新回到我们自己的生活，每日的琐碎终会掩盖他已离去的事实，无丝无缝，就像流水绕过岩石，毫无痕迹。

露西，妈妈轻声叫着，一边勾住我的胳膊。露西，我的宝贝。她朝走廊走了一步，我也跟着走了一步。

那是我最后一次走进这间教堂。

周围的空气仿佛凝固了般沉静。在印尼和日本的时候，我也去过一些有着同样寂静气息的寺院，那里的寂静能让人沉静下来，悉心聆听。

在印尼，宣礼声在微光闪烁的空气中回响，一日五次。然而，我却已经有很多年都没有接触到我自己的宗教传统了，这个教堂对我而言，显得既熟悉，又陌生：圣坛比以前更加明亮，窗户的色彩也更加鲜艳。我沿着中间的走道缓缓而行。教堂洗礼池边上的窗边还搭着脚手架，窗下的地上铺着一张帆布，上面散落着一些工具。窗上安装了防护透明玻璃。不一会儿，基根从管风琴后面的窄门走出来，还一边轻轻吹着口哨。

“嘿！”一看到我，他便露出了笑容。他的声音在教堂里回荡。

“嗨。”

“你怎么进来的？”

“从门进来的，门没锁。”

“真的吗？门应该锁上的啊。你等我一下。”

他沿着走廊一路小跑过去。他回来之后，指着那扇透明玻璃窗说：“原来装在这里的那扇窗送去维修了，今天下午会送回来。我现在只是把剩下的一些填缝剂搞掉，好让修复工作变得更快一些。”

“这扇窗也有我说的那种饰边吗？”

“没有，有饰边的那些还在兵营那边的小教堂里，除了那扇最大的，它已经清理好了，现在正在这里展览呢。想不想看看？”

“当然想啦，不过我担心会打扰你的工作呢。”

“没关系。我最喜欢跟人炫耀那扇花窗了。它在另外一间房里，就是储藏法衣、圣饼和葡萄酒的那间。跟我来吧。”

于是我便跟着他去了。有关基根的一切都显得那样亲切：他耳朵的轮廓、摆动手臂的样子，他依然用深蓝色的橡皮圈把头发扎在脑后，还有几缕头发滑落了出来。当我跟着他穿过狭窄的通道，爬了三个台阶，走进那个房间的时候，我很想问他：“*你还记得么？记得那些个夜晚，我们去到湖上，看着月亮升起，一起随波逐流？*”

基根打开门，让我先进去。房间很小，布置得有些奇怪，所有的墙边都摆了柜子和架子。

“以前我都在这里穿长袍呢。对了，那个水槽不能用哦。”

基根笑了：“是啊，他们警告过我了。这根管子直接通向大地。只能倒圣餐用的酒，不能在那里洗洗刷刷。”

“真有趣，说得好像大地和圣餐酒一样神圣。”

“是啊。”

“是什么？是有趣还是神圣？”

基根想了想。“本来我是觉得有趣。不过，其实两者都有。来吧，过来看那扇花窗，它就挂在转角的壁龛那儿。”

我走过那个挂满了法衣的柜子，在转角处停下脚步，一下子便被那块彩色花窗震住了，它是那么大、那么美。它就挂在那扇正对着湖的窗子上，因此镶在铅框里的花窗玻璃流光溢彩，光线斜照在我的手臂和身上，也照在地板上。花窗里有鸟儿在湛蓝的天空飞翔，五彩斑斓的鱼儿在深邃的海里遨游；藤蔓爬满了四边，五彩的花朵争奇斗艳，枝繁叶茂的树木栩栩如生，叶子仿佛能随风舞动。而花草间则到处是动物，有斑马和蜥蜴，还有兔子和大象。花窗上还有一些人物形象，他们和树与花朵一样，从暗红色的大地上生长出来。虽然看得出来这些图像是人，但却分不清男女。他们站在那里，高举双臂，双手则幻化成了叶子，那些叶子又组成了一些我看不懂的字样。花窗的底边正是那熟悉的藤蔓绕月图样。而环环相扣的月亮之上，则有一句话，由透光的金黄色字母拼成。

“因她是上帝的气息……她让一切重生。”

“没想到这扇窗这么美。”我轻声说道。

“很了不起吧？另外那扇窗，就是那块约瑟夫窗，如果修理好了之后，也一定会很壮观的。我好想去教堂看看剩下的那些花窗啊，都有些等不及了哪。这扇窗讲述的是创世记的故事，不过并没有讲完整。在我第一次看到它的时候，它脏得要命，我几乎看不出来上面的图案。你看到这些图样了吗？”他一边问，一边指着交织在画面中和环绕着画面的漩涡状的光线条，“那些是风，我后来才看明白。刚开始这块玻璃很脏，我还以为可能有几处玻璃碎掉了，所以被重新修补过，但后来我才明白上面都是原本的玻璃，最初的设计就是那样。”

我伸手穿过彩色玻璃折射出来的彩光，摩挲着那饰边，环环相扣的月亮，错综复杂的藤蔓和花朵铅框。“这个图案又出现了哟。”

“是啊，一定是别人订制的。很精美的彩绘玻璃花窗。”他继续说道，“虽然不是蒂芙尼①或是拉·法吉②的作品，但是看得出受到了他们的影响。真是非常精美。制作这扇窗的人一定是一位杰出的工匠，一位优秀的艺术家。至于订制的人嘛，一定很有钱。”

我退到最后面，用手机拍了些照片。照片有些模糊，要是带了相机就好了。

“它是不是很古老啦？看上去很有些年代了。”

“嗯，从设计上看，是新艺术主义的风格，但是从玻璃质地上看，我认为应该是更晚期一些的作品，大概是 20 世纪三四十年代吧。其实制作花窗玻璃的工艺是很古老的，但是到了 19 世纪，人们又摈弃了铅框工艺，而只是简单地给玻璃上色，这一风潮一直延续了几十年。直到 19 世纪末 20 世纪初才掀起了一股启用铅框的复古风潮，一直延续到了今天。”

“那你工作室里的那扇呢？就是那扇约瑟夫窗？”

“我可以肯定地说，它们是同一时期的作品，而且出自同一位艺术家之手。很可能和教堂里保存的那些玻璃花窗是同一批订制的。不过我不知道他们为什么没有把约瑟夫窗装上去。”

五彩的光线在我身上投下了蓝色、绿色和黄色的斑斑点点。我想起那块有着同样饰边的布料。也许就是写下那些字条的人亲手织了那块布，也许她就是制作这些花窗的人，或者至少参与了设计。可是那个神

---

① 蒂芙尼：美国艺术家，以制造装饰性玻璃而闻名，是美国新艺术主义风格的主要倡导者。他是蒂芙尼珠宝公司的创办者查尔斯·L. 蒂芙尼之子。

② 拉·法吉：美国早期的壁画家和彩色玻璃设计师之一。

秘莫测的 R 呢？她到底是谁？是谁呢？

“这个图案太特别了，我相信它们之间一定有什么联系。”我说。

“你知道吗，露西，以前的捐赠者经常让艺术家把他们深爱的人，甚至是他们自己，放进那些《圣经》故事的场景里。我在想约瑟夫窗上刻画的那些个女子，她们是不是有点像什么人呢？”

“我不知道。这个想法倒挺有意思的，不过之前我没有很认真地看过她们的脸。我得再仔细瞧瞧。但是只看脸还是不够啊，我想知道名字，知道背后的故事。基根，我能不能去教堂看看其他的几扇花窗？”

“这我可不敢打包票。那里管制挺严的，不过我会想想办法。”

这时从远处的圣堂传来脚步声，接着到了走廊；这会儿脚步声更近了。我们回过头，看到一个女人走了进来。她很高，只不过比我矮一点，戴着牧师硬质白色衣领，大概比我年长十岁的样子，一头及肩的金发。

“哦，基根。我不知道有人在这儿。”她开口说道。

“嗨，牧师。”他笑着回答道。看得出来基根挺喜欢她的。“这是我的老朋友露西·贾勒特。我们以前可是一对热恋的情侣哦。”

她冲我笑了笑，握了握我的手。“我是苏西·韦尔斯。”

“这位可是牧师苏西博士。”基根说。

“叫我苏西就可以了。”她说。

“我们只是在看这扇花窗。”我解释道。

“啊，我还没看过这块玻璃呢，我这一个星期都不在。能让我也看一下吗？”

我朝后退了几步，好让她进来。和我刚才的反应一样，那图案和光线所带来的摄人心魄的美丽也让她目瞪口呆。

“天啊，太美了。简直是妙不可言。基根，这真的是同一扇窗吗？”

“清洗得很干净吧？”

“简直难以置信啊。之前它那么地黑。”

她又凑近了些，摩挲着玻璃上的那些人物形象，他们上举的手指化成了树叶，组成了一句话。

“这些文字是什么意思？”

“是希伯来语。特黑拉，就是赞美的意思。亚当玛。”

“是指亚当和夏娃的亚当？”基根问。

苏西点了点头。“对，不过实际上，亚当玛是指适合人耕种的土地。翻译成英文大致就是人的意思。我想这就是为什么这些人是从土地上直接长出来的。”苏西又凑近了细看。“所以这句话的意思差不多是指‘人们赞美上帝’。你说这扇窗大概是什么年代制作的？”

“大概是20世纪三四十年代。”

她站直了身子，若有所思。“真的吗？可是这个画面看上去很有现代感。画面和那句话都很现代。”

“我刚在想这句话有什么含义。”我说道。

苏西点了点头，一边仍目不转睛地盯着那扇窗。“这句话出自《智慧书》[①]，不过我得查一下资料才能告诉你确切的章节和段落。这本书赞美了智慧女神的很多美德。有些传统也将智慧女神称为索菲亚，在希腊语里索菲亚就是智慧的意思。根据《圣经》记载，创世时智慧女神也在场。不对，我得纠正一下，她不仅仅是在场，而且还积极参与了创世的过程，并自得其乐。她常被人们描述为拥有无上的权力、全能全视而又充满生机勃勃的力量。我猜这就是画面上无处不在的风所想表达的意思。智慧女神还和圣灵有关；而且‘灵’这个词来自希伯来语，希伯来语的‘灵’是阴性词，是气息的意思。气息存在于万物之中，也给万物带来新生。”她转向基根问道：“你说这是20世纪30年代的作品？你确信？”

“几乎可以肯定。”

---

① 《智慧书》：作者为17世纪西班牙教士巴尔塔沙·葛拉西安（1601—1658）。《智慧书》为葛拉西安的代表作，汇集了关于知人、观事、判断、行动、友爱、成功的300则箴言，与《君主论》《孙子兵法》并称为“人类思想史上的三大奇书”。

“嗯，那就真的是很了不起了。近几年有一股热潮，人们开始对《圣经》中有关女性的形象和隐喻感兴趣，而这些在以往都是被忽视的。但是在20世纪的三四十年代还并不兴这些。我没有想到能在那个时代的艺术作品中看到这些。所以，这扇窗让我非常好奇，很有意思。”

她自嘲地笑了笑，退后了几步说道：“嗯，我觉得这扇玻璃很有意思，因为我是牧师，也是学者。不过也许对你们而言，它可能并没有那么了不起吧。”

“哦，不，我也觉得它很了不起。”我说道，“不过坦白说，是出于不同的原因。”我指了指饰边图案，把那块布和我在我家阁楼里找到的文件的事告诉了她。“我在这里看到这个图案时真是大吃了一惊。现在我眼前真是一抹黑，我对这个人一无所知，只知道不管她是谁，她一定和我家族有关系。”

“而且我猜也和教会相关。”

“是啊，肯定有关系。所以我在想，不知道教会是不是会有这些花窗的记录？有没有当初捐赠时的相关文件记录？”

苏西举起双手说道：“我真的不知道。这是个好问题。我唯一确信的是，那座小教堂，就是建在最后变成了兵营基地的那块土地上的那个，是这所教堂的一个分支，建于30年代。所以从年代上看还是挺相符的，是吧？我也就只知道这么多了，我刚来，对这里还不太熟。不过你们可以问问乔安娜，她是教会秘书。”苏西从口袋里掏出一个手机，看了看时间，说道，“她应该还没去吃午饭。乔安娜在这方面是个高手，而且她在这里也好几年了，如果真能找到什么，她一定能找到。”

我们走到大厅，厅里的一面墙上全是成排的窗户，另一面墙上挂着历任牧师的黑白相片，都裱了框，最早的可以追溯到1935年。

“我们下周见，牧师，到时候那扇花窗应该好了。”基根说道，“下周二怎么样？”

“好的。”她站在走廊里笑了笑，“还有，基根，欢迎你礼拜天来教堂做礼拜。露西，也欢迎你来。”

我没有回答，因为那一排牧师正从墙上盯着我，让我有点紧张。不过基根笑了，好像他们之间有过很多次那样的对话。“多谢啦，不过我不喜欢有组织的宗教。没有冒犯的意思。我喜欢用自己的方式来祷告。”

她笑了：“那我得问问，你用的是什么方式？”

他咧着嘴笑着答道：“嗯，我会划船出去，漂在水面上，想想我生命中那些不怎么顺利的事儿，如果我有重来一次的机会，我会有什么不同的做法。接着，我就会想想我生命中那些美好的事儿，一件接着一件回忆，我就会觉得很感恩。”

牧师苏西博士哈哈大笑：“嗯，对这种方式我可没什么异议。不过你有空还是来吧。我想你会觉得很惊喜的哦。”

她面带笑容地走进了放圣衣的房间。基根说他可以带我去办公室，不过我跟他说我知道办公室在哪儿。

“不过还是要谢谢你今天带我来这里。”

他微笑着凝视我，我有一种很奇怪的感觉，感觉这些年的时间仿佛已经消逝，这一刻之前，就是当年，那个自由自在、亲密无间的当年。我很努力才克制住自己不去牵他的手，可在我十七岁的那年，牵他的手是一件多么自然的事啊。

“能见到你真好，露西，真的很好。如果你发现了什么的话，告诉我好吗？我也会去想想办法，看能不能带你去看看那个小教堂里的花窗。现在就只能祝你寻宝路上交好运啦。”

教堂里的走廊都是拜占庭风格的设计，一条接着一条，很是复杂，还好我没有迷路，径直走到了办公室。那位秘书乔安娜是一位矮矮壮壮的女士，齐肩的长发，挑染成金黄色。我们聊了几分钟之后，我才发现原来她是高我一届的学姐，还是我西班牙语课上的同桌呢。她已经结婚了，有两个孩子，她的丈夫在镇政府工作。我把之前告诉苏西的有关那块布和花窗的边框图案，还有我找到的那些字条的事又跟她讲了一遍。

她花了几分钟翻遍了一个文件柜，可是一无所获。“让我来查一下档案吧，”她边说边站起身，拉了拉裙子继续说道，“其实就是去地下室逛一圈，不过说查档案听起来比较酷。应该不需要很久的。”

我在办公室里等她，望着拱形的窗外随风而动的银杏树，那扇形的叶子在微风中轻轻荡漾，给人带来一种不安而又兴奋的感觉，不由得让我回想起了早些年和吉隆一起在印度尼西亚的日子。也就是在那个时候，我清楚地看到了生活的轨迹正在发生重大的改变。至于最近发现的那些东西——那块布、那些信、那些花窗玻璃，如果单独来看，它们每一个虽然都很新奇，但也会被渐渐忘却；而如果把它们合在一起看，却让我对我自己的过往产生了疑问。可这之前，我一直以为过往早已是定局。这次的发现就像地震，如同大地的颤动般，既令人震撼，又让人始料未及。

这时，楼梯上传来脚步声，乔安娜回来了，看得出来有点上气不接下气。

“嗯，没什么记录啊，”她说，“至少一时找不到什么，不过，如果有时间我还会再仔细找找。那个小教堂是 30 年代建的，1938 年动工，是这个教堂的分支。这一点是记载在教堂历史里的。我记得它是由一位匿名人士捐建的，不过我在下面也没有找到相关记录。我能找到的只有这张收据，上面有那位制作了这些花窗玻璃的艺术家的名字。”

她递给我一张纸，上面有正式的抬头，还有一道道淡蓝色的线条。字迹清晰而又工整，边上一栏里记录了价格。这让我想起了小时候梦大师减价销售时的账单，那些装在灰色不锈钢箱子里的手写发票、买卖记录，还有夹在发票之间那薄如蝉翼的复写纸。

发票日期是 1938 年 10 月 6 日，上面列出了三项记录。

八块彩色镶嵌玻璃窗，价格 250 美元 / 块

一块彩色镶嵌玻璃窗，价格 650 美元 / 块

总计 2，650 美元

底下写着“匿名捐赠人赠”，下面盖了艺术家的章：

弗兰克·韦斯特鲁姆，玻璃工匠

纽约州，罗彻斯特市

“谢谢，这很有用。”我说。

“太好了，我就想这也许有用。我给你复印一份。还有，在你告诉我你的故事之后，我也天马行空地想了不少。我在下面和老鼠一起查资料的时候，我想也许该把 1910 到 1920 年的受洗记录找出来看看。就是随便翻翻，看能不能找到些什么。几年前我们这里发过一次大水，所以记录有些中断，不过我想你可能会想瞅一眼。给你。”

我谢过她之后，便在有软垫的沙发上坐了下来。一翻开文件夹，灰尘和霉菌的味道扑面而来。我一页页翻看着印刷精美的证书，每张证书上都装饰着优雅的展翅而飞的鸽子图案，鸽子的头上顶着一圈光环，正落向一个壳状的物体。有些证书上有水渍，还有些已经泛黄。一些过时的名字在我眼前闪过：格洛里亚、赫伯特、埃文劳埃德、斯图尔特、苏珊娜、诺曼、厄尔、艾维、伯莎、霍默、格拉迪丝、奥斯卡、格蕾丝。我没有看到贾勒特这个名字，倒是看到了一堆熟悉的姓氏和中间名，他们有些来自于至今还住在镇上的家庭，有些是在我小时候还住在镇子里——是我同学的祖先。我试着想象，1910 年住在这里是个什么样的光景，那时世界大战还没有开始，兵站还没有建起来，湖岸地带也还没有开发，荒野绵延到湖边。那时一定还没有柏油马路。我眼前所看到的那些名字，在他们小的时候，他们的校舍应该只有一间房间，他们得从井里打水，晚上用的还是带灯罩的老式灯呢。

在浏览 1911 年 5 月的文件时，我瞄到了一个熟悉的名字，于是我回过头去查看。我仔细看了，顿时兴奋了起来。那张受洗证明的纸很厚实，右上角有一些污渍，其他的地方完好无缺：

> 兹证明
> 奉主耶稣基督之法令，我们
> 于圣路克主教堂
> 以圣父、圣子、圣灵之名义
> 为爱丽丝·贾勒特·温德姆施行洗礼
> 出生日期：公元 1911 年 3 月 31 日
> 受洗日期：公元 1911 年 5 月 11 日
> 由戴维·普雷斯科特牧师签署
> 父母亲：乔治·艾萨克·温德姆（已故）
> 　　　　玫瑰·贾勒特·温德姆
> 教父母：科拉·斯图尔特·埃文斯顿
> 　　　　沃尔特·杰斯·埃文斯顿

“有没有找到什么有价值的东西？”乔安娜正要去复印机那儿复印材料，她中途停下了脚步，从我身后探头问道。

“有哎，我想我找到了有用的信息哦。我找到了她的名字。玫瑰·贾勒特。”我想起了我在阁楼里找到的那些文件，有关爱丽丝离开的那封信，结尾署着字母 R.，这一定是她——玫瑰。我忽然感到一阵战栗，仿佛这个在百年前生活过、梦想过、受苦过的女子刚刚走进了这间办公室。“她一定是我曾祖父的姐妹。虽然我们从来没有听说过她，但是在 1911 年那会儿，她的的确确存在着，她是一个带着孩子的寡妇。”

乔安娜叹了口气。“这有点让人起鸡皮疙瘩，是不是？当你看到这些表格，白纸黑字封存在这些箱子里时，你想到这些人曾经也在这里，也许就站在我们现在站着的这个地方，就在这里聊天，在这里生活。”

我点了点头，想起了那块被纸层层包裹着的布，藏在我爷爷箱子里的衬里中。也许这是爱丽丝的布。也许是一块婴儿毯，想想挺有道理，毯子大小合适、手艺精美，一看就是用心纺织而成。可是为什么它会被藏起来呢？“我在想，不知道爱丽丝她们俩后来怎么样了？”

“虽然我很讨厌这么说，”乔安娜一边递给我那张收据的复印件一边说道，“但是如果你想的话，我可以查一下下葬记录。那个时代有很多小孩子很小就死了。当年那波流感疫情爆发的时候，她应该还很小。”

“有这个可能。”我说道，心里居然有些如释重负的感觉；虽然这个故事很哀伤，但是至少我有了一个答案。“也许那样就可以解释为什么我们家族里从来没有人提起过她俩。”不过紧接着我想起来那张纸条，有关把爱丽丝送走的那张纸条，不过我还是让乔安娜查了一下记录。

“这张出生证明的复印件也能给我一份吗？”

“当然啦。”她把证明放在复印机上，合上盖子。“我今天不会再去查档案了，也许明天也不会。不过如果你把你的电话号码留给我的话，等我有空查完档案之后，我打电话告诉你。你也可以去查查公墓记录啊、结婚记录啊什么的，还有报纸档案。”

“真是太谢谢你了。”

“很高兴我能帮上点忙。感觉像是一个令人着迷的谜团，是吧？”

是的，我想，不过不仅如此。我感觉到一阵悸动，想着家族里居然存在着一个我从来没有听说过的故事，也许还有一种全新的对待过去的思考方式，可能会推翻我理解的所有的一切。这既让人兴奋，也让人害怕，充满了诱惑。

“是的。”我接过复印件，回答道，“的确如此。”

第六章

以前，人们走迷宫时，为了能沿着蜿蜒的小径，一直走到迷宫的中心，总会带上一些工具作为线索，比如用麻绳搓成的线球，来帮助他们找寻走出迷宫的道路。当我离开教堂时，我就觉得自己发现了这样的一个线索，在我手中缓缓展开，指向了一条通往过去的路。我穿过拜占庭式的走道，脑海里不断浮现出一个个有关玫瑰·贾勒特和艺术家弗兰克·韦斯特鲁姆的问题。想必玫瑰应该认识弗兰克吧；她一定和那些窗户的饰边有着某种关联，就像是个签名，或许她还或多或少地参与了它们的设计。从阁楼里找到的那些文件，有着种种迹象表明，她是一个热爱冒险、充满热忱、擅于思考的人，同时热衷于支持妇女参政权。这就好像我原来以为只有一面墙的地方忽然出现了一扇窗，让我得以从窗口窥探整个故事。无论玫瑰身上发生过什么，那已经是很久以前的事了，实在是已经很遥远的历史了。然而，我却直觉地认为，这与我自身的生活密切相关，这种直觉让我既兴奋又恐惧——因为，万一到最后，我发现的是一些我并不想知道的事情，那可如何是好？

我想再回去看看那扇花窗玻璃，看看还有没有什么被我遗漏的东西。但基根已经走了，放法衣的房间也已经锁上了。如果我试一试，我应该可以轻而易举地把锁打开，但是墙上那排历任牧师的眼神让我很是不安。另外，我也隐约感觉到，自己不应该擅自闯入这个地方，其实我从小就有类似的感觉，觉得无论我是多么渴望了解这一切，这个地方的奥秘永远都不会向我公开。我是一个女孩子，我的照片看上去永远都不可能像那一长排挂在墙上的男人的照片那样，那是他们的地盘。尽管从1976年开始，在圣公会里，也有女性被任命为牧师，但苏西依然是我认识的第一个女牧师。同样的，在我的家族里，故事永远都不可能以女性为中心，这也是为什么我发现玫瑰的存在——一个我从来没有听说过的祖先——感到是那么震撼人心，那么引人入胜。

我继续朝前走。圣堂里寂静无声，只有我的脚步声在里面回荡。在走廊的尽头，靠近前门的地方，我停下了脚步，转回头。光线透过花窗玻璃洒进房间，温柔而又静谧，每一扇窗仿佛都诉说着一个故事；在黑暗中，那些故事是隐匿的，只有当太阳升起，光亮让每一扇窗的颜色鲜活起来时，那些故事才有了生命，讲述着每一个捐赠者的故事。虽然他们早已经不在人世，但他们的名字还以金色的字体镌刻在花窗的底部：*纪念詹姆斯、我们挚爱的母亲汉娜、埃文斯一家、萨拉、弗吉尼亚、苏珊和塞缪尔的孩子*。刚在办公室里，乔安娜递给我那些文件的时候是怎么说的？*这有点让人起鸡皮疙瘩……这些人……就站在我们现在站着的这个地方……在这里生活*。我的爸爸就在这个教堂里长大，我爷爷也是。我的曾祖父约瑟夫走在这条走廊上的时候，现在还活着的这些人一个都还没有出生呢。

还有玫瑰。她也曾经站在这里，早在那个兵营小教堂还没有落成之前，但她却和那个小教堂有着某种联系。她就站在这里，怀抱着她襁褓中的小女儿，也许正在试图安抚她，掖好毯子的边角，好抵挡石墙在5月仍散发出来的寒气。然后，她就那样走进了外面的世界，消失无踪。

这时，我听到一道门被关上的声音；唱诗班所站立的台阶上传来了脚步声，牧师苏西出现在圣堂里。

“哦，是露西啊，”她看上去有些吃惊，“你还在这儿？需要我帮忙吗？”

“我正好要走了。我只想在教堂里站一会儿，行吗？我刚在想，我们的先人们曾经也站在这里。”

“自从我爸过世之后我还没有来过这里。”我又加了一句。

“当然可以啊。你爸爸的事我也听说了。”她说道，“我也很难过。你能熬过来一定很不容易。”

我点了点头。“的确很难。不过那已经是很久以前的事情了。”

“有些事情的痕迹是很难抹去的，时不时会让人回忆起。”她说道。

我们的交谈声在石墙和木头之间轻轻回荡。我不知道还能说些什么，想到过去的那些事情，我的喉咙已经有些发紧了。苏西也放任沉默持续了一阵子。

“你是艾薇·贾勒特的女儿吧？”她终于问道，“你妈妈怎么样？她的胳膊还好吗？”

“她没事。”我回答道，“其实比我想象中的要好；她下午还有一个约会呢。”

苏西还是没有立即接话，这让我不得不重新回想一下我说出去的话，听听我自己那尖刻的语气。

“你知道吗，你能回来你妈可高兴了。”她终于说道，“车祸之后我去看过她，听说你可能要回来，她甭提多兴奋了。不过对你来说，回来是不是有些不自在啊，你觉得变化大吗？”

“哦，变化真的太大了！所有的一切都变了。甚至连这里也变了，应该说这里变化最大。说起来，那也不算很久以前的事，那时我是这间教堂里第一个女助手。”

“真的吗？所以你当时是打破了传统啦。”苏西若有所思地说道，这让我不禁想知道，那她又是如何一步步走到了今天。

“我想应该是吧。不过那个时候我倒并没有那样想。我只是想成为一名助手，仅此而已。但是现在回头想想，我不得不说，我真的没有想过，女人也能成为牧师。”

“有些改变需要很长的时间。就像水滴石穿那样久吧。这也是为什么我对这些花窗玻璃有着浓厚的兴趣。”她朝乔安娜给我的马尼拉纸袋点点头，“找到什么了吗？”

“还真找到了一些东西。”我一边把受洗证明和花窗收据的复印件递给她，那上面还带着机器上的余温，一边说道，“玫瑰。她的名字叫玫瑰·贾勒特，应该算是我的曾祖姑母，可我之前从来没有听说过她。她还有一个女儿，叫爱丽丝。”

“是戴维·普雷斯科特牧师的签名——他的照片也在墙上。”她边说边指着证书上的签名。“看来真的是好久以前的事了。没有人记得她，真是遗憾啊。不管她是谁，看上去她已经从《圣经》的经文中找到了一个方式，来审视她自己和世界上所有的女人。也就是说，她把她自己映射到了《圣经》的故事中去。我想在那个年代，要那么做一定是困难重重。”

“是啊。不知道她后来怎么样了。还有爱丽丝，也不知道她命运如何。还有那个饰边的图案，太让人惊叹了。基根说，这些花窗玻璃是20世纪30年代制作的，但是我找到的这些文件却是更早以前的。”

“啊，基根。”她微笑着点点头，把那些复印件还给了我，“嗯，他应该不会搞错的，是吧？我最近一直在和基根一起研究这个花窗，我真是越来越欣赏他了。他技艺过人，而且愿意花那么多时间在这上面，真是好心。这些花窗可是宝藏啊，不过维护的费用还真挺贵的。”

“我也很高兴能再碰到他。”一边说着，我脑海里便浮现出基根把麦克斯抱到半空中的画面，耳边回响起了他们说的笑话和他们的笑声。我又想起了布莱克和艾芙丽马上就要有宝宝了；一个陌生男子给我妈送了一盆优雅的剑兰；还有那些神秘的老文件，脆弱得仿佛轻轻一碰就会碎裂。

这时苏西牧师的手机响了，打破了沉默，她从口袋里掏出手机，看了一眼来电号码。

“不好意思，我得接个电话。”她边说边朝门口走去，“很高兴认识你，露西。欢迎你随时过来。还有，如果你发现什么，也告诉我一声，好吗？”

沉寂的圣堂外，世界显得那么明亮，仿佛被洗刷一新，充满生气。山上的交通已经很拥挤，排满了来这里消暑的车子，人行道上的游客摩肩接踵，他们都穿着松松垮垮、色彩鲜艳的棉质衣服。

我漫无目的地闲逛了一会儿，心里想着我发现的那些事儿，一路也逛了几家商店，但其实并没有真的在看什么东西。我穿过公园里拥挤的艺术品集市，走到防护堤旁，拨了一个电话给基根，但他没有接。所以我就一边走，一边留了条口讯给他，告诉他我找到了那个受洗证明。最后，我发现自己走到了布莱克的船停靠着的码头。这艘名叫“骇人的对称”的船看上去很优雅，三十英尺长，有着高高的白色桅杆，船身在湖面上轻轻摇晃着。我跳上甲板，叫了布莱克的名字，可从船舱里传来的却是艾芙丽的声音，语气轻快，带点疑问。她从楼梯的最下面走了出来，身上穿着一条牛仔裤和黄色的薄纱衬衣，黑色的头发在脑后扎了个马尾。

“哦，是露西啊，”她招呼道，“你好呀，布莱克在上班。我正在看一些文件。你下来坐坐吧。”

楼梯很窄，通向一间镶了木板的房间，布置得很紧凑，设施却很齐全：船头是V字型的床铺，一间船式厨房，一间小卫生间，还开辟出了一小块地方作为客厅。布莱克那种简单的生活态度一直很令我惊奇。他对身外之物看得很淡；他拥有的东西很少，因此总是一派干净利落的样子。艾芙丽把一些枕头移开，给我在嵌入式沙发上腾出一些空间。桌上摊满了画纸，我认出是我妈画的，线条简洁，笔迹也是她的。

“要不要来点冰茶？”

“好啊，谢谢！”我说。

艾芙丽在狭小的厨房里依旧行动灵活，就像在她的餐厅里那样。她把所有的纸张摞起来，放在桌上，又从抽屉里拿出两个明黄色的杯垫，放上两杯用高脚杯盛的茶，上面还放了新鲜的薄荷。我不禁莞尔：就算给布莱克一百万年，他都想不到去买杯垫。“那些是你妈妈画的素描，”她边说边坐了下来，“是有机蔬菜园的设计图。那是我的梦想——有一天可以有一个有机菜园，专供我的餐厅。我讨厌还要花钱把那些吃的运过来，花费那么多资源，仅仅就是为了运送食材。我上个月生日的时候，她画了这些送给我。她真好。”

我啜了一口茶：冰凉的口感，还有淡淡的山莓味。我想起了艾芙丽在高中时代的样子：她很文静，也很害羞，我们见过几次，但是她几乎都不怎么说话。不过那已经是很多年以前的事了，后来她去外地上大学，她和布莱克之间也有过很多次的分分合合。她现在看起来和以前不大一样了，变得更加自信，知道她自己想要什么。她至少比我小两岁，但是她已经有了自己的事业，而且马上就要当妈妈了。我忽然有点嫉妒。除了嫉妒，还有另外一种感觉，一种我在日本时也常常会有的感觉：虽然看上去我一直在世界各地勇敢地闯荡，但事实上，我仍在原地踏步。

“我觉得你很勇敢。”我说道。

“什么？你是说和布莱克约会吗？”

“呵呵，那个啊，当然也算啦。”我哈哈大笑，“没有啦，我是说，承担起这么多的责任。”

“其实我已经疯啦。”她也笑了，惬意地靠在靠垫上，“有时候我会想，我真的是疯了。的确，这一切都很令人振奋，但是压力也很大，而且有做不完的事情，看不到尽头。不过，我还是喜欢和食物打交道。我喜欢看到餐厅里客人坐得满满当当的，然后一眼望去，每一个人都很开心地享用着健康的食物。”

“上次我点的东西真好吃。”

她变得严肃起来：“谢谢你，不过其实还能做得更好。如果所有的食材都新鲜的话，那会好吃一万倍呢。那个洋蓟是听装的，我不喜欢。

我们希望——我和布莱克希望——有朝一日，等那个兵营的地拍卖时，我们能买到一块自己的地。或者等你妈妈把她的房子卖了以后，在其他什么地方买一块地。”

听到我妈要卖房子的消息都已经传得这么远了，我不禁微微屏住了气，我试图在回应之前先理清自己那种复杂的情绪。失落，那是自然了，还有我之前并没有意识到的愤怒，还有被排除在外的那种感觉，但我也知道这么想其实并不公平，因为毕竟我已经离开了这么多年。艾芙丽没有察觉到我的异常，继续往下说。

“当然我们不会去买湖边的地，太贵了。但兵营那里是黑土，和爱荷华州的土地一样肥沃，而且，在变成碉堡和机场之前，那里一直都是农场。在兵营的大门里有一棵黑核桃树，是我曾祖父在几十年前种下的，那个时候，那块土地还是属于他的。我希望我能重新把它买回来。”

她的声音里满是渴望，也充满了坚定。我想起了我到家的那天——那是才两天之前吗？——皮特靠在卡车上说，布莱克，你确信这事儿与你毫无干系？

“你参加了那次示威集会吗？”我问道。

她摇了摇头，笑了一声：“我现在的活动范围都不超过餐厅啊。不过我也听说啦，因为集会结束之后，人们来餐厅吃午饭了。你去了？”

“我只是看到而已。那天布莱克载我从机场回来的时候刚好路过。”一个浪打过，船轻轻地晃着；我妈画的一张图纸飘了出来，落在了地上，我弯下腰把它捡了起来。“那天去了好多人啊。”

“非常多的人，是啊。这件事有很多争议。不过，保护湿地的那拨人可能会和保护白鹿的那拨人联合起来。他们在一起吃了午饭——吃的是茄子蛋奶酥配白葡萄酒。”

我回想起那些从树丛里冒出来的白鹿，它们在高高的草丛里敏捷地移动，宛若白云飘过。我爸曾经跟我讲起过关于这些鹿的故事，有时，我们还会在傍晚开着车出去找寻它们的踪迹，沿着沙石路绕着兵营慢慢开着车。有时学校里也有人讲起，曾经瞥到过一头鹿站在路中间，或是看到鹿消失在树丛里，但是这个概率极低。我们找过它们那么多次，却从来就没有看到过一头鹿。我问艾芙丽她是不是看到过白鹿。

“就看到过一次，是很久以前的事了。那天凌晨，我们正在回家路上，一头鹿忽然跳出来，挡在了我们的车子前。我爸赶紧踩刹车，差一点就撞到它了。我们看着它消失在树丛里，接着后面又有五六头跟着，都是纯白色的。当时我还很小，感觉它们好像有魔法似的，就像独角兽什么的。我记得，后来我们就那样坐在那里，很久都没有说话，连我爸也是。”

我啜了一口茶，端详着艾芙丽身后墙上的照片。第一张照片是在甲板上拍的，布莱克站在艾芙丽的身后，双手环抱着她的腰。艾芙丽的头靠在布莱克的肩上，开心地笑着，布莱克也低头向她微笑，风轻轻地吹起她的一束头发，拂过布莱克的脸颊。另外两张比较正式，他们肩并肩站着，对着镜头微笑，一张是在灯塔前拍的，一张在船锚前。

“你喜欢吗？”艾芙丽问道，一边也转过头来看。“我上个星期才把它们用相框装起来。左边的那两张是去年春天我们去新斯科舍[①]玩的时候拍的。”

“你们两个看上去好开心啊 。”我希望她能够亲口告诉我她有宝宝的事，那样我就不用继续装作我毫不知情了。

“是啊，那次是玩得很开心，大部分的时候都开心。”她停了一下，似乎在考虑该如何措词，“露西，布莱克跟你们的爸爸很像吗？”

我仔细想了想。换作是在以前，我一定会说不像。但是自从知道布莱克去了梦大师工作以后，我就不那么确定了。布莱克告诉过我他这么做的理由，听起来字字在理，但是我还是觉得过去的诱惑影响了他的决定；要不然，他完全可以在镇上的其他地方工作。“我不知道，也许有

---

① 新斯科舍：加拿大地名。

些小地方像吧。笑声像，眼睛也像，诸如此类的。不过我真的说不上来。为什么这么问？”

艾芙丽叹了一口气。“我想我只是在试着了解他。有时候我感觉他离我好远，有时候感觉他好寂寞，不知道为什么。”

我没有立即回答。*悲伤而又孤独*——那是吉隆对我的评价。我曾经以为我早已走出了过去的阴影，但也许我还置身于其中，并没有走出来。艾芙丽略略站起身子，伸手从柜子里拿出一袋开心果来，我看到她的薄纱衬衣下小腹微微隆起。如果不是预先就知道她怀孕了的话，我也许根本就不会注意到。上次布莱克来印尼看我的时候，他和艾芙丽已经分手了。有一天晚上，他还和邻桌的一个女人大肆调情来着。那时我根本不会想到他会有今天：和艾芙丽复合，而且马上就要有小宝宝了。船身轻轻摇晃着，冰茶微微起了涟漪，这让我想起了波涛在地底下涌动的时刻，想起当我从地震中醒来时，吉隆的手抚过我的大腿。我想起了他的好，想起火车月台上他的吻，感觉那已经是好久以前的事了。

“露西？”艾芙丽叫我，递给我一些开心果。“醒醒啦，露西，要不要来一些开心果？再给你倒点茶？”

“哦，不用了，谢谢。”我微微笑了笑，“不好意思，我有些走神了。估计是我的时差还没有完全调过来。我该走了。”

“嗯，那好吧，很高兴见到你。要不要我给布莱克带什么口信？”

我摇了摇头，想着我能给他留什么样的口信，难道要说：*发现了不为人知的祖先，请速回电*。“没关系，我总会碰到他的。”

我走到船的上层，在甲板上逗留了一会，想着吉隆，想着寂寞这回事，我的寂寞，布莱克的寂寞，也许是每一个人的寂寞。天气依然晴朗，不过乌云已经开始在地平线那里聚集，也起风了，湖面上泛起了层层白浪。火警在响；已经是中午了。虽然我不想去梦大师，但是我实在是很想告诉布莱克我的发现。于是，我离开码头，穿过主干道，沿着排水渠离开了市中心。

尽管当谈到梦大师的发展时，亚特讲得天花乱坠，但实际上，他对公司已经放任了好一阵子了。门面玻璃上蒙着一层灰，三楼的一条水管也斜了。还有外墙的砖也需要整修，门前草坪的草也太高了。这让我不禁觉得，亚特把布莱克请到梦大师工作，并不是慷慨之举，而是他真的已经绝望了。很奇怪，这个想法居然让我有些莫名的宽慰，仿佛亚特的日子悲惨，就说明世界还是公平的，只可惜现在还扯上了布莱克。我深深吸了一口气，穿过铺着沙石的停车场，走上混凝土浇筑的台阶。当我推开门的时候，有个小铃铛响了起来，宛如童年里的记忆。我在门口停下来，呼吸着空气中夹杂了金属、油漆、锯末和隐约的灰尘的味道。

店里是一排排的走道，摆满了锁、五金器具和工具——榔头和锯子，刨子和起子。除了整包的钉子外，还有散装的钉子，装在宽口箱里。木尺和码尺放在明黄色的箱子里，边上摆着卷尺。天花板上挂着几十盏各色灯具。

我往里走了一步，喊道："有人吗？"没有人应答。"有人吗？"我又更大声地喊了一下，还是没有人出来。

我在走道里来来回回走了好几遍，注意到这个地方还是有些细微的变化。亚特在原先的木地板上铺了一层带花纹的油地毯；那些捕蝇条也被拿掉了，估计应该是很久以前就被拿掉了。不过办公室还是老样子，就在最靠近店外面的那条走道尽头，还是镶着深色木板。我爸爸的办公室，就是门厅尽头的那一间，已经面目全非了：那张翻盖书桌已不见踪影，窗户装上了塑胶百叶窗，屋子中间是一张新的会议桌，黑色层压板材质，闪闪发亮，周围是一圈光可鉴人的黑色椅子。地上铺着乏善可陈的灰色地毯。我仔细打量着房间，试图找到当年我和布莱克、乔伊一起玩耍的房间，还有我爸解开无数秘密的那个房间，可惜往年的痕迹早已消失不见了。

"露西？"

我没有听到亚特过来，所以吓了一跳。亚特很高大，肩膀又宽，差不多占住了整个走道。他看上去和我爸是那么地像，我都几乎说不出话来了。

“我来找布莱克。”我说。

“我派他去弹簧联合会接个订单。他应该很快就回来了。”

“哦，这样啊。”接着是一阵令人尴尬的沉默。“那么你有时间吗？”我问道。我忽然意识到我和亚特已经好几年没有正儿八经地说过话了，甚至在我爸的葬礼上，我们也只是礼节性地互相安慰了几句。不过也许我妈是对的，有可能他可以给我最近的发现指点一二。

他瞄了一眼手表说道：“只能聊几分钟，因为我得去和城市分区规划处的人开会。不过没关系，进来坐坐吧。”

我在一张皮沙发上坐下来，沙发还有木质的扶手，我记得它还可以旋转；我们小时候经常在这上面玩耍。

“哦，露西，我们真是有好一阵子没聊了。你有什么事儿？”亚特问道。

“是啊，很久了。嗯，我有一些问题想要请教。”

他把胳膊肘放在桌子上，十指相抵，冲我点了点头。

“知无不言，言无不尽。”他说。

我身上还带着从教堂复印来的那些文件。算起来玫瑰·贾勒特应该是亚特的祖姑母；爱丽丝就应该算是他的表姑。

可是我发现我并不太愿意和他提起玫瑰，因为我才刚刚发现她的存在，还不想跟别人分享。我跟他讲了我在阁楼里找到的那些文件和册子，问他是不是知道这些东西。

“你说在阁楼里发现的？什么样的文件啊？”

“其实是一堆大杂烩。旧报纸简报，杂志什么的。我之所以对那些有兴趣，是因为它们看上去和争取妇女参政权运动有关。我想它们可能跟我们的家族历史有关，也许你会知道一些什么。”

亚特努力思考着，微微噘起了下唇，接着他摇了摇头。

“完全没有听说过。一定是在我出生以前的事吧。”

“是的。我猜它们可能是我的曾祖母的，也就是你奶奶的东西。她的名字是不是叫科拉？从日期上看是对得起来的。我不认识她，而且有关她的一星半点都没有听说过。”

看来我问对了问题；亚特放松下来，身子靠到了椅子上。“我奶奶真是一个可爱的人。至少在我的记忆中是这样的。她去世的时候我还只有十岁。她很爱孩子们，非常宠我们。她做的派也很美味；印象中在她厨房的台子上，永远都会放着一个新鲜出炉的派，就是在你现在住的房子里，我以前也是在那里长大的。我爷爷过世以后我们就搬进去了；那时科拉奶奶守寡，而且身体也不太好。她就睡在房子前面的那间大房间里，你现在放钢琴的地方那时候放着她的床。我妈妈一直照顾着她，直到她去世。我妈妈，也就是你的奶奶，她也是个很好的女人。”

我点点头，想起了我妈跟我讲的我爸去越南时发生的事情。我七岁的时候奶奶就去世了，她给我留下的印象就只有那件聚酯纤维质地的印花连衣裙上的飘飘衣袖，还有她笑起来时眉毛会拱起来，还有她那涂了暗红色甲油的指甲。

“奶奶不喜欢游泳。”我忽然想起来。

“是的，她的确不喜欢。不过她坚持让我还有马蒂学会了游泳。”

“你知道吗，最奇怪的是，那些材料中还夹着一张字条。好像是家族里的某人写的，是写给你爷爷的，但却没有署名。不过看得出来里面包含了丰富的感情。字条里提到一个名叫爱丽丝的女孩要被送走的事儿。”

亚特没有立即回答，后来他开口了，缓缓说道：“嗯，我想我们都得承认，每个家族都有自己的丑闻；你现在也知道了。那的确是当年我们家族的丑闻。大概是我奶奶的妹妹吧？我只能告诉你在我的成长过程中所听到的零零星星的那些东西，东拼西凑地凑了个大概。可能一半是推测，一半是事实，我也不知道。不过的确是发生过一些事情，而且之后被刻意隐瞒了起来。我的理解是，为了家族的利益不得不被隐瞒起来。说实在的，我对这个从来就没有兴趣去探究。我更关心现在，关心目前摆在我眼前的事情。”

我想着我们眼前的景象：这栋楼有着层层叠叠的过往，还有那么多年以来大家都一直闭口不谈的那些事情。

“那当时到底发生了什么？”虽然我尽量想表现出善意，但是这个问题还是脱口而出，“当时你和我爸之间到底发生了什么？”当亚特的眼神终于对上我的眼神时，他的脸上浮现出痛苦与悲伤的表情，嘴角的细纹更深了，眼睛也因为痛苦而黯淡了下来。

“我不会说已经过世的人的坏话，”他说，“这是我的原则。但是我相信，你听说的也只是事情的单个方面而已。你爸爸是个好人，但是他不太好相处，尤其是对我。也许对他而言，我也不好相处。我想，如果不是因为在我们一出生的时候就已经注定要一起继承家族事业，我们是不会一起做生意的。尽管如此，当年他在越南打仗的时候，我的确是做错了。但是覆水难收啊，已经做错的事情我也没法子收回。不过我能让你和布莱克在这里拥有一席之地，我是认真的。”

我不知道该说什么；他真诚的忏悔打动了我。我既想为我爸辩护，虽然我不知道该辩护什么，又想安慰我的伯伯，他看上去被过去折磨得够戗，我从来没有想过他会这样。我的情绪很激动，真是百感交集，以至于我都没有意识到，其实他根本就没有回答我的问题，完全没有。

最后我只能说：“我不能在这里工作。如果你的意思是这个的话。不过还是谢谢你，费心了。”

他点了下头，一只手拂过他那短而硬的灰色头发。“再考虑一下吧，露西。记住，这里永远都会为你保留一个位置。”我说我会的，便起身告辞。我摸了摸我找到的那些文件，确保它们还在我的包里。

“露西，保持联络啊。”我离开的时候亚特喊道，我冲他挥了挥手。

已经有些顾客上门了，浏览着走道里的商品。让我诧异的是，布莱克正在柜台后面，认真地听一位女士说她想找的水管部件。布莱克填完她的订单后微笑着走了过来，还对这样的场景翻了个白眼。这让我想起了吉隆，当我告诉他布莱克快要当爸爸的时候，吉隆高兴得不得了。以前我和他聊起孩子的话题时，感觉总是很抽象，而现在我不禁想，不知道吉隆当上父亲后会是什么样子。

“怎么啦？”布莱克问。

“吉隆向你问好，”我说，“他说他来的时候会偷偷带点红毛丹来。”

布莱克哈哈大笑。我简单地跟他讲了我在阁楼上发现的那些信，还有基根工作室和教堂里的花窗玻璃。我还是没有提玫瑰的事。布莱克对我说的事情很感兴趣，但是他好像又有些心不在焉，总是环顾着店里，看有没有什么顾客需要帮忙。接着柔依进来了，门口的铃铛又响了。她一看到我，就赶紧跑了过来，大力地拥抱我，一派青春少女作风，接着她就开始连珠炮似的跟我讲她参演的一部话剧。比起上一次我见到她，她长高了不少，戴着丁零当啷的耳环。说起话来还是常常用第三人称称呼她自己：“柔依好兴奋！”感觉就好像她正在脸谱网上发表留言，而不是在面对面跟我说话似的。她和乔伊长得很像，典型的贾勒特家族的眼睛，还有黑色的头发。布莱克不禁莞尔，微微挑了挑眉毛，便走开了。

我向柔依保证离开之前还一定会再和她碰面，她也说她会和她父母一起来参加夏至派对。接着我便离开了梦大师，回到市区，从杂货店里买了一个三明治，一杯饮料，坐在排水管道边的板凳上吃起来。日光洒在水面上，波光潋滟，几只海鸥在混凝土筑成的防护堤上方盘旋着，等着吃路人们落下的面包屑。我把小块的面包扔给它们，一边想着我在教堂的发现以及和亚特的对话。

吃完后，我把包装纸揉成一团扔掉，在一棵橡树的树荫下停下来，拿出手机看我拍的智慧花窗玻璃的照片。虽然照片清晰度不是很高，但是影像还是很生动出众。是玫瑰设计的吗？她到底是谁？

收到了几条吉隆的留言，都是关于他的航班的。我没有回电，因为这个时候，日本应该已经是过了午夜了。我翻出了我之前保存着的两条留言，一条是关于一个我可能会喜欢的工作机会，还有一条是说我的学生想念我，他也想我。我闭上眼睛，又重新听了一遍，聆听着他那抑扬顿挫的声音。

基根也给我留了言，是关于小教堂里的花窗的。我打回去给他，但是他没有接。 之后，我找准车流的空当，冲过马路，跑进图书馆。图书馆原来是一座私宅，以灰石建造而成。面湖的前廊很深邃，大门是木头的，关上的时候嘎吱作响。那个图书管理员很年轻，头发剪得很短，他抬眼看了看我。我走过布告栏，上面贴满了各种宣传单：有寻猫启示、市镇大会通知，有白鹿保护联合会的海报、易洛魁族联盟会议通知之类的。我在一张长樱桃木桌边坐下来，我以前常在这里做功课。现在每个座位上都有计算机了。我输入“弗兰克·韦斯特鲁姆”，没想到一下子出来好几篇文章。虽然我不能把它们都当回事儿，但我还是颇为兴奋地看起了第一篇。很显然，韦斯特鲁姆确有其人，而且还不仅仅是一个被淡忘了的当地艺术家。

> 弗兰克·乔治·韦斯特鲁姆，1868—1942。玻璃工匠。1894 至 1901 年于法拉吉工作室任学徒。 1896 年与比阿特丽丝·曼斯菲尔德结婚，1919 年从纽约迁至罗彻斯特，并开办了一家独立的玻璃工作室。曾担任康宁玻璃公司顾问。育有两子女：马库斯·韦斯特鲁姆，生于 1896 年，以及安娜贝丝·韦斯特鲁姆，生于 1897 年。

文章最后还附上了罗彻斯特市弗兰克·韦斯特鲁姆纪念馆的链接。点击进去之后，画面上出现了一张花窗玻璃的图片：一个简洁的象牙色圆球，衬以深色的背景。沿着球体内部的曲线，刻画着一朵长茎郁金香，艳红欲滴，流光溢彩。这个图案和在基根的工作室以及教堂里的花窗玻璃上的图案不同，但是很明显，风格类似。图片下方还有一段话：

本纪念馆原为玻璃艺术家弗兰克·韦斯特鲁姆1920至1942年（去世）间的住所与工作室。

馆中收藏了二十七件不同凡响的彩色镶嵌玻璃，种类众多，既有宏伟的楼梯井花窗，也有朴实的横楣。此地曾于1945年出售给私人买家，直至1968年弗兰克诞辰一百周年之际，由弗兰克·韦斯特鲁姆保护协会购回。该协会致力于弗兰克作品的收藏与保存。他的作品是花窗玻璃复兴的典范，并深受威廉·莫里斯[①]、查尔斯·伦尼·麦金托什[②]以及新艺术运动的影响。开放时间：5月至9月，周二、周五，下午两点至五点。

我把这段话看了两遍，脑海中浮现出那块花窗玻璃上倾泻而下的藤蔓、游鱼、走兽，明艳的色彩，还有底部那一排熟悉的月亮饰边。罗彻斯特市距离梦湖也就一个小时的车程，我还来得及赶到那里去。阳光透过树叶照了进来，在光洁的桌面上投下了斑驳的光影。我问图书管理员今天是星期几，他露出了既好笑又困惑的笑容。

“是星期三，至少我刚查的时候还是。”

所以看来今天下午是去不成了，不过反正晚上还有我妈办的派对呢。我一时兴起，又回到座位上，在电脑上输入了“比阿特丽丝·曼斯菲尔德”。有的时候我很讨厌互联网，因为它的存在让我时常得屈服于一时的想法与分神。不过让我吃惊的是，网上居然也有一条有关她的搜索结果。

---

① 威廉·莫里斯：英国拉斐尔前派画家，手工艺艺术家，设计师。与其他艺术家、诗人、建筑师等人共同组成“拉斐尔前派”。

② 查尔斯·伦尼·麦金托什：19和20世纪之交英国最重要的建筑设计师和产品设计师。他是一个多面手，设计建筑、家具、室内装饰、灯具、玻璃器皿、彩色玻璃、地毯和挂毯的同时，还是一位杰出的画家、艺术家。他是新艺术运动中产生的全面设计师的典型代表。

比阿特丽丝·曼斯菲尔德，1873年4月23日生于纽约塞尼卡福尔斯。毕业于纽约市纽约设计学院。1896年于纽约市嫁给玻璃艺术家弗兰克·韦斯特鲁姆。女子参政权运动活跃分子，与伊丽莎白·凯迪·斯坦顿[①]、阿米莉娅·布鲁莫[②]、玛格丽特·桑格[③]等人有书信往来，薇薇安·布兰奇早期的导师。育有两子女：马库斯与安娜贝丝。因流感卒于1919年4月10日。

但当我输入“玫瑰·贾勒特”时，没有任何搜索结果出现。我又查询了图书馆的在线目录——我小时候的那种卡片目录，就是那种装在橡木盒子里，排得整整齐齐的一张张卡片，早已经被淘汰了——不过在线目录里也找不到任何关于玫瑰的蛛丝马迹。

我靠在椅背上坐了几分钟。天花板上的风扇咯吱咯吱地响着，搅动着温暖的空气。有一对老夫妻，看年纪大概已经退休了，坐在靠窗的扶手椅上，看着杂志，他们不时地抬起头看看对方，聊上几句。一群十几岁的女孩子晃了进来，像一群美丽的鸟儿。这里是那么安静祥和，我想整个下午就待在这里算了，找一本好看的书看看，挑一把舒适的椅子坐坐。然而，过去却像弹簧般固执，刚压下去，手一松却又冒上来。我一直好奇玫瑰和她女儿后来的际遇，好奇她们的经历可能对我的人生所产生的影响，而这一份好奇心已经变得像饥饿感般挥之不去了。这一部分是因为这个谜团本身的神秘感，会让人产生把每一块碎片都拼凑起来的欲望。另一部分是因为，这和我自己的生活也密切相关，如果我有更加清晰的放大镜片，那么我也许就可以把散落的片段聚焦成形。虽然这些年来我一直浪迹天涯，过得也算开心，但事实上我和曾经的布莱克一样，

① 伊丽莎白·凯迪·斯坦顿：美国女权运动的先驱领袖之一。

② 阿米莉娅·布鲁莫：美国早期的女性主义者。

③ 玛格丽特·桑格：美国妇女节育运动的先驱。

还是一直停留在我爸出事的那个晚上。看似我是在遥远的地方逍遥，但那件事却仿佛地心引力般不停把我拽回原地。现在布莱克已经走出来了，我妈也是；我抗拒了一整天的情绪瞬间淹没了我：我仿佛置身于一片无边的黑暗里，自我放逐，随波逐流。

我闭上眼睛，听着风扇和大门开开合合的咯吱声，女孩子们温柔而又兴奋的声音，还有纸张窸窸窣窣的声音。空气中充满了嫩叶、皮革和木头的味道，静谧的感觉油然而生。最后，我还是决定留下。我站起身，穿过房间，走到管理员那儿，他微笑着抬起头，我向他娓娓讲起自己所发现的故事。

第七章

我回到家中时，夕阳已经透过西边的窗户洒了进来，湖面上也被晕染了一层金光。夏至派对从七点开始，会一直持续到天色渐暗，星星一颗颗出现在天际。艾芙丽带了一些沙拉和甜点过来，我也在回来的路上买了一些吃的，主要是饮料和烧烤用的鸡肉。我把车停在侧门廊边，把一袋袋食物拎上经历了多年风吹雨打的宽台阶。刚才去的那家食品杂物店在这几年间，店面比以前扩大了两倍，进去之后让我一时有些晕头转向。店里满是各色手工面包、奶酪和高档熟食，有一盆龙虾，一个沙拉吧，一个寿司吧，还有一个热食吧。我在陌生的走道里漫无目的地逛着，周围有好多游客坐在小桌旁喝着咖啡。

纱门没有锁。我一只脚拨开纱门，把袋子放在藤条沙发上，一边从我的皮包里找钥匙。这时我注意到正门门口放着一个用暗红色的纸包着的包裹，窗玻璃上还贴着一张纸条：

> 奉上我奶奶的私房蛋黄派食谱，还有一个你可能会喜欢的小玩意儿。真遗憾今晚我不能来参加派对了。我会打电话给你。祝好，安迪。

我把吃的拿进屋，放进冰箱里——那些饱满的鸡胸肉大得几乎有些不真实，估计都跟其他国家的整只鸡一样大了。我把无数瓶葡萄酒和气泡水也放进了冰箱。接着我又把安迪的纸条和那个又轻又软的红色包裹放在厨房的吧台上，这样我妈一进来就能看到了。接着，我走到门口，把我从图书馆借来的书和一些微缩胶卷材料拿了进来，这些都是我一个下午“回到过去之旅”的收获。

那位图书管理员帮了我不少忙，他告诉我可以在综合书库找关于女权运动历史的书，那里还有我们当地的地方志，我找到了，还把书都借了出来。他还演示给我看，怎么从他们那台已经有不少年头的微缩胶卷机器里调出以前的期刊。我花了几个小时浏览以前的《梦湖公报》，终于在 1938 至 1940 年的胶卷里，找到了一篇关于捐赠阿普尔顿小教堂简短的文章，阿普尔顿就是后来因筹建兵营被夷为平地的小村落。这篇文章夹在关于第二次世界大战可能在欧洲爆发的文章和当地农作物生产报告之间。文章里甚至还有一张弗兰克·韦斯特鲁姆站在小教堂拱门外的照片：他看上去很瘦，留着胡子，穿着西装，严肃地看着镜头。照片里还有当年教区的蒂莫西·本顿牧师，一边是他的妻子，另一边是一位不知名的女士。虽然制作那些花窗玻璃的经费是匿名捐赠的，但是在之后的报道中，公报的记者发现捐赠者是当地人，梦湖的一位叫科尼莉娅·艾莉奥特的寡妇，她的先父是一位声名显赫的医生，而她自己也是争取妇女参政权运动的斗士。这篇发表于 1938 年的文章以略带傲慢的口吻写道：“也许某种多愁善感的情绪可以解释她那不同寻常、甚至可以说是滑稽而又古怪的捐赠品。”

我想起了那扇智慧花窗，色彩浓郁，设计流畅，画面中人物双手举起，演化成树叶，又形成语句。我脑海中冒出的第一个形容词就是不同凡响，继而想到的是，生动、丰富和华美，但绝对不会是滑稽或是古怪。我不禁想知道剩下的那些花窗会是什么样子——我想，一间满是如此惊人的艺术品的小教堂一定会让人大吃一惊的。据管理员说，还有他收集的关于弗兰克·韦斯特鲁姆的资料显示，弗兰克在那个时候已经过气了，他的作品也流落到了打折店里，也许这可以解释为什么那个记者会发表那样的评论，也能解释为什么当那个小教堂关闭的时候，那些花窗依然被留在了那里。我又仔细查看了接下来的几个月份和年度的期刊，希望能找到一些可以解读那篇报道的内容，可惜却一无所获。

我看了好几个小时的微缩胶卷，眼睛发痛。我决定休息一会儿。于是，我又回到管理员那里，咨询他有关科尼莉娅·艾莉奥特的事儿。我话还没有说完，他便冲我点点头，表示他已经知道我要问什么，并让我等他几分钟。接着，他打开了那间特殊收藏室，其实也就是在楼梯后面的一个橱柜。回来的时候，他拿着一本棕色的册子，封面又脏又旧，标题是鲜明的黑色：《一个危险女人的回忆录》，科尼莉娅·惠特尼著。他解释道，尼莉娅常用科尼莉娅这个笔名，当年她在当地很出名，也很具有争议性。她自费出版了五十本她的回忆录，所以很稀有。我不能把它借出去，但是如果我想看，他可以帮我复印，十五美分一页。

我想看。

所以我就有了这本复印件可以读，还有其他一些我从镇政府文员办公室那里复印来的资料：我曾祖父约瑟夫和科拉·埃文斯顿在 1915 年 12 月的结婚证明，科拉的出生和死亡记录，还有她的第一任丈夫杰西的死亡记录——他从谷仓顶上摔了下来，被病痛折磨了几个星期，最后于 1915 年 5 月末去世——记录上还附上了一篇简短泛黄的讣告，也就是说，科拉在她的丈夫去世才七个月之后，就嫁给了我曾祖父，这一点挺惊人的，而且她还比我曾祖父大了七岁，这也很让人吃惊。在当年当地的人口普查记录里，可以找到所有人的名字，包括玫瑰和爱丽丝；但是在之后的一次人口普查记录里，也就是在 1925 年，玫瑰的名字已经不见了，而爱丽丝的姓变成了贾勒特，而不是温德姆。我也把这些文件都复印了下来。

我把这些文件都从车里拿了出来。在车后座上被太阳晒得久了，那些纸摸上去都热乎乎的。我把它们都摊在餐厅的桌子上。我打开了通往阳台的法式玻璃门，让来自梦湖那新鲜、潮湿的空气涌入屋子里。接着，我又去楼上拿我在阁楼里找到的那些文件。我回来的时候，注意到电话答录机的灯在不停闪烁，显示有三条留言。我按下了播放键。一条是骨科医生打来的，是关于我妈下一次门诊的事；一条是一个承包商打来的，讲的是关于翻新屋顶的报价；接着，一个男人的声音从答录机里传出来，在房间里流淌。

“是安迪。我想我又错过你[①]了。呵呵，这听上去有点奇怪吧，感觉很像乡村歌曲的歌词。我的意思是，我们没碰到面，不过说不定我其实想表达的是另外一个意思。总之，我只是想确信你收到了我的便条。夏至快乐，艾薇，祝你夏至快乐。”

他清了清嗓门，接着没有再说什么便挂了电话。我又重新把留言播放了一遍，听着他声音的质地、他的用词，希望借此想象出他的脸的样子。他的声音沙哑低沉，用词小心而又有些正式；他给我妈的留言听上去显得不是那么自然，甚至有些紧张，这一点倒蛮讨人喜欢的。我觉得他应该是一个高大的男人，适合穿牛仔裤，从容自信。我想再仔细研究一下他的声音，于是又重新听了一遍留言。我居然在考察我妈的追求者，猜测他的性格甚至是他的动机，这实在是有些诡异。听完后，我按了保存键。我给自己倒了一杯葡萄酒，坐下来看我的那些宝贝文件。我先翻开了我复印的科尼莉娅·艾莉奥特的那本小书，这本书是1927年出版的，是献给她的姐姐，薇薇安·惠特尼·布兰奇的。

薇薇安·布兰奇。我闭上眼睛，试图找出和这个名字有关的信息，然后我想起来我在互联网上找到的生平介绍。我在那一堆文件里翻来翻去，还真给我找到了。有一篇介绍比阿特丽丝·曼斯菲尔德的短文里提及她认识薇薇安·布兰奇。这就是关联，而且很让人兴奋，因为我还模糊地记得薇薇安·布兰奇这个人；高中的时候，历史课上有一个同学曾经作过一个关于薇薇安的演讲。她年轻的时候是一名护士，在20世纪

① 英文中“miss”有“错过”的意思，也有“想念”的意思，此处双关。

初一直活跃在纽约市女权主义的圈子里。在我的印象里，她被认为是第一波女权运动的代表人物之一，不过我之前并不知道她曾经涉足于争取女性参政权运动，也不知道她的妹妹曾经居住在梦湖地区。有没有可能，玫瑰认识她？我翻过“致谢”页，开始了阅读：

> 这本小书的读者一定会想了解本书的作者科尼莉娅·惠特尼·艾莉奥特的生平和观点。让我来告诉大家，写这本书时，我已经五十七岁，也已经在我们这个新世纪目睹了许多风风雨雨。我写下这本书，是为了给我们的后代留下星星之火：即我和我的姐妹们，在为了争取女性参政权的斗争中所获得的第一手资料。如今，一个新的世代已经出现，于她们而言，女性拥有参政权是天经地义的。她们一定很难理解，如果她们身处不久之前的那个时代，那么她们会毫无发言权。正因为她们从来没有被剥夺过这样的权利，所以她们不会感恩，然而，她们仍然可以、也必须学习，通过了解见证并创造了历史的先人们的经历，来感恩她们所获得的财富的历史。撰写这本书的目的正在于此。

哦。我把书放在桌子上，感觉书页似乎在熊熊燃烧。刚才那个图书管理员已经警告过我要对这本书的语气有心理准备。就在她写这本书之前，科尼莉娅·艾莉奥特被她帮助创建的这个组织以投票的形式，罢免了领导人的职务；因为年轻一辈的女性受不了她老派甚至有些专制的作风。她被历史的浪潮卷到了一边，所以也可以理解为什么她会如此愤怒。我匆匆浏览了剩下的内容，试图找到有没有什么和玫瑰相关的日期或是事件。

然而我却一无所获，甚至连任何关于弗兰克·韦斯特鲁姆的内容都没有找到。正如同她在《序言》中所述，书中主要讲述的，还是她为争取女性参政权运动所付出的一切，尤其是她从纽约市搬到梦湖地区之后所精心策划的一系列活动。她的丈夫是一名医生，热爱梦湖的美丽景色，而科尼莉娅却不然，她更偏爱城市的便利，于是在梦湖的生活成为了她的困扰。她把精力转而投入到促进社会公正的事业里，让自己深深沉浸于此，如果她丈夫对她的这些活动愈加恼怒，她就会对这些活动愈加热爱。

1914 年 10 月，她组织了争取妇女参政权的游行，此项活动受到了前一年在华盛顿的游行的启发。书中有一整个章节谈论的都是这场游行，笔调气势磅礴而又欢欣鼓舞。虽然围观人群的态度难以预测，有时甚至带有敌意，然而科尼莉娅·艾莉奥特笔下的那些游行者却个个情绪高昂，意志坚定。她被逮捕并被关进监狱时似乎很兴奋。逮捕她的理由是游行、散播人类生理学以及计划生育相关内容，而根据当时的《康斯托克法》[①]，散播这些内容是违法行为。

散播计划生育相关内容。我找出了玫瑰写的那张纸条，就是在她看了那个简短的小册子之后，把自己关在房间里，第一次从镜子里观察她的身体时写的。这些内容于我而言是基本常识，而她却深受震撼。当时玫瑰认识科尼莉娅·艾莉奥特吗？是科尼莉娅把小册子给玫瑰的吗？她们有没有一起讨论过这些内容？纸条上的内容看上去很私密，是玫瑰写给自己的，她肯定从来没有想过要寄给谁看。

我停下来，在网上搜寻科尼莉娅·艾莉奥特的相关内容，不过除了我已经知道的，没什么新鲜的了。我又试着搜索她的姐姐薇薇安·布兰奇，这一次我找到了几条搜索结果，有一条提到，薇薇安所收集的所有文件都已经捐给了斯特灵大学。我给斯特灵大学发了一封邮件，向他们询问其中是否有些信件，可以让我了解她俩的生平。接着，因为我的大脑里已经贮存了太多日期，所以我拿出一张白纸，把所有我知道的名字

---

① 《康斯托克法》：美国人康斯托克提出的法案。这是一部对性持严厉态度的法律。康斯托克生于 1844 年，在 1873 年竭力促成了美国的反淫秽法案的通过。该法案禁止在美国邮寄淫秽色情出版物，禁止淫秽广告，禁止淫秽信息。

和时间列了出来：

弗兰克·韦斯特鲁姆，1868—1942

比阿特丽丝·曼斯菲尔德·韦斯特鲁姆，1873—1919

科拉·贾勒特，1887—1958

约瑟夫·贾勒特，1894—1972

玫瑰·贾勒特，1895—？

爱丽丝·贾勒特，生于1911

华盛顿争取妇女投票权游行，1913

梦湖地区争取妇女投票权游行，1914

梦大师建立，1919

妇女取得投票权，1920

爱丽丝离开，1925

我的爷爷出生，1925

花窗玻璃完工，1938

兵营建立，小教堂关闭，1940

亚特出生，1952

爸爸出生，1953

我一边思考，一边一口口抿着葡萄酒。空气是那么清新，湖里的浮标隐约作响。这时，说话声穿过草坪，传进了屋子里。我把文件收拾好，堆在楼梯边的酒柜上，就放在我的一沓书的边上。屋外，布莱克正在把妈从他的船上扶到地面上，他攥着她那只没有受伤的手，好让她保持平衡。接着，他又去扶艾芙丽，艾芙丽背了两个帆布包；船身摇晃的时候，她踉跄了一下，赶紧双手抓住了布莱克的胳膊。湖面平静如镜，反射出点点光芒，把他们三个的身影笼在光影之下，当他们穿过草坪时，我只能看到他们的轮廓，看不清他们的脸。可是，当他们走到阳台时，我发现我妈好像和往日有些不同。她穿着一条白色的亚麻裙，一件浅蓝色的针织衫，上面缀着缕缕银丝，还搭配了银色凉鞋和银色耳环。一开始我以为她又把头发扎起来了，但紧接着我便意识到她把头发剪短了，剪得非常短，几乎是贴着头皮曲线修的，蓬松而又可爱。

“你的头发！”我叫道。

“喜欢吗？”她有意识地侧了侧头，“我猜我是一时兴起吧，或者是一时的疯狂。本来我只是想修一下，但是后来我却告诉乔什要剪短。不得不说，我很喜欢这个新发型。感觉好轻盈，我觉得我的头轻盈得都可以飘起来了。”

“真好看，”我和他们一起一边往里走，一边真心地评论道，“就是变化有点大。”

剪掉了十二英寸呢，捐给了爱之锁慈善机构。“这些是什么？”她冲着堆在酒柜上的书和文件点点头，问道。她和艾芙丽正站在厨房吧台旁，把帆布包里的东西一件件拿出来：好几罐塔博乐沙拉和鹰嘴豆泥，一份烤胡椒沙拉，一份意大利面沙拉，几条新鲜出炉的面包。

“没什么，就是我找到的一些资料。是不是不该放在这儿？”

“没关系，就放那好了。”她一边回答一边把一盘切好的西瓜从冰箱里拿出来，她的脖子线条修长而又优雅。剪了短发居然让她看上去变化这么大，真是神奇。我想起了答录机里安迪的声音，低沉而又温暖，我很想知道安迪眼中的她又是什么样子。“我自由了，”她说道，一边笑着摸摸她的后颈，“我觉得我完完全全地自由了。”

当我换上我唯一的那条裙子下楼时，布莱克已经把烧烤炉点上了火，艾芙丽正在把一盘盘的食物端到露台上去。我妈邀请了她的同事、亲戚和邻居。人们陆陆续续到了。他们把车停在路边的草地上，带着葡萄酒或食物，穿过草坪来到我们家。我们早上充好的气球像小太阳和小月亮般在树木中间飘荡着；一串串的小灯珠就像初升的星星般闪烁着。

派对很温馨，大家的话题很自然地一个接着一个，一会聊聊这个，一会聊聊那个，笑声在湖面上轻轻荡漾。我在人群中穿梭，拥抱那些还记得我的人。隔壁的哈迪斯蒂先生拍了拍我的背，我很惊讶这些年来他居然消瘦了这么多。上一次我看到他时，还是我爸出事的时候，那天早上他紧紧抓着我妈和布莱克，仿佛只要他一松手，他们就会飞走。他告诉我退休前他是气象播音员，不过他现在从来就不看气象预报，而是在他的车里放了雨伞和雨靴，每一天就任由老天来给他惊喜了。对街的乔治娅一点都没有显老。她还在做陶艺。此刻，尽管我家离她家还有一段距离，但我还是能隐约听到她和她邻居家的门廊里的风铃声。她对基根的玻璃工作室非常感兴趣。她还告诉我，她开始在社区大学里教授艺术课了，主要是为了一份稳定的收入和医疗保险，因为他们的儿子现在已经在上大学了。说到这个，她环顾人群，叫着杰克的名字。我印象中杰克是一个瘦长的男孩子，充满活力，总是和小伙伴们在空地上冲来冲去玩捉迷藏的游戏。他现在已经是纽约大学二年级学生了，学习表演，头发在脑后扎了个马尾：年轻而又自信满满，和我印象中的那个男孩子完全不同了。

“你知道吗，我也邀请了基根。”我妈正要去露台，没有受伤的手里拿着一杯葡萄酒，她停下来跟我说道，“今天他正好去了银行，所以我想，为什么不邀请他呢？”她微笑着，而我却在想基根的马尾下方延伸到他脖子的发际线，还有当我们观赏那些花窗玻璃时，他的手臂挨着我的手臂时传来的温度。

“那他来吗？”

“他说他尽量来。他还问起你会不会在。”接着她又加上了一句，“我想他是真的很高兴能够再见到你。”

我点了点头，试图掩盖我知道他可能会来时所感受到的悸动。我提醒自己，他不会骑摩托车过来，也许会和麦克斯一起来，但这个场景却更加吸引人。“基根变了好多，变得很沉稳，而且好有成就啊。”我说道。

“他大概也会这么说你吧。”

这时，有一个我不认识的人碰了碰我妈的胳膊，我还来不及回答，她就转过去陪客人了。谈话声和笑声四处飘荡。我给大伙倒上了饮料，端给他们艾芙丽做的菠菜羊奶酪开胃小菜。亚特和乔伊一起来了，亚特的声音比任何人都要低沉，嗓门又大，所以我好像总能知道他在哪里——一会儿在厨房，一会在露台上和我妈打招呼，一会儿又搭着劳森的肩膀，劳森是乔治娅的老公，下了班就直接来参加派对了，他那锃亮的鞋子踩在草地上反差极大。乔伊拿了一罐啤酒，和布莱克一起站在湖边，低声谈论着什么；柔依则沉浸在青春期喜怒无常的情绪中，躺在吊床上看书，还不时抬眼看看湖面。我不知道她是想一个人待着，还是只想在众宾客面前扮演一下 19 世纪悲剧女主角的角色。

当我问柔依的妈妈奥斯丁，是不是需要人去陪陪柔依时，她说："哦，别理她那一套。"奥斯丁有着一头褐色的头发，很瘦削，这两年她开始做房地产生意，打扮得很是光鲜亮丽。她拿着饮料，冲着无精打采的柔依恼火地挥了挥手，对我说："最近她都快把我逼疯了。是不是这就是他们这个年纪的小孩的工作？可是她也实在太戏剧化了。要是你看到她在家里疯的样子，你一定会以为我们每天晚上是把她关在橱柜里的；我们毁了她的生活；她的朋友们有的她一样都没有，诸如此类。露西，如果你想有人去日本看望你，我们很乐意让柔依去你那儿住上几个星期。"见我没有答话，她喝了一大口葡萄酒，加了一句，"呵呵，乔伊也不是什么好伺候的主儿，我都挺过来了，我想柔依我也应该能应付得过来吧。"

我瞄了一眼乔伊，想起了我们的高中时代，他对我的漠视，还有他那被我挂在树杈上迎风招展的衣服。

我们吃了点东西，开了一瓶又一瓶葡萄酒，夜色渐渐深了，星星也开始一颗颗探出了头。当夜幕降临时，月亮从地平线渐渐升起，几近满月。我想起了玫瑰，想起了那块毯子和花窗玻璃上圆月相扣的美丽纹饰。艾芙丽把切好的蛋糕端了出来，我妈把一盘盘打发好的奶油和草莓放在玻璃桌上。我退到一边，看着派对的人们，仿佛他们是在舞台上表演一出戏，有一种怪异的距离感油然而生。因为我知道，当我离开以后，这样的派对还是会经常举办。我从口袋里拿出手机看时间，已经快十点了。如果基根现在还没有来，那估计他应该不会来了；他也一样，没有我，日子照样过得很滋润。我朝码头走去，踢掉了鞋子，坐在地上，两脚浸在湖水里，给吉隆打电话。响第二声的时候他就接了，顿时，他办公室里的嘈杂声便从耳机那端传了过来。

“嗨。”我说道。

“啊，是露西啊。”

“我正在参加一个派对呢，”我告诉他，一边躺了下来，“我正仰望着满天的星星，今天是一年中夜晚最短的一天。”

“可惜这里还不是。”他的声音很温柔，“呃，我现在不太方便讲电话，我们晚上网上视频电话好吗？算上时差的话，你那里应该是明天早上？”

“好啊。一切都还好吧？”

他叹了口气：“可以说好，也可以说不好。就是去印尼出差的事情变得有点复杂了。我现在实在不太方便细说。你还好吧？”

“今天晚上很美。”我告诉他，一边找寻着北斗七星。在印尼的时候，卧室外面有一个装了玻璃围挡的阳台，最热的时候，我们常常躺在那里，仰望同样的星空。“我想你。”

“相信我，我也很希望在那里。”

“快了。”

“是啊，很快。”

接着他便挂了电话。我合上手机，没有立即站起来，而是继续盯着夜空，到底是什么样的办公室政治让吉隆这么沮丧；他以前总是很平静的。

当我再次回到露台的时候，客人们已经开始渐渐散去了。从远处看，那真是一个幸福的场景：烛光摇曳，桌上堆着用剩的纸盘和揉成一团团的纸巾。乔治娅离开前，还在忙里忙外地帮着收拾；奥斯丁已经带柔依回家了，她得准备期末考试。我在我妈荒废了的月亮花园里逗留了一阵子，草丛间长出了几茎玫瑰，洁白而又芬芳。园子里还有一些月亮花；当我经过一丛丛薰衣草时，还闻到了它们散发的松木般的芳香。我想起了我和我爸在这里的最后一次谈话，当时这个园子还井然有序，一派生机勃勃的野趣。如果他还在，不知道他会怎样安排这个派对，这个夜晚，还有，我生活的轨迹。悲伤笼罩了我，让我寸步难行，我在充满芳香的荒芜之地呆呆站立。人越来越少了，最后只剩下亚特和乔伊，还有我妈、布莱克和艾芙丽，依然围坐在露台的火堆旁，余烬散着微弱的火光。谈话开始变得越来越随意了。布莱克在店里的一个老文件柜里找到了一张照片，是梦大师创立时期拍的，照片是奠基仪式，我们的曾祖父拿着一把铁锹在铲土，就在排水渠的边上。他们聊了一会这张照片，还传着看。我妈找了个借口离开了，走进屋子里，关上了纱门。接着便听到了答录机的哔哔声和隐约的说话声——我妈就在黑暗的房间里停下来，听着给她的留言。我想起了安迪的声音，想象着妈妈一边听着留言一边微笑的样子。露台上大家已经聊得差不多了。这时，亚特举起了他的杯子，向大家敬酒。

“祝新的事业，祝‘登陆’。”

我本来已经恢复了平静，还想加入他们的，但一听到这话，便停下了脚步，只是看着乔伊、布莱克和艾芙丽一起碰杯。我想起在艾芙丽的绿豆荚餐厅时，在亚特和乔伊的桌上那几卷图纸，还有在亚特办公室角落的画架上，满是他们发展计划的蓝图。我原来以为一切还都只是初步的计划，但现在听起来，不仅仅是初步计划那么简单，于是我静静地等着下文。

“现在庆祝是不是为时过早了一些？”布莱克问道，带着一点忸怩和讨好的语气；我心里涌起一阵愤怒：他居然这么卖力地参与这件事。

他继续说道："还有好多事情说不准啊。"

"不会啊，我们已经有了土地，资金也找好了，现在只是时间问题了。"亚特说道，"当然，我们还得搞定那些禁令的事情，不过那些禁令不会长久的。至于第二阶段，我很确信，你妈最后会同意把房子卖掉的，布莱克。我们谈过好几次了。"

"真的吗？我觉得还不一定。"艾芙丽说道，"我不是指布莱克妈妈的事，是指其他的。"她又把在船上告诉我的事跟他们讲了一遍：那些不同组织的人在一起开午餐会议的事情。"明天他们还会继续开会的。基根·弗尔在很积极地参与一些平民的工作。"

布莱克冷哼了一声。"没有人希望把土地还给易洛魁族人，"他说，"这条路早就被封死了。他的生意的确很好，但是他的影响力很弱。"

乔伊坐在椅子上说："这里的新店铺都是开了关，关了开的，看看基根有什么本事吧。"

"和那些搞环保的，还有抢地的人混在一起对他没什么好处。"亚特评论道，"如果他还不放聪明点，到最后他一定会站错队伍的。这里的人的记性可好得很呢。"

"他已经站错队了，"乔伊喝了一大口啤酒说道，"是他自己的选择。"

听到这里，我的心像被针刺了一下，我又伸手碰了碰薰衣草，新鲜的香气袅袅升起。基根比我大一岁，但是却和我在同一年级，因为他妈妈曾经带着他外出旅行了一年。第二年秋天他回来上五年级的时候，显得更瘦了，身上的牛仔裤也显得短了，他总是一个人坐在窗户边。他老是被人在操场上捉弄，尤其是被我那又高又壮却一点不厚道的堂兄乔伊捉弄。乔伊总叫他"肮脏的印第安人"，老问他为什么换来换去就两件衬衣。基根从来不回应，总是和他保持着距离，像是戴着一个面具，连漆黑的眼睛都像蒙着一层薄纱，幽深得仿佛看不到边际。

有一天，我坐在他边上的那架秋千上，用脚趾扒拉着硬邦邦的泥土。之前我们去了锡拉库扎的一座纪念馆，参观了易洛魁族人用来碾玉米的大圆石。我跟基根说我觉得那个很有意思，还问他是不是真的是易洛魁族人。

他瞥了我一眼，看我是不是准备要取笑他。但是那时我们家族已经不和，所以我想他知道无论如何我都不会和乔伊站在一边的。我们一起看着不远处的一群男孩子在操场的边上踢着足球。学校坐落在一座小山上，虽然我们看不到湖，因为有那么多房子和树木挡住了我们的视线，但是我们知道它就在那儿。

“我妈妈的奶奶是在塞纳卡部落长大的，”基根终于开口了，“你知道那个兵营吧？那块土地以前是他们的。”

“说不定你的某一个祖先曾经是位酋长哦。”我小心翼翼地说道，一边想着我们在纪念馆里看到的那些圆溜溜的小彩球，我好想摸摸它们啊。

“也许吧。”基根说。

我们沉浸在谈话中，完全没有注意乔伊已经偷偷溜到了我们的背后。他听到了我的话，捶着胸脯大声叫道：“我才是大酋长！”那些在他身后的男孩子发出一阵哄笑，而基根的脸上又戴上了那张面具。

“你为什么不打他？”我柔声问道，“你应该狠狠地朝他脸上揍一拳。”

基根一声不吭。铃声响了，休息结束了，我们一个接一个走回教室，基根连看都没有看我一眼。那天下午很太平，什么事都没有发生。然而，第二天，当乔伊开始拿印第安人用烟雾作信号的事情来开玩笑时，基根转过身，以迅雷不及掩耳之势朝他脸上打了一拳。

后来基根和乔伊都被拉出了学校。第二天基根回到学校时，他还是坐在平时靠窗的那个位置，几个男孩子在向他打听前一天和乔伊打架的事情，还有校长跟他们说了些什么。他们散了之后，我静静地走了过去，坐在他的身边，偷偷塞给他一块口香糖。他接过口香糖，抬起头，凝视着我，前一天在打乔伊之前他也是那样看着我，之后，一抹笑容浮上了他的脸庞，转瞬即逝，快得让我都不能确信自己是否看到了那抹笑容。

之后我们就成为了朋友。虽然我们交谈得并不多，而且也从来不在一起吃午饭，但是我们上课的时候总是坐在一起，而且也常常带东西给对方——一支铅笔、好家伙牌玉米花里得来的奖品、一张搞笑的图片。为了不让别人嘲笑，我们维持着这样的秘密友谊。

这就是我们之间的故事，我们彼此的联结。多年以后，我们再次碰面的时候，是在一场篮球比赛上，后来我们坐到了一起，谈起了当年的往事。当时基根和他的朋友在一起，我和我的朋友在一起，球赛看到一半的时候，他带着那个滑稽的似笑非笑的表情往下张望，还递过来一张纸条，一个接一个传到我手里，上面写着：

嘿，露西·贾勒特。这些年来，你过得怎么样？

“说得对极了。”亚特说道，火堆快熄灭了，微弱的火光在他的脸上投下了阴影，“他只不过运气好罢了，不过和我们一样，他也得指望着夏天的生意哪。对了，史蒂夫·彼得森今天打过电话来。他也很有兴趣加入第一阶段。”

“什么第一阶段？”我从暗处走过去问道。

一片沉默。

“告诉她也没事，”亚特终于说道，“都这个时候了，她知不知道也不会有什么差别了。”

“我们出价竞标了兵营的土地，”乔伊说道，“竞标了两块地。一块是镇子边上的，那块我们中标的可能性很大，算是基本搞定了吧。另一块就在你妈妈的土地边上，就在树林过去一点。”

“我们都规划好了。”布莱克插嘴说道，语气中带着无声的兴奋，这不禁让我有些担忧。无论亚特说过什么，我都不相信他会公平对待布莱克。“我们准备搞房地产建设，名字就叫‘登陆’。这个区域曾经是蒸汽轮船停泊的地方，很有历史意义。也许你在梦大师已经看到我那些设计了。”

“我看到了，但是那块地一半是沼泽啊。”我一边说，一边想着那成片的芦苇丛和香蒲，还有水面下那些鱼儿敏捷而又优雅的身影。

“那我们就抽干它。”亚特说得很简洁而又谨慎，“抽干沼泽是那些环保主义者最担心的事。不过最终他们会想通的。”

“露西，其实都是为了工作机会。”艾芙丽说。她一直很安静，我都几乎忘了她的存在。“我知道关心环境是无私而又崇高的，但是兵营关闭之后，我们受到的冲击很大，而且之前生意其实就已经不好了。也许对你来说不会觉得有什么不同，因为湖上的产业还是很繁荣，但是我们都知道这里的经济是分为两部分的，而现在，其中的一部分已经快撑不下去了。”

“你随时都可以加入，”亚特说道，“如果你在想这个的话。我是当真的，露西。前两天我跟你讲的，其实就是指这件事情。如果你想加入，没有人会阻拦的。”

我什么都没有说。这时，门开了，我妈走了出来，拿着一组塑料杯和一瓶葡萄酒。

“怎么了？”她问道，打破了让人不安的沉默，紧接着她便注意到了紧张的气氛。“发生了什么事情？”她的语调轻快而又平易近人，但是我太了解她了，所以我能听出来她语气中有着一丝戒备。或者，也许是我自己太敏感了，在得知了这个新消息之后，顿时变得小心翼翼起来。那么安迪知道吗？这件事情到底进展到什么程度了？

“只是在让露西了解一下我们的计划，”亚特回答道，“在跟她讲我们最近在讨论的事情。”

“是吗？”我妈的语气变得有点生硬，我能听得出来亚特已经越过界了。“希望你也已经告诉她我离做出决定还远着呢。”她转过来对着我问，“露西，这点他跟你说过吗？”

“没有。”

“啊，我正准备说呢，”亚特说道，“艾薇，别有压力。我想我只是希望你已经做出决定了。应该说，我和布莱克都希望如此。”

“嗯，我还没有决定。不管我的决定如何，现在这块土地依然是属于我的。”

大家都沉默不语，妈妈给每人都发了一个塑料杯子。我有些不安，但让我吃惊的是，我妈倒是一派怡然自乐的样子。因为只要她一天不做决定，她就比亚特和其他那些疯狂的想要这块土地的人有优势。这是我妈的另外一面，是我从来没有想象到她会有的一面，我不知道我是不是喜欢这样的妈妈。不知道她到底想要什么，不知道到最后，她会做出什么样的决定。

她举起那瓶酒说：“我把这瓶酒传给大家，打开之前你们可以仔细看看。如果我知道这会儿会这么尴尬，我就晚点儿再拿出来了。不过既然已经拿出来，我们就看看吧。在我终于整理起后面房间那堆乱七八糟的杂物时，我在地下室里找到了这瓶酒，塞在一个箱子里，用一条被子包着，我把酒抽出来的时候，被子就碎了。大家看一看吧。之后我们可以一起碰个杯。”

大家一个接一个地传看这酒瓶。传到我手里的时候，我拿着它，就着微弱的光线看着。标签是用黑墨水写的，字迹倾斜，不是玫瑰的字迹。

彗星葡萄酒

兰波特，英格兰

1910

亚特清了清嗓子，忽然变得严肃起来。我们家族的人谈论起约瑟夫·亚特·贾勒特和他的彗星梦时，总会如此。“我爷爷以前常常提起这瓶酒，”他说，“虽然当时我还是个孩子，但是我记得他给我讲过这个故事。那年秋天，他们一起去摘葡萄，而那些葡萄是在彗星经过的天空下长起来的。他们用摘回来的葡萄自己酿了酒。后来爷爷移民到美国的时候，他带了三四瓶来。它们应该是很特别的，因为是用彗星照过的葡萄酿造的。我的天，我以为它们早就不在了。”

我想象着当年，我曾祖父抬起他的脸，彗星的光芒笼罩了他的全身，而他则梦想着全新的生活。以前，和所有人一样，我一直觉得这个代代相传的故事很感人，也很举足轻重。但是现在我却不禁遐想：那么玫瑰又在哪里呢？

我妈继续说道：“这瓶酒一定是被人给忘了。或者是有人本来想把它放在一个保险的地方好好保存，结果却给忘了。他们说这个年份的酒好，我们来尝尝吧，看看他们说的对不对。”

“艾薇，我认为我们应该把它存着。”

我妈隔着火堆定定地盯着亚特。

“这是我的酒，”她轻轻说道，语气中透着坚定，“是我在我自己的房子里找到的。我想尝尝它的味道。”她从裙子口袋里拿出一个开瓶器，让布莱克开酒。布莱克犹豫了一下，还是开了酒。那个几乎有一百年历史的软木塞，在玻璃瓶里转动时，发出了尖锐的嘎吱声。

我妈从布莱克手里接过酒瓶，给我们大家每人都倒了一点，深红的酒液，仿佛一片夜色。我还记得，1986 年彗星回归的时候，我们晚上不睡觉，守在阁楼里，仰望黑暗的夜空，最终找到了彗星，但它却是那么晦暗，那么遥远，我们的心中满是失望。那是我儿时的记忆，不过也许失望是来自于当时发生的其他一些事。那个时期是一个转折点，彗星回归，举国欢庆；同时也是我爸爸打包离开梦大师的时候。

“敬夏至。”我妈说。我们举起酒杯，喝了一口酒。

这酒尝起来很沉也很甜。味道还可以，不是那么柔和，几乎有点像醋，并不拥有什么魔力。我们喝完酒，又一起聊了一会儿，之后亚特便起身告辞了。

“艾薇，”他似乎想多说些什么，但却欲言又止，后来只是挥了挥手，笑着说，“你办的夏至晚会真棒，来吧，乔伊，我们该回去了。”

布莱克和艾芙丽又多留了一会儿，帮忙收拾。之后，他们手牵手穿过草地，跳上他们的船。月光下，船帆仿佛一张羽翼。

我和妈妈把一盘盘吃剩的鹰嘴豆泥和蔬菜沙拉叠起来放进冰箱，我跟她说："妈，派对办得很不错啊。能看到大家真好。"

"的确不错。"妈妈关上门，转过身对上了我的视线，说道，"露西，刚刚我在外面说的是认真的。我还没有决定要不要卖掉这块地，而且，即使我要卖，我也不一定卖给亚特，这事儿八字还完全没有一撇呢。"

"可是你已经在考虑了啊。"我靠在厨房桌子上说道，"不过我想，这也没什么大不了的。反正和我也没什么关系。嗯，这是你自己的选择，不是吗？"

"这一切就这样很自然地发生了，就是这样。露西，你并不一定要去西岸读大学；也并一定要去地球的另外一边工作。都是你自己做了这些选择。"

我难以置信地盯着她，最后终于说道："我选择了最好的专业，我接受了最好、最激动人心的工作。是你说我可以去的。我爸去世的那个夏天。你还祝福了我。"

我妈用手抚摸着脸，又滑过她的脖子，叹了一口气。

"是啊是啊，是我叫你去的。你说得对。我希望你可以有自己的生活，我现在还是这么想。可是我也担心你啊，你离得那么远，真的很远。这对我来说很不容易。你可能不懂，比如说，就像上次海啸过后，我联系不上你的时候，我真的很害怕。"

"那时我根本就不在印尼。"

"可我并不知道啊。我不知道你在哪里。我以为你在某个被海啸袭击了的沙滩上。"

其实海啸发生的时候，我和吉隆还有一些朋友在新西兰远足，过了好几天我们才听说印尼发生了海啸。

回到雅加达之后，我和吉隆去了我们曾经工作过的孤儿院做志愿者，失去家庭的孩子们都被送到了那里。我们竭尽所能帮助他们，不过面对那样的天灾人祸，我们还是感到了深深的无助。

“好吧，是我的错。以后我会尽量多保持联络的。”我说。

我妈摇了摇头说道：“你已经长大了，露西。我相信你知道自己要什么。可是同样的，你也得理解我。我也有自己的生活。也许你更希望我一辈子都困在这个老房子里，把所有的时间都花在整修这栋房子上面。可是我不会那样做。我很确信。我会不会把这块地卖给亚特？我不知道。也许会，也许我会卖给其他人。或者，也许我会等上个一两年再做决定。我只确信一件事，就是没有人可以给我施加压力，你不可以，亚特不可以，没有人可以。”

气氛一下子紧张起来。“那好吧。那安迪呢？”我这样问自己都觉得奇怪。

她双手抱胸：“安迪怎么了？”

“他知道这些事吗？”

“他不知道。这也不关你的事，露西。不过我也才刚认识安迪，和他约会很开心，仅此而已。我很开心，为什么这也碍着你了？”

“没有，我不是这个意思。”

“那你是什么意思？”

我深深吸了一口气，听着冰箱发出的嗡嗡声和远处波浪拍打湖岸的哗哗声。刚才的那些话的确是我不假思索冲口而出的，我也不知道为什么我会这么不开心。这和买卖土地的事情有关，一定是这样，也和那些错综复杂的家族历史有关。还有，和布莱克那么愿意与亚特为伍有关，甚至，和艾芙丽怀孕也有关系。我的嘴里还留着彗星酒那深沉的味道。我从来没有告诉过我妈，在我爸去世的那天晚上，我见过他。我从来没有告诉过她，当时我爸叫我和他一起去钓鱼。也许有另外一个平行的宇宙空间，在那里，我答应了我爸和他一起去钓鱼，那么第二天的黎明，我们就会一起回家，拎着好多鱼满载而归，在阳光下的露台上烤着鳟鱼，一起吃晚餐……之后，我们的生活不会是像现在这般的光景，而会是另有一番景象了。

过了很久我才开口：“我也不知道。”我感觉屋子里所有的能量都已流失殆尽，不过也许只是因为时差的问题。“我也不知道我是什么意思。只是，你懂的，变化太多了，而且，变得太快太快。”

她点了点头，没有立即接话。过了一会她才说：“露西，也不是那么快，其实。不过对你来说一定是变得很快。我明白。”

我差点都要告诉她，如果我那天和爸爸一起去钓鱼的话，那么一切都会改变，如果我去了，那么我们现在的境况就会完全不同。可是，她现在看上去很开心，这才是重点，我从来没有看到她这么开心过。此时此刻，她真的很开心。

“好吧，谁知道呢，也许把地卖掉，甚至是卖给亚特也没什么大不了。布莱克和艾芙丽总不能在船上养孩子吧。”

她转过身直直地盯着我。“你刚刚说什么？”

我闭上眼睛，心里暗暗骂了自己一句。

“是这样的，其实我不应该说的。但正是因为这个，布莱克才接了这份工作，也是因为这样，艾芙丽一口都没有喝那个彗星酒。”

“啊，是哦。天啊！这样一来就说得通了。但是我都不知道……”

“别让他知道你知道了，好吗？他会不高兴的。我答应过他不把这事儿告诉任何人。他答应过艾芙丽要保密，因为艾芙丽希望找个正式的场合来公布这个消息。”

“我要当奶奶了。他们不会介意我知道的。我相信他们不会。”

她顿了顿，双手托着脸，手上那枚银色的戒指闪闪发亮。她甩了甩头，又把手放了下来。

“啊，好兴奋啊，是吧？让我很吃惊啊。不过现在我知道了，想起来他们的行为也很合理啦。你说的对，”她又加了一句，“他们当然不能在船上养孩子。我的电话在哪儿？”

“哦，拜托，别告诉他是我告诉了你。”

“我不会的。就说是我自己猜到的。你说得对，她都没有喝酒。预产期是什么时候？”

“我想是10月份。”

我妈已经迫不及待地在拨电话了，我离开房间，走上楼，不过她没有注意到。

我在床上躺了很久，一直都没有睡着。晚上发生的一切像走马灯一样在我脑海里不停地打转，过了很久才睡着。后半夜下起了雷雨，我睡得很不安稳。我做了一个梦，和我到了这里的第一晚做的梦很相似。梦里，我急切地在树林里寻找着藏在树叶下的圆形的东西。不同的是，这一次我找到了，是美丽的圆球，藏在树叶底下，如雨滴一般纤细，玻璃的质地，美得让人无法直视，让人充满渴望。当我捡起它们时，它们便在我手中化成了液体，落入了土里，散成细小的水珠四散而去。我匍匐着想跟上它们，一想到如此的美丽已烟消云散，我的心都碎了。我把所有的水珠都收集起来，坐在森林里，试着把它们重新拼凑起来，用胶水粘，用金属丝捆扎，可是，当我一碰到它们，它们便悄然消融，消失得杳无踪迹。

第八章

第二天，我很早就醒了，外面的天阴沉沉的，瓢泼大雨倾泻而下，乌云压得很低，很难分辨出天空和湖面的界限。大雨把原本挂在树上的气球都打了下来，我们挂在露台旁的纸灯笼也被雨水打得垂头丧气，软塌塌、湿糊糊的。我走下楼，残留梦境中的那些美、那种失落仍挥之不去。我给自己倒了一杯茶，蹑手蹑脚的，尽可能不发出一点声音。妈妈还在熟睡，她十点才上班。昨晚和她吵过一架之后，这会儿看不到她倒使我松了一口气。吧台上面放了一些昨天派对剩下的食物，我吃了点法国布里白乳酪和一些饼干，上楼的时候又顺手抓了一把葡萄。我关上房门，盘起腿坐在床头，一边喝着橙子口味的白毫红茶，一边凝视着窗外。雨中的梦湖笼着一层薄雾，草色深青，平整而又湿润。吉隆答应他会在七点之前到家，还有五分钟。我拨了 Skype 上他的号码，他马上就接了起来，他的脸出现在屏幕上。

“我买了些面条回来，”他说道，“我在厨房呢。可以边吃边聊吗？我饿死啦。”

“是从街口那家买的？”我问。那是一家很小的店，墙上镶了浅色木板，吧台前摆了几张凳子，卖一大碗一大碗的面条和肉汤。周末的时候我和吉隆常去那儿吃。

“是啊。我买了你最喜欢的咖喱面哦。”他一边说，一边把勺子凑到屏幕前给我看，然后吃了一大口。“真可惜你在那么远的地方。”

“我也有自己的东西可以吃哟，”我边说边举起葡萄给他看，“你忘了吗，我这里现在还是早晨呢。这会儿可不是吃咖喱的时候。嗯，你还好吗？”

“说实在的，不太好。”他回答，“不好意思，早些时候不大方便说话，因为你打给我的那个时候，办公室里的气氛正好有点僵。”

“怎么了？”

“就是印尼的那个项目。村子里有人反对，你记得吗？他们不希望那个地方被破坏掉，因为他们认为那个地方是神圣的。所以，我们上个礼拜一直在想替代方案，好让桥绕过那个地方。要双赢嘛，对吧？”

“听起来很有道理啊。”我说。

“等我一下啊。”他说完便从屏幕上消失了。我想起以前在印尼的时候，人们总是警告我不要在黄昏时分出门，因为黄昏是日夜交替的时候，那个时候出门会很容易丢失自己的灵魂，或是遇到危险。虽然听上去不太合逻辑，但我还是觉得这个说法挺有道理的。而对于现在的我来说，我对此更深信不疑，因为我也正处于某个过渡阶段，漂流在过去和现在之间，漂流在从前的生活和无法预知的未来之间；而身处这样时刻的我常感觉会彻底地迷失自己。

吉隆又出现在屏幕上，拿了一瓶清酒回来。“就是啊，要的就是双赢啊。我们工程师都这么认为，完全是个很不错的解决方案。可是经理却不同意。因为这样一来会大大超过预算；而且那块有争议的土地他们也已经买下来了，所以他们没必要妥协。”

“所以你们的提案被否决了。”

“是的。更糟糕的是，我还和他们吵了。”

“啊，我懂了。”吉隆的公司有一些外国员工，所以比起其他的日本公司，吉隆的公司已经算是比较开明灵活的了。但是因为吉隆的血统和他一口流利的日语，公司对他的期望自然有些不一样。在我看来，他已经卖力过头了。他每天加班到很晚，比别人更频繁地和客户出去喝酒应酬，就是为了弥补这样的时刻——当他的职业训练和人生观发生冲突的时刻。

“这应该也没什么大不了吧？我是说，他们总不会为了这个开除你。”

我是半开玩笑说的，但是吉隆并没有笑。

“不会。至少我希望不会。只是现在我周围的人都不怎么和我说话了。事实上，当初他们雇用我的时候，希望我在印尼的经历能够对他们有所帮助，但他们可不希望我为印尼人说话。所以，他们派了另外一个人和我一起下个礼拜去雅加达。”

“真的？监督你？”

“差不多吧。我有点不高兴。所以呢，从某个角度看这也不是什么大事，但说实话，最近我也在考虑是不是要辞职。”

“辞职？真的假的？”虽然我笑了，但是一想到我们两个无业游民一起在这个世界游荡，心里顿时涌起了一阵恐慌。

“是在考虑，没错。不过先跟你说，也只是想想而已，就是一天工作不顺，回到家，半夜里想想罢了。”

“如果你辞职，我们两个可都失业了哦。”我说。

吉隆一定是听出了我语气中的一丝惊慌，因为他隔着千山万水，冲着镜头对我微笑着说：“我就是有些沮丧啦，没什么的。我们换个话题吧。你那边怎么样？是不是在下大雨？我查了你那边的天气。”

“是啊。”我抬头望了望窗外。地平线那边的天空已经开始微微透出亮光，绿幽幽的湖面上出现了珍珠般灰白色的线条，我希望天会放晴。“我找到了一些关于我祖先的东西，很有趣。”我告诉他发现了那些花窗的事，还有我打算去罗彻斯特的韦斯特鲁姆纪念馆参观。虽然这些错综复杂的关系估计把吉隆搞得有些头晕，但他还是很有兴趣听我讲。

“这个玫瑰是你的曾祖母？”

“不是，她是我曾祖父的妹妹。也就是说，算是我的曾祖姑母？但我们从来都没有听说过她。我觉得肯定有什么丑闻。”

我想了一会儿，因为这句话也是我想问自己的。我最初的直觉是，过去之所以会被掩盖，一定有着什么合理的原因。“说实在的，我是真的想知道。但我也说不清楚为什么我想知道。我就是觉得我的家族遗失了一段非常重要的过去。我的意思是，如果那所谓的丑闻是关于玫瑰曾经是一名女权运动领袖的话，其实是一件多么了不起的事儿啊。我们家族需要有着英雄事迹的女性。”我一边说着，一边心里想着自己所经历的一切，我距离玫瑰的时代已经有几十年的光景，虽然和她相比，我的这些经历无足挂齿，但也货真价实，尤其是对于一名投身于科学的女性而言。有很多次，我在上台讲演的时候被人硬生生打断；也常有人把一些文书工作硬塞给我，好像我在这些企业里就只是个管家婆；大家讨论工作以外的重大话题时，也常常把我排除在外。

我们又聊了会儿他的行程后，吉隆便说他得走了，因为在休息之前他还得看一些报告。他喝了一大口酒，看上去很累，我觉得他有些憔悴。

“你该去睡会儿。”

“我会去睡的，等我看完这些报告以后，我就要瘫倒在电视机跟前啦！对了，藤本夫人还问起你了呢。她注意到你不在家。”

我想起当我们脚下的大地在颤抖时，她紧紧地按着我的手。

“她还好吗？最近地震多吗？”

“昨天震了一次，还蛮厉害的。我回到家的时候，发现书架都倒了，还有厨房里剩下的那些花草也倒了。”

“我可一点都不想念那些地震，”我说道，“但是我很想你。”我是真的想念吉隆。我想起了在日本的日子，6月里的黄昏总显得悠长，有些个夜晚，我和吉隆一起在海边散步。

“真希望你在这里。”吉隆说，声音听上去有些伤感。

“很快就能见到啦。”我说道，“我爱你。”

“我也是。”他说道。正当我想抱怨他这么不懂浪漫的时候，他已经关掉了 Skype，屏幕上一片黑暗。

我下楼和妈妈一起很快吃了点早饭，然后开车带她去市区。我们对彼此都有些客套，还带着点防备。她说布莱克似乎很高兴谈宝宝的事，不过也让她先不要声张，因为艾芙丽还是想找个正式的场合和大家说。

到了银行，妈妈下车前我问她：“那他知道是我告诉你的吗？”

她有些闪烁其词地回答：“也许吧。我没这么说，但大概他也能猜得到。一开始当他得知我知道这件事的时候似乎还有些吃惊。不过露西啊，我真心觉得这不是什么问题。”

我看着她冒着雨快步跑上楼梯，还裹了一件雨衣在身上，免得手臂上的石膏被打湿。

接着，我从银行出发，开车去罗彻斯特市。刚开始经过的是蜿蜒的乡间小路，一头头奶牛在草地上吃草，仿佛一朵朵黑白相间的白云；刚结穗的玉米在雨中颤抖。二十号公路连接着所有的湖的北面，路线大致上和从前的伊利运河差不多，穿过许多 19 世纪的小镇，那些古老的小镇如明珠般点缀着一个个湖的边缘，一百多年以前的繁华和美丽已经日渐没落。当年，那些未曾铺设柏油的马路上，马车络绎不绝，驳船在运河上来来往往，停靠在这些码头边，装载着一箱箱刚从工厂里制造出来的玻璃、服装和水泵运向外地。而如今，大部分工厂已经倒闭，这些小镇虽然美丽依旧，但也略显疲态。有些小镇因为旅游业而重新繁荣起来，有些小镇上的好多建筑都已经没了窗户，或是被封了起来，要不就是转而经营短暂的现金贷款业务。这些小镇的郊区绵延数里，到处都是商场和快餐店。

韦斯特鲁姆纪念馆要下午两点才开，所以我在卡南代瓜稍作停留，参观了松纳贝格花园。在那里用了午餐之后，我便驱车上了公路，开到罗彻斯特市，顺利进入市区。弗兰克 · 韦斯特鲁姆纪念馆坐落在一条小街上，小街两边满是有着高高的砖墙的房子，而纪念馆则隐藏在丛生的连翘属灌木丛之中。通往大门的石板路先是穿过一片灌木丛，接着是一个花园，花园里到处都是僻静的角落、壁龛、隐藏着的长凳和垂满了紫藤的棚架。之后，纪念馆的两层高小楼便矗立在了眼前，小楼带有弗兰克·劳埃德·赖特的怀旧风格，有很多水平的线条和窗户。周围一片寂静。我不禁怀疑，发布在网上的开放时间是不是不对。但当最终走到入口处——其实就是一个门廊，几根大柱子拔地而起——时我看到有一块小牌子上用红色的草体字写着“开放”两个字。我走进大厅，大声喊道：“你好，有人吗？”可是只有我的声音在大厅里回荡。

大厅的墙上挂着一帧帧剪报，记录了这个纪念馆的历史。我一边等一边看这些剪报。这一带建于 1873 年，街道两旁那些砖房就是从那时候建起来的。1910 年这里发生了一场大火，一栋房子着了火，火势蔓延到了另外一栋房子，熊熊大火烧了几乎整整一夜，两栋房子都被烧成了灰烬。幸好没有人遇难，但住在那两栋房子里的家庭失去了他们的一切。自那以后，这块地就空置着，直到 1920 年弗兰克·韦斯特鲁姆买下这里，并开始建造目前这栋小楼。由于缺少资金，弗兰克差不多花了近二十年的时间才建成这栋楼。最后一帧报道提到，20 世纪 60 年代馆方从私人卖家手中买下了这栋楼，进行了重修，并开始收集弗兰克·韦斯特鲁姆的玻璃艺术制品。

这时，从远处传来了匆忙的脚步声，一个高大的男人出现在大厅里，穿着卡其布裤和白衬衫，生有一头火焰般的红色头发，不禁让我联想起这里曾经发生过的那场大火。他的皮肤白皙，布满雀斑。他的名牌上用大写加粗的字体写着：史都特·敏特。史都特看上去和我差不多大，他朝我走来，脸上带着紧张的微笑，说话语速飞快，快得几乎让我跟不上。

“你好，欢迎欢迎！不好意思让你久等。通常这个时候都没什么人来，所以我以为不会有人——嗯，真是不好意思。你是来参观的吗？”

“嗯，是啊。不过我想先问你几个问题。”我跟他讲了我在梦湖看到的那些花窗，那些花窗的底部有着几排造型独特的月亮纹饰和浓密的藤蔓与花朵。

我把手机上的照片找出来给他看，“就是这个图案。你看眼熟吗？”我问道，“有些很难看清楚。但发现花窗的那间教堂存有档案，是一张原始收据，上面说是有人在 1938 年委托弗兰克·韦斯特鲁姆制作的。”

史都特·敏特接过了手机，仔细研究着照片。“没有。”过了好一会他才说道，“我们这里没有类似图案，我在韦斯特鲁姆档案库里也从来没有看到过。如果看到过，我一定会记得的。这个图案很特别，对不对？虽然这张照片很模糊，但我还是能看得出，这扇花窗有韦斯特鲁姆的风格。你看，这里是他特有的铅框式样。虽然很难辨认，但如果你仔细看，你会发现这些花窗玻璃交界的地方都有类似花朵的形状。等下你参观的时候也会看到。这个式样在每一扇韦斯特鲁姆花窗上都有，就好像是他的一个印记，那个语音导览里是这么说的。”

“很有意思。”我边说边提醒自己要把这个细节告诉基根，“有办法可以查到弗兰克·韦斯特鲁姆当初是怎么接受委托制作了这些花窗吗？这里会不会有记录？”

史都特轻轻咬着嘴唇想了想说：“我不知道。但这里的档案还是很详尽的。等下你参观的时候我可以查一下，怎么样？”

“太好了，谢谢你。”

“没问题。”他微笑着回答，“这很让人兴奋哟，对吧？真没想到今天能碰上这样的事，有意思！”

史都特给了我一部装有语音导览的 IPod，还有一张地图，上面有纪念馆的地形和展品介绍。接着，伴随渐行渐远的脚步声，史都特消失在他刚才走出来的那个走廊尽头，那里竖着个牌子，上面写着“游客止步”。这栋楼并不大，但是很开阔，没有一件家具，只有一扇扇大型玻璃窗，上面挂着弗兰克·韦斯特鲁姆的玻璃艺术品，色彩斑斓的图案投射在窗对面的墙上、天花板和地上。我打开语音导览，一件件地欣赏弗兰克的作品。在光影和色彩之间，我了解了韦斯特鲁姆的生平，他的童年，他跟随约翰·法拉吉那短暂却又意义重大的学徒生涯，以及之后同样重要的他与这位导师的决裂；他的婚姻、两个孩子、妻子过世，还有之后他的北上。从弗兰克·韦斯特鲁姆的花窗作品中，能很明显地看到他对于水的热爱；在这些花窗的图案里，随处可见平静的水面、旋转的激流，或是白色的波浪。他也很钟爱藤蔓，在一些他制作的镶在门边的花窗玻璃上，四边都爬满了藤蔓。他还喜欢运用各种花朵。弗兰克的很多作品都是为了满足建筑方面的需求，如大型落地窗上方的横眉或是窄面板。在他创作生涯中期，他也尝试设计了一些几何图形，这和他早期作品中那些豪华繁复的图案大相径庭。在某一个系列的方形窗上，他运用了蓝绿两色以及菱形、三角形和箭头状的白色玻璃。

弗兰克的作品能带给人某种平和的心境。一部分是因为这间房间四处都是白色的墙面和开阔的窗户。但也是因为，这些玻璃艺术品本身拥有着源源不断的抚慰人心的力量，它们色彩明亮，刻画着土地、树叶和水，还有衣袂翩翩的人物形象和一些几何图形。

我跟着语音导览参观完了一楼的四间展室，之后又根据提示回到休息大厅，来到一道短短的走廊。我一边走一边快速翻看着游览手册。但当我走到楼梯下时，我不禁停了下来，呆住了。镂空的楼梯后面是一面玻璃墙，四周打着光。一面巨大的玻璃花窗挂在楼梯井里，折射出镏金、碧绿、艳紫、朱红、浅蓝和琥珀色的光彩。画面上描绘的是，在一座花园里，一个女子手持一束五彩缤纷的长茎花束，走在蓝灰色的鹅卵石铺就的小径上。她的长发披肩，如同黑色的瀑布。她身着一袭朴素的金绿色曳地长裙，深绿色的束腰紧紧系在腰间。她赤裸着双足，两眼望着手中的花朵。她的手臂和脸都以轻柔的白色玻璃镶成，这让她整个人看起来都散发着某种光彩，就像开在我妈妈曾经的月亮花园里的那些花。我注意到，在花窗的左下角和女子的袖边上，都有史都特之前提到的花朵样式的铅框。不过，真正让我屏息凝神的是她的姿态：她站在那里，微微侧着身子，凝视着远方，仿佛正看着画框外的某个人。她的容貌看起来也很熟悉，长长的脸型，大大的深蓝色眼睛带着悲伤。我拿出了我的手机，在之前保存的照片中快速地翻看着，找到了之前拍的约瑟夫花窗。没错，约瑟夫花窗里那个出挑的女人，虽然从大小上看要小一点，但她也是这样的站姿，连脸型也相同。我用一只手围住手机屏幕好遮掉一些光线，我来回对比着手机上的照片和楼梯井处的花窗，一股安全感和兴奋感油然而生。我很确信，虽然这两扇花窗的场景截然不同，但它们用的模特儿却是同一个人。

走廊上传来了脚步声，不一会儿，史都特便出现了，他一手拿着几个绿色的文件夹，一手拂过他那深红色头发，看上去似乎有点担心他把我一个人撂在这里这么久。

他走到我身边停下来说："很精致吧？这扇窗是来自纽约市的私人藏品，没有什么相关资料。我们认为是韦斯特鲁姆后期的作品。他一定是退休后搬到罗彻斯特市之后创作的，至少艺术史学家们是这样认为的。"

我点了点头，一边把手机放回我的包里。我还不想告诉史都特我的发现。

"这个女人非常吸引人。虽然谈不上漂亮，但很与众不同。你知道这个模特儿是谁吗？"

"很可惜，我不知道啊。我们对他那个阶段的生活并不是很了解。自从韦斯特鲁姆太太过世之后，他也过气了，他生命里最后二十年就隐居在这里。很可惜，那个时候人们对他的作品并不是很重视。我们认为，这个女子是当年委托韦斯特鲁姆制作这扇花窗的那户人家的人，但这也只是猜测而已。她也可能是韦斯特鲁姆的女儿安娜贝丝。这件作品里的色彩特别饱满，你觉得吗？"

"是啊。我也看到了你之前告诉过我的那个铅框图案。"

"没错。这扇窗还有一个让我很喜欢的地方——你看那束花渐变的色彩，就像彩虹，从红色到紫色。这是个很巧妙的双关视觉效果，因为这些花是鸢尾花，又叫爱丽丝，而在希腊神话里，爱丽丝是彩虹女神。"

“听起来很有意思。”我轻声说道，试图掩饰心中涌起的那股强烈的兴奋感，当史都特指出那束花是鸢尾花时，那股兴奋感就像电流般窜过我的全身。*如果爱丽丝要离开你们的家……*“你有找到什么有趣的资料吗？”我朝他手中的文件夹点点头问道。

“可以说有，也可以说没有。你跟我来桌子这里，我把资料给你看。”

我跟着他一起穿过狭窄的走廊，走到桌子旁。他打开文件夹，把里面的纸取出来摊开。里面有一份收据和感谢便条的复印件，是教堂收到花窗玻璃后寄来的，这份复印件和其他几封信夹在一起。

“这些是当年委托韦斯特鲁姆制作花窗的信，”史都特说，“不过我只匆匆瞄了几眼。当然，你可以再仔细看一下。不过那些花窗应该是1936年一位名叫V.W.布兰奇的人订制的。寄信地址是纽约市，所以估计韦斯特鲁姆是在那里认识他的。信里面没有什么其他相关资料，只有花窗的详细规格，几张素描说明他对构图的要求等诸如此类的信息。”

我把那些信都翻看了一遍，信都是打字机打出来的，落款都是V.W.布兰奇，用黑色钢笔签的名。

“他不是男人，是女人哦。”我说。“V.W.布兰奇估计就是薇薇安·惠特尼·布兰奇，一位早期女权运动者。”我尽量用平静的语气说道，但内心的那股兴奋，就像一幅拼图就要完成，可以看到最终的完整画面那般。“她有个妹妹，叫尼莉娅·艾莉奥特，就住在梦湖。大概她就是和小教堂的那些花窗的那个联结点吧。尼莉娅·艾莉奥特当年也积极投入了争取女性参政权运动呢。”

我把那沓纸一张张仔仔细细地看了一遍，希望能找到一些有关玫瑰的明确线索，但却什么都没有找到。

“嗯，真可惜。我原来还以为委托制作那些花窗的人有可能是我的某位祖先呢。”看到史都特一脸困惑，我解释道，“但是这里既没有她的名字，也没有她的字迹。我在我妈家里找到了几封她的信，所以我认得她的笔迹，不过可惜我没有把那些信带过来。”

史都特看上去有些不高兴，从我手中抽出一页纸，研究着上面的字迹，说："嗯，你说的那位祖上不大可能认识弗兰克·韦斯特鲁姆，除非她在1920年之前住在纽约，或者在那之后住在这里。"

"我不知道她住在哪里，"我说，"但是我真的有直觉她认识韦斯特鲁姆。"

"啊，直觉。"史都特说，带着嘲弄的口吻，"美妙而又短暂的东西，直觉啊。"

我有些被惹恼了。我从包里拿出手机，找出约瑟夫花窗的照片给他看。"你看，站在那堆谷物后面的那个女人。"

史都特盯着屏幕仔细看了看，脸颊上飞起两朵红晕。过了半天才轻轻地说道："我懂你的意思了。这个女人看起来很眼熟。"

"是啊，她大概就是这两扇花窗的模特儿。"

"你说她是你的祖先？"

"我认为是。也许吧。我之前不是说了吗，我在我妈家里找到了一些信。她叫玫瑰·贾勒特，但我们家族的人从来就没有提起过她。但教堂里却有她的受洗记录。她在1911年的时候还生了个女儿。"我没有告诉她玫瑰的女儿叫爱丽丝；我不想把这个发现告诉别人，这对我而言是秘密，让人兴奋的秘密，而且只属于我自己，我无法想象要把这件事分享给其他人，至少现在还不行。"之后她就完全消失了。"

"你说的那个教堂是哪间？"

"就是在梦湖市中心的圣路克教堂。"

史都特点了点头，没有接话。和外人提起梦湖总是一件很有意思的事，因为梦湖是出了名的排外和傲慢，认为自己拥有纯净的水源、美丽的村庄、高于附近其他的湖泊和村落。人们要不是向往梦湖，就是对它恨之入骨。我说不上来史都特到底属于哪一种，但我想他大概属于前者吧。

"我明白了。"史都特微微笑出了声，叹了口气又说道，"其实我一点儿都不明白。我还是想不通，为什么你认为，你的祖上和教堂里的花窗上的那个女人有关联。”

“是那些花窗底部的饰边。”我一边说，一边指给他看，“你看，这里，还记得我之前提起的月亮和藤蔓吗？我在我妈家里找到的一块布上也有同样的图案，边上还有一封她写的信。”

“可这实在也证明不了什么啊？”

我笑了。“我知道，这根本不能证明什么。我只是完全凭直觉，觉得这些零零散散的事情一定互相关联。当然了，我也可能完全判断错了。”

“能让我看看吗？”他接过我的手机，翻出了智慧花窗的照片。过了一会儿，他才缓缓点了点头说道：“你知道吗，我觉得不管这能不能算是证据，我想你可能是对的。”

“我知道我不该提这样的要求——这里写明了禁止拍照——但我的情况特殊，能不能让我拍一张楼梯井花窗的照片？”

史都特立刻变回了原来那公事公办的专业态度，他把手机递回给我说：“嗯，可能不行。纪念馆的董事们——”

“可这也是情有可原啊，你不这样认为吗？”

史都特犹豫了会儿，看了看手表，对我说：“我得打个电话请示一下。反正我也应该把这件事报告上去。他们一定会对你的照片、你的玫瑰感兴趣的。”他绕到桌子另外一边，按了一个快速拨号键，转过头去，压低音量，和电话那一头的人交谈着。

“好了，”史都特挂了电话说道，“我刚和一位董事说了，碰巧他还是一位研究弗兰克·韦斯特鲁姆的学者。他同意你拍照，只要你把教堂花窗的照片也发邮件给我们，同时也请你留下联系方式。你看，他对这件事很有兴趣呢。我就知道他会感兴趣的。”

“我现在就发邮件。”我从花岗岩柜台上的名片座里拿出一张名片，把上面的电子邮件地址输入我的手机。“对了，那其他文件夹里有些什么东西？”我问道。

“哦，对哦——其实也没什么。就是些彩色玻璃的订单。”

我还是翻了一下那些文件，不过史都特说的没错，没什么有价值的信息。我记下了那个纽约市的地址，等斯特灵大学的档案馆联系我之后，我可以核对薇薇安的其他信件。然后我小心翼翼地对准楼梯井花窗拍了一张照片，又把我的姓名和手机号码留给史都特，之后，便离开了纪念馆。

我离开的时候已经过了下午五点。天上的云层很低，云很厚，被风吹得四处纷飞的树叶，衬着对街那栗色的砖墙和阴沉沉的天空，显得特别绚丽。我在一个爬满了紫藤的木架下停下了脚步；一只蝴蝶翩翩飞过，又轻轻落在地上，仿佛一片落下的树叶。

正当我还在思索神秘的玫瑰到底和弗兰克·韦斯特鲁姆，还有比阿特丽丝·曼斯菲尔德是什么关系的时候，一辆低调的黑色轿车开了过来，停在大门口的路边。一个身材高大、有些发福、还略有秃顶的男人匆匆走了进来，他经过我的时候还饶有兴趣地打量了我一番。之后他便消失在楼里。但没过几分钟他便又重新回到台阶那儿，疾步穿过石板小路，风吹得他的领带飘来荡去。

“不好意思，你是露西·贾勒特吗？”

“嗯，我是。”

“很高兴认识你。”他一边说一边伸出了手，“我是奥利弗。奥利弗·韦斯特鲁姆·帕罗特（帕罗特在英文中近似鹦鹉的发音）。”看到我不禁莞尔的样子，他做了个鬼脸说，“我知道这个姓很搞笑，但我又有什么办法呢。我是纪念馆董事会主席。我也是弗兰克·韦斯特鲁姆的曾孙。刚才史都特一给我打电话我就直接冲过来了。能不能让我看看你发现的那扇花窗的照片？如果这真是出自韦斯特鲁姆之手的话，我们会非常有兴趣。”

“我刚已经发邮件过去了。不过我可以给你看照片，在我手机上，你看。”我边说边找出了那张照片，同时我也觉得很奇怪，自己怎么忽然之间对这些信息，对玫瑰有着巨大的占有欲。“照片拍得不是很清晰。”我把手机递给奥利弗。为了看得更清楚些，他往后退了几步，站在紫藤的阴影下。他没有说什么，但脸上的一块肌肉抽搐起来。

过了好一会儿他才呼了一口气，说道：“我明白了。不得不说这的确很让人兴奋啊。”他抬起头，深褐色的眼里带着深深的渴望。“露西，不好意思，贾勒特小姐，我能叫你露西吗？可以请你去喝一杯吗？我想如果我们可以交换一下彼此的故事的话，对我们都会有帮助的。”

我瞄了一眼手表。“我不确定啊，我得花一个小时才能开回家。”

“不会耽误你很久的，我保证。而且，这个世界上没有人比我更了解弗兰克·韦斯特鲁姆了。”

听他这么一说，我提起了兴趣。我开车跟在奥利弗·帕罗特和他的黑色轿车后面，穿过了几个街区，来到一个重新规划过的老城区，砖墙砌成的门面房都是餐馆和商店。他停下车，我也跟着停车，之后，我们在一家装有大片厚玻璃窗的小咖啡馆门口碰了头。奥利弗为我拉开门，跟在我后面，穿过一大群下了班来这里喝一杯的上班族，走到咖啡馆的最后面，那里有个小小的露台，可以看到下方的河。因为风有些大，所以露台上还有几张桌子空着。我们挑了一张带有遮阳伞的桌子坐下来，奥利弗点了金汤力酒，我点了气泡水。

“好吧，那就跟我讲讲弗兰克·韦斯特鲁姆吧。”女服务员一走我便开口说道，“我得承认，几天之前我才第一次听说有这么一个人。”

奥利弗点了点头，身子靠在了椅子上。“他是个很有意思的人物。当然，我说这话可能不是很客观，但我可以说，是他传承给我的东西塑造了我的生活，我的妻子和孩子们可以证明，尽管他们可能并不喜欢这一点。不过我不是艺术家。”他又补充道，一边挥了挥手，仿佛想把年轻时的雄心壮志一挥而去。“我也尝试过成为艺术家，但很快就意识到自己不是那块料。或者说，我其实也没那个兴趣——艺术家的生活并不容易。后来我上了法学院，想做艺术组织工作，的确我也做到了。再后来，当韦斯特鲁姆纪念馆董事会有空缺的时候，我便欣然接下了这份工作。其实我的业余爱好就是研究我的曾祖父。

“他是从德国来的移民，当时有一大拨工匠移民到美国。他是 1885 年到的美国，那时他十七岁，开始在纽约市外的一家玻璃工厂工作，那里有几位娴熟的师傅正在复兴花窗玻璃的制作工艺，而在那之前，这个工艺已经几乎失传了。他们开始试图重新创造中世纪时的花窗工艺配方。而弗兰克·韦斯特鲁姆当时就为其中的一位师傅工作。他也因此接触到了新艺术主义。新艺术主义很对我曾祖父的味，他喜欢自然界里那流畅而又具有美感的线条，同时他骨子里也是一个浪漫的人。”

“我有一个朋友也在用传统配方做玻璃，他叫基根·弗尔。”

奥利弗的眼睛一亮。“啊，对哦，我认识基根·弗尔。他的作品很棒。他还好吗？希望他的工作室经营得顺利。我觉得，如果你想要经营这样一个工作室的话，梦湖是一个最好的选择，那里景色宜人，游客又多。”

“现在看起来他做得还不错呢。”

“很高兴听到这个消息。我经常用他做的玻璃来修复一些作品。”他喝了一大口金汤力，继续说道，“话说回来，大概有十五年左右的光景，我的曾祖父做得不错，为一些有钱人制作花窗，但他没有与时俱进。当时新艺术主义着实红了一阵子，但第一次世界大战之后便不再风靡。而且，弗兰克·韦斯特鲁姆的脾气很暴躁，他非常坚持自己的眼光，而且固执己见。他一直认为，那种乳白玻璃破坏了花窗玻璃最核心的美感，因为美感就是来自于玻璃那半透明的质地。尽管时代的潮流已经撇下他而去，他还是坚持着他自己的美学观念，这一点很让人钦佩。即便如此，他还是拥有少量忠诚的粉丝，能让他维持生计。但在他的有生之年，他一直都不是很出名。所以，”他把身子往前倾了倾，继续说，“这就是为什么，你在教堂发现的花窗玻璃这么有意义。好了，现在该你来说说你的那位祖上的故事了。”

“玫瑰·贾勒特。她有一个女儿，生于1911年。我知道的就只有这些了。”

“好啦，别吊我胃口啦。”奥利弗说。

我笑了，带点讶异，心里很庆幸自己没有把爱丽丝的名字说出来。“我不知道怎么吊胃口。我就是在查找关于玫瑰的信息时被引到这里——韦斯特鲁姆纪念馆来的。韦斯特鲁姆运用了一个对玫瑰而言很重要的图案。也许这个图案就是她设计的。我来找给你看。”我从手机上找出照片指给奥利弗看。“我也很想多了解有关她的事情，可惜实在是没有什么，只有一张她在1925年写的字条。”

奥利弗研究着那个图案，陷入了沉思。“弗兰克当时住在罗彻斯特市。”他说，“他妻子过世后他就搬到这里来了，一方面是为了节省开支，另一方面么，也许是想重新开始吧。他妻子的一些亲戚住在这附近，所以他对这里也算熟。你大概从他的作品中也能看得出他热爱这里的风景，这里的水。”

“比阿特丽丝·曼斯菲尔德。”

“对，你知道她？比阿特丽丝，我的曾祖母。我妈妈的名字就是用她的名字取的。我们家族的人一直推测，比阿特丽丝就是那扇花窗的模特儿。也许她也是你说的教堂里的那扇花窗的模特儿。很可能是这样，那两扇窗里的女人长得好像。你不觉得吗？”

“也许吧。”我说，但也不想让玫瑰·贾勒特的形象就此消失。不过我没有反驳，因为我意识到，如果弗兰克·韦斯特鲁姆的那么多作品里都用了玫瑰做模特儿，那么他们两人关系一定非同一般，他们应该很亲密，我想这种亲密应该是奥利弗·帕罗特不想接受的吧。一阵风吹起了我们的纸巾，还把其中一张吹到了地上。

“啊，看起来这天气得持续一阵子啦。”奥利弗一边说一边拿起了账单，我想付钱，但奥利弗挥了挥手，微笑着拒绝了。

风里的空气带着雨的味道，有几滴已经落到了我的脸颊上。我站起身，握了握奥利弗·帕罗特的手。他给了我一张名片，让我一旦有什么发现就打电话给他，他还说，他打算近期就去圣路克教堂参观一下。听到他这么一说，我心中瞬时涌起了一阵恐慌。之前我完全沉浸在我的那些疑问里，没有想过，我这一举动可能已经无意中触动了某个开关。一旦奥利弗看到智慧花窗和约瑟夫花窗之后，他一定会把它们收入韦斯特鲁姆纪念馆的收藏。如果他发现了小教堂里的那些花窗，他一定也会想把它们收入囊中。虽然我不是很确信，但是从奥利弗·帕罗特的外表和出手阔绰的作风来看，估计弗兰克·韦斯特鲁姆保护协会应该很有钱，能够开出一个让小教堂无法拒绝的价码买走那些花窗。不知道为什么，我觉得这样一来事情就完全乱了套，觉得自己盲目追寻答案的行为在无意间背叛了什么至关重要的东西。这种感觉在我回家的路上一直困扰着我。我一路经过州际高速，接着转入普通公路，穿过一个个小镇，小镇上立着一排排漂亮的店面，有纹身店、货币兑换店、连锁快餐、地产中介公司、食品杂货店、咖啡馆、纪念品店和老歌剧院。

在我开上环湖路之后，之前酝酿了很久的大雨终于瓢泼而下，雨势大得让我几乎看不清面前的路。我好不容易开到了一个观景台，停下了车。雨势减弱之后，我下了车，走到观景台的栏杆处，俯瞰梦湖。它绵延数里，环抱着座座丘陵，蓝色的湖面泛着波浪。空气中充满水汽，熠熠生辉，半道彩虹挂在幽深的丛林之后，七彩的颜色清晰而又透明。令人窒息的美，没有由来而又狂野的美，让我心中涌起一阵怀旧之情，怀念着连我自己都并不清楚的过去。为什么会这样？我不禁问自己。那些玻璃花窗美丽而又充满力量，而我对于玫瑰的生活、她的渴望、她和她女儿的分离却知之甚少，这又让我心中平添了几分忧伤。以前，我自以为对家族的故事了如指掌，但单单是得知玫瑰的存在，就已经给了那些故事新的、同时又令人不安的种种可能。我也感觉自己身负重任。不管玫瑰是谁，她都已经消失，无法为她自己辩护，就像眼前那道已经逐渐消散的彩虹，飞快地消逝在过去。

我回到家的时候已经很晚了，太阳已经有一半落在了湖对岸的地平线之下，我们家的房子西侧在夕阳的余晖下染上了略带红色的金光。我妈正坐在露台上，桌上放着一杯红酒，脚边的地上放着一个冰桶，里面是一瓶红酒。她正在看小说，我走过去的时候，她便把那本平装书面朝下搁在了椅子的扶手上；我瞥了一眼，黑底的封面上是一件轻盈的婴儿服，这让我想起了爱丽丝。我妈穿着一件白色的T恤，搭配了大件银色与绿色的首饰，衬着她的头发，很漂亮。

"书好看吗？"

"我刚开始看。到目前为止还是很吸引人呢。安迪给了我那本新书《单人间》的复印件，但我就是看不下去。"

"是想随手乱扔的那种书？"

"比那还糟糕。我一点都提不起兴趣。"她弯下腰，在冰桶旁拿起另一个杯子，递给我说，"趁我还记得，基根打过电话来。是有关什么花窗的事，他让你给他回电话。基根现在干得很不错吧？"

"是啊。很不错。你认识他儿子麦克斯吗？"

妈妈笑着说："有的时候基根会带他一起来银行。小家伙很可爱。和他爸爸一样活力四射。基根是个好爸爸。"

"我也这样觉得。你现在很喜欢基根嘛。"

"我一直很喜欢基根啊。那个时候我只是觉得你们还太小，的确是还小啊。"

"是啊。"

"那现在呢？"她一边问一边打量着我。

"现在，我正等着吉隆过来啊。"我不想深究再次看到基根后那种悸动的感觉。

妈妈把红酒递给我，我给自己倒了一杯——是夏敦埃白葡萄酒，用梦湖自产的葡萄酿制，略微带着香梨和草莓的味道。

"真好喝。"

“是吗？是安迪带来的。他应该快回来了吧，我让他去修棚子边上的篱笆了。是他自告奋勇要去的，可怜的人啊。”

“真的？他在这儿？”

“你听上去有点失望啊。我还以为你想要见见他呢。”

“我是很想见见他啊。只是今天过得有点跌宕起伏。”

“因为玫瑰·贾勒特？”

“是的。玫瑰，发现了好多关于她的事情。”我很快把今天发生的事情跟妈妈说了一遍，告诉她我去了位于罗彻斯特市的韦斯特鲁姆纪念馆。正当我开始讲到纪念馆楼梯井花窗里的那个女人，我和奥利弗·帕罗特一起在咖啡馆聊天的事时，妈妈朝我背后微笑着挥了挥手。我回过头，看到了安迪：高高的个子，身形魁梧而又瘦削，穿着打扮和我想象中的一致——牛仔裤加全棉运动衫，从湖边的草地上一路走来。他的头发剪得很短，缕缕银发在夕阳下闪烁。他的手里拿着一把锤子和一袋钉子。我站起身，等我妈介绍我们认识。他和我握了手，手劲很足，又冲我一笑，笑容迷人。他还饶有兴趣地问了一些关于日本的事。我没有理由讨厌他，但我却发现自己还是很小心戒备。

“我再去拿个杯子。”妈妈说。

“我去吧。”我说道，忽然意识到，自己其实才是这个晚上的不速之客。妈妈放在红酒边上的那个玻璃杯根本就不是给我的。

我和他们在一起坐了半个小时。我妈一直在告诉我和安迪我们彼此的事情，好让谈话继续：比如讲讲我从事的水文相关的工作，安迪的飞行执照，我去过的地方，安迪去过的地方什么的。安迪在梦湖长大，但是很年轻的时候便离开了这里，成了一名航空管制员，在东岸的好几个地方都住过。他有三个孩子，他的妻子在两年前因为心脏病发作过世了。当他说到这个的时候，妈妈伸手碰了碰安迪的手，他冲着妈妈浅浅一笑。

为了打破大家尴尬的沉默，我冲着那盆剑兰点点头问道：“那么那个时候你在哪里？就是登陆月球的那晚。”

安迪似乎有点被这个问题震到了，我妈看了我一眼，有点恼火，不过过了一会儿，安迪清了清喉咙，笑出了声。

“其实我就在那里。”他说，“在卡纳维拉尔角海峡。我和一帮大学同学一起去的，庆祝登陆月球。那个时候我们都还只有二十五六岁。我们都有工作，有些人已经成了家。但是那是历史上非常重要的时刻，所以我们就去了。不得不说真是让人大开眼界。那天晚上，在他们登上了月球之后，我们去了海滩，拿出了望远镜，想象着我们可以看到他们走在月球上的宁静海里。你知道吗，梦湖是以月球上的某个地方命名的哦，至少部分是。易洛魁族人曾经把这个地方叫作梦之地，但移民来了之后，他们就用月球上的湖的名称把这个地方的名字改了。我想这些你都知道吧。”他又继续补充道，“梦湖，就在月球上的彩虹湾和智海再过去一点的地方。”

我曾经无数次地看过布莱克房间里的海报，所以我知道月球上所有的地名，美丽而又让人敬畏的名字。我知道如果我开口肯定会让大家扫兴，但我还是说了：“还有风暴洋、自凋沼、死亡湖，听上去都不是什么好名字。”

可是安迪只是咯咯笑出了声，温和地说道：“看来你的月球地理学得很好啊。”

“那一年我十五岁。”我妈没有理会我的话，接口说，“我们也出门了，去了一片田野里。我们一整天都在看登陆月球的电视节目。我们铺好毯子，在田里待了一整个晚上，一边喝着低糖汽水，一边望着月亮。我们没有那么高科技，没有望远镜之类的。月亮看起来和平时没有什么不同，但我们知道有些改变已经发生。”

“不知道那个晚上爸爸在哪里。”我陷入了沉思，因为我不知道，也不会再有机会问他。

直到话说出口我才意识到这话听上去会让人有什么感觉，尽管我是无意提起，但也许潜意识里我就想这么做：我想捣乱，想干扰，想提醒他们我妈过往的生活。

“我不知道，我们从来没有谈起过这个。”妈妈说。

安迪握住了妈妈的手，妈妈对着他微笑。

我又待了一会儿。他们邀请我和他们一起去吃晚饭，但我婉拒了，说我累了，我是真的累了。安迪开的是一辆油电混合型普锐斯，和我爸开的车型完全不一样。他们驱车离开，我向他们挥了挥手便走回屋里，给自己做了一个花生酱三明治，这时天色已经愈发昏暗，但我没有开灯。我在厨房吧台边吃了三明治，又喝了一杯牛奶，之后把几个盘子洗干净。这时天已经完全黑了，但我还是离开了家门，离开了没有点灯的屋子，光着脚走在湿漉漉的草地上。我想游泳，但我又懒得再回到家里换泳衣。我犹豫了一下，便脱下了身上的衣服放在码头上，纵身跃入水中。湖水很冷，满是泡沫，之前的大暴雨搅得湖面上波澜起伏。我爬上独木舟的时候，浑身都冷得直哆嗦，但我还是在那里坐了很久，心里很高兴可以待在一个没有人找得到我的地方，就这么在水里和空气里飘荡着，整理一下今天白天意外碰到的那些事情。南边是一片片的沼泽和绵延数里的兵营地，漆黑一片。那里曾经是一个村子，那个小教堂至今仍矗立在那里，不过几十年来都无人涉足，那些花窗也都被封存起来。我一定要去那里看看，去了解玫瑰和那些花窗的关联。而且，我觉得我也应该告诉苏西牧师有关奥利弗·帕罗特的事情，那个风度翩翩、容易让人解除戒备的奥利弗会带着他的故事、支票本和强大的说服力出现，在那之前，我一定要警告苏西牧师。

然而此刻，我却只有一个很简单的疑问：玫瑰·贾勒特到底是谁？如果她是和我的曾祖父约瑟夫一起来到这个国家的，那为什么我从来都没有听说过她的事？为什么那条编织得如此精美的毯子会被藏起来？奥利弗·帕罗特想怎么想都可以，但那两扇花窗里的女人看起来真的很熟悉，感觉和我有着某种联系，仿佛我在另一个时空里，或是在梦里和她相识。我想如果能够追溯到这个故事的源头，或许就可以平息自从我爸爸过世以后，这么多年来我心中的躁动不安。

独木舟随着波浪轻轻摇晃着。几近满月的月亮把我家那栋老房子笼在温柔的光晕里。我有点冷，但我不想离开。我在那里躺了很久很久，望着天空里的云渐渐散去，星星一颗颗探出脑袋，在夜空里各占一方。

第九章

不知道是因为游了泳，还是因为我终于把时差倒过来了，那天晚上我睡得很香，早上起来的时候，感觉终于恢复到了正常状态。我在床上收电子邮件，想看看吉隆到底什么时候来。我的邮箱几乎满了，因为吉隆转发了几张照片给我，是我们的朋友尼尔和朱莉的：一张是他俩坐在白色的沙滩上，蓝色的大海连接着远处的地平线。还有一些在水下拍的照片，色彩斑斓的鱼儿，有的明黄，有的湛蓝，在摇曳的珊瑚间穿梭。他们去了一个离印尼本土大约三英里的岛附近浮潜。他们觉得那儿非常棒，所以邀请吉隆也去那里玩玩。吉隆问我这样有没有关系，如果他去那里玩的话，他会晚两天到美国。

其实没关系。如果换成是我留在印尼，我也会想去见尼尔和朱莉，去那个美丽的沙滩玩玩。我回信给他说没有问题。但事实上，这是我第一次感觉他离我如此遥远，第一次强烈地希望自己也可以和他一起去那里，一起跃入温暖如鼻息的水中。为了拉近我和他的距离，我拨通了他的电话，我们聊了几分钟。他正在等火车，电话那头有点吵，所以我没有和他细聊在罗彻斯特市的发现，但我答应他会把弗兰克·韦斯特鲁姆花窗的照片发给他，也说等他来了这里，我带他一起去看看。

在讲电话的时候，我听到妈妈在楼下走来走去。我听到淋浴开关的声音，开橱门的声音，还有她踩着高跟鞋发出的声音。天气已经有些凉了，我光脚踩在地板上，感觉有些冷。我拉开抽屉翻了翻，以前的一些旧衣服还放在这里。我没有带足够多的毛衣过来，因为日本这个时候已经挺热了，而我也忘了在梦湖，整个夏天都有寒意。我找到了一件旧的运动衫，深蓝色，上面还印着橙色的黑夜骑士四个字。这是梦湖高中的校队名称。当时大家觉得梦想家这个名字不够有冲击力，而噩梦这个名字又过于负面，所以就用了“黑夜骑士”这个名字。在高中的最后一年里，我和基根可以算是完全担当得起这个称号，因为我们不是骑着他的摩托车到处游荡，就是在夜半时分把独木舟推进湖中，跳上船，乘着起伏的波浪，踏着黑夜的脉动，划进湖的深处。

我下楼的时候妈妈已经穿戴整齐，站在厨房的吧台边，一边吃着全麦饼干蘸剩下的豆泥，一边喝着牛奶。吧台的一边放着安迪之前留下的那份食谱，还有一条粉色的丝巾。妈妈正想事情想得出神，不过她很快回过神来，抬起头冲我笑笑。

“早上好啊。”她一边把指尖擦干净，一边伸手去拿牛奶杯。

“昨晚的晚餐怎么样？”

“很不错。我们没有走很远，就在市区。我们在一家新开的餐馆吃的，就是湖边上的那家。很不错哦，要是你也在就好了。”

“可我就是觉得不大自在啊，你们的气氛那么浪漫。”虽然我已经试图以玩笑的口吻说，但这话一说出口，连我自己都觉得听上去有些勉强和刻薄。

妈妈盯着我看了好一会儿，也许是在想我们之前的那次争吵。良久，她终于轻声说道：“别胡说，我和他还不熟呢。”

“感觉你好像很喜欢他。”

“是啊，我是蛮喜欢他的。”

“嗯，对啊，这样很好啊。昨天晚上我就是有些累，而且我脑袋里还有一堆事。妈妈，那些花窗真是太美了。你一定要去看看。”我给自己倒了一杯咖啡，继续说道，“今天早上有点冷，是吧。你看我从最下面的那个抽屉里翻出了这件旧运动服。”

“你的那几个抽屉居然还是满的？太夸张了，都这么多年了哟。对了，我正想着趁你在家我们可以开始把一些东西收拾一下。家里有好多堆了几十年的旧衣服啊，还有各种乱七八糟的杂物、旧报纸啊什么的，都堆了好几代了吧。我一直都没有这个勇气或是精力来处理这些，但现在的确得收拾了。”

收拾完她才能把房子和地卖掉啊，我心里想，但没有说出来。

“可以啊，要不这个周末？在吉隆来之前吧，他要晚几天来。等他来了以后我就不想花时间整理东西了。”

“他要晚来啊，真可惜。没什么事吧？”

“没事。”

“好吧。我不是想干涉你们，我只是在想，反正我们要整理东西了，那就顺便帮他收拾出一间房间。”

我盯着她。

“怎么了？”

“妈，我和吉隆都在一起住了两年了呢。”

“我知道啊。到时候你们想怎么安排都行。不过这里是我家，我要给他收拾一间房间出来。”

我忍不住笑出声来，接着妈妈也笑了。“好吧，妈妈，随便你。”

我们开车去市区的时候起雾了，一路上比较低洼的路段都聚着雾气，感觉就像在云里开车，雪佛兰的引擎盖在白色的雾气中变成了蛋黄色，直到我们开上山顶，才和其他色彩一起显现出了本色：玉米地的深绿，仓库那一闪而过的大红，刺破云层的天空显露出来的那一片片蔚蓝。我和我妈没怎么说话，不过她下车的时候，把手伸了过来，攥了攥我的手。我把车停在停车场的老地方，离所有的车远远的，之后走上大街，准备去艾芙丽的店里喝杯咖啡。因为上次我不小心说漏了嘴，告诉了妈妈她怀孕的事情，所以我想跟她去道个歉，但艾芙丽不在店里。店里依旧弥漫着黄油、蜂蜜、酵母和咖啡的香味。这个时间，室内的位子已经坐满了人，一边用餐一边低声交谈着，脚边摆着湿漉漉的雨伞。我走出艾芙丽的店门，看到梦大师的楼就矗立在眼前，被雨打湿了的砖墙颜色显得愈发深沉，背后是灰色的天空。

基根的玻璃艺品工作室周五早上不开门，一来是为了赶制客户的一些特殊订单，二来也是为了让大家喘口气，为迎接周末的游客潮做好准备。不过礼品店倒是照常营业，门半开着，橱窗里摆着新的玻璃碗，泛着红宝石、蓝宝石和紫水晶的亮丽色泽。不过我没有进去，而是往前走了几步，站在玻璃窗前，看那些工匠把长长的管子放进火炉，再把熔化了的玻璃取出来，用他们的呼吸把玻璃吹成不同的造型。我看着那些容器慢慢地变换成型：一个花瓶、一个红酒杯、一个晶莹剔透的玻璃碗。我按了两次门铃，但不知道他们是没听到还是故意不理睬，甚至连头都没有抬一下。基根没有在工作，至少我没有看到他在里面，但我想告诉他，我去了罗彻斯特市，还和奥利弗·帕罗特见了面。我还想告诉他关于玫瑰的事。我在濛濛细雨中站了片刻，想起来我们在教堂的时候他给过我的电话号码。我从包里翻出号码，拨了过去。响第四声的时候基根接了电话，我跟他说我在他楼下，他便开门让我进去。

即使沿河的高高的窗子都开着，大大的风扇也在不停转着，吹制玻璃的房间里还是很热。那个叫科特尼的助手抬眼看了看我，点点头，又立即把注意力转回到正在吹气管末端即将成型的玻璃上，正在膨胀的玻璃呈现出彩虹般渐变的深绿色，如同野鸭的脖颈。我在那站了一会儿，看着她那流畅而又专业的动作，那玻璃仿佛有了生命般，在慢慢变形，接着，我穿过房间，走上楼梯。

基根正坐在一张软绵绵的懒人豆袋沙发上，修长的双腿交叉着伸在前面。麦克斯坐在他边上，靠在基根的臂弯里，听他讲故事。基根读的不是幼儿硬皮画册，甚至都不是儿童读物，而是一本希腊神话。他们正在读丰饶女神德墨忒耳和她的女儿珀尔塞福涅的故事。故事里讲到珀尔塞福涅不见了之后，她的母亲绝望地寻找着她的女儿，于是世间万物不再生长，四处荒芜一片，直到有人告诉得墨忒耳她女儿的下落。珀尔塞福涅回来了，她的嘴里含着石榴种子，她一咬这种子，便注定她每一年都要在黑暗的冥界度过半年的时光。这个故事对于像麦克斯这个年纪的小男孩来说有些复杂，但他却听得很入神。我进门的时候，基根抬起头来看了我一眼，冲我笑了笑，继续讲着故事。我靠在一根支撑横梁的钢柱上，听着他的声音，充满活力，却又是那么温柔。麦克斯也津津有味地听着，还不时抬起头看看基根，脸上带着满足而又崇拜的神情。

故事讲完以后，基根合上书，站起来活动活动身子。

“再讲一个嘛，爸爸，”麦克斯央求道，“我还没有听够呢。”

基根笑了。“麦克斯，还不够啊？你永远都听不够故事哟。就算我给你讲一整天你都会说不够吧。”

麦克斯一边笑一边喊：“再讲一个！”

“要不你先看十五分钟卡通片，我和露西先说会儿话。”

麦克斯盯着我打量了一会儿，才伸手去拿遥控器。基根走过来，在我脸颊上亲了一下，是那种朋友式的亲吻，没什么其他的，但还是把我带回了过去。我感觉到他温热的嘴唇，闻到他身上熟悉的香皂味和汗味，不过现在还带着火的气息。

“运动衫不错嘛。”他说。

“谢谢夸奖，我在一个抽屉底下翻出来的。上次那个夏至派对你没有来，好可惜哦。”我说道，一边想着那天晚上知道他可能会来的时候，我是怎样的心情。我的语气听起来是不是有些失落？我轻轻碰了碰刚刚被他亲吻过的脸颊。

“你妈妈邀请我只是客气客气啦。”基根说道，“而且，那天后来有点忙，因为我在赶一个订单，为一个新娘婚前聚会制作餐具。”

“她喜欢你，不是客套。那天的派对很棒。”我说。

“一定很棒。那我看看明年能不能去参加。要不要再来点咖啡？”基根问道，一边冲我的杯子点点头，之后往厨房走去。

“好啊。”我跟着他一起走到吧台。他走路的姿式是那么流畅，和他制作玻璃时的样子一样矫健而又优雅。我坐下来，打开杯子上的塑料盖，让他给我倒咖啡。“我妈说你给我打电话留了口信？”

“是啊。是有好消息告诉你。我得到教会的批准，可以带你去那个小教堂。不过得等到周三，到时候封在花窗四周的木条也应该都已经被拆掉了。我已经等不及想去看看那里面到底藏了什么宝贝，估计你也和我一样吧。”

“太好了。我一直都没机会告诉你细节，但是我已经查出这些花窗的制作者是谁了，而且我也查到这些花窗和我家族里的某个人有关系。她叫玫瑰。她还有个女儿，1911 年生的。之后她似乎就消失了。她的女儿也消失了。不过我想我还是找到了一些线索。”我一边说，一边想着花窗里那个手捧鸢尾花的女人。

基根诧异地说道：“太神奇了，是吧？我是说，像你们家族那样联系紧密又排外的，居然会有一个被大家遗忘的祖先，实在是很难想象啊。”

“真的吗？我们在你眼里是那样的啊？”

“嗯，有一点吧，不过我没有冒犯的意思。”

“没关系啦。那我也给你这种感觉吗？”

基根耸了耸肩，半是莞尔半是困惑地回答道：“我不知道，露西，已经过了很久了。不过，以前你确实挺在意那些错综复杂的贾勒特家族关系呢。”

我点了点头。可能的确如此吧。每次回来的时候，我总觉得自己就像站在一条河边，隔着一个安全的距离，观望着家人亲戚之间的你来我往。现在我不禁怀疑自己是否已经失足落入河里，和他们搅在一起了。

“基根，可重点是，我并不认为玫瑰是被遗忘的。我认为是有人故意把她给隐去了。是刻意的隐瞒。我想她投入了早期的女权运动，应该是一个很有意思的人，也许也背了很多骂名。对了，你听说过弗兰克·韦斯特鲁姆吗？”

“韦斯特鲁姆？当然听说过啊。那些花窗是韦斯特鲁姆做的？”基根放下咖啡杯，听上去很兴奋。“是哦，真的是呢。其实我之前还真的猜测过这可能是他的作品——很合理，风格和年代都相符。是教堂留下来的资料记录？”

“是的。找到了原始收据。我昨天开车去了罗彻斯特市，参观了韦斯特鲁姆纪念馆，还见到了奥利弗·帕罗特。对了，他向你问好来着。”

“奥利弗·帕罗特，真没想到啊！”基根笑着摇了摇头继续说道，“他是不是很特别？是不是还戴着领结？”

“是的。”

“他真是很特别。我喜欢和奥利弗一起工作，因为他是真的看重玻璃的品质，推崇以无限接近原作为宗旨的修复工作。不过他这个人呢，怎么说，有点挑剔。他会让你一遍又一遍地重做重做重做，直到他满意为止。”

“他对那些花窗很感兴趣，很兴奋，”我说，“但也许我跟他讲得太多了。一直到我离开的时候我才想到，他大概会想把那些花窗收集到韦斯特鲁姆纪念馆里，一定是这样。我在想，我该给教堂打个电话，让他们知道奥利弗可能会出现。”

“如果我是你的话，我就不会太担心。苏西牧师是一个非常机智的人。更何况，奥利弗早晚会知道那些花窗的事。”

基根刚刚给我倒满了咖啡，我端起杯子，不小心把一些咖啡洒了出来，滴在了吧台上，还弄湿了一沓纸。我抓过一块洗碗布，把洒在吧台上的咖啡吸掉，又把那沓纸上面的几张擦干，但是其中一张传单复印件上还是晕开了一圈棕色的咖啡渍。这张传单我在图书馆里见到过，内容是召开大会来表明易洛魁族人对于那片地的立场。一开始我以为基根只是拿了一张传单，但很快我意识到，原来这一沓纸都是这份传单的复印件。

“你的？”我问道。

“是啊。弄脏了也不要紧。我有好多。”

“我不知道你也参与了那块地的事，”我一边说，一边想起了在夏至派对上，亚特、乔伊，甚至还有布莱克，是怎么挤兑基根，说他站错了队。

“我参与了一些。他们让我帮忙贴这些传单，我答应了。自从有了麦克斯之后，保存易洛魁文化对我来说更加重要了。要保证易洛魁的文化遗产可以一代代传承下去。我正好也支持这一观点。”

“我猜那些地应该值不少钱吧。我的大多数亲戚都千方百计地想要得到这块地。”我说。

“在这一点上他们还真是亲密无间呢。”基根欢快地说，“不过我很诧异布莱克也掺和了这事儿，但现实就是如此，他完全置身其中了。“登陆，”基根又用带点嘲讽的口吻继续说道，“连这个名字也烙着过去的印记。”

“那你认为那块地应该作什么用途呢？”

“这就是关键，关键就是这个问题。那块地不应该有任何用途，不应该被开垦成农场，也不应该成为武器库，或是高档住宅。那块地就应该保持原貌。”

“不可以变成赌场。”

“对，我同意。如果我们能拿到那块地，我们想把它建成某种保护区。问题是，露西，在我们眼里，那块地是神圣的赋予。我们想要保护好它。而现在是一个千载难逢的保护它的机会。即使那块地曾经被用来储存武器啊、炸弹啊什么的，而且鬼知道这几十年来地下还埋了什么其他东西，但还是有很多区域没有被人动过。几年来，有一群白鹿在那圈围栏里繁衍生长，还有濒临绝种的黑燕鸥在那里栖息。我们一直在和一些保护组织合作，而且进展得不错。但那些开发商太眼馋那块地了，简直是如饥似渴。平心而论，很多人的确已经辛苦了很久，兵营关了之后，情况更糟。在市区你可能看不大出来，因为有很多游客，还有梦湖的资源。但如果你开车去郊区看看，那些景象会让你大吃一惊。”

“前几天我在梦湖上划了一会儿独木舟，一直划到兵营边上，但我没敢走太远。不过我看到了白鹿，一共五头，消失在树丛里。它们好美。我还发现了几条小河流，以前我都不知道那儿还有小河。我在想，之前有没有人研究过那里的水文情况？最近几十年来，梦湖开发得很厉害。开发到一定程度，那里的生态系统就会无法应付那些越来越多的化粪池和供水管道。而且还有排水问题。”我想起了印尼越来越高的水位。“过多的建筑物，水没有地方可去，就会发大水。”

“嗯，听上去很有意思。最近梦湖南边发过几次大水，但我想大家应该都没想到发大水还和新建的房子有关。我也不清楚现在排水是不是有问题。”基根笑着继续说，“也许你也应该加入，来当个顾问。”

听到基根的称赞我也笑了：“我想这里一定有当地的水文专家比我更了解那块地的情况。”

“也许吧。不过我还是觉得你可以帮上很多忙。要不要来了解一下全局？再看看你有什么想法？”基根问道，“我打算带麦克斯去划船，他妈妈还在生病，保姆也要中午才能到。”

基根一边说一边又露出了动人的笑容，眼角浮现出几道鱼尾纹，我仿佛又穿越回多年以前那个漫长的春天，那些骑着摩托车、划着船，风儿迎面拂过的夜晚。只不过因为现在我又回到了这里，还能不时地找到各种理由来基根这里打招呼，所以那些记忆显得不再那么遥远。停！我警告我自己。因为我在另一个国家已经有了另一种生活，而和基根继续纠缠下去除了心痛还能有什么结果呢？别想了。

“当然好啊。”我说。

“太好了，”基根说，“等我拿一下钥匙。”

楼下，基根的助手科特尼正要把那个绿色的玻璃花瓶拿到退火炉里。我们经过她的时候，她抬了抬护目镜大声叫着基根。她有一双漂亮的黑色大眼睛，五官立体，也分得很开；她长得也很健壮，很吸引人。基根停下脚步，和科特尼说了几句话，而麦克斯和我则在边上等他。接着，科特尼走到了麦克斯的身边，而基根则牵起了我的手，用盖过炉火的大嗓门大声问道："想不想试试？"我点了点头。

于是基根便开始了一连串的舞蹈：他先取出熔化了的玻璃，在金属桌子上旋转塑型。接着，他的嘴唇覆上吹管，让玻璃慢慢膨胀。"该你了。"他喊道，一边把吹管递给我。我把嘴唇贴上他的嘴唇刚刚贴过的地方，还能感受到温热。基根靠近我，帮我转动着吹管，我轻轻吹着，玻璃膨胀得更大。我们就这样来来回回地传递着吹管，他的嘴唇贴在金属上，接着是我的，我们的气息在慢慢膨胀的玻璃里交融。最后，基根把我俩共同创作的那个雨滴状的美丽作品从吹管顶端敲落下来，接着戴上隔热手套把它送进退火炉。我的身体在颤抖——因为吹管的重量，因为炉火的热度和基根紧挨着我的手臂。我想起了我曾经做过的梦，梦里那些圆球在我手中化成了水。玻璃的纤巧脆弱与基根的坚定沉着形成的对比是那么让人屏息。一会儿，他和麦克斯一起走过来。我们走出门外，空气清新而又湿润。

"刚才真的很棒。"

基根微笑着说："你干得不错啊。制作玻璃的时候永远都不可能出现两个一模一样的作品——这是这一行最吸引我的一点。靠这个谋生还真挺不错的。"

"我们做的那个什么时候可以好？"

"再过几天吧。要不到时候我去你家拿给你？"

"好啊。太好了。"我回答。

麦克斯在草地上奔跑着，绕着圈子。

"嗯，刚刚科特尼提醒我，有个供应商要过来找我。他刚打电话来，说已经在市区了，很快就到。我要和他谈点事情，但时间不会太久。你能不能带麦克斯去散会儿步？沿着排水渠走走什么的。我等一下就去找你们，然后再一起去坐船。”

“没问题。”我说。虽然我没怎么和小孩子相处过，但既然看起来基根那么轻而易举地扮演好了爸爸的角色，那么我想带孩子应该不是很难吧。“我喜欢沿着排水渠散步，而且我也有好些年没去那儿走走了。”

“太好了。”说着，基根转过身，消失在工作室里。我沿着人行道往前走，追上麦克斯，嘴唇上还留着吹管的余温。

“爸爸呢？”麦克斯问。

“他有点事情。他说我们俩可以先去散个步，他等下就来找我们。”

“我要等我爸爸。”

“我是你爸爸的朋友，你知道吗，是很久以前的老朋友哦。”

“我爸爸认识这里所有的人。”

“当然咯。那我们走吧？”

“不要。”

我们在蒙蒙雾气里站了一阵子。最后，我开口说：“麦克斯，你知道吗，你爸爸跟我说你是个聪明的孩子。他说你认识那条路怎么走哦，可我不信。”

这一招实在太简单了，简单到我都觉得有些内疚用了这一招。麦克斯一跺脚，说：“是真的！”接着便开始往前走。

那条小路很窄，铺着沙石，一路蜿蜒，因为早晨下过雨，两边的树还在不时滴水下来。我们沿着排水渠慢慢走着，小路时而离渠很远，时而又紧贴着渠。麦克斯不肯牵着我的手，他说他要走在前面，因为我不认识路。

于是我就由着麦克斯在前面走，看着他在沙土上又跑又跳。麦克斯今天穿了一条牛仔裤，一件蓬松的红色夹克，鞋子的跟上还有小灯，每走一步都会闪一下。麦克斯走路的样子和他爸一样敏捷。

我们拐了个弯之后就看不到老厂房了，于是我说：“要不我们就在这里等你爸爸吧。”我们站的地方还有一个标示牌，上面说，19 世纪末

20世纪初，在梦湖地区工业还很繁荣的时候，这个地方曾经是工厂工人的宿舍，后来盖了私人住宅。到今天就剩下一栋破败不堪的房子。另外还有一栋只剩下骨架的房子，幽灵般杵在旁边。麦克斯跑得离我越来越远，我大声叫着他："嘿！麦克斯！""快来看这个啊！"麦克斯头都没有回地回答。"喂！"我只得继续喊道，"等一下，你可不能自己走啊。"

"我爸爸都让我自己走呀，"麦克斯小小的声音从前方飘来，"爸爸一直都让我自己走的，再说了，我是带路的哟。"

"好啦，你是带路的，那你也等我一下啊。"

我小跑着追上麦克斯，又和他一起往前走了一会儿，麦克斯一直走在前面不远的地方。这段小路先是往排水渠的方向靠，之后又拐回来到树木之间。我的思绪一直被拉回到基根那里，想起他的唇紧贴在金属吹管上，想起那不断膨胀的玻璃，想起火光在他的皮肤上跳动。走着走着，我的手机突然响了起来，我停下脚步，在包里翻找着手机。

"喂，麦克斯，等一下！"我喊道。麦克斯回头看了一下，我翻开手机盖，在树下停下脚步接电话。是基根。

"怎么啦？"我问。

"不好意思啊，露西，计划有变。那个供应商刚给我打电话说他要晚点到。所以你要不先把麦克斯带回来？随便什么时候都行，不急。你们还好吧？"

"我们很好啊。他很好玩，很有主见。"

"是啊，我跟我自己说，这一点上他比较像他妈妈。"

"就是哦，那他其他好的部分都是像你，对吧？"

基根笑了，笑声低沉而又熟悉。我闭上眼睛，想起他的呼吸吹在我的脸颊上，我的嘴唇贴在那金属吹管上。

"你现在还能这么想我很高兴。"

"真的啦，麦克斯是个可爱的男孩。"

我微笑着说，然后抬起头，本来以为会看到穿着红外套的麦克斯不耐烦地拿着树枝往地下戳，但麦克斯并不在那儿，路上空荡荡的。麦克斯不见了。我往前走了一步，巡视着树林子——他一定是躲起来了，又或者是跑到边上去看什么虫子了。于是我一边听电话一边开始快步往前走。

“那你等下带他回来哦。”基根说，“他一定想在外面玩一整天，不过我知道你还有自己的事情要忙。”

“没问题，”我说——虽然这会儿的确出了点问题，因为我转了个弯，却还是没有看到麦克斯。我心中涌起一阵惊慌，就像那个梦境里一般。“基根，你平常让麦克斯走在你前面吗？他说你会哟。”

基根哈哈大笑。“他一定是看出来你没有带小孩子的经验。别让他牵着你鼻子走哦。”

“好的。我们很快就回来。”我一边说一边合上手机，开始跑了起来，同时大声叫着麦克斯的名字。湿漉漉的树叶扫过我的手臂，地上的沙石在我脚下沙沙作响。我继续大声喊着，但我的声音却在水汽浓重的空气里渐渐消逝。没有回答。也许他跑到树林里面去了，就像童话故事里的小孩子那样，被什么在成年人眼里算不上珍宝的东西吸引去了。我也惊恐万分地想到会不会有人偷小孩——这里什么人都可以来，也许就在我边跑边喊麦克斯名字的时候，那些人已经把麦克斯拖进了树林，现在就把他囚禁在那里。

我又拐了一个弯，终于瞟到了麦克斯的红色外套，顿时如释重负。我放慢了脚步，调整下呼吸，让扑通乱跳的心脏安稳下来。

接着，我才看清楚他站在了什么地方。

以前排水渠上有过一座桥，但很久以前就倒塌了。现在只剩下两个桥墩，一个在渠边上，一个在离岸边几英尺的水里，有一个小平台把这两个桥墩连接了起来。麦克斯就站在那个平台上，就在平台的最边上，他像个小老头一样把手背在身后，平静地看着脚下湍急的水流。

我继续往前走，同时深呼了一口气，让自己平静下来，因为我知道面对现在的状况，我必须镇静。

“嘿，麦克斯，”我走近他身边，尽量用平常的语气说道，“勇敢的带路人，你在干什么呢？”

他转过身，露出兴奋的笑容。

“我在看水啊。好干净哦。我都可以看到里面的各种形状呢，你看到了吗？”

“真的很干净。”我边说边爬上最近的那个桥墩，我动作很缓慢，因为不想吓到他。我没有踏上那个混凝土小平台，因为我不确信它到底有多结实。麦克斯又低下头，研究着身下湍急又有点泛黄的水流。我知道他为什么会被迷住了：水道在这个地方变得很狭窄，水流经过两岸的时候便变得很湍急、变幻莫测，令人眩晕。麦克斯那双会闪的鞋子的鞋尖已经有一英寸悬空了。我心想，*天啊，千万别让我说错话啊*。“嗯，麦克斯，你能不能往后站一点点呀？因为你爸爸刚刚打电话来了哦，我有事跟你说。”

但他没有动。我们俩就各自在原地站了好久，麦克斯依然盯着蛊惑心神的水流，满是泡沫的水流急速奔腾，漂在水面上的一些树枝和垃圾旋即被卷入水底。

“麦克斯？”

他回过头，往回迈了一步，接着又一步。我抓过他的手，他想挣脱，但我是再也不会松开了。

“我们跳过去吧。”我说。我们纵身一跳，落在泥泞的地上。

“哎哟，刚刚离得太远啦。”

“牵着我的手。”我用友好但又坚定的语气跟他说。这一次他听话了。

“我爸爸说什么了？”

“他说我们该回家啦。”

“他真这么说的吗？”

“对啊。”

“好吧。”

回去的路上，麦克斯又挣脱了我的手，不过这次我让他保证不会乱跑，而且我也一直紧跟着他，没有让他离开我的视线。我们回到玻璃工作室的时候我已经筋疲力尽了。基根正站在路边，和一个装来一车沙子的男人说着话。我还在因为刚才可能发生的状况发颤，麦克斯已经冲过去，伸出双臂搂住基根，仿佛刚才什么事都没有发生过。基根心不在焉地伸出手，胡乱拨弄着麦克斯的黑色鬈发，一边继续和那个男人交谈。最后，基根和那个供应商握手告别，之后往后退了一步，这才把注意力都转到麦克斯的身上。

“嘿，麦克斯，散步散得怎么样啊？”

“我给她带路了哦，”麦克斯说，“我告诉她我认识路，真的认识哦。”

“他真的认识。”我附和道。接着，我告诉了基根刚刚发生的事情，告诉他刚才麦克斯一个人跑在了前面，找到了一个地方，站在那里看脚下湍急的流水。基根听我说着，脸上慢慢浮现出我们小时候在学校被人奚落时的那种神情，像戴上了一个面具。等我说完，他蹲下身，扳过麦克斯的肩膀。

“麦克斯，如果你掉到水里，你觉得会发生什么事？”

“可是我没有掉下去啊。”

“我知道。我很庆幸你没有。要是万一你掉下去了呢？”

“那我会像那些树枝一样被卷走。”麦克斯说。

“是啊，水会把你卷走的。”基根严肃地说道，“而且你就再也回不来了。我会很伤心。我的心会碎的。麦克斯，下次不能再这样了，好吗？再也不许靠近水边，知道吗？”

“对不起。”我说，“刚才我看到他站在那里的时候，都快停止呼吸了。我就一直在想，要是他——”

“露西，别说了。”基根的语气平静但又很坚定。他站起身，把麦克斯带到边上的一条长椅上坐下，接着，用他那因为长期与火打交道而长满老茧的手抓过我的手，说道："你看，什么事都没有啊，不是吗？相信我，作为一个父亲，如果我天天想着要是这个要是那个的话，我早就疯了。麦克斯很调皮，我应该和你们一起去的。但现在大家都没事啊。所以我们就别再多想了。"

"好吧。"我说，不过我知道我这辈子都不会忘记麦克斯平静地站在翻腾着的水流边那个场景了。我又继续说道："你很有一套哟，你知道吗？就是当爸爸这件事，你让我觉得带孩子好简单。"

基根哈哈大笑："我也是临场发挥啊。其实大家都是这样。那你现在还有时间吗？一起去坐船？"

基根牵过麦克斯的一只手，我接着牵起麦克斯的另一只手，之后我们一起爬上基根的小船，小船停在离玻璃工作室不远的码头，那些驳船也曾经停泊在这里，等着装载玻璃货物。我和基根并排坐在船头，麦克斯穿着一件亮橙色的救生衣坐在我们中间。天空虽然已经变得敞亮起来，露出了小片小片的蔚蓝，但还是多云的天气。我们沿着湖行驶，穿越白色的浪花，溅起的朵朵水花打在我们的脸上。我迎着风，双手抱胸，很庆幸自己穿上了旧运动服。我们又往前驶了几英里之后，发现我们已经越过了兵营的地界，进入了从前被禁止进入的水域。

周围先是一座座青翠的小山，有的有着茂密的树林，有的覆盖着迎风摇曳的绿草，一路延伸到宽阔的页岩湖岸。不过很快周围的景色便起了变化。每隔一段相同的距离，就有一座座被草皮覆盖的碉堡平地而起。这些碉堡即使覆盖了草皮，也还是显得极不自然，就像机器发出的千篇一律的声音，就像世界上最无聊的曲子里重复的音调。它们外形千篇一律，盘踞在那里，看上去是那么不吉利。它们一定是武器库吧；我看过一篇 1940 年的报道，报道里说："本应种植小麦的土地却布满了炸弹。"现在这些武器库已经空了，武器都被转移到了其他地方，但即便如此，看着这些碉堡还是让我觉得不舒服，原本自然灵动的美景就这样被这单调重复的景象破坏了。

当船驶过最后一个碉堡之后，基根关上了马达，让我们的船随波逐流。岸上出现了一堆机器，明黄的、橙色的、浅绿的，像蜡笔的颜色。有一大块草皮被机器从地上抓起，扔在了一座人工假山上。没有草皮覆盖的地上露出了黑色的肥沃土壤。曝露的土壤面积很大，最近下的几场雨在地上冲出了一个一个小水坑，在阴沉沉的光线下，这片土地显得贫瘠而又不适宜居住，是一片荒凉的沼泽。

“他们一点都不爱护这片土地，是吧？”基根问道。“这只是首次开发的第一个阶段。不是你伯伯、乔伊和布莱克他们要的那家公司，是另一家。我们申请到了法院的禁令，让施工暂时停了下来。我们正在努力证明这些土地买卖是无效的。”

“希望你们能成功。你们真的应该好好研究下这里的地下水。因为这个地区的排水依靠的是土壤下方的页岩，但现在看起来他们已经在破坏这些页岩了。而且，你说的开发方案会毁掉湖区脆弱的生态系统，目前这里的生态系统已经岌岌可危了。而且这整个分水岭都延伸向安大略湖。水系统就是这样，所有的一切都息息相关，互相影响。”

“真的啊？我们真的应该请你加入我们。我是认真的，刚才你和麦克斯一起去散步的时候，我给几个朋友打了电话，才知道那些保护组织已经就地下水位的事宜提出了申诉。他们的主要诉求就是这一点和野生动物保护。”

“太好了。那你怎么看？你们会赢吗？”

“我不知道啊。有希望吧。”

基根重新发动马达，带着我们驶过那些可怕的机器，经过一片森林和一片建筑，来到一片开阔地。那个小教堂就矗立在一座小山之上。它由红色石块搭建而成，门上的油漆已经剥落，留下一片风化后的灰色。边上是一小块墓地，四周围着精美的铁栏杆。

“就是这里啦。”基根说道，“我已经等不及想看看那些花窗的本来面目了。当年人们把这些花窗用木条封好是件好事，要不然就保存不到现在了。教堂远离了机场跑道也是一件好事，减少了因为震动而可能造成的损毁。”

“这座教堂就那样孤零零地竖在那里，看起来好奇怪啊。”

基根点点头，说：“你知道吗，这座小教堂曾经是小镇的中心哦。那时镇上有一家铁匠铺、一家杂货店和一家裁缝店，有五百多人口，但他们在一夜之间就随风而逝了。在那之前，卡尤加族和塞纳卡族的人曾经在这里居住，靠捕鱼和打猎为生。”

“我饿啦。”麦克斯嚷嚷道。

基根说：“我背包里有格兰诺拉麦片棒，还有果汁，就在那里，船头下面。”麦克斯掀起帘子，钻进那个小岩洞一样的地方。

“他很喜欢那里面，”基根说，“我打赌他会一直待在那里面。”

我们又驶过重重的树林和一片片的田野，来到了我妈妈拥有的地盘：页岩湖岸上有我家的停船棚屋和我的独木舟，宽阔的草坪一直延伸到我家的房子门口，看得到门廊、法式大门和阁楼。

“还记得那天晚上你偷偷溜出来吗？”基根问道，“当时我就在这个地方，坐在独木舟里，尽量待在阴影处等你。那天你穿着一条白色的裙子。”

“我跳上船的时候差点把船掀翻了，”我接着说，“我全身都弄湿了。”

“我记得那个晚上很暖和。”

“是啊。”我一边说，一边想起那天我们依偎在一起，我靠在基根的身上，他的手搂着我的腰，月亮在我们头顶浮动。

“那时的我们好年轻啊，是吧？”

“是啊。那时我们真的很年轻。”基根又让船在那儿停留了一会儿，才调转船头往回开，湿润的风拂过我们的脸颊。

我们停好船，基根一边把麦克斯从船上抱出来，一边继续和我聊，我们打算暂定这周三在小教堂碰面。我们在人行道上道别，麦克斯又开始蹦蹦跳跳，脚上的鞋子一闪一闪，他俩一起手牵手走回基根的玻璃工作室，回到充满火焰和活力的那个地方。

我的雪佛兰里很闷热。我打开所有的门窗，好让车里凉快一些，一边拿出手机看看有没有新的电子邮件。没有吉隆的信，这让我稍稍有些不安。也许他太忙了。我翻出了以前的一封信，接着又点开一张我俩的照片，是在温泉边请一个陌生人帮我们照的。吉隆的一只手搂着我的肩，我们的脸上都带着微笑，从照片里看不出我们在黑暗的厨房里跳的那支深情款款的舞，看不出那些曾有过的努力，也看不出脚下颤抖的大地。

有一封信是斯特灵大学特殊收藏部发来的，信中确认了他们那里确实有薇微安·布兰奇的相关资料，信中还说他们正在调阅我想找的那些资料。最后一封信则出乎我的意料，是奥利弗·帕罗特写来的，正式邀请我再一次去参观纪念馆，看看他的档案库里的一些图文资料。他还说虽然纪念馆在星期六不开放，但他保证史都特一定会在，而且也欢迎我带朋友一起去。他说他已经和教会联系过，那些花窗和纪念馆里的花窗之间逐渐显现的关联让他激动不已。他已经等不及想看到那些花窗了。他还说今天早晨，他在纪念馆里的那扇楼梯井花窗前伫立了许久，一直看着花窗里手捧一大束花的那个女人。

*她捧的是鸢尾花。*我想。

*好，我会去。*我写道。

第十章

有些梦意义深远，可以启发人们做出重要的选择，或是可以让人看清呼之欲出的直觉。还有一些梦却如无用的石屑，是白日生活所留下的残渣，只不过把一切变得更加杂乱无章，毫无头绪。第二次去见奥利弗·帕罗特前的那个晚上，我就做了这样一个乱七八糟的梦。我梦见自己正追着麦克斯跑，他的笑声从树林里传来，在水面上飘荡。我又梦见自己在兵营的那块地上奔跑，试图翻过那些围栏，但围栏却越升越高。吉隆也在梦里，他想帮忙，却找不到我。这些疯狂的梦让我筋疲力尽。第二天醒来的时候，我的情绪很低落。天空乌云密布，大雨滂沱，让人看不清对面的湖岸。

我穿上带回来的唯一一条牛仔裤，套上最后一件干净的T恤衫和那件深蓝色的"黑夜骑士"运动服。在昏暗的光线中，衣服的颜色使我看上去苍白而又疲倦。我梳了头，刷好牙，把脏衣服收拾到一个篮子里，接着便走下楼。

今天是周六，虽然妈妈不用上班，但她已经起床，换好了衣服，短发还用摩丝定了型。她坐在客厅靠近卧室走廊的地上，身边放着一杯冒着热气的咖啡，地毯边上摆了几个大箱子。

"我开工啦。"妈妈说，"我今天不上班，所以打算开始整理这些东西了。你想帮忙吗？"

"不是很想。外面还在下雨，我今天有点烦，心情不太好。"

“嗯，还是来看一眼吧。等下布莱克会过来拿东西。”

我倒了一杯咖啡，在妈妈身旁坐下，打开了离我最近的那个箱子。里面装满了书，都是小孩子的书。我翻出了《勇敢的小火车头》《好饿的毛毛虫》和《戴帽子的猫》。这几本书看起来都被翻了无数次，已经很旧了，厚纸板的边角都已经凹了好几处，书页也软塌塌的。

“哦，那本书不错。”妈妈一边说，一边伸手拿起《晚安月亮》，“我以前很喜欢这本书，你也是哦。我大概读了有几万遍吧。对了，我答应了布莱克把这箱书给他，因为他马上就用得上啦。露西，很高兴你把艾芙丽怀孕的事情告诉了我，虽然一开始还有些尴尬，我的意思是，布莱克刚开始还有点不开心，但我想，实际上他也很想和人聊聊这件事吧。而且，他知道我很高兴的时候，也松了一口气。真的，我都等不及了。”妈妈继续说道，“人们常常说，有了第三代会多么令人兴奋，可是以前我从来没有想过，会真的这么开心。我还给他们收拾出来一个箱子，里面都是一些旧玩具。”

“那我呢？”我原本只是想开个玩笑，但这话一说出口，就连我自己都觉得，这话听上去有点尖刻。看到妈妈这么开心，我忽然意识到，布莱克和艾芙丽真的快要有孩子了。这让我觉得自己被忽略，或是被抛弃了，大家的生活都在往前走，而我却还在不同的地方，做着同样的事情——虽然这些念头都很荒谬，可我还是忍不住这么想。“对不起。”我向妈妈道歉，“我只是心情不好，因为昨晚没睡好。我的意思是，等我以后有了小孩，就没有东西留给我了。”

“相信我，大家会把东西留给你的。”妈妈看了我一眼，又继续说，“不过，要是有什么东西是你特别想留下来的，你就拿走吧，嗯，说不定将来哪天你就会用得到。布莱克和艾芙丽不会注意到的。”

“没关系。要不就那个我出生的时候爸爸给我做的床铃吧，我想留着。”

妈妈点了点头：“那个已经放在你衣柜的一个箱子里了。是我之前收起来的，嗯，好几年以前的事了。还有他给布莱克做的火车。那些我也都收起来了。”

她把手伸进面前的那个箱子，从里面拿出一沓文件夹。

“那你和吉隆有什么计划吗？”虽然她努力装出一副轻松随意的样子，但她的演技实在太差，我笑出了声。

“我们每天都有新计划呀。但如果你是说，我们会不会安定下来，生孩子什么的，那我们还没有这个计划。”

妈妈点点头，把手搭在我的手臂上放了一会儿。她的这个动作让我有点不大自在，因为这让我觉得，她是在替我难过。“我只是好奇，问问而已。”她边说边收回了手。

这时，一个文件夹从她手里滑了下来，“要不要我帮忙？”我问道，心里暗自高兴，因为我们终于可以换个话题了。“对了，你的手臂怎么样，好些了吗？”

“我很好。昨天看过医生了。他说我恢复得很不错。如果一切顺利的话，下周三我就可以拆掉这个石膏了，太好了！哦，露西，快看这个。”

她递给我一张有着蓝色横线条的纸，上面是一首诗，字迹工整。那个时候的小孩还得练习草体字。尽管那时候的我从来没有去过海边，但我却在纸的四周画满了海豚、鱼、海浪和贝壳。

“看起来，从小我的爱好就很明显嘛。”

“看起来是哦。”妈妈又翻出了一些文件，是爸爸在梦大师工作时留下的一些商业文件，妈妈扫了几眼，接着便把它们扔进了垃圾回收筒。

“啊，成绩单哎。”我把一沓布莱克的成绩单递给妈妈，又抽出一张我四年级时的成绩单。“‘写作能力强，热爱科学。静坐能力有待加强。’这是布兰克索普老师写的。”我说，“我还记得她，我们以前都叫她‘战舰’老师。”

“真坏。”尽管妈妈这么说，但她还是和我一起哈哈大笑起来。我们继续整理着，中途加了一次咖啡，后来又加了一次。门廊的屋顶有点漏水，所以妈妈时不时地会去看看她放的那个接水的桶有没有满。我建议她装些集雨桶，但她只是叹了口气。

“维护这个房子很辛苦吧。”等妈妈把半满的水桶倒空回来之后，我跟她说。

“是啊。”妈妈又坐了下来，说，“不过说真的，露西，我还没有最后决定。亚特有他的想法，但这并不代表那一定也是我的想法啊。”

我没有接话。我不想再和妈妈争执。不管她怎么说，我感觉他们其实已经达成了共识，即使妈妈还没有准备好接受这个事实。

布莱克来的时候，雨已经停了。但因为之前他在船上干了一些修补的活，所以他全身都湿透了。我们停下了手边的工作，吃了一些炒蛋和夏至派对剩下来的食物——塔博乐沙拉和已经不大新鲜的法式面包，还有一些苏打饼配菠菜鹰嘴豆泥。吃完之后，我们继续回头去整理那些箱子。这时，妈妈的手机响了，她从口袋里拿出手机，看到来电显示之后，她的脸上露出了笑容。

“我马上回来。”妈妈说着便转身回到她自己的房间，关上了房门。

有好一会儿布莱克和我都没有说话，一起静静听着妈妈低声打电话。房间里的气氛有些紧张，也许是因为派对的事儿，也许是因为我不小心告诉了妈妈艾芙丽怀孕的事儿。虽然这紧张的气氛看不到，也摸不着，但却真实地存在，充斥着房间里的每一个角落。

布莱克终于开口问我今天打算做些什么。我告诉他我打算去拜访奥利弗・帕罗特，还邀请他和我一起去。

“今天？”布莱克一脸不屑地摆摆手。“姐，你可能不知道吧，我们这些人可是有活要干的。”

我决定不和他计较，也不提他和亚特还有那些开发商一起在干的那些事。因为，在如今这么萧条的经济环境下，他正在努力，做他认为能给他自己、艾芙丽和他们的孩子创造一个美好生活的事情。

“好吧，有机会你一定要去那个地方看看。带上艾芙丽一起去吧，沿途的风景也不错。那扇花窗真的很美，就算最后证明它和玫瑰没什么联系，也很值得一看。而且我非常好奇，很想知道奥利弗·帕罗特发现了什么。”

“我不能理解这个人，他一辈子都在研究另外一个人，一个死去的祖先。”

“嗯，他研究的不是一个人，而是那个人留下来的东西。”

“一样啦。反正很奇怪。”

“嗯，其实他与你和亚特都一样啊，不是吗？”虽然我是在反击，但我还是尽量用欢快的语气问道，“你们也在尽你们所能，把梦大师经营下去啊。”

布莱克没有回答，他绷着下巴，望着窗外的梦湖。过了好一会儿，他才开口：“露西，我只是在想方设法往前走，你有什么不满意吗？”

我也沉默了片刻，想弄清楚为什么布莱克这么不高兴，为什么我能理解奥利弗的选择，但却不能理解布莱克的。

我终于开口道：“不，我没有什么不满意的。就是有点奇怪，其实是有点不安，因为发现大家正在算计这栋房子和这片地，还有你和亚特、乔伊他们一起的那些计划，还有大家正在讨论的那些事情，我都不知情。不过我也知道，这些都不关我什么事。”

布莱克冷笑一声说：“就是啊，这才是重点。露西，这完全不关你的事啊。可能你以为我们在捣鬼，但我们没有。如果妈妈决定卖掉这栋房子，这对她来说其实是件好事。这些年来，你都不在妈妈身边，当她一个人在这栋老房子里忙里忙外、辛苦维持的时候，你都没能帮上她什么。”

“是啊。”我忍住了接下来想说的话。我内心其实很想说：我也没有在原地打转，没有被过去牢牢牵绊。然而，我的附和大概助长了布莱克的气焰，他又得寸进尺。

“你知道吗，露西，如果你不那么抗拒改变，而是试着接受改变的话，对你有好处。”

“你是在跟我说改变？”我问。我放下手里的文件，激动不已。“布莱克，你知不知道，这些年来我待过几个地方？两个洲，四个国家，七份不同的工作。每一次面对的，都是新的文化，新的地方，不同的人。你觉得是我不能接受改变？”

“哦，那些我都知道。但这不一样，我指的改变，不是你说的那些改变，而是放下过去的改变，不是你那种四处漂泊的改变啊。”

是这样吗？很难说。我热爱我的生活，但我也想起，刚刚我和妈妈一起聊起那些旧书和旧玩具时的感觉。

我仍和布莱克面对面站着，愤怒让我一时之间无法开口。我想象着拿起桌上的那个以前游泳比赛获得的奖杯，把它扔到客厅另一面的墙上。我是那么愤怒。

“够了。”

我和布莱克都吓了一跳，转过身。妈妈站在门口，打着石膏的手横在胸前，另一只手里拿着手机。

“我只是说出了一些我的担心而已。”我说。

“对，好无私哦，说得好像我很自私一样。”布莱克回嘴说道。

“别吵了。你们俩好像都忘了，你们在争论的，是你们两个都没有权利决定的事情。我不是白痴，我也不会表现得像个莽撞少年——就像你们俩现在这样。我有自己的想法，谢谢。还有，我不想在我的房子里，听到这些毫无意义的争吵。我的房子，懂吗？”

她走出房门，大步走进客厅，坐在软软的沙发上，我们小的时候，妈妈就坐在那个沙发上讲故事给我们听。

她继续说道：“好了，我要继续收拾这些东西了。布莱克，我想露西会帮你把这些箱子搬出去。”

布莱克拒绝我帮忙，但我还是和他一起走了出去。我站在雾里，双手插在牛仔裤的口袋里；布莱克则把装玩具和书的箱子塞进货车的副驾驶位置，又重重地把车门关上。布莱克一般很少生气，但一旦生起气来就很难平复。也许他也会这么形容我。过去这么多年来，无论我们在家里碰头，还是在世界各个奇怪的角落见面的时候，我们都表现出了自己最好的一面，避免让我们之间产生任何紧张的气氛。而现在，我们又仿佛回到了青春期。

“我不想和你吵架。”我说道。

“那也许你就不该跟妈妈提宝宝的事。我跟你说过要保密的啊。艾芙丽接了电话，你可以想象她那时的感受。”

“对不起。那时夏至派对刚结束，我又喝了几杯酒，就不小心说漏了嘴。”我说的都是真的，但当时我的确也很气愤，原因和刚刚一样，就是因为布莱克居然和亚特勾搭在一起，打这块地的主意。

“好吧。”布莱克终于开口道，“算了。停战，好吧？那个，我刚刚说的改变不改变的事，我不是故意的。”

“我知道。”我说着，往后退了一步，好让他爬进车里。

“那我们和好了？”

“和好了。”

“嗯，太好了。”

布莱克倒车出去的时候冲我挥了挥手，我也对他挥挥手，看着他开车离去，红色的货车消失在迷雾里。

我一进屋，妈妈便从堆满了文件的地上站了起来。她起来活动下筋骨，说她已经厌倦这些满是灰尘的过去了。当我告诉她我今天的计划，问她想不想一起去的时候，她居然答应了。我上楼去取我的包和文件，等我再下楼的时候，妈妈已经换上了黑色牛仔裤和白色上衣，脖子上围着那条红色的围巾，耳际垂着银色的耳环。我们撑开伞，跑向仓库去取车。下雨天坐在雪佛兰里很温暖，热气从风口呼呼地冒出来。

“你和布莱克和好了吗？”去罗彻斯特市的路上，我们聊到一半时，妈妈忽然问道。

“算是吧。不过我还是觉得，他不应该和亚特搞在一起，掺和梦大师的事情。那个时候，亚特和我爸不欢而散，如今布莱克也不可能重修旧好吧。再说了，我才不管亚特说了什么，我不能想象，亚特会把本来可以给他小孩的东西拿来分给其他人。”

妈妈叹了口气，望着窗外雨中的景色。“我不知道。这些年来，我也不断在反思过去自己处在一些十字路口时，所做出的那些决定。但那些都不可能重新来过。我们在那些时候都做出了当时最好的决定。更何况，就算你是对的，露西，就算布莱克错了，那也是他的事。我不能插手。你也不能，宝贝。”

我没有回答，之后一路上我们也没有再讲话。我们到了韦斯特鲁姆纪念馆的时候雨还在下。我们站在漏雨的门廊里，躲在伞下，按了门铃，门铃声在空荡荡的纪念馆里显得特别深沉。几分钟之后，我们听到了脚步声，接着又听到奥利弗摸索着找钥匙的声音，之后门终于开了。我带了妈妈一起来，不知道奥利弗是不是有些惊讶，但至少他并没有表现出来，还和蔼地和我们俩都握了握手。接着，他后退了一步，把门敞开，招呼我们进去。

纪念馆里非常安静，甚至比我上一次来这里的时候还要安静。我妈的平底鞋和我的凉鞋发出的声音，在房间里回荡。史都特为我们介绍了主要的几个房间，又招待我们喝茶。之后，我们和奥利弗一起走上台阶，在楼梯井那儿停下脚步，观赏那扇花窗和它所描绘的那个手捧鲜花的女人。

“她看上去和你很像哦，露西。”妈妈轻声说，“你觉得吗？如果你换个发型，像她那样把头发盘起来的话，你们俩会非常像呢。”

“也许吧。”奥利弗有些不情愿地说，“能看出一些相似的地方。不过，可能其他女人也把头发盘起来的话，都会和她很像。等下我们下楼之后，我会给你们看比阿特丽丝的相片。韦斯特鲁姆非常爱她。比阿特丽丝过世以后，韦斯特鲁姆的好几件作品都是参照她的照片创作的。我也有几张他女儿安娜贝丝的照片，当时安娜贝丝也经常给韦斯特鲁姆当模特儿。我们一直都猜测他当时就是以安娜贝丝为模特儿创造了这扇花窗。我想等下你们就会发现相似的地方了。”

说完，奥利弗便转过身，带着我们穿过一条狭长的走廊，进入一间内室，这个房间里没有窗户，房间靠后的地方还放着一个投影仪。他解释说，他已经看过档案库里所有花窗的幻灯片，这些花窗有的属于韦斯特鲁姆基金会，目前并未展出；还有的虽然是私人藏品，但出处都非常明确，而且藏品的拥有者也同意将这些花窗登记在册。我们在房间中间的位子坐下，就像学生听课一样。我妈妈双手交叉放在腿上，而我则伸着双腿，脚踝交叠。“坐直点。”妈妈轻声指责，但我没理她。

屏幕上出现的第一张图片是两只硕大的鸽子，身体呈灰色，头部和胸部为橘红色。它们面对着面，中间是一丛灌木，上面缀满深橘色的浆果。这扇花窗呈正方形，四周的饰边由不同颜色的方块排列而成。

“这扇花窗目前被纽约弗农山的一户人家所收藏。”奥利弗用轻柔的语调解释着，投影仪投射出来的光束照亮了空气中的尘埃。“这扇窗是在 1919 年为那户人家定制的，纪念当时已经绝种的候鸽。那家的主人是一位博物学家，他从加利福尼亚搬迁到东部，是塞拉俱乐部[①]的创始人之一。同时，他也大力资助了人文艺术。19 世纪初，候鸽的数量还非常多，它们常常成群结队像风暴一样掠过，黑压压地遮住天空。但后来，由于过度捕猎以及栖息地被破坏，数量越来越少，直到 1914 年，最后一只候鸽在辛辛那提市死亡。这扇花窗是一件品质极好的复制品，尤其是玻璃的颜色，很值得称道。我们希望有一天可以买下它，我想把它摆在纪念馆的入口处，但现在的主人不想卖。不过没关系，我们不会放弃的。”

他又放了几张图给我们看，每放一张都会停下来，评论一下该作品

① 塞拉俱乐部：即山峦俱乐部，是美国历史最悠久、规模最庞大的一个草根环境保护组织。

的设计特点或历史背景。他对他曾祖父以及一切和他曾祖父相关的事务似乎是无所不知。房间里很暖和，投影仪发出嗡嗡声。妈妈想打呵欠，又赶紧忍住，就连像我这样对这些内容深感好奇和入迷的人，都忍不住想打呵欠。

“那我放快一点吧。”奥利弗仿佛感觉到了大家的困意，说道，“其实我们要看的是第八十九号和九十七号幻灯片。这两张图片很关键，也是我联系你的原因，露西。自从我们上次聊过之后，自从我看到你拍的基根·弗尔找到的那扇花窗的照片，看到花窗里的那个女人之后，我又回头把这里所有的图片都看了一遍，因为我也一直牵挂着这事儿。就是这张。”奥利弗飞快地按着控制键，一张张图片模糊地一闪而过，当他停下按键的时候，画面停顿在一扇长方形的花窗上。

这个女人的形象有些墨守成规。她个子高挑，身形瘦弱，低头凝视着她掬成碗状的双手。赤褐色的秀发高高地盘在头上，几缕发丝散落下来；她身着深蓝色高腰长裙，裙边一直拖到脚踝处。她的脚趾平直，而双手和脸蛋，手臂和双脚都泛着珍珠般乳白色的光泽。她低头注视着她手中那三枚浅蓝色的蛋，两眼几乎眯成了一条缝。

“我不知道。”我说，“角度很不一样。很难判断是不是同一个女人。”

“我也这么觉得。”妈妈附和道，“她看上去没有什么特色。之所以相似，也许是因为艺术风格类似？”

“对，对，我知道。”奥利弗的语气既兴奋又带着点不耐烦，“这张图上，我没有太注意这个女人的脸部。你们说的对，的确很模糊，她和那扇花窗里的女人也许是同一个人，也许不是。但我认为是同一个人，理由是：你们看她戴的那个项链吊坠，看她左手腕上戴的那个手镯，和那个女人戴的是一模一样的。”

奥利弗说的没错。那个吊坠是一块深蓝色的青金石，形状和那个女人手中的蛋相似，垂在她白色的胸脯上。手镯也是鲜艳的深蓝色，由一颗颗椭圆的珠子串成。之前，我太专注于花窗里那个女人的容貌和她手中的花，没有留意她所佩戴的首饰，所以想不起来它们是不是和这扇花窗里的女人所佩戴的一样。但奥利弗一定清楚。接着，他又给我们看下一张幻灯片，就是楼梯井那扇花窗的图片。那个女人手上的手镯由于被花挡住，所以看得并不真切，但那个青金石吊坠果然是一模一样。

“你们看。”奥利弗边说边又按了下按键，画面上出现的是约瑟夫花窗的照片，是奥利弗让基根发给他的。约瑟夫花窗里的女人小了很多，但是她的姿态、脸庞的轮廓和五官都和另外两扇花窗里的女人很像。而且奥利弗说的对，她也戴着同样的青金石吊坠。

奥利弗停顿了一下，好让我们仔细看清楚这张图片，接着说道：“好吧，来看下一张。这扇花窗是几个月前才买入的。我在一场拍卖会上发现了它，是罗彻斯特市的一场地产拍卖会，离这儿几英里远的地方。因为距离近，所以之前我认为，花窗的原主人一定认识弗兰克·韦斯特鲁姆，至少有业务上的往来。但那处地产的遗嘱执行人似乎毫不知情。她是房子主人的侄女或是侄孙女，本身年纪也很大了。我拜托她帮忙查一下，但过了几天她打电话来说，她找不到什么证据能证明这扇花窗出自韦斯特鲁姆之手，查不到到底是谁做的。所以呢，我们就只能靠风格来判断了。”

奥利弗给我们看最后一张图片。

这扇花窗很大，和纪念馆楼梯井的那扇一样，描绘的是同一个女人：画面中的她站在台阶上，脚上穿着凉鞋，一只脚正要踏上下一个台阶。她身着一件束腰外衣，一个肩膀系着带子，一个肩膀裸露着。她正注视着画面之外的某样东西，面带微笑，高举双手，仿佛要接住某些从天而降的东西：雨滴、雪花，或者是一束束阳光。她胸前没有吊坠，但手腕上戴着那个深蓝色的手镯。花窗的边上缠绕着藤蔓和花朵，她脚边的台阶上撒满了暗红色花朵。

“是玫瑰。”我说，“她脚下的是玫瑰。”

“也许是吧。”奥利弗说道，“它们也许是爬藤玫瑰，也可能是铁线莲。但我不排除是玫瑰的可能性。可问题在于，没有实际证据可以证明弗兰克·韦斯特鲁姆认识玫瑰·贾勒特，没有任何证据。”

“说不定韦斯特鲁姆不认识玫瑰啊。”妈妈说，“说不定玫瑰只是当过他的模特儿。”

“不大可能。他一般不会找那些职业模特。他喜欢找他认识的人当模特。”

我转头看着奥利弗，他正在研究屏幕上的图片。

“你说你和那栋房子的遗嘱执行人聊过了？”

“对，”奥利弗边回答边把视线转向我，“对，我特别问了这扇花窗和弗兰克·韦斯特鲁姆有没有关系，我还把其他花窗的照片给她看，但她什么都不知道。”

“那你有没有跟她提起玫瑰？”

奥利弗一手拂过头发，摇了摇头。“当然没有。那是好几个星期前的事了。那个时候我连有玫瑰这个人都不知道。但我真的不觉得，提不提玫瑰会改变什么。”

“嗯，我觉得有可能会有些发现啊。至少我们还没有试过这个方向啊。”

“好吧，那你好好查查吧。”奥利弗草草地说了一句，就继续给我们放幻灯片了。看得出来，他完全不信玫瑰的事情。他相信有玫瑰这个人，但他不相信玫瑰和弗兰克·韦斯特鲁姆，或是和这些花窗有任何关系。

我看着奥利弗，他的头发已日益稀薄，虽然穿着精致讲究，但在投影仪的光线下，依然显得有些疲惫。布莱克对于奥利弗这种对过去满怀热忱的心态很不以为然，这让我第一次认真思考，为什么奥利弗会花费毕生精力来维护他这位著名祖先的名声。他把零散的家族历史拼凑成章，并投注了大量心血，也由此拒绝任何人动摇他的世界观。我很确信，他邀请我到这里来，是为了了解某些事情，但至于他到底想知道些什么，我却不是很肯定。唯一能确定的是，绝对和玫瑰无关。

奥利弗关上了投影仪。

“我还想带你们去参观一个地方。”他说，“你们还有时间吗？”我点了点头，他又继续说道，“太好了。当然，这不是普通的游览路线。我很少带人去参观弗兰克的工作室，但我很想让你们两位看看。”

奥利弗带着我们走下楼梯，穿过一道狭窄的走廊，来到纪念馆后方的一道门廊，递给我和妈妈一人一把伞。滂沱大雨里，我们沿着湿滑的鹅卵石铺成的小路，一路跑到车房。奥利弗高举着一把亮蓝色的雨伞，脖子上暗金色的领结随着他跑动的步伐上下颤动。我们跟在他身后，穿过一扇扇宽阔的门，停在一片空地上。这里的空气充满灰尘和腐败叶子的气息，脚下的水泥地寒气袭人。

“工作室在楼上。”奥利弗边说边甩着伞上的雨水，然后等着我们也把伞上的水甩干。接着，我们沿着狭窄的楼梯来到了弗兰克的工作室。房间很开阔，没有任何隔断，日光从窗户和中央的穹顶阁楼处照进来。即使是在这样一个雨天，房间里也还是很明亮。房间的一端摆着几个画架，另一端则像是个客厅，放了几把扶手椅和一张小矮桌。房间的正中间摆放着一张硕大的工作台，上面有无数个小抽屉。奥利弗招呼我们过去看，他拉开几个抽屉，里面有一些色彩鲜艳的玻璃碎片和玻璃方格，还有一沓沓半透明的素描图纸。

“这就是韦斯特鲁姆工作的地方。”奥利弗讲解道，“他亲自设计了这间工作室，由马车房改建而成，当年的那场大火烧毁了主楼，但火势并没有蔓延到这里。这里是1920年翻修的。当时，韦斯特鲁姆的妻子比阿特丽丝刚刚过世，他悲痛欲绝，不想一个人再待在纽约。你们可以看得出来，他是一个非常有条理的人，他把所有的东西都按照年份存放，这些都是我们在重建他的创作过程中非常有价值的宝贵财富。好了，这是我特别想给你们看的东西。”奥利弗打开另一个又长又窄的抽屉，取出一个装有一个女人照片的相框。她身材高挑，头戴钟形女帽，遮住了头发，左耳边还插了一朵花。她站在户外，转过头，笑容灿烂，看上去无忧无虑，非常迷人。

“这就是安娜贝丝·韦斯特鲁姆，我的外婆。”奥利弗说，“这张照片摄于 1923 年，就在前面花园里的紫藤架下拍的，那时候，那个紫藤架刚刚搭好。这是另外一张，是安娜贝丝的正面照，这两张照片是同一天拍摄的，那天是她的婚礼，那个时候她二十六岁。我想，你们一定看得出来，她和那几扇花窗里的那个女人很像。我一直很确信，她就是韦斯特鲁姆花窗的灵感源泉，她就是那个模特。”

我仔细审视着安娜贝丝长长的脸，她那双笑意盈盈的双眸，穿越了几十年的时光，静静地凝视着我。我能明白奥利弗的意思，她的确和花窗里的那个女人有点像，奥利弗得出她们是同一个人的结论也很自然。但我还是心存疑虑，或者说，我是心有不甘。出于礼貌，我还是仔细看了一会儿照片，才把它递给妈妈，然后绕着工作室走了一圈，最后在画架前停下了脚步。玫瑰以前也来过这里吗？她曾站在这里，站在明媚的阳光下，让弗兰克·韦斯特鲁姆画她的素描吗？我妈正在和奥利弗低声交谈着，先讨论照片，之后又聊到那些抽屉里存放的东西。奥利弗查看了那几个标着“1936 至 1938 年”的抽屉，小教堂里的那些花窗应该就是弗兰克在那一时期创作的，但可惜奥利弗什么都没有找到，没有素描，没有模型。奇怪，真奇怪，奥利弗说，因为所有其他的订制品，都能找到清楚的文件线索。真漂亮啊，妈妈一边翻看着那些设计稿，一边不停赞叹着。我伸手拂过画架的边框，一边想象着当年弗兰克·韦斯特鲁姆就站在这里，一丝不苟，专心致志，而又小心翼翼地拿着铅笔在纸上画下玫瑰的样子。

这时，妈妈叫道：“哦，露西，快来看！”

妈妈正站在一幅素描图前，素描画的是野生鸢尾花，剑一般的叶子，密密匝匝的花朵。妈妈说：“你看，这里有一大沓素描哟，大多数画的都是鸢尾花，还有一些素描画的是玫瑰。”还没等我回答，妈妈便转向了奥利弗，继续说道：“你知道吗，玫瑰有一个女儿，叫爱丽丝。我觉得弗兰克·韦斯特鲁姆一定认识她，你觉得呢？”

奥利弗的表情变得稍微有些凝重，有些内敛，继而陷入沉思。我的心往下一沉，就像当初我告诉他关于那些小教堂里花窗的事之后的感觉。那些素描里，有些描绘的是成片的鸢尾花，有些是一排排的鸢尾花，还有一张画的是插在一只花瓶里的一朵鸢尾花。我还没来得及仔细看，奥利弗就把那些素描匆匆收了起来，并把它们放回了那个标着 1938 年的抽屉。“嗯，很有意思。你之前没有告诉我，甚至你看到楼梯井花窗的时候，你也没有提起爱丽丝啊。”

“那个重要吗？”我问，因为看得出来奥利弗认为这件事很重要，爱丽丝似乎触动了他某个不想和人分享的记忆，或是某件他知道的事情。

“哦，也许不重要吧。”

奥利弗看了一眼表，提议我们在结束参观之前，可以再去看一眼花窗，之后便领着我们匆匆下楼。我没有反对，只是在脑海里反复琢磨着这个新的线索。我认为弗兰克·韦斯特鲁姆和玫瑰确实有过密切的来往，这一点显而易见，即使证据并不充分，只有几张素描和一扇花窗里的一束鸢尾花。

我们在马房的大门口停下来，外面依然下着瓢泼大雨，沙石小路上已经形成了一个个小水洼。

“我的伞，我忘在楼上了。我马上回来。”我说。

我跑上楼，伞就搁在画架边上，刚刚妈妈叫我过去看素描的时候，我把它忘在那里了。接着，虽然不是预谋，但我还是不由自主地走回了工作台，拉开了那个标着 1938 年的抽屉。里面差不多有十几张素描，铅笔画的线条在有些地方已经略微模糊。在这些素描里，韦斯特鲁姆很有技巧地呈现了狭长的叶子和繁华的花朵间的对比。我没敢把这些画拿走，当我听到奥利弗上楼的声音时，我慌忙合上抽屉，匆匆离开。

回到纪念馆之后，奥利弗对我妈妈非常殷勤，表现得风趣而又迷人，他谈起韦斯特鲁姆喜欢去千岛度假，还讲了几个在那里发生的故事。他们聊天的时候，我从一扇窗走到另一扇窗前，一边听他们聊天，一边寻找其他有关玫瑰的线索，心里想着奥利弗到底对我们隐瞒了些什么。我急切地渴望知道，玫瑰到底是谁，她的生活如何，她和她的女儿有着什么样的经历。虽然，从现在这个时间点，回望一百年以前，她的人生早已尘埃落定，无从改变，但从那些写有她寥寥数语的字条上，我能看到某种熟悉的热情，反映着我自己的探求和疑问。曾祖父的故事在我出生以前早已有定论，我所知道的他，从来不会怀疑他的抉择，从来不会犯任何错误。而现在，却出现了这么一位祖先，多年来无人知晓，但却似乎和我更为相近。这更加坚定了我一定要了解玫瑰，找出有关她的故事，了解她的故事是如何影响了我自己的人生。

在我们告辞之前，奥利弗把那个房产遗嘱执行人的联系方式和地址给了我，她叫琼·罗瑞。奥利弗还告诉我地产拍卖会的地点——大概他很确信，我不可能打听出什么他之前没有找到的信息吧。他把书柜旋转名片架上的信息仔细地抄写在一张索引卡上——他握笔的姿势很奇怪，指尖捏着钢笔——接着把卡片递给我。看来奥利弗不是那种会用黑莓手机的人。接着他又漫不经心地问起我们打算什么时候去小教堂看那些花窗。

“星期三早上九点。”话一出口我便后悔了，感觉自己像是掉进了一个陷阱。也许这才是奥利弗邀请我来这里的真正原因。

“太好了。”奥利弗说道，“之前基根说应该很快就可以去，但你们的苏西牧师一直都没有告诉我具体时间。也许她没有收到我的留言吧。星期三没问题，我现在就记在行程表里。那么，我们就到时候见了。”

奥利弗伸出手，我和他握手告别。

奥利弗又吻了吻我妈妈的手，说妈妈很迷人，妈妈听了有点尴尬地笑了。

“他很狡猾。”我说道，一边和妈妈一起打开伞，走下宽阔的石阶，外面的雨又下大了。“他邀请我们来这里的真正原因，大概就是为了打听去小教堂看花窗的时间吧。”

妈妈钻进副驾驶的位子，一边说：“宝贝，我觉得不是这样啊。你好像有点太多疑了吧，我觉得他很招人喜欢啊。”

妈妈关上车门，我发动了车子，让车热一会儿，同时把挡风玻璃上凝聚的水汽抹掉。

“你当然会觉得他好啦，我觉得他喜欢你呢。”

妈妈微笑着，没有回答。

“好吧，我没有多疑，我只是怀疑，这是机警，和多疑不一样啊。”

“那你怀疑什么呢？”妈妈正在看手上那本被雨水打潮了的小册子，听到我这么说，她抬起头来说道，“我是说，露西，就算奥利弗·帕罗特最终得到了这些花窗又怎么样呢？也许它们本来就属于这里啊。这里是纪念馆，奥利弗又不是要把那些花窗拿到黑市上去卖，或是要把它们碾碎。”

“我不知道。”我慢慢说道。我打开地图，查找奥利弗给我的那个地址。“也许我对玫瑰有着某种占有欲吧。感觉玫瑰就像是我私人所有的一样，或许就像奥利弗觉得韦斯特鲁姆是他私人所有那样吧。这个女人，玫瑰，虽是我们家族的一员，却从未被接纳，找出她的一切对我来说很重要，就这样。她对我很重要。而且，我认为奥利弗对我们还有所隐瞒。你有没有注意到，当你提起爱丽丝的时候他的反应？要是你没有告诉他爱丽丝的事就好了。”

“为什么不告诉他呢？我不觉得有什么异常，没什么问题啊。”

“我不想把我们知道的每一件事都告诉他。我不相信他，就这样。”

“哦，露西。这也太荒谬了。好吧，我希望你能查出玫瑰的真相。但我也希望，知道真相以后，你也别太失望。”

我把地图和地址递给妈妈，让她给我指路。我们开车驶过几个街区，经过一栋砖造楼房，奥利弗就是在那里买到花窗的。接着，我们开出了市区，琼·罗瑞住的养老社区就在路边。养老社区是一栋三层楼的现代建筑，门廊由质地密实的仿木塑料建成，窗户四边的窗格同样采用的也是仿木塑料。这个社区里提供看护服务，健康状况良好的住户可以居住在自己的公寓里，但一旦有需要，也可以搬进不远处另一栋楼里的看护单元。这个规划很合理，不过我却不想去想这些事情。

琼的状态不错，住在自己的公寓里。公寓楼里的管理人员打电话到楼上，告诉她我们是谁之后，琼说她很乐意见我们。妈妈和我搭电梯来到三楼，经过一道走廊，两边装有宽宽的木栏杆，来到354号房间的门口。我们的敲门声刚落，琼就打开了门。琼身材娇小，头发灰白但依然浓密，还戴了一副很时髦的眼镜。她穿着一条蓝色聚酯纤维材质的裤子和一件深蓝色的毛衣，脚上穿着一双耐磨的鞋子。她的公寓很小，墙壁刷成了浅米色，塞满了各种家具，大概是从她原来住的房子里搬过来的。房间里摆了一张丝绒长沙发，沙发对面放了一个超大的电视架，一张大圆桌，桌腿上雕刻着花纹，桌上摆着一套单人餐具。琼泡了一壶茶，又坚持让我们坐在沙发上，她自己则用一个木托盘把茶壶和茶杯端到茶几上。她倒茶的时候，双手在微微地颤抖。我打量了一下四周，房间里随处可见打着红领结的苏格兰犬，有的是画框里的画，有的是墙贴，有的是窗帘上的图案，还有的是摆在窗台上的小塑像。

我提起这一点的时候，琼高兴地说道："它们很可爱吧？我以前养过一条小苏格兰犬。其实我养过很多只，但最后一只死了以后，我就不再养了。这里也不能养宠物。"她在我们对面的扶手椅里坐下后，继续说，"不过我觉得走廊那一头的凯特里奇先生偷偷藏了一只猫哦。"

妈妈和我一边听她讲着社区里的家长里短，一边抿了一口茶。我得好好谢谢我妈，因为她一直在努力把对话转入正题。我也明白了为什么奥利弗会有挫败感，因为我也一直在努力引导琼多讲讲她阿姨的事情，后来我们才弄明白，原来那所谓的阿姨，其实是她的曾祖姨。

"处理这栋房产花了你很多精力吧？"我说，"我们今天上午在家收拾几个箱子，我就已经累坏啦。”

“哦，是啊，差点把我累趴下了。房子里到处都是箱子，阁楼里啊、地下室里啊、空余的房间里啊，到处都是。她喜欢收藏各种小玩意儿，到处都是她收藏的各种所谓的纪念品。她没有结婚，所以没有人来打理这些。而且，她在好多领域都很活跃，东一个纪念牌，西一个证书什么的。对了，阁楼里还有她室友的几大箱东西呢。”

我小心翼翼地把茶杯放在茶碟上，问道：“你是说她还有一个室友？”

“是的，很久以前的事了。那个室友很早就死了，我记得大概是在40年代吧。但她的东西一直放在那儿。”

“那你还记得那个室友的名字吗？”

“记得啊。她叫玫瑰。显然，玫瑰和我的曾祖姨是很要好的朋友。我曾祖姨年纪很大的时候还一直提起她。她俩都是当时的激进分子，渴望自由，对传统嗤之以鼻。在当时，曾祖姨算是我们家族里的害群之马吧。”琼继续说道，“你想，一个女人没有结婚，却又有自己的事业，在那个时代是不合规矩的。至少别人认为她是在标榜她自己，但其实她只不过是按自己的想法生活而已。她说她喜欢我，因为她觉得我也有自己的想法。我上大学的时候，她每个学期都会寄钱给我买书。我们一直都保持通信。”

“听起来她很了不起啊。”

“她的确了不起。她是个女权运动者，而且在1920年，她还是这个县里第一个投票的女人。报纸上曾经有过一篇关于她的报道。”琼挥了挥手，“我还收起来，放在这里的某个地方了。”

我努力用不经意的语气问道：“那玫瑰的那些东西后来是怎么处理的啊？”

琼把双手叠在一起思忖了一会儿。“嗯，让我想想。我请了拍卖的人来，他们拿走了那些花窗，就是你那位帕罗特先生心心念念想买走的那些窗。他们还拿走了一些大家具。之后，我办了一场很大的旧货甩卖会，卖掉了那些瓶瓶罐罐和一些玻璃器具之类的东西。我邻居博比·吉恩帮我搞的。她对这些事情很在行，有些爱发号施令，但都是出于好心。卖完那些东西之后，还剩下一箱箱的文件，博比·吉恩把那些都搬走了。她说她会送到赛内卡弗尔的女权国家公园去。因为你知道吗，我曾祖姨莉迪亚·兰海默曾经被逮捕过，还在监狱里关了一夜。我记得她一直喜欢讲这段往事。这也是她和玫瑰共同的一段经历，这也是她们会这么要好的原因。”

我一直竖着耳朵仔细听着她的长篇大论，留心着她有没有讲到什么关键的东西，我一听到她提起玫瑰也被逮捕的事情时，便打断了她。

“你是说玫瑰也被逮捕过？”

“是啊，我记得曾祖姨莉迪亚就是这么说的，而且还说过不止一次呢。曾祖姨以前一直说，如果玫瑰是火，那么她就是浇在火上的油。又或许，曾祖姨是那把火，而玫瑰是那罐油。想想真可怕，你从来不会想要把这些事情记下来，然后有一天，这些事情就那么烟消云散，没有人记得了。唉！”

我放慢呼吸，强迫自己平静下来之后，才继续问道：

“那女权国家公园收下了那几箱文件吗？”

“据我所知，他们应该是收下了。博比·吉恩没说他们没收。”琼看到我望了我妈妈一眼，便问，“要不要再来点茶？”

“啊，不用了，谢谢！”

“我们得告辞啦。”妈妈接过话。

“我好希望你们能再喝点儿茶，再多待一会儿哦。”

“我们已经晚啦。不过，真的谢谢你愿意见我们。”

琼一直把我们送到了门口，一路上还不停地念叨着，甚至我们已经都走到走廊上了，她还是没有关上话匣子。最后，我伸出一只手，搭在她的手臂上。她低头看了一眼，收住了话头。

“谢谢你。如果我们有什么发现的话，一定告诉你。”

趁她还没来得及继续开口，我们便大步离开了。我三步并作两步地走下台阶，冲到门口，外面的空气潮湿而又清冷。雨已经停了，天空虽然还是布满阴云，但天色已经比之前亮了不少。

“她好像很孤单。”妈妈说。

“是啊。”我回答，一边暗自庆幸自己的肌肤依旧年轻，双眸依旧清澈，但我也明白青春会转瞬即逝。我刚看到琼的桌上摆着一幅她年轻时候的相片，她曾经也和我现在一样，强壮而又敏捷。

我们沿着公路开回家，一路经过指向日内瓦市、赛内卡弗尔市、沃特卢市的路标；之后我们下了公路，沿着蜿蜒穿过郊区的地方小道继续行驶了几英里。家门口的沙石车道上坑坑洼洼，篱笆边上那些茂密的树叶滴滴答答地淌着水。门廊上接水的桶早已经满了，水溢了一地。房间里还有好多箱子等着我们收拾，里面的东西在客厅的地上摊得到处都是。

“一天里我最不喜欢的就是这个时间点了。”妈妈说，“这个时间点，还有起风的时候，感觉这栋房子充满了敌意。”

“那你是想住小一点的地方？”

“是啊，”妈妈一边回答一边开了灯，“我想住在一个不需要维修的公寓里。这栋房子很美，但我感觉有的时候，这栋房子就像是我的敌人。”

那个晚上，我辗转反侧，无法入眠。我听着雨不断打在屋顶上的声音，想着白天发生的事情，想着存放在赛内卡弗尔的女权国家公园里的玫瑰的箱子，心中兴奋不已，更加睡不着觉。同时，我也有些担心，因为，除了几封简短的电子邮件之外，吉隆已经有两天没有和我联系了。于是，我打电话给他，他正在收拾行李，准备去机场，所以我们没说几句就挂了电话。晚上他就会到雅加达了。我合上电话，在黑暗中躺下，想起我和布莱克之间的争执，想起他说的那些关于改变的话。我心想，自己到底开启了什么样的开关，到最后，我会不会为自己触动了这个开关而高兴呢？

第十一章

第二天早上，我醒来的时候，发现天已经放晴，雨后的空气格外清新。多年前我挂在床边的棱镜，在天花板和墙上投射出几十道迷你小彩虹。因为时候还早，所以气温还有些低，盖一条毯子正好。我伸了个懒腰，然后又懒懒地躺倒在小小的床上。屋外，安迪开车来接妈妈去吃早午饭，我听到车轮压在沙石上发出的吱呀声，接着是关车门的声音，安迪走上台阶的脚步声。接着，我又听到纱门砰的一声关上，妈妈的笑声飘荡而出，她和安迪的笑声。之后则是一片寂静，我猜想他们正在洒满阳光的厨房里亲吻。接着，又传来门开开关关的声音，交头接耳的谈话声和台阶上的脚步声。我坐起来，目送他们离开。安迪绕到副驾驶的位子给妈妈拉开车门，妈妈坐进车里，一边抬头冲他微笑。

我盘腿坐在床上，把桌上的手提电脑拿过来，等着系统慢吞吞地连上网络，一边抬眼望着不远处蓝宝石般的湖面，湖面上泛着白色的浪花。远处传来风铃的声音，彩虹在我的手臂和床单上跳舞。吉隆从雅加达发来邮件，说旅途一切顺利。这个时候，他那里应该是晚上。我的脑海中浮现出他在某个露台上吃晚饭的画面，四周有许多蕨类植物盆栽和藤条家具，因为是在热带，暮色很快笼罩了他。以前，我们很喜欢逛那里的露天夜市，挑几串加香料的烤肉，或是几盘烤鱼，要不就来几碗热气腾腾的面条。但是吉隆的公司却总是偏爱给他们订那些千篇一律的国际酒店，要是他能偷溜出来，吃上一碗加了糖浆和玉米片的冰沙，就该偷着笑了，那可是他的最爱。那段和吉隆一起走过的时光，那些无忧无虑、自由散漫的日子呵，感觉已经很遥远了。我试着在 Skype 上打电话给他，但他没有接。

我走下楼，看到妈妈还把咖啡温着，冰箱里有一碗蓝莓，她还留了张字条告诉我她去了哪里。 我在吧台边一边吃着又甜又饱满的蓝莓，一边翻翻最新一期的《梦湖公报》。这一期公报刊登了一篇有关基根的玻璃工作室的专题报道，报道里有一张他站在火炉旁的照片，一手紧紧搂着麦克斯。基根称那个火炉为“荣耀孔”。除此之外，公报上还附加了一篇长达四页的报道，讲述了梦湖兵营的历史和变迁。

赛内卡弗尔的女权国家公园离我家也就一个小时的车程，而且周六也正常开放。我洗完盘子，带上所有的相关笔记和复印件，还有我在阁楼里找到的那些文件，便出发了。虽然我觉得，女权国家公园保留琼·罗瑞给他们的那些箱子的可能性很小，而且那些箱子里的东西估计和玫瑰的生平也没多大关系，但当我行驶在起伏的乡间，穿过那些繁华逝去的运河古镇，又一边想象着一百年前，当玫瑰还年轻的时候，这些古镇的繁荣景象时，心里还颇为乐观。一想到也许玫瑰曾经也来过这里，我顿时觉得很兴奋。无论她是谁，无论她做过什么，她的故事都是整个故事的一部分，甚至还可能就此点亮我的人生。

到了赛内卡弗尔之后，我先在伊丽莎白·凯迪·斯坦顿故居停留了一下，1847 至 1862 年间，伊丽莎白就住在那里。我到的时候，正好赶上一场导览开始。导览人员带着我们参观了一间间装修质朴的房间，每一间房间里都有宽木地板和广角窗。当年，从这些广角窗望出去，可以看到繁荣的工业区，一栋栋的公寓楼，还有伊丽莎白·凯迪·斯坦顿照看的两英亩果园和花园，当年她还同时养育了七个孩子。那个时候，她的丈夫经常随巡回法庭出差，常年不在家；伊丽莎白曾写道：她时常饱受缺乏知识之苦，甚至连如此忙碌的生活都无法减轻这样的痛苦。

导览结束之后，我在草坪上逗留了一会儿，想象着斯坦顿家的孩子们在草地上嬉戏的场景，想象着伊丽莎白穿着裤装或是穿着及膝的裙子，在草地上大步走过的样子。我还想象着在那些7月初透着微光的夜里，当客人们告辞之后，当她的孩子们入睡之后，伊丽莎白坐在客厅里，写出了《情感宣言》；之后，她又站在成百上千的观众面前，大声宣读了她的宣言。那样的经历一定让伊丽莎白欣喜和激动，她离开卫斯理教堂的时候，一定充满了成就感和使命感吧。经过两代人之后，伊丽莎白的信仰和行动不仅为玫瑰开辟了一条道路，同样也使我可以接受教育和旅居世界各地。我不禁想，当年的伊丽莎白，会不会知道后来发生的这一切呢。《情感宣言》发表之后，又经过了整整七十二年，女性才争取到选举权。那时，参加1848年第一届女性权利大会的发言者全都不在人世了。

在主楼里竖立着很多真人大小的雕像，有伊丽莎白·凯迪·斯坦顿、卢奎西亚·莫特和她的姐姐玛萨·科芬·赖特，还有麦克琳托克和亨特家的姐妹，以及弗雷德里克·道格拉斯。这些雕像齐聚在大厅，仿佛重现了一百五十八年前她们来这里参加女权大会的场景。前台的工作人员带着我上楼去找档案管理员。她叫盖尔，身材高挑，声音低沉，双眸漆黑，闪烁着智慧的光芒。我跟她解释了我的来意，问她是不是知道那几箱文件的下落；盖尔带着沉思的表情专注地听着。

"嗯，我来查下看看哦。"盖尔说道，"我们这里主要是处理和1848年女权大会相关的事件和物品，所以，要是这几箱文件和大会没什么关系的话，我们可能不会保存下来。"说着，她从一个底柜里抽出一本账簿，食指掠过一行行的明细。"啊，找到了，是琼·罗瑞对吧？这里有她捐赠三箱文件的记录。"

"真的吗？那这些文件还在这里吗？"

"不好意思，不在了。四个月前，我们查看了这几箱文件，的确找到了三项和女权大会相关的资料，但目前这些资料还在处理中。至于剩下的那些文件嘛，啊，找到了，是送到拉斐特历史协会去了。我们经常把资料转给他们。有的时候，对于我们来说毫无用处的资料，对于他们而言却很有价值呢。也许你可以去那里碰碰运气。”

“你能告诉我那些和女权大会相关的资料内容吗？”

“不好意思，现在恐怕不行。不过如果你需要的话，我可以帮你问问看。”

“太好了，谢谢你。那这些东西呢？你们有兴趣吗？”我边说边打开我的文件夹，把里面的小册子和宣传单给她看。

盖尔很仔细地把每一份资料都看了一遍。

“我个人觉得很有价值，”盖尔看完之后说道，“不过我们这里不会保存这些——因为年代不对。你应该好好保存这些文件。也许你可以问问那些保存玛格丽特·桑格的文章的人——这些关于计划生育的文章是玛格丽特写的，写作时间大概是在 1912 年或 1913 年间。这是早期版本，很稀有的，因为后来这些文章就被邮局给禁了，这些文章违反了《康斯托克法》。这个法规规定所有人，甚至包括医生，都不可以解释生育知识。桑格最后进了监狱，她的妹妹伊索·拜恩也坐过牢，她还曾经因为绝食抗议《康斯托克法》而差点死掉。”

我谢过盖尔，并把我的地址和电话留给她，请她如果有什么发现就联系我。之后，我便驱车前往拉斐特历史协会，沿途经过宽阔的街道，两边尽是豪宅和宽阔的草坪。拉斐特历史协会坐落在一栋华丽的具有安妮女王风格的房子里，屋顶的线条精致繁复，房子保存得很好，只是看上去需要重新油漆一番。我一脚踏上门口的第二层台阶时，台阶还有点微微下凹。结果我的运气特别好，因为本来历史协会在星期天都是闭馆的，但是今天有系谱学的学生来参观，所以才特别开放。进门是一个修缮一新的门厅，四周镶着厚实的桃花心木壁板，壁板上方贴着乳白色的墙纸，上面还有绿色的小印花。一个戴着鼻环和唇环的女人坐在一张大大的桌子后面，正在看东西。她看了好一会儿才把书签夹进书页里，抬起头，嘴唇下方的钻石闪闪发亮。

我向她解释了我的来意之后，她说道："我应该知道那些箱子。它们送过来的时候正好我也在。应该还没有人打开过那些箱子。我们去楼上的阅览室看看，我来查一下。"

我跟着她一起爬上宽敞的旋转楼梯，来到二楼的阅览室。房间里是一排排的书架，墙边立着一台落地大座钟，发出温柔的滴答声。房间正中摆着一张硕大的樱桃木书桌，搭配同色系座椅。窗户上没有装窗帘，窗玻璃略微有些变形。接着，她爬上另一道楼梯，消失在我视线里。几分钟之后，她抱着一个大箱子重新出现在我眼前。她说还有另外两个这样的箱子。她去取其他两个箱子的时候，我已经迫不及待地打开了第一个箱子，翻看着里面的东西：一堆杂七杂八的文件、文件夹、文章，我一样样地把它们拿出来查看。

"好了。"她一边说，一边奋力把最后一个箱子堆到桌上，接着把手拍拍干净，指着我放在桌上的那些文件，继续说道，"我刚说了，这些东西都还没有整理呢。很可能就是一些收据啊、账簿啊什么的，还有一些只有她自己才看得懂的纸条吧。不过你可以随便看。我们四点闭馆。"

我瞥了一眼大钟，这会儿已经两点多了。"那我很快看一下。"说着，我便开始动手翻看起来。

莉迪亚·兰海默真是个收集达人。箱子里的东西从买东西的收据到食谱，还有小夹子，真是五花八门。我仔细查看了一遍，但是没有发现什么有价值的东西。

第二个箱子也差不多，就像有人把一张桌子和几个档案抽屉里的东西一股脑儿倒进了这个箱子里。不过我的确在这一堆东西里发现了有关玫瑰的蛛丝马迹。有些账簿里出现了玫瑰的名字，她支付了某些费用，还有一些收据是开给她的。这些文件慢慢堆成了一沓，虽然一开始看到她的名字时，我很兴奋，但渐渐我也平静了下来，不再那么迫不及待了。毕竟，这些文件也没有告诉一些我之前不知道的事情。我继续边翻边分类，同时又留意着屋内光线的变化和时间的流逝。我在箱子底发现了一个皮质文件夹，上面还用丝带打了一个结。一开始我以为这又是另外一本账簿，要不就是账单，但我一打开这个文件夹的时候，便有几封书信掉了出来，虽然每个信封都不同，但是上面的字迹却出自同一个人，一看就知道和我在阁楼里发现的那些纸条上的字迹相同：清晰有力，字体倾斜——是玫瑰。我用颤抖的手打开了最上面的一封信。信纸很粗糙，微微泛黄，上面密密麻麻写满了字，那些黑色的字迹已经淡化成树皮的颜色。上面标的日期是 1914 年 9 月 21 日。

亲爱的爱丽丝：

我美丽的女儿啊，今天早上我离开了你。那时，你正在院子的鱼池旁，想把沙石堆成一个小山丘；你穿着我给你做的那件暗黄色小裙子。你才三岁，可是你是那么聪明。你摘下金盏花的花瓣，把它们撒在水面上。你说：我在喂鱼呀。我紧紧地抱着你。小时候，你的头发蓬松得就像蒲公英，但现在，它们变得很服帖，柔顺而又充满光泽。你闻上去有香皂和阳光的味道。这时，艾莉奥特太太来了，科拉也叫你进屋吃午饭。你一步步爬上一个个台阶，那些台阶对于你那短短的腿来说实在是太高了。你转过身，冲着我挥挥手，接着你的身影便消失在门里。

艾莉奥特太太催着我快点动身，但我却无法挪动脚步。我不停地朝着门廊那里张望，希望可以再次看到你的身影，但你却没有出现。

我在给你做的小裙子上装饰了黄色的丝带。我在我的手腕上也绑上了黄丝带。我写这封信的时候，这黄色的丝带便在我的袖口不时闪现。其他的乘客没有注意到我，他们自顾不暇。那些人看上去很普通，我想，不知道在他们的眼里，我是不是也同样普通呢？我又不禁想，不知道他们的心里，又埋藏了什么样的秘密呢？坐在我对面的那位老妇人，一直凝视着窗外，她在怀念些什么呢？

坐在我身边的那位男士，正在计算他账簿上的数字；还有那对不时对着窗外的景色大声赞叹的农民夫妇。他们又有着什么样的秘密，什么样的梦想呢？

我的衣着朴素，穿着我唯一的一套套装，棕色的，搭配着金黄色的衬衣。我静静地坐着，包搁在脚边。他们眼中的我，又是什么样子的呢？他们一定不能想象，你转过身，站在台阶上，笑着和我最后一次挥手告别的样子。

你不知道我要离开你了。

还是这样比较好。我一次又一次地告诉自己。

我保证，我保证很快就会来接你。

而现在，我会每天都给你写信。也许你永远都不会看到这些信。也许我会很快回来，甚至你都不会记得我曾经离开过。但我还是会每天都写。等到有一天，你长大以后，看到这些，你会知道我有多么爱你。虽然今天，当你午睡后醒来，在洒满午后阳光的床上伸着懒腰，你会发现我已经离开了你。

我祈祷他们会好好待你。

尽管出了那样的丑闻，约瑟夫还是爱你的，因为他敬爱你的父亲。科拉虽然不喜欢我，但是因为她膝下无儿女，所以她很宠爱小孩子。

一页结束，我停了下来。耳边飘来系谱学学生轻轻的谈笑声。我的手在微微地颤抖。我从来没有想过玫瑰会离开爱丽丝。我在阁楼里找到的字条上标的日期是1925年，应该是写这封信的十一年之后，那时爱丽丝已经十四岁。看起来玫瑰一直没有回去接爱丽丝。我想起妈妈曾经警告过我，说“希望到时候你不会失望”。我意识到自己也许真的会失望，因为玫瑰可能并不像我想象中的那样伟大，那样有故事。我看着散落在光洁的樱桃木书桌上的信纸，深深吸了一口气，翻到第二页，继续看了下去。

火车停靠在这一站的时候，艾莉奥特太太给了我一首诗，是她从一本杂志上抄下来的。她说这是一首送给流浪者的诗。作者是一位女性，但署名只是简单的HD。艾莉奥特太太总是说我对文字有着如饥似渴的情感，所以她常常给我书看。我反反复复地读着这一首诗：“当疾风吹过沙丘，回应它的却只有覆着盐粒的粗硬杂草。”其实我不大明白诗的含义，但却能体会到这些文字诉说着的悲伤。

爱丽丝，你现在又是在哪里呢？我以花的名字给你取了名字。鸢尾花的颜色，和你爸爸眼睛的颜色一样。我想告诉你的就是这个故事。你舅舅没办法跟你讲，因为他不明白。

而且，他一定会从彗星的故事开始讲，但其实这并不是故事的开端。故事在那以前早就开始了。那是一个寻常的夏日，我在葡萄园里除草。那时，我正好歇下来想喝口水，却看到远处扬起的尘土和在树间掠过的银色光芒。

“那是什么啊？”我问。我朋友艾伦也站了起来。

“我也不知道。”

“我觉得那是一辆汽车！”我很兴奋，因为我从来没见过汽车。

“一定是温德姆家的。”

“肯定啦。”

“我们过去瞧瞧吧。”

于是我们抛下了手头的工作，朝着村子里跑去。

我们跑到那儿的时候，人们正从四面八方赶来看热闹。马库斯先生说那是一辆劳斯莱斯，他说那款车型叫银魅。

汽车慢慢驶近，没有发出一丁点噪音，它悄无声息地在村子里停下，明晃晃的绿色车身仿佛一面镜子。每一个看着这辆车的人，都怀着不同的心思——有人梦想体验风驰电掣的速度，有人梦想得到一份工厂的工作，有人看到改变的希望。你舅舅俯下身子看着引擎，我则盯着引擎盖上的那个银色的小塑像，那是一个有着银色羽翼的女人，仿佛正要展翅飞翔。

“你喜欢她？”杰弗里·温德姆问道，他就站在我身边。我点点头，有点不好意思回答。温德姆家族拥有村子里大部分的土地。教堂的墓地里有许多温德姆家族的墓碑，最早的可以追溯到1134年。有一年冬天，我和杰弗里曾经一起在结冰的池塘上溜冰。杰弗里一直在后面追我，直到我脚下的冰面颜色突然从不透明的白色变成了清澈透亮的颜色，底下黝黑的池水清晰可见。他大叫一声，一边抓住我的胳膊，把我拉离了险境。现在，他长高了好多。我的下巴只到他的肩膀那么高。

“去啊，去摸摸她啊。”他怂恿道。

于是我伸手轻轻抚过那个银色的小雕像。

那天晚饭的时候，我们一直在谈论那辆汽车。我爸爸一直听着我们喋喋不休的讨论，就像急流中的一块巨石，纹丝不动。终于，他放下了刀叉，站起身来，对约瑟夫说道：

“走，还有好多活要干。”

“啊，还干什么啊？”约瑟夫咕哝道，“谁还会需要木轮子呢？汽车的橡胶轮胎跑得可比马车快两倍呢。”

房间里的空气似乎一下子被抽得一干二净。爸爸一语不发地转过身，径直去了店里。约瑟夫也站起身，跟在他身后。没过多久，我们便听到了他们的争吵声。我们默不作声地把餐桌收拾干净，一边听着他们起起落落的争吵声。

天黑了，我几乎看不清我写的字了。那对年轻的夫妇去了餐车用餐。那个上了年纪的女人摘下了帽子，从包里拿出一块餐巾，铺开垫好，小心翼翼地吃着一个牛肉三明治。而坐在我边上的那个会计师则打起了盹儿。有一段时间，我们经过了无数的房子和公寓，车速很慢，我甚至能清楚地看到有人坐在厨房的餐桌边吃饭，有人坐在椅子里看书，还有人站起身来拉紧窗帘。接着，车窗外的房子渐渐被工厂取代，火车也提速了。之后，夜幕便降临了。我吃了一个面包，尽量让自己不去注意那个三明治里烤牛肉的香味。

当一个人在旅行的时候，时光总会与往日不尽相同。今夜与昨夜不同，却与多年前我和约瑟夫一起踏上这片新土地的那一夜很相似。昨晚，我躺在我们的小房间里，醒着听你轻柔的呼吸；而我和约瑟夫踏上这片土地的那晚，火车每次停靠进站时我都会醒来，车站外的灯光和声音穿过漆黑的走道飘进来。

那晚，约瑟夫一直在睡觉，黑色的睫毛，衬着白皙的脸颊。他把外套叠得整整齐齐的，垫在脑袋下面：看上去仿佛依然是曾经那个无忧无虑的哥哥，仿佛我们还未遇到那些麻烦，仿佛他还没有改变，我也没有改变，仿佛我们还没有失去我们熟悉的一切。火车继续在夜色中前行，带着我们前往我们的新生活。我闭上眼睛，随着哥哥的呼吸节奏慢慢呼吸。当我醒来时，金色的阳光正洒在新生的麦穗和深蓝色的湖面上。

而你却依然留在那里。写了这么久，我的手都写痛了；而随着车轮规律地前行，我的心也在发痛。

爱你的妈妈，玫瑰

我往椅背上一靠，手里还拿着这封纸质脆薄、字体倾斜细致的信。信写到结尾时，上面的字体越来越大，越来越潦草，还有两度超出了信纸的边缘。信纸在我的手里颤抖，我轻轻地把它们放下，手掌托住脸颊，手指抚过我的眉骨，滑过脸庞和颈部的曲线。

这封信改变了一切。那个塑造了我和所有人生活的故事也就此改变了。他一定会从彗星的故事开始讲，但其实这并不是故事的开端。

可那之后又发生了什么呢？我不禁想，到底他们为什么要逃离他们所熟悉的那一切呢？到底是什么磨难，把玫瑰和我那踌躇满志而又无忧无虑的曾祖父推上了那列火车？我翻了翻活页夹里的其他信件，想象着玫瑰在昏暗的灯光下，俯身写下这些文字的样子，当时她的内心一定满是失落。

壁炉里的时钟响了四下，柔美的声音在屋里流淌，落入地毯后戛然而止。不久，楼梯上传来馆员轻巧的脚步声。我不假思索地把剩下的信塞回活页夹里，放进我的包里。这时，几个街区外的大钟也敲响了四声，接着，馆员出现在门口，低沉的暮色把她耳朵上成排的耳钉晕上了一层光晕。

“哇哦，你戴了几个耳钉呀？”我脱口而出，想掩饰内心的紧张；因为如果她有心要看，是可以看到放在我包里的那些信的。

她吓了一跳，摸了摸耳垂，露出了笑容。

“左耳朵有八个，右耳朵有九个。上个礼拜我还穿了脐环呢。不过我还没勇气在舌头上也搞一个。”

“疼不疼？”

她有些不耐烦地笑了笑，大概经常有人这么问她吧。“不是很疼。只有穿耳廓最上面的时候有点点疼。你资料找得怎么样？有没有什么发现？”

“找到了一封信。”我拍了拍摊在桌上的信纸，“夹在一堆文件中间。信里提到了一些有用的参考资料。我能不能借用几天？”

“不好意思，恐怕不行。”她耸了耸肩，走到桌子旁拿起那封信。我不希望她碰那封信，所以，当她看信的时候，我努力控制自己把紧扣的双手放在大腿上。“你看这信都还没有归档呢，也许我都不应该让你看。这封信很重要吗？”

“对我和我的家族而言，很重要。但也许没什么历史价值，你懂的，所谓主流历史。上面就是一些私人信息，所以我才想借。”

“真不好意思，如果我可以，我一定会让你带走的。”

“好吧。那我明天再来。”

“不好意思，我们明天不开门。通常都是开的，但是因为今天有这节课，所以明天要闭馆。也算是一个试验吧，看看哪天的人流量最大。不过我们周三和周五都开放，早上九点到下午一点。”

我心里闪过一丝惊惶：还有一个箱子我连看都没有看啊；而且这周三基根已经安排我们去参观那个兵营基地里的小教堂，我最快要等到周五才能再来这里。不过我还是笑了笑，耸耸肩，心想还是不要小题大做为好。

“这样啊，太可惜了。真的不能破例吗？”

她犹豫了一下，瞟了眼堆在地上的箱子，说道：“我也很想帮忙，可是我明天不在，我要和我男朋友一起去露营。”她似乎提起了兴趣，把信上的内容大声地念了出来：“‘而你却依然留在那里。写了这么久，我的手都写痛了；而随着车轮规律地前行，我的心也在发痛。’看起来是封情书哦。”

“算是吧。是一封妈妈写给女儿的情书。”

“你确信这很重要吗？我可以打电话给我们总监请示一下。”

“没关系啦，别麻烦了。”我站起身，勉强离开那些让我欲罢不能的箱子，“我说了，没什么惊天动地的东西，除了我以外，这些东西对其他人都不重要。我可以等，不过我周五才能再过来。你刚说你们几点开门？”

“九点。”

“那九点见。”

我走出阅览室，先她一步走下楼梯，紧紧搂着我的手提包，左手抚过抛光的雕花扶手。她跟着我走到镶嵌着毛玻璃的大门边，我注意到门上的锁是电子的，我不知道怎么打开，只能等着。

车在太阳底下晒了一个下午，里面很闷热，而且闻起来还有灰尘的味道。我打开车窗，让湖边的微风吹进来。我想起来我一整天都没有吃东西，肚子已经饿得咕咕叫。不过我还是把第二封信从信封里抽了出来。

这时，对面纪念馆的门开了，那个女馆员走了出来。她戴着太阳眼镜，停下来检查馆门是否已经锁好，然后快步走下台阶，冲向她的探险之旅，左手还晃着一串车钥匙。她步履如飞，经过一栋又一栋维多利亚式住宅，坐上一辆柠檬黄的大众敞篷车，绝尘而去。

我想象着伊丽莎白·凯迪·斯坦顿也曾经走在这些街道上，后面跟着她的孩子们。在她停下来买花或者买糖和鸡蛋的时候，她思潮澎湃，千言万语几欲喷涌而出。于是她急匆匆地赶回家，把袋子随意扔在桌上后，迅速写下几张字条，记下脑中那些迫切而又重要的想法，草草写下我今天早些时候读到的那些语句："我们孤身一人来到这个世界，每一个人都与前人不同……大自然从不重复她的作品，每一个人的灵魂潜能都独一无二。"孩子们在她身后呼唤她，她只得叹了口气，放下笔，走向孩子们。我想象着她和苏珊·安东尼以及声名狼藉的阿米莉娅·布鲁莫一起，站在街角，阿米莉娅大胆地穿着一条可以让她行动自如的裙裤——她们都声名狼藉，伊丽莎白、苏珊还有阿米莉娅，这三个拥有非凡智慧和梦想的年轻女子，在一个寻常的夏日，聚在一起交流着彼此的想法。

我把手里的信翻过来。玫瑰·贾勒特和她们身处于同一个时代，她穿着黄色的衬衫，搭配棕色的套装，四处游历——可是她到底去了哪里呢？她为什么要离开她的哥哥，抛下她的女儿呢？到底是什么样的丑闻，把她逼走了呢？我一想到对她们母女之后的遭遇一无所知，便很不安。我也有些愤怒，为什么我一直都不知道玫瑰·贾勒特的存在呢？如果我知道，也许她的故事能给我的生活一点启示，这不是飞闪而过的彗星光芒或是长期定居某地的经验能给我的。她又是如何影响了弗兰克·韦斯特鲁姆，制作出了那些五彩斑斓、流光溢彩的花窗玻璃呢？她又是如何写出了这些情真意切的信呢？铁栅栏后的历史协会寂静无声，牢牢地守着它的秘密。

一阵微风吹进了车里，带着水汽。我想起了我在日本的那几个小学生，想起我们一起在海边散步的场景和我教他们说的那几个词：海浪、水、石头；还有那些他们还不能理解的词语：有一天，孩子们，你们的孙儿们也许会喝到你的眼泪。我打开第二封信，这封信写在一张从账簿里撕下来的纸上，上面印有淡淡的蓝色格纹，我开始阅读这封信。

1914 年 9 月 15 日

亲爱的爱丽丝，

昨晚给你写的那封信好阴郁啊，不过一觉醒来后，我感觉好多了。

那位会计师睡着以后，他的头靠在了我的肩上。他很不好意思，所以从他那写满了数字的本子上撕下了空白的一页纸，送给我赔礼道歉。他住在纽约州的波基普西，给一家纸业公司管账。听上去蛮无聊的，但他看起来似乎很快乐。他告诉了我好多关于波基普西的事情。他在那里有座房子，但一直都没有结婚。他看到我手指上没有戴戒指，便开始问我好多问题。我简单地想象了一下在他那整洁的房子里干家务的场景。之后，我便和他提起了你父亲，说他在法国打仗，之后便失踪了。

会计师点点头，就好像我刚刚把一整组数字从某一列移到了另外一列。他随即便重新埋头工作，而我则从包里拿出了两个苹果来吃。

从艾莉奥特太太家的窗户能看到你的房间，她答应帮我看着你，她也答应说，会把我织的那块毯子给你。从我知道我必须离开的那个晚上开始，我就一直在织那块毯子。约瑟夫很冷淡，也没有和我告别，不过他在我口袋里塞了一张纸条和五美元。我可以拿钱买个鸡蛋当早饭，但我打算把钱省下来。因为每一分钱都能让我更快地回到你的身边。艾莉奥特太太让我不要担心，她说她的朋友很热心，会来车站接我的。我不用担心，可是我还是担心。

这会儿火车正沿着一条河开，河水浑浊，呈银蓝色。以前我们村子附近也有一条河，那条河每年春天都会泛滥。有那么神奇的几天，我们可以在街上逮鱼，还可以用柳条篮在田地里抓鳗鱼。

我得赶紧讲完我的故事。那天，我正提着一篮鸡蛋，沿着那条河走着。这时，杰弗里·温德姆沿着小坡开车经过，约瑟夫坐在他边上。

“玫瑰·贾勒特？”杰弗里大声叫着我的名字，把车停在我身边。他大声地笑着，阳光穿透他头上的草帽，在他脸上印出斑驳的光影。他邀请我上车兜风，我点点头，便爬上了那辆银色机器的后座。

“抓紧你们的帽子哦！”杰弗里说，不过我和约瑟夫其实都没有戴帽子。然后车子就开动啦。

好快啊！我们好像飞起来了一般，四周的景色模糊成一片片的金色、绿色和蓝色。我紧紧抓着黑色皮质座椅，风吹散了我的头发，湿润了我的眼睛。我从来没有体验过这么快的速度，想都没有想过。

终于，杰弗里在一道破烂的篱笆旁停了下来，那道篱笆歪歪扭扭，杂草丛生。他回过头，一只手臂搭在后座上，微笑着问我：

“怕吗？”

我点点头，还说不出话来。杰弗里哈哈大笑，走下车，把手伸向我。我抓住他的手，从那辆银色的车子里走下来，就像童话里的少女。

“我不怕，我感觉像飞起来了。”约瑟夫说道。

“飞起来——是啊，的确如此。你看到那个了吗？”杰弗里一边问，一边指向绿油油的田野中间的那片废墟。“很久以前，那里曾经是一间修道院。后来被亨利八世洗劫一空。他们之所以把修道院建在那里，是因为夏天洪水泛滥的时候，这个地方就会成为一个孤岛，有的时候会持续好几个星期呢。我想去看看。”

说着他便向那片废墟走去。约瑟夫也去了，我跟在他们后面。当时烈日当空，有两次，我们惊动了草丛里的蜻蜓，它们成群结队，像云一般飞走了。

修道院让我们安静了下来。房子的屋顶已不见踪迹，只留下了些残缺的墙矗立在那儿。杰弗里从铁丝栅栏之间钻了进去，转瞬消失在一个走廊的尽头。约瑟夫急忙跟上他，而我则慢吞吞地跟在他们后面。我脚下的石头脏兮兮的，但又很滑溜。石墙上有着一道道雨水冲刷的痕迹，地上散落着好多枯叶。

这页信到这里便戛然而止了，而信封里也没有其他的信纸了。我把其他几封信从包里拿出来，担心第二张信纸是不是落在了箱子里，或是已经丢了。如今我已经深深地沉迷于玫瑰的故事里，感觉自己的一半正坐在这闷热的雪佛兰里，另一半则在一百年前的那辆银魅里，在通往修道院废墟的泥泞路上颠簸着。第一次坐汽车一定很让人震惊吧，虽然他们那时候的时速也许不过十几英里。无论之后玫瑰会遇到什么样的不幸，那个时候的她，在那个阳光明媚、冒险刺激的日子里，大概是不会为将来担心的。我整理着这些信件，就像玩扑克牌一样。终于，我在一堆信中间看到有一个信封里露出一张信纸，和我腿上读到一半信的信纸一样。于是，我把这张信纸抽出来，发现里面的内容也的确是连贯的，我不由得松了一口气。

我们转过一个弯，看到有一道台阶，尽头衬着蓝色的天空。透过墙上的缝隙，我们可以看到外面田野上绿莹莹的草儿在风中摇曳。最后，我们来到了一个大房间，里面还有一个巨大的壁炉。杰弗里站在房间的正中，四处打量。他的脸颊被阳光晒得通红。“我都能想象得出那些修道士在这里生活的景象了，对吧？”

“这里实在是太安静了。”约瑟夫说道。

“因为这里有一个秘密。我叔叔告诉我的。他说每一个到这里来的人都得说一个秘密。”

“那你有什么秘密？”我问道。虽然之前我都不怎么说话，但我觉得在这个地方，我是自由的，仿佛所有我们之间的无形的界限已经消失，而我可以畅所欲言。杰弗里的眼神变得有些飘忽，他慢慢开口说道：“我想去印度。明年我要去剑桥读书了，之后回来和我爸一起工作。但那不是我想要的生活。我想看看这个世界，我要加入英国皇家海军，成为一名军官。这就是我的秘密。”

杰弗里话音未落，约瑟夫就说道：“我要去美国。我在那儿有一个表亲。只要我攒够十美元，其他的费用他都会帮我出。”

我吓了一跳，我知道他说的是谁。我妈妈有一个表亲，每年都会给我们寄一次糖果和其他小玩意儿，有的时候还给我们寄硬币。妈妈总是把他的短信收在厨房的抽屉里。

“真的吗？”我问道。约瑟夫看着我说：“玫瑰，不许说出去，不然你会后悔的。”

“玫瑰不会说出去的。”杰弗里说着，一边往墙角扔了一个小石子，“她不会说的，因为她也会告诉我们一个她的秘密。玫瑰，你的梦想是什么？跟我们说说。你是不是想成为一个公主？”

我不知道究竟是什么让我这样回答，也许是四周的寂静，也许是石头中涌现的过去，也许是曾经人们在这里的声声祷告，给予了我勇气。

“我想成为一个牧师。”我不假思索地脱口而出，但话一出口我便明白这是真心话，“我想站在教堂里，说那些话，当一个牧师。”

四周一片沉默，只有风在充满阳光味道的空气里流淌。

接着他们哈哈大笑起来。

“牧师！”约瑟夫不屑地重复道，“别傻了。”

“女人是不能成为牧师的。”杰弗里也附和着，但语气和善了很多。

我沉默不语，脸涨得通红。直到我把话说出口的那刹那，我才意识到，这个梦想在我心里早已根深蒂固。虽然我一直都明白，这个梦想不合法，甚至难以启齿；但是，当我每一次走进静谧的教堂里，无论是去修补那些礼袍，还是为祭坛的垫布缝缝补补，我都感觉自己比在其他任何地方更有活力，更愿意倾听。

读到这里，我停下来，转头望向车窗外，两个年轻人正沿着安静的街道骑着自行车，一会儿便消失在街角。玫瑰所写的词句，我感同身受。自从看到那扇智慧花窗，看到它所描绘的那美丽动人的创世故事，我便一直想着同样的事。我想起那生动的色彩，漩涡状的风，生命的神圣感和世界的律动：灵、气息、精神，这让我更加确信玫瑰和那些花窗之间有着必然的联系。

“好吧。”杰弗里靠在石墙上说道，“我给你们讲个故事。从前，有一个美丽的女子，她出身名门，却爱上了一个没有任何前途的男人，于是她被送走了。几年之后，她来到了这间修道院，意外地发现她曾经的爱人竟然成了一个修道士。他们开始偷偷约会。”说到这里，他顿了顿，压低了声音继续说道，“后来，人们发现了他们幽会的事，这个女人就被活生生地砌进了这面墙里。”

这下约瑟夫也和我一样沉默不语，低头盯着杰弗里·温德姆的皮靴。我知道他在想什么——不是因为这个故事有点可怕，我不信这是真的，而是在想那个贵族女子和那个毫无前途的男子，以及他们毁灭性的结局。我深深地感到羞耻，因为我和约瑟夫一样，穿着破烂的工作靴。我们也没有前途可言。

我们听着风在草丛间穿梭。

“我要走了。”约瑟夫说道。他走过破败的楼梯，消失在走廊里。当我想跟上他的时候，杰弗里忽然抓住了我的手臂。那时，我的脚下踩着枯叶，头顶是一片天空。

“别生气，”他说，“我只是觉得你太美了，美得不该当牧师。”接着，他俯下身，吻了我。我被那种感觉吓了一跳，就像花朵朝着太阳绽放的那种感觉，我没有抽身。

“这才是我真正的秘密。”他轻轻地在我耳边呼气低语，脸颊贴着我的脸，“只告诉你一个人的秘密，玫瑰·贾勒特。”

这才是故事的开始，那时，离彗星到来还有整整一年。

已经快中午了，那个会计师已经走了。他收拾好他的东西，冲我微微躬身，便消失在茫茫人海里。他睡着的时候，呼噜声很响，头靠着我的肩膀。一想到离开这列车之后，我就再也见不到他，也不会知道他的生活会怎样，甚至可能都不会想起他时，我有一些伤感。

我的故事还远没有结束，但我得等到下次再继续讲给你听了。

这封信没有署名，但信的结尾画有一朵玫瑰。

我的手指抚过信纸的上缘。这才是故事的开始，那时，离彗星到来还有整整一年。一直以来，我们深信，一切缘起于曾祖父的光辉梦想，但这封信却推翻了我们深信的一切，也推翻了我们那代代相传的家族历史，那个将玫瑰摒除在外的家族历史。我现在的感受，就像在日本的时候，在夏夜里被地震震醒，感觉整个世界摇摇欲坠，仿佛随时都会崩裂。我想起了那块美丽的布，上面缀满以藤蔓相连的一排排月亮，随着湖风轻轻颤抖。

我妈妈找到那块布的时候，它包在一张素色的纸里，藏在我曾祖父的那个箱子的夹层里，里面还有一张手写的纸条。虽然这些信解开了一些疑团，但也引起了我更多的疑问。因为，我现在可以在脑海中描绘出这样一幅画面：深夜，玫瑰坐在阴冷的客厅里，不停织布，呼吸起伏，手指发麻。我能想象到这一切，但却还是不明白她到底为什么离开，也不知道为什么经过这么多年，这块布毯子还是原封未动地保留了下来，无人问津。我想知道玫瑰的遭遇，也想知道她女儿的遭遇。

我瞟了一眼手表，已经五点多了。我花了快一个小时坐在车里读这些信。还有好几封信我还没有看，但我觉得，一时半刻我也没法再继续消化新的内容了。我把信纸塞回素色的信封里，又把它们放回副驾驶座位上的活页夹里，接着发动车子，驶出市区，再度开上乡间小路。我把车窗开着，让微风徐徐吹入，试图理清我刚得知的一切，试图重新从新的角度来看待这个世界。

当我回到梦湖的时候，正好赶上赛舟会，街上人山人海，挤满了车子和游客。有一条路可以绕开梦湖，于是我心血来潮地拐上了靠着排水渠的那条街。艾芙丽的店里客人坐得满满当当，还有不少人站在人行道上等位，手里拿着呼叫器；靠湖边的阳台上传来阵阵说笑声；基根的玻璃工作室里的游客也络绎不绝。

我把车停在梦大师后面的碎石停车场里，没有理会那些“闲人莫入”的牌子。今天梦大师没有营业，周围静悄悄的。我把活页夹塞到座位底下，下了车，锁上车门，按下遥控器的按键，又检查了两次，确认钥匙在我身上。脚下的碎石很粗糙，还散发着一股股热气。我想去看看基根，但我们已经约好周三一起去小教堂看花窗，再说，他现在一定很忙，又要工作，又要带儿子。即使他不忙，可能他也会赖在沙发或是床上，让高高的天花板上的风扇吱呀呀地转着。想到这里，我不禁想象自己也在那里，他或许会转向我，就和多年前我们在那里的时候一样，在废弃的机器间探索着彼此，任由窗外日渐西斜。我被自己吓了一跳，因为这个画面是如此清晰，而我的内心也许渴望事情能这样发展。但我说不清，这到底是我现在的渴望，还是那未完结的过往带来的后遗症。我说的过往，指的不仅仅是和基根之间的往事，也不仅仅是如果当年我没有离开，我们之间会如何发展的假设；我指的，是我那不堪回首的过往，我不停逃离，逃离一个个国家、一份份工作、一个个我爱的人。我踢了踢脚下的碎石，压下了去找基根的念头，转而向梦大师的后门走去。

后门那儿有个卸货台，以前我总觉得那个台子好高，我们小孩子总互相撺掇着从台子上往下跳。那里曾经还有一个冰可乐自动贩卖机，现在已经空了，高高的门半开着。我爬上后门的台阶，自从二十多年前亚特把锁厂卖掉以后，这里的锁就没有换过。我的手提包里一直都放着一根铁丝，我只需要一两分钟就能把锁打开，这儿的锁没什么高科技。果不其然，门应声而开，里面就是仓库。货架上堆满了箱子，光线从玻璃窗和屋顶的天窗上倾泻而入。门在我身后合上。面前的走道非常宽敞，足够叉车畅行无阻，我听到我的脚步声在房间里回荡。

亚特办公室的门开着，我径直走了进去，就像我小时候那样，把这里当成我们的乐园，来去自由。有一次玩捉迷藏的时候，我躲在爸爸办公室的柜子里，躬着身藏于黑暗中，听着远处有人呼唤着我的名字。突然，办公室的门开了，爸爸和亚特一起走了进来。他们俩的语气都很尖锐，我闭上眼睛，想象着他们的话语像刀剑般划破空气。当我再度睁开眼睛时，四周仍是一片黑暗，我很害怕，蜷缩在那个狭小黑暗的空间里，不敢动弹。终于，他们之间的争执结束，亚特的脚步声渐行渐远，而布莱克的哭声从某个地方传来，爸爸骂骂咧咧地出去找他，办公室的门在他身后关上。我这才从柜子里爬了出来，眼睛被房间里刺眼的灯光晃得什么都看不见，双手感觉又刺又麻。

我回到现实，打开了一扇柜子的门——柜子里的架子上摆满了文件、档案和账本——之后又合上柜门。窗边的书架上摆着“登陆”的计划书；亚特的书桌上放了一个文件夹，里面是预估的预算数字。我拿起来，又松开手，文件夹应声落下。办公室里好安静，阳光斜斜地照了进来，在书桌上映出了一个长方形。我回忆起那个午后的场景，心中又生出忧虑与背叛的感觉，我不清楚这样的感觉，到底是源自过去还是来自现在，甚至也不清楚，我是否真的能把过去和现在清楚地割裂开来。

我离开办公室，走到后面的楼梯，爬上位于二楼和三楼的厂区，如今这些地方早已是空空如也，窗户蒙着灰尘，机器也不见踪影。曾经，工人们每天都在这里进进出出，按着各种按钮，制出一个个锁具部件，他们动作娴熟，几乎不用思考；而他们的内心则上演着各色不为人知的故事。梦大师成立于 1919 年，当年我的曾祖父就坐在楼下，现在是亚特办公室的那个房间里，统管着这里的一切。那个时候，玫瑰差不多已经离开了五年。四年之后，他们买下了湖边的那栋房子。六年之后，我祖父出生，爱丽丝也离开了这个家。

我走向那扇可以俯瞰整个镇子的窗户。远处码头边停着很多船只，船上的桅杆上下起伏。老厂房里的空气闷热而又沉静。我在积满灰尘的窗户上写下我名字的缩写，随后又把它们擦掉。停在停车场里的那辆雪佛兰，就像是从另外一个世界飞来的靓丽的鸟儿。我在那里待了好一会儿，从一扇窗前走到另一扇窗前，看着对街翻新的厂房里进进出出的人们，他们笑靥如花，无忧无虑，仿佛在他们之前没有其他时代存在，之后也不会有新的时代出现，仿佛他们对曾经世世代代生活在这片土地上的人们一无所知。

我觉得越来越热，汗水顺着我的脖颈淌下来。我飞快地走下楼，脑子里全是玫瑰，还有被我锁在车里的那些信，以及过去的林林总总。我走到楼梯最下面时，居然差点撞上乔伊，我吓得倒抽一口凉气，双手抱胸；乔伊也和我一样吓得目瞪口呆，一动不动。他穿着短裤和拖鞋，拎着六听装的啤酒，一头金色的头发在阳光下显得更加浅淡。他身后还站着一个年轻的女人。

“你在这里干什么？”他问道。

“我来找布莱克啊。”这倒也不是假话，“门没有锁。”

乔伊摸摸门把：“怪了，今天是星期天吧？我们五点就关门了啊。”

“对，呃，不好意思。我以为布莱克还会留在这里，后来嘛，你懂的，我就一直在回忆我们小时候的那些事情。我们以前经常在这里玩捉迷藏的，记得吗？所以我刚还上楼看了一圈。你来这里干什么？”我问他，这时我已经镇定了一些，胆子也大了。“这位是？”

“是啊，我记得小时候的事。”乔伊没有回答我的问题，“捉迷藏啊，感觉已经是好久好久以前的事了。”

“是很久了。”

“好吧，那我就不耽误你了，露西，你走以后我再检查一下门锁。”

我站在卸货台上，沐浴着炙热的午后日光，听到门在我身后咔哒一声合上。

第十二章

我回到家，家中空无一人，屋子被午后的太阳晒得很热。我太饿了，就直接从冰箱里找东西。我撕下一块块硬面包圈，蘸着香草酸奶吃。冰箱里没有什么其他吃的了，只有一些干瘪的胡萝卜和一磅还没开封的黄油。我狼吞虎咽地吃完，都没尝出吃的是什么味儿，又喝了三杯水。接着，我拿起所有的东西，把那个装满信件的红色活页夹放在最上面，往阁楼走去。我把文件堆在靠窗的座位上，推开窗，微风拂过，纸张轻颤。我已经翻遍了整个阁楼，试图找出更多有用的东西，但却一无所获，只找到两枚白色的纽扣和一把小剪刀。但我还是想在这里看这些信，因为至少这里还有玫瑰存在过的痕迹。

一共有七个不同大小、不同颜色的信封。有些是邮寄的，剩下的信封上都写有爱丽丝的名字，字迹一看就是玫瑰的。最上面的一封是寄给玫瑰的，收信地址是纽约市，上面的邮戳已经模糊不清。白色的信纸很厚实，一面很光滑，一面则有很多小细孔，墨迹都洇了开来，有些字母已经显示不清。看得出来，写信的人下笔很重，字迹略显笨拙。当我摊开这页信纸时，一缕用绳子系着的浅棕色头发掉了出来。

1914 年 10 月 17 日

亲爱的玫瑰，

整个星期，我都在农场里工作。我回到镇上的时候，看到你的信躺在银色的盘子里。没有人说起你，也没有人提起你的名字。知道你平安，我很高兴。

爱丽丝很好，你知道了一定很高兴。我剪了一缕她的头发给你。当时她正在门廊那玩，把从湖边捡来的鹅卵石按从小到大的顺序排好。她还用鹅卵石摆出了几个字母：R、I、S。我想科拉已经在教她如何拼写了吧。她很聪明。我只希望她的聪明才智能比你的才智更能给她自己带来幸福。

你拿到了那五美金，我很欣慰。如果可以的话，我会寄更多的钱给你。记得保持联系啊。艾莉奥特太太像个没事人儿一样上门来，我可不觉得她能算得上是你的朋友。

爱你的哥哥，约瑟夫

我任由信纸滑落在我的腿上，转头盯着窗外的梦湖，暮色下的它是那么平静、深邃和蔚蓝。我曾祖父写的这封短信，几乎比玫瑰的那些长信还让我惊讶。他曾经就住在这里，在这个阁楼上工作。或许，他也曾停下手边的工作，擦拭滑落的汗水，和我现在一样，凝视着变幻莫测的梦湖。在梦大师里，亚特办公桌的对面墙上，挂着曾祖父的相片。虽然约瑟夫·亚特·贾勒特在我出生前就已经过世很久了，但在我的成长过程中，脑海里一直有他的形象：一个成功自信的中年人，精通他所研究的任何东西；至于其他的，则都来自于我的想象和道听途说的故事。而这封信的语调，则和我心目中的曾祖父形象大相径庭，就像玫瑰的故事也和我们从小到大听到的家族故事完全不同。他似乎很体贴，还寄了爱丽丝的一缕头发，但同时他似乎也有点严厉，喜欢评判人。

我把信纸重新折叠起来，连同那缕头发一起放回信封里。我想起在玫瑰的第一封信里，提到过她女儿像蒲公英般的头发。第二封信又是写给爱丽丝的。我打开信封，里面有好几张素色信纸，信纸很薄，上面原本黑色的字迹已经淡化成褐色，字体倾斜有力，落笔果断。这封信上没有日期，后面几页信纸上的墨迹慢慢变淡，之后又变深，看起来，这封信像是分了好几天写的。

亲爱的爱丽丝，

我到站了，站台上人来人往，但是没有人来接我。我在站台上等了好久，但是一直没有人来。最后，我找了张长椅坐下。候车厅很宽敞，中间还有一个大钟。我有地址，但是之前说好他们会来接我，所以我不知道该怎么办。我不能哭。不管我心里有多么慌张，我都得表现得镇定一些。所以，我还是写信吧。

已经很晚了，火车站里很冷，所以我穿上了外套。

我想着你温暖而又安全地裹在我给你织的毯子里。我希望艾莉奥特太太把那块毯子交给了科拉，那么你就能温暖而又舒适地裹着它睡。去年整个冬天，我都在织这条毯子，每个晚上都在冰冷的阁楼里不停地织。对街艾莉奥特太太家的灯总是熄得很晚，算是给了我一个陪伴吧。艾莉奥特太太是一名女权主义者，什么话都敢说。每次有她在场的时候，其他的女士总是很安静。而一旦她不在的时候，有些人就会窃窃私语，说她过于极端。科拉把艾莉奥特太太留下的那些小册子都扔了出去，但我把它们从垃圾箱里捡回来，拿回我们的房间看。那些小册子激起了我很多想法，像火焰般在我心中燃烧。后来，每当艾莉奥特太太讲话的时候，我都待在那里，虽然我很想跳起来表示赞成，但我还是努力保持镇定自若的样子。我想，那些来喝下午茶的女士的生活都很有保障，所以她们不能理解。因为她们生活安定，所以她们眼中的世界也是一片祥和。但我眼中的世界却并非如此，所以，对我而言，艾莉奥特太太的话就像一盏盏明灯。

一个小时过去了。我有点累了，但是我还是继续写着，这是唯一让我觉得安全的方式。刚才我停下笔的时候，便有个男人在我身边坐下，挤眉弄眼地邀请我去他家和他睡。我怒不可遏，而他只是无所谓地耸了耸肩。

我还没有这么走投无路吧。至少现在还没有。

我从来没想要成为笑柄，我并不想在这样一个陌生的地方孤立无援。

已经快半夜了，我坐在那里一动不动。我眯了一会儿，做了一个梦，梦里看到你爸爸消失在钟楼里，就像那银色鬼魅；而我，则不停地往上爬啊爬，永远都看不到尽头。

他就在那个老修道院的废墟中吻了我，那一刻如同梦境，和我其他的美梦缠绕在一起，就像是我渴望却永远无法得到的东西。他的笑声在我心头萦绕。他说的没错：我可以帮教区长或是主教清洗、修补祭坛上的垫布；但是，无论我多么热爱教会、敬爱上帝，我都没有机会拿圣餐酒，献祝酒词，或是为信徒们奉上圣餐酒。只要是女人都不可以。即便是穿着丝绸的温德姆夫人也不可以。我越想越气愤，愤怒几乎吞噬了我内心很大的一部分。如果说教会的这些规定贬低了我的人权，那么也许这些规定就不适用于我。我现在知道，以前的我有多么愚蠢。规定原本就属于那些制定规定的人。那时的我太傻、太年轻了。我日复一日在农场里工作，洗洗刷刷、缝缝补补，皮肤晒成了棕色。我不停干活，而即使心中充满愤懑，我仍记得那个吻。那个吻就像花朵绽放般美好，同时也让我迷惘。有时候，我会用手遮着太阳，看着他的汽车在树后飞闪而过。

彗星来的那晚，我十五岁。房间里的窗户都被封住了，我们很害怕，周围非常安静。大家都睡了，但我睡不着。一丝银色的光透过挂在窗户上的那块羊毛织物底下探了进来，之前用羊毛织物封窗户的时候我特意没有封紧。过了很久，我下了床，在黑暗中摸索着走到窗边。我打开窗，新鲜的空气扑面而来，带着水汽和泥土的气息。

我爬上屋顶，抬头望向天空，天穹上的彗星拖着长长的光，珠宝般熠熠生辉。我听到有人说话的声音，是约瑟夫和另外一个人。我犹豫了一下，我的头发披散着，身上穿着随便抓来的一条旧裙子，还光着脚。接着，我便纵身一跳，跳进了花园里。当约瑟夫看到我的时候，他很生气，压低了声音说道：

“你不能来，玫瑰，你回去睡觉。”

“可我也想看彗星。”

“没人叫你一起来啊。”

“没关系。”杰弗里说道。他站在灌木丛边，刚才我就听到了他的声音，但没看到他。这会儿他一开口，我便看到了他。他拿着一副铜质的望远镜。“如果玫瑰想去，就让她一起去吧，那样至少村子里就会有三个人没有屈服于大家歇斯底里的行为吧。”

“屈服”，这么多年来，我一直记着这个词。我在艾莉奥特太太的词典里查过这个词，意思是屈从、服从。

约瑟夫没有回答。他没有办法反驳，因为杰弗里是温德姆家族的人。但他一直和杰弗里并肩走在我前面，假装我根本不存在。

我想我一辈子都会记得那一晚，和那晚的光。那晚是新月，所以夜空按理应该很暗。然而那晚的泥路、屋顶和树木都隐隐发亮，像上了一层霜。我们在教堂塔楼的屋顶上找到了彗星，它的头部形状像铅笔尖，色泽莹白，在黑暗里像一块橡皮擦。它的尾部则像散开的缕缕发丝。

杰弗里打开望远镜，我们轮流看。村子在我们脚下熟睡，一股兴奋感贯穿了我的全身。

轮到我的时候，我透过镜片找到了彗星，心里想，我们看到的都是同一片天空，无论是在这里，还是在印度，或是在美国，都是同一片天空，同一个月亮，同样的星星。而在这一个夜晚，所有的一切都笼上了这层狂野的光芒。我感觉世界仿佛在旋转，改变即将破茧而出。我不要再整日缝缝补补，不要再在母鸡身下捡一个个鸡蛋，也不想再筑起一道道墙，挡住我深深的渴望。我想去上学，去旅游，去冒险，成为一名牧师，或是任何我想成为的那个人，我要为我自己最真实的本性代言。

我不知道我们在那被诅咒的光下站了多久，我们就这样一直看着彗星，直到鸟儿开始在黑漆漆的树林里歌唱。

杰弗里收起望远镜，看着约瑟夫说道："乔伊，你先走吧，我送她回家。"

"我和你们一起走。"约瑟夫说。

"不必了。"杰弗里冷冷地打发了他。

这块地是温德姆家族所有，我们家的小木屋都是他们的。约瑟夫在原地站了好一会儿，眼神如天空般幽黑，最后，他一拳打在墙上，走下了楼梯。

我没有办法反驳。我和约瑟夫一样无权无势。愤怒和渴望在我的内心交织。我就像一只小鸟，虽然看到树丛中有一只猫，但依然无法抵挡花朵的艳丽。我们一起走下楼梯，一圈又一圈，起初，我以为不会有什么事发生，我们就会那样一直走到楼下，他会遵守承诺，在彗星的光亮下，送我回家。

可是，当我们走到最下面一层时，他抓住了我的胳膊，把我拉进了有着长长的窗户的钟楼里。

那是第一次，他没有碰我，只是让我站在微亮的光线下，他说那样他才能看清我。他让我脱掉那条旧裙子，他说他只想看看。我的泪水在眼眶里打转，犹豫了很久之后我还是照做了。那次他遵守了他的承诺，他绕着我打转，口中轻轻念着，哦，我的美人儿。他没有碰我。我穿上裙子的时候手指都在打战。

当我迈出钟楼的时候，黑暗中的万物开始慢慢显现出了轮廓。约瑟夫在那里等我，我们没有说话，沉默着一路走回家。

那整个夏天，我没有主动找过他，但他却一直能找到我——空地上，小溪边，路尽头落满灰尘的谷仓里。每一次他都会说，哦，我的美人儿，总有一天我要娶你。我相信了他。如今我明白了，那个时候的我一无所知。虽然每一次，我的心都很痛，但我一直告诉自己，我就是那个童话里的公主，被人从银色的马车里扶出来，在塔楼里解开我的长发。后来，当艾莉奥特太太谈起女权的时候，想起当年的我是那么草率地对待自己，没有认真想过，那样做以后，我那唯一的生命会变得如何，我的脸颊便会发烫。可当年的我，是那么年轻，也没有力量，只得相信这就是我无法质疑的命运。

这时，我的手机响了，我吓了一跳，手里的信纸掉到了地上。我伸手在包里翻着我的手机，好不容易找到了，铃声却已经不响了。是吉隆打来的，这个时候，他那儿应该是周一的早上，还很早，他一定是已经到了办公室，准备开始第一天的会议。我按下回拨键，一边站起身来活动活动，在狭小的阁楼间里走一走。外面的梦湖如镜子般平静，泛着银色的光。

电话响第二声的时候吉隆便接了起来。“嘿，你在哪儿呢？”我问道。

“在酒店的阳台上，看着下面的马路，好多车。你呢？”

“我在我家的阁楼上，看着湖上的船。吉隆，我找到玫瑰的信了哦。我正在看。”

“怎么样？”

“很好看，很有感染力。我还不知道完整的故事呢，好希望你在这里哦。”我说。虽然老实说，我的注意力全部都在玫瑰的信上，几乎没有想过吉隆。

“是啊，为什么我不能在那里呢？”吉隆附和道，“为什么我必须得在这里，而不是在那里，和你一起看着船儿在湖上漂呢？”

“再有几天就可以了。你那里情况都还好吗？”

"不想去开会。其他的嘛，都还行吧。好了，我得挂了，不过三个小时后会有休息时间，到时候你能不能再给我打一个？我们可以用Skype。到时候我再告诉你我这边的情况。"

"好啊，太好了，那我等到你那边快中午的时候打给你。"我说。

"你还好吗？听上去有点情绪低落啊。"吉隆问。

"没什么，只是有些分神了，因为玫瑰的那些信吧。"我回答道。

挂了电话之后，我看到柔依给我留了三条信息，但我实在是很想继续看玫瑰的信，所以我没有打给她，把电话扔回包里，捡起掉在灰扑扑的地上的信纸。我又扫了几眼刚刚读的最后几段话，那个改变了一切的彗星之夜，他追逐了她一整个夏天，她指责自己，即使她没有其他选择。我找到刚刚被打断的地方，重新往下读。

后来，他出去度假，一切就那样结束了。我站在田里，看着他的那辆银魅开过。我的朋友们正在割草，他们说我的脸色看起来很苍白。他们让我坐下，给我拿来几串红色的葡萄。葡萄好甜，还把我的手指染成了红色。这是葡萄的血。我不断想起《以赛亚书》里的诗句：葡萄的血是对不公的控诉。

最后，我还是告诉了约瑟夫。温德姆一家已经度假回来了。约瑟夫一脸严肃地走向他们的庄园大宅。

我在外面等，等杰弗里出来。我就进去过一次，那里面的天花板好高，家具好漂亮，仆人们都在忙着擦地板，做饭，把饭菜盛在银色的盘子里。我很快就会知道，住在那里面是什么滋味了，我很快就会在里面成天喝柠檬水、吃巧克力了。

现在我明白，当时的我太年轻了。但是他承诺过他会娶我。我很确信他会娶我，所以当约瑟夫一个人出来时，我几乎不明白他在说什么。他手里拿着一个信封，嘴上说着什么我们两个可以一起开创新的生活。他说我们可以一起去美国，重新生活，没有人会知道，我们可以彼此扶持，开创崭新的生活。

他拿着厚厚一沓钞票，是去美国的通行证。我摸了摸那沓钞票，往后退了一步。

“可是他说过会娶我。”

“别傻了。他能给你这笔钱，让你重新开始生活，你就该偷笑了。”

“重新开始我的生活？”

“一个新的开始，是的。”

我想起在树丛间一闪而过的银色汽车，想起修道院废墟里散落的石头，想起彗星。

“可是他说过会娶我，他保证过的。”

“我像个乞丐一样去找他，”约瑟夫说，“至少你可以表现得有点感激之情吧。”

这时我想了起来。我想起来，约瑟夫在床后面的石膏墙里，藏着他辛苦积攒的几个铜板，是他为了他的美国梦而攒下的钱。我曾经看到他拿出铜板，如珍宝般把它们捧在手心里。我看过他的渴求。

“现在你可以实现你的梦想了。”我说。

他很久都没有开口。

“你不能一个人去美国。”他终于开口说道。

“我根本不想去美国。”

也许就是在这一刻，随着我的话语飘进暮色里，我才意识到自己有多渺小。田野另一端矗立着的庄园大宅就像是一艘大船，里面灯火辉煌，杰弗里正大声笑着，抖开他的餐巾，坐下来享用他的晚餐。

“那我自己去找他，”我说道，“我现在就去，踏上那上面的台阶，一直等到他出来见我为止。”

可约瑟夫接下来说的话，就像岩石般冷酷。

“他说他根本不认识你，玫瑰，就算你去找他，他也还是会那样说的。”

“可是他给了你钱，不是吗？我就说这是证据啊。”

约瑟夫抓住我的胳膊，把我转过来面对着他。

“谁会相信你啊？难道大家会信你不信他吗？”

“可是我说的是实话！”

“这不重要。”

“你是怕我说出来，你就没有希望了。”

“是，我是会没有希望，可是，玫瑰，难道你不明白吗？如果你说出来，那么就连你自己也没希望了啊。”

于是我便和他一起回家了。

我浑浑噩噩地过着日子，看着自己洗洗刷刷、缝缝补补，仿佛灵魂已脱离了身体的躯壳。我再也没有见过你的父亲。我们听说他去了印度，他们去教堂的时候还会为他祈祷。

我们离开的前一晚，我偷偷溜出门，走过葡萄园，又穿过果园。月光透过树叶，在我的肌肤上投下斑驳的光影图案。那时是10月，还有些清冷，落叶在我脚下沙沙作响。我爬到山顶，回头眺望。庄园矗立在村子的边缘，轮廓隐约可见，看上去遥远而又冷漠。

我和约瑟夫一样，知道怎么把教堂那扇木门上的锁打开，金属会用它自己的语言向我低语。一排排长椅静静地隐匿在一片阴影中，高高的拱窗透进微弱的亮光。我给这里的每一张长椅抛过光，打扫过每一个角落，缝补过祭坛上的白色桌布。我在那张铺着天鹅绒布的主教座椅上坐了下来。以前在这里的时候，我常会感受到一股未知的力量，静谧无形却又真实存在的力量 。但在那一个晚上，我的内心除了痛苦，什么都感受不到。

我在那里待了很久。光线渐渐洒进教堂。玻璃花窗开始变得栩栩如生。圣餐用的酒杯和盘子的轮廓也渐渐清晰，两个银色的圆形，一大一小，像是遥远的行星。我整理过祭坛很多次，所以知道它们下面刻着的字："温德姆家族敬赠。"我站起身，拿起圣餐杯，掂在手里沉甸甸的。我的手指拂过那些刻在银质杯底上的字。他给了我一条离开的路，可是除此之外却什么都没有了，而且什么都没有留给我们的孩子，什么也没留给你。微弱的光映在圣餐杯的银质边缘。这个杯子对他们而言无足轻重吧，我对自己说，他们再换一个就行了。就这样，我又犯了一个错误，把圣餐杯塞入我的围裙里，走出教堂的大门。

这封信写到这里戛然而止，没有落款，也没有画玫瑰花。我靠在靠窗的椅背上，由于看信看得太投入，我甚至都没有注意到天色已经渐暗，太阳开始没入梦湖对岸，空气中有着一股微弱的寒气。我把所有的文件都收好，拿到我楼下的房间里，把它们一一摊在地板上：一沓是玫瑰的信，一沓是约瑟夫的，还有一沓是复印的资料和阁楼里找到的那些文件。

玫瑰的这封信深深地打动了我，我没有急着打开另一封信，而是把这封信又读了一遍。我想象着暮色里的她，站在庄园大宅子外，默默地等待，屋里进行的谈判将决定她的人生，而她却无权参与其中。我又想象着她在教堂里孤独无依的样子，手里拿着沉甸甸的圣餐杯。这让我回忆起，我爸爸刚过世的那会儿，我也是那样六神无主。我也想起了基根家里的那扇约瑟夫花窗，那个藏在谷堆里的圣餐杯和周围那群不知名的女子，我试图理清这些和玫瑰所写的信之间的关系。之前，出于好奇，我查过约瑟夫还有那个彩衣的故事。当年，约瑟夫的兄弟们因为妒忌约瑟夫，就把他扔进了大坑里。最后约瑟夫流落到了埃及，帮人释梦为生。后来，发生了大饥荒，把约瑟夫扔进大坑的兄弟们没有认出约瑟夫来，还向他讨要食物。约瑟夫给了他们粮食，但同时他也略施小计，把他占卜用的圣餐杯也放进了谷物里。当他的兄弟们来归还圣餐杯时，他指控他们偷窃。我觉得这个故事很有意思，便又读了圣杯的故事。这两个故事的框架很接近，都是关于不和、饥荒、寻求治愈之道，也都和一个银杯或是银碗有关。

我忽然意识到，也许那扇窗的内涵颇具私人意味吧，其实玫瑰也是遭到放逐，在一个陌生的国家开始新的生活，之后又因为某种丑闻再次遭到放逐，被迫离开她的女儿。也许，这就是为什么这扇花窗一直没有安装起来的原因吧。我无法确切知道，她如何在这个故事里定位她自己，也不了解她想通过这个故事表达些什么，也许她只是喜欢那个圣餐杯吧。我想知道玫瑰拿走的那个圣餐杯后来怎么样了，也想知道玫瑰之后的遭遇。

我打开了接下来的一封信，上面的日期是 1938 年 4 月 11 日。是弗兰克·韦斯特鲁姆写给玫瑰的。

我亲爱的玫瑰，

花窗的进展非常不错，唯一让我觉得遗憾的是，你没法亲自来这里看。亲爱的，我想你一定会喜欢它们的。你提到的参考《圣经》中那些章节的建议，我都采纳了，而且花窗的饰边以及构图都直接采用了你的设计。昨天尼莉娅来了，她高度评价了我们所做的一切，称赞它是杰作。我自认为它还算不上什么杰作，但的确给我带来了无比的喜悦。这份喜悦来自这些年来，与你共事的分分秒秒，以及我们这次终极的冒险，它是如此贴近我俩的内心。这份喜悦同样也来自于创作这些玻璃的过程——那些在玻璃工作室里吹制、塑形、切割和镶嵌的日日夜夜。玫瑰，你提供的那些样板很漂亮，花窗也是。除非你康复能回家了，不然我三十号就会过去看你。寄上我对你所有的爱。

弗兰克

找到了——这就是证据。玫瑰认识弗兰克，而且她不仅设计了花窗的饰边，还参与了花窗的设计。而且，这封信的语气亲昵，语调温暖，我几乎可以断定他们是相爱的情侣。不知道奥利弗知道了这件事后会作何感想。总有一天，我得把这封信拿给他看，但一想到这，我又觉得很不安。我猜他一定不会乐意他悉心撰写的历史就这样被推翻吧。而至于我自己，则庆幸那个在火车站困顿不堪的玫瑰，最终也安然无恙地生活了下来。

之后一封信和之前约瑟夫寄来的第一封一样，用的是同样的厚信纸，字迹也是约瑟夫的。上面的邮戳日期是 1915 年 3 月 24 日。

亲爱的玫瑰，

我们昨天在谷仓的屋顶干活。阳光明媚，不过风很大。我们在给屋顶铺新瓦，快结束的时候，杰西从屋顶上摔了下来。我听到他叫了一声，之后便摔在了地上。谷仓很高，而他又是后背着地。我们不知道之后会怎么样，但今晚他一点儿都动弹不得。

你的哥哥约瑟夫

接下来的一封信用的还是同样的信纸，时间是两个多月之后。

1915 年 5 月 25 日

亲爱的玫瑰，

很遗憾地告诉你，我们的表兄杰西过世了。自从上次从屋顶摔下来之后，他的情况一直不大好，现在他的苦痛总算是到头了。科拉最近不大想有人来家里，所以你回来的事得先缓一下，等等再来吧。给你寄了一张画，是爱丽丝画的花园里的花。

约瑟夫

我又查看了下信封，但没发现有什么画。也许在玫瑰离开火车站以后，就把那幅画挂在她之后的住所了吧。

这时，我听见车子开进车道的声音，我站起来，望向窗外。夏天的黄昏，时间缓缓流淌，湖岸在紫罗兰般的暮色下闪着点点的微光。安迪的车灯打着白色的光，照在仓库破旧的墙上，妈妈从车里走了下来。几分钟之后，她上了楼，站在楼梯口，没有受伤的那只手里拎着一袋外带食物。

“真想把这个石膏给扔了。”妈妈说，“饿了吧？”

“饿死啦。”

妈妈往地上一坐，把几个盒子摊开来，又递给我一个盘子。

“我们不可以在卧室里吃东西的哟。”我提醒她。

她笑了，一边把身体往后挪，靠在墙上，伸出手拿离她最近的盒子里的吃的，房间里顿时飘满了宫保鸡丁的香味。

“我是越来越懒了，”她说，“越来越坦白地颓废了。晚上我都懒得做饭，大概是没兴趣了吧。”她指了指吃的继续说道，“这家餐馆是安迪推荐的，这个星期有一天中午，我们在那里吃午饭，觉得很好吃。所以今天就去那儿点了些外卖带回来。”

过了很久我才接话道：“他人看上去很好啊。”但我说得很蹩脚，也回答得太慢太少了。

“是啊，他是很好。”妈妈的语气听上去有些冷淡。“你知道吗，我不需要你或者你弟同意。你们都快把我弄疯了。要是我也像你们这样，打探你们的私生活的话，你们早就跳脚抗议了。”

我不知道布莱克说了安迪什么，但这次我学乖了，没有问。过了一两分钟，妈妈问道：“你发现了什么？看上去好像发现了宝藏？”

“是找到了宝藏。这些都是玫瑰写的信，还有写给玫瑰的信。有些是玫瑰的哥哥写给她的，就是著名的约瑟夫·亚特·贾勒特。我在拉斐特历史协会里找到的，琼·罗瑞捐赠出去的那些箱子最终送到了那个协会。他们关门比较早，所以我就干脆把整个文件夹都放包里了。”

“露西！你偷了这些信啊？”

“不算偷吧，我借借嘛。不过说实在的，我真心感觉，这些信应该是属于我们的，或者说，是爱丽丝的。”我想起信中夹的那缕头发，继续说道，“其实感觉就是爱丽丝的信。你说她有没有可能还活着？”

“有可能吧。即使她还活着，也应该上年纪了，该有九十多了。”妈妈把一个餐盒放在地上，筷子架在餐盒中间。她接过我递给她的信，很快把它们看了一遍，边看边摇头，看完之后，她松开手，任由信纸飘落到她腿上，说道，“这些实在是太惊人了。”

“是吧，我已经看了好几个钟头了。”

她用手指捋捋短发，问道：“还有其他的信吗？”

“还有一封。我这儿就这么多了，也许最后一个箱子里还有其他的信，但是我没来得及看。”我从活页夹里拿出最后一封信，一个简洁的方形白色信封，收信人是爱丽丝，写于1914年10月12日，写在黄色带横条的信纸上。我大声念了出来。

亲爱的爱丽丝，

我到了，一切平安。这里是一个阁楼，淡黄色的墙纸上印着绿色的图案。房间的地板是深灰色的，还有一个白色的水壶和洗脸盆，一张小床，上面盖着白色的床罩。对我来说，有这些就已经足够了。

他们没有来接我，我有地址，于是便一边问路一边找。这个地方听上去离火车站不远，但其实还是蛮远的。他们说大概要走三英里，最好坐马车，但我还是走着去的。背包好沉，我一度以为我的手指头都要断掉了。不过比起到达目的地的感觉，我还是更喜欢走路这个过程。到了，我在台阶上站了好久，努力鼓起勇气，再三检查地址没有错，这才按了门铃。

她的名字叫薇薇安，是艾莉奥特太太的妹妹。她打开门的时候，还在一边笑，一边和她身后的某人说话。当她看到我的时候，表情顿时变得严肃起来。她的皮肤很白，没有雀斑，头发是橡木的颜色，棕中带红，还夹着几缕灰色，整齐地在脑后梳成一个发髻。她穿了一条裙子，但里面还穿着一条柔软、有垂感的长裤，除此之外，她和艾莉奥特太太一点儿都不像。

我把信递给她。

她瞪圆了眼睛，说道："你早到了一天，而且看上去还这么苍白！进来，快进来！"

于是我就在这里安顿下来了。这个房子和其他房子很不同，非常朴素，几乎没什么家具，也没有铺地毯。每面墙上都挂着画，到处都是书。薇薇安带我来到厨房，那里有一个男人和一个女人，休伯特和简，正在整理文件。她找了地方让我坐下后，便开始忙东忙西的。休伯特给我倒了杯喝的，简说这是胡闹，她说我还是个女孩儿。可薇薇安说我可不只是一个女孩儿，说我不得不离开了我的孩子。她说如果我想喝酒的话就给我倒点酒。接着，她在我面前摆了一盘牛肉、一小块鸡蛋三明治和一杯热牛奶。我想吃得慢一些，但却控制不住自己狼吞虎咽。他们只是用和蔼的眼神看着我。等我吃完以后，薇薇安就带我来到这间屋子，接着，我就睡了一整天。

这栋房子没什么家具，但却总是挤满了人。他们来来去去，经常在一起开会、吃晚饭、热烈讨论。有些人甚至不敲门就径直走进来。至于他们的言论呢，这么说吧，艾莉奥特太太和他们比起来算是温和的了。

晚餐桌上，大家总是讨论得很热烈，而我总是安静地坐在一旁。他们对我如何来到这里的故事很感兴趣，所以我就讲给他们听。我告诉他们，刚开始的时候，艾莉奥特太太上门来谈论女权问题和她在华盛顿参加大游行的事，我总是站在走廊里听她讲。后来，她在家里举行那些沙龙时，我就会偷偷溜到她家去听。科拉警告过我不要去，但我还是去了，我尽量保持低调，因为我的处境原本就很不利了；他们答应让我来美国时，并不知道我肚子里怀了你。他们可怜我，因为他们以为我是个寡妇。

艾莉奥特太太组织梦湖地区游行的那天，我正在院子里干活。一开始，我听到有人唱歌，接着便看到了好多好多女人，估计得有三百个吧。她们的歌声响彻四周，我不由得放下了手中的大剪刀，脱掉手套，把手指一个个抽出来。那个时候，你正在楼上睡觉，科拉在走廊，叫我不要去。可是那个时候我的内心很激动，于是我没有理会她的警告，走出大门，加入到那个队伍里，和她们一起游行，放声歌唱。

我们一路游行到市区，来到公园。公园里有一张大桌子，有几个女人正在散发关于选举权和其他各种传单，其中有一份传单我之前就见过，还保存了起来，叫“每个女孩子都该知道”。但这个版本的传单上，标题以下却是空白的，只盖了黑色的章，大字，写着：“什么都不该知道！已遭邮局查封。”我站在桌边听演说的时候，一个警官突然出现，抓住了我的胳膊，给我铐上了手铐，我吓坏了。不过艾莉奥特太太也被抓了，同时被抓的还有几十个女人。我们在监狱里的硬长凳上过了一夜，讲故事、唱歌。他们没有给我们吃东西，只是在第二天早上给我们喝了点水，到了中午，我们所有人的怒火都开始上升，于是我们决定我们不应该这么示弱。后来，他们送了午饭来，但我们不吃！晚饭也是，我们原封不动地给退了回去。我们宣布绝食抗议，报纸也报道了这件事。

约瑟夫来探望过我，他给我带了吃的，但是他很生气。他说我应该理智点，应该负责任，就算不是为了我自己，也应该为你考虑。我告诉他，我之所以在监狱里，就是希望有一天，你会过得更好。听我这么说后，约瑟夫的火气稍微小了一点，因为他也爱你，他说你和科拉在一起很安全，不过科拉也很生我的气。听他这么说，我心里稍微好受了一些。

我们绝食抗议了三天。放出来的时候，我们互相拥抱，之后便各自回到自己原先的生活。我一路走回家，等不及想把你抱在怀里。

可是，当我回到家以后，却发现大门紧锁，我按了门铃，又拍打大门，但都没有人答应。

后门也锁了，连窗户和地窖的门都上了锁。

他们走了，可我却不知道他们去了哪里，他们把你一起带走了。

我不知道该怎么办。我坐在门廊上，又饿又伤心，欲哭无泪。

最后还是艾莉奥特太太收留了我。科拉和杰西拒绝让我回去，他们说我给他们家蒙羞，他们不再欢迎我了。

所以我只得千里迢迢地来到这里，和一群陌生人一起生活。之前艾莉奥特太太说，我可以先在城里找到工作，攒够钱，再把你带出来。但当我把这些告诉薇薇安时，她却不敢置信地摇着头，说她的姐妹真是个无药可救的浪漫主义者，难道她以为，工作就像苹果那样长在树上，唾手可得吗？

薇薇安问我会做些什么，我告诉她我会缝纫。一整个冬天，我都在帮科拉干这个，你在我脚边玩，我帮她赶出最好的天鹅绒和丝绸。有时候，因为长时间弯着腰做针线活儿，我走出房间的时候已经筋疲力尽，感觉脑袋里塞满了棉花，两只眼睛也火烧火燎地疼。但和擦地板、洗衣服比起来，这已经算是轻松点的活了，而且还可以把你带在身边。

“那他们付你多少钱？”

“他们给我们东西吃。”

薇薇安往椅背上一靠，憎恶地在空中挥了挥手。

“我手艺很好。”

“对，我相信你的针线活是最好的。”

我的脸涨得通红，因为我听出来她是在嘲讽我，但我不明白为什么。

薇薇安又瞥了我一眼，但眼神和善了一些。“你别介意啊，我的意思是，每天都有好多人来这里，我看着他们一个个拖着行李从船上下来，然后，又看着他们一个个从工厂里出来。除了去那些工厂，她们根本找不到其他工作，于是只能任由工厂把她们招进去，再把她们榨干。我再碰到她们的时候，她们都已经病了。我是一名护士，所以我大概变得有些愤世嫉俗吧。可是相信我，你是不会想要在那些工厂里工作的。”

“那你喜欢你的工作吗？”我问道。

她思考了一会儿，回答道：“不喜欢。我想尽可能帮人减轻痛苦，但却往往不能如愿以偿。不过我能自己挣钱，很自由，这一点是我喜欢的。”说到这里，她看了看我，问道：“你有护理经验吗？”我说我没有。

“在船上的时候，我感觉很自由。”我想起我们漂洋过海的那次经历。

她点了点头。“是啊，在船上的时候，你不属于任何地方。”她沉默了一会儿继续说道，“但现在，既然你要待在这里，我们就得想好接下来的打算。”

楼下，人们来来去去，他们交谈和辩论的声音拍打着我的房门。有时，我会加入他们的谈话；有时，我就一个人待在房间里，睡觉，看书，或者写点东西。我想象不出我的将来会是什么样子。

“让我看看。”妈妈说。我把信递给她，然后在阁楼里找到的那堆文件中翻找，终于找到了玫瑰在信里提到的那张传单。就是这张传单，让我开始了对这一切的调查。传单的质地已经变得很薄脆，上面写满了密密麻麻的字，讲述人体的基本构造。传单里还夹着一张便条，记录了玫瑰惊惶而又热情洋溢的思绪。这篇文章的内容简单直接，不知道科拉有没有看过这些小册子，或者她觉得这些惊世骇俗，根本读不下去。玫瑰从蛋壳和咖啡渣里找出了这些小册子；也许当时她匆匆赶去纽约的时候，没来得及把这些带走；也许在他们从市区搬到这栋湖边的房子之后，科拉才找到这些册子，于是便把它们塞在窗边的座椅之下——所谓眼不见为净。

我和妈妈又坐了几个小时，翻看着这些信和文件，试图理清事件的时间顺序。妈妈去睡觉之后，我又熬了几个小时，把所有的人名和事件日期在卡片上写下来，然后把它们一堆堆分好。我趴在床上，手支着下巴，那些事在我脑海里不停翻转。我闭上眼，心想我不要睡着，就闭目养神休息一会儿。

梦里，我踏上了玫瑰的征程，下了火车，迈进一个陌生的城市。我走啊走，路过每一栋房子时，我都会停下来，但那些人家要不就是大门紧闭，要不就是不认识我，不知道我是谁。我每做一件事，内心都很惊慌失措。我一把行李放下，行李便消失了。我走啊走，一直走到一个公园，梦里是春天，树上发了新芽。公园里已经聚集了一群人，但都被齐腰高的金属路障拦着。我想看到某些东西，似乎所有人都在想看到什么东西，但无论我如何伸长脖子，或是调整位置，都被前方的人群挡住了视线，什么都看不到。旁边的一个人问我叫什么名字，我告诉了她，她显得很吃惊。*我有东西要给你*，她说，一边在钱包里摸索着什么。*我已经保存很久很久了，一定是你丢的*。她拿出一个钱包，递给我。我在钱包里找到了好多证件，所有能证明我身份的证件都在里面。我找了很久了。*你在哪儿找到的？*我问。*就在这里，在纪念馆里找到的*。她回答。我抬起头，发现我们就在纪念馆里，所有的墙上都挂满了画，窗户镶着花窗玻璃。而当我凝神细看时，花窗里的人物居然鲜活起来，美丽而又全身散发着光芒的男人和女人从花窗里走了出来，踏进了房间里。我小心翼翼地挪动着，因为所有的一切，所有的人，都显得那么脆弱。当我快挪到门口时，我醒了。

我坐起身，揉揉脖子，梦里的不安流淌进了这个静谧的早晨。房间的地上散落着信纸和文件，灯还亮着。这时我才想起来，我昨晚答应了吉隆要给他打电话，结果我把这事儿忘得一干二净。

现在是那里的傍晚，我通过 Skype 给他打电话，他立刻接了起来。他的脸出现在屏幕上，表情看起来有点担心，又有些生气。他原本就有些不开心，因为他的航班被取消了，所以他得重新计划他的整个行程。然后他又联系不上我，就有些担心，而这会儿担忧则变成了愤怒，爆发了出来。我们吵了起来，一边是我坐在童年时代的床上，一边是吉隆在千里之外的雅加达的酒店里。

“也许我不该去你那儿。”他最后说道，“如果我去了就是这个样子的话。”

“不，吉隆，来吧。我想要你来。”

“感觉好奇怪啊，露西，我感觉你好像已经离开不止一个星期了。”

才一个星期吗？我算了一下，真的，但这一个星期里发生了好多事，感觉好像已经过了很久了。“等你到了这里以后，就不会有这种感觉了。”我说。

“到底是什么重要的事，让你忘了打电话给我？”

“也没什么大不了的。”我瞥了一眼散在地上的那些卡片，说，“不过就是些关于我家族历史的事儿。你来了以后我再跟你细说。”

“你还好吗？你看起来气色很差。”他说。

“是吗？”我看着散落在地上的那些文件，上面标满了日期和事件。我在想，是不是在这么短的时间里，我就已经变得，变得连吉隆都觉得我陌生了。“我刚醒，”我解释道，“刚才研究到一半的时候，我就睡着了，大概是昨天太累了。”

“我也很累。昨天联系不上你的时候，我真的很担心。你在研究什么？”

于是我和他讲了玫瑰、爱丽丝，还有那些信的事，但我还有些迷糊，所以讲出来的故事既无聊又混乱，而且非常琐碎。

“不说了，”我结束了这个话题，问道，“你的会开得怎么样？”

“还行，明天要去现场看。”

“去那些神圣的地方一定很有趣吧。”我说，脑海里浮现出兵营那边的小教堂和墓地。

“我不知道该不该用有趣这个词。”吉隆说道，“我觉得，明天有可能会起冲突，不过要是别人不惹我的话，我也不会太强硬，我感觉明天也不会有什么进展。”

“也许没进展也没关系啊。”

“可是如果我被开除的话，就有关系了。”

“你真的担心会被开除吗？ ”

“不是很担心。”他说。但我感觉得出来，他的确很担心，“好吧，我要去吃点晚饭，也想睡一会儿。”

“至少忙完这些后，你马上可以休假啦。”

“再说吧，露西。”吉隆的语气有些生硬，不过我也说不准，也许只是我自己情绪纷杂，胡乱猜疑而已，“现在工作这个样子，这个时候休假似乎不大好。”

“可是你已经订了机票啊。”

“我知道，看看接下来会怎么说吧。”

“好吧。”我说。做完那个梦之后，一切都显得那么不堪一击，而我也不想和吉隆吵架。真不敢相信，我居然忘了给吉隆打电话。我如此沉迷于过去的种种谜团，却忽略了身边正在发生的一切。“那有什么变化的话就告诉我，好吗？要是你不说，我就还当你会按原计划过来哦。”

“好的。”

“那好吧，希望你开会顺利。”

“谢谢。回头再打给你。”吉隆说完就下线了。

第十三章

苏西·韦尔斯牧师沿着绿草如茵的斜坡爬到小教堂那儿。小教堂是一栋独立的建筑，孤零零地矗立在原野之上，它以红色岩石垒砌而成，每一面均镶有四扇钥匙孔形的窗户。苏西牧师带领的是多么奇怪的一支队伍呀：紧跟在她身后的是基根，他脚蹬工作靴，身穿牛仔裤和T恤衫，T恤衫的肩膀处还有一个泪滴状的图案。基根之后是奥利弗·帕罗特，他身穿黑色定制西服，脚上是一双铮亮的皮鞋，小心翼翼地走在长长的草之中，好像这样他就可以避免沾上露珠似的。奥利弗身边的是《梦湖公报》的记者，他已经秃顶了，黑色的皮夹克上还别着一个小小的录音机，一路上都在问关于弗兰克·韦斯特鲁姆的问题，而奥利弗则是殷勤地一一作答。公报的记者是苏西牧师联系的，也许她希望能借此机会替教会作些宣传，也许是一记先发制人的聪明妙招，不让奥利弗和他的收购委员会有机可乘。而奥利弗则抓紧了这个机会，大谈他那位声名显赫的长辈以及他的纪念馆。这两个人后面跟着柔依，她穿着牛仔短裤和无袖上衣，脚上是一双夹趾拖鞋，肩上背着一个帆布包，在屁股后头甩啊甩的。她之所以会来，是因为先前她又打电话给我，问我能不能载她去购物中心，我告诉她我已经安排了要来这里，没想到她居然也想跟来。总之她也来了，在高高的野草丛中蹦蹦跳跳地往前走，时不时停下来，拍掉卡在脚趾缝里的小虫和杂草，一边回头兴致勃勃地和我讲话，讲今天的安排啦、天气啦、可以进入这个荒废已久的小教堂探险的事，诸如此类。

幸好她并没有期望我会接话，因为我还是和前两天一样，心事重重，沉浸在玫瑰信中所书写的那段秘密往事中，心心念念地想知道玫瑰之后的遭遇。这两天历史协会闭馆，这让我有点沮丧，但我也因此有时间把玫瑰的信读了一遍又一遍，甚至在我划船、游泳，抑或是在独木舟上漂流的时候，心中所想的也是玫瑰的人生，以及她想成为牧师的渴望和杰弗里·温德姆那不请自来的关注让她产生的矛盾的心理，还有她一直以来无法自主选择她的生活——她的故事着实令人感到心酸和不安。我好想穿越时光回到过去，把一切带上正轨。我也想知道，玫瑰的故事对于我的曾祖父而言有什么意义，那些事如何影响了他，影响了我们的家族。我一直在反复排列那些标上了时间和事件的卡片，一会儿这样排，一会儿那样排，试图完成一个完整的拼图，就像一具零散的骷髅，只要我把每一片都拼对，那么这具骷髅就会复活，站起身来扬长而去。

走在前面的基根停下了脚步，离开队伍等我。由于长时间和玻璃以及火焰打交道，他的手臂上满是肌肉，手肘下方还有一道烧伤留下的细长疤痕。

“兴奋吗？”他边问边走到我身旁。

“很兴奋，你也是吧？”

“是啊，”基根微笑着点点头，“不过和奥利弗比起来就差远啦。”

“这倒是。你看过他的收藏吗？就是那些没有展出的藏品？”

基根饶有兴味地看了我一眼，问道：“他邀请你去看的？”

“是啊，我还带我妈一起去了。”

“那你一定是给他留下了深刻的印象吧，他一般不大会给人看那些东西。那你看了有什么感想？”

我想起寂静的韦斯特鲁姆纪念馆，空荡荡的观众席，紧闭的通往外面世界的大门，还有屏幕上一闪而过的画面。我想起奥利弗表现出来的热情以及那几扇精美的花窗。虽然我对奥利弗的别有用心感到不安，但那些精致耀目的玻璃制品还是让我目眩神迷。

“那些展品很特别。不过他需要的是更多的展示空间，而不是更多的花窗。你觉得他会想把小教堂里的花窗都买下来吗？”

“换作是你，难道你不会吗？这可是一个系列的作品，很难得的。他也请你去喝茶了吗？”

“是啊。柑橘口味的茶，加了蜂蜜，味道不错。”

脚下的杂草几乎和我的裙摆褶边一般高，这是我带回家的唯一一条裙子，短袖，和T恤的质地一般柔软，也不起皱，特别适合旅行时穿。裙子是黑色的，所以我穿了黑色的凉鞋搭配，不过没走几步，凉鞋就已经湿透了。

基根的牛仔裤从膝盖以下已经全湿透了。这样的场景不禁让我想起我们曾经在一起时那些疯狂的日子：我们一起把独木舟推进湖里，那时他的裤腿也是湿透的，页岩沙滩将他的双脚衬得苍白。那时的我们是多么无忧无虑呵。虽然那时候我已经确定要离家去读大学，但是一切都还远在天边，仿佛分开的那一天永远都不会到来。在那一个春天，当下的感觉仿佛便是永恒，仿佛一切永远都不会改变。我不知道基根是否也会时常回忆起那些日子，那个我们共同度过的纯真的年代，直到我父亲的死打破了一切。

“麦克斯怎么样？我老是想起他站在河边的场景。”

“他很好啊，估计他早忘了那事儿了，所以你就别担心啦。我本来想带他一起来的，让他看看工人挖地的地方。”他指了指教堂边上的那块小墓地。墓地四周围绕着富丽堂皇的黑色铁栅栏，栅栏之后的那块地，在阿普尔顿村还没建立、之后又被夷为平地，被征服征收之前，正是易洛魁族人的居住地。这个地方数十年来都无人问津，但现在已经用深蓝色的绳子围了起来。虽然时间还早，但是已经有两位考古学家站在绳子之外，端着纸杯喝咖啡。他们还冲我们挥了挥手。我又想起梦湖，想起脚下的这片大地，见证了多少人来人往，看尽了多少季节更替。

“所以他是不想来啰？”

“噢，开玩笑，他当然是巴不得跟我过来啊，他最喜欢看挖东西了。但我后来觉得，带他来不是个好主意，因为他一定会到处乱跑的。”基根一边说一边冲那两位考古学家挥挥手，似乎是认识他们。“你听说了吗？他们昨天挖出来几个碗，很大的石碗，还有花岗岩制成的槌子，估计是用来舂玉米的。”

“真有趣。”我想象着这个地方满是街道和房屋的情景，又想象了一下很久以前，易洛魁族人住在这里时的小径和村落布局。

这时，苏西牧师已经到了教堂门口。她穿着一条黑色的牛仔裤，一件简洁的黑色衬衣，搭配着牧师专用的白色领结。在我小时候，牧师都应该是男性，他们的穿着都像奥利弗今天穿的那样，开的车也和奥利弗今天开的一样——外形优雅、噪音小的黑色小轿车。而苏西牧师则开一辆蓝色的小汽车，平时在市区活动的时候则通常骑自行车。“嗯，真的是长途跋涉。”奥利弗边说边从口袋里抽出一条手绢擦了擦鞋子。基根冲我使了个眼色，我俩相视一笑。

“好酷哦，”柔依说道，“这个地方封闭了多久呀？”

“从 1941 年到现在吧。”苏西边回答，边从上衣口袋里拿出一把钥匙，钥匙是铁制的，很华丽，当年很有可能就是在梦大师定制的，也许就是我的曾祖父或是祖父亲手打制的，不过这话我没有说出口。“大家都没有想到，这里会关闭这么久。不过据我所知，从关闭的那天起，就没有人来过这里，直到前阵子才有人来这里找那些花窗。”

钥匙卡住了，苏西使劲转了转才转动，这扇饱经风霜、油漆剥落的大门终于吱呀一声开了。我们跨过门槛，鱼贯而入，走进寂静而又充满霉味的小教堂里。除了靠后的几排长椅有些破损外，圣堂里的其他设施几乎都完好无缺，保留的似乎就是几十年前最后一次礼拜结束后的景象。地上铺设的是瓷砖，只不过上面覆盖了一层柔软的灰尘，房间的味道有些清冷、潮湿、带点霉味，不过这些全是我后来才注意到的。

首先吸引我目光的，是那一扇扇的花窗。

小教堂里没有灯光，所以那些花窗在黑暗中看起来，就像是飘浮在半空中一般。那些花窗的色彩和智慧花窗一样，明艳而又生动，图案风格一致，是新艺术派风格，采用的都是细长的线条。每扇花窗底部都有熟悉的藤蔓圆月的饰边，光彩夺目的乳白色圆月，被宝石般的玻璃环绕着。虽然我本来就盼望在这些花窗上看到这个熟悉的图案，但当这些真切地出现在我眼前时，我依然被它们牢牢吸引。这时，其他人都已经开始在教堂里四散活动，苏西走到了西边墙上最靠近她的那扇窗前，柔依则紧跟在她身后，基根和奥利弗则走向东面的窗，清晨时分，东边的阳光最强。

“啊，这些绝对是弗兰克的作品。”奥利弗的口气很兴奋，又带有些宣告主权的意味。“做工真是精美，太叹为观止了。”他在原地转了一个圈，指着那些花窗说道，“这真是韦斯特鲁姆基金会的一个巨大发现啊，绝对是宝藏啊。”

他又重新回到离他最近的那扇花窗跟前，仔细研究细节。而我心中也升起一股浓浓的占有欲，我并不觉得这些是弗兰克的花窗，对我而言，这些花窗是属于玫瑰的。我不能接受玫瑰就这样被湮没在历史里，只能沦为弗兰克·韦斯特鲁姆的一个小脚注。

奥利弗和基根开始小声而又热烈地交谈，他们在聊花窗的质地、铅框的品质，他们认为，这些花窗保存完好，也很干净，因为过去几十年来，这些花窗都有木板保护，那些木板是最近才被拆下来的。那名记者正在飞快地记着笔记。“你看，你看这里的这个图案，还有这里的，这都是典型的韦斯特鲁姆印记，这些花窗就是他做的，毫无疑问。”奥利弗说，虽然他极力掩饰他的兴奋，但还是表现得很明显。

*也许是吧。*我心想。不过它们也属于尼莉娅啊，因为是她出的钱。而且，以我刚掌握的那些信息来看，它们也应该属于玫瑰。

玫瑰的信，以及信中所描述的她早年生活的爱恨情仇，仍历历在目。

我绕着小教堂走了一圈，细细打量着每一扇花窗。阳光洒在这些窗上，熠熠生辉的花窗在教堂的地上、我们的脸上和手上投下璀璨的色彩：黄色如万寿菊，红色如血，渐变的墨绿色如同盛夏的青草。我走到每一扇窗前，细细研究着每一扇窗所刻画的人物形象。其中一扇花窗里，有一个正在沉思的女人，手捧一个石膏制成的罐子，站在耶稣的身旁，耶稣则坐在一张桌子边上，周围环绕着一圈银色的光环。边上的那扇花窗里刻画的是两个明显已经怀孕的女人，在花园里交谈。在第三扇花窗里，有一个女人从一个洞穴前转过身子，双手张开，肤色白皙透亮，脸上有着诧异的表情。这面墙上的最后一扇窗里，是一个女人站在一座寺庙前，拿着一轴摊开的卷轴，四周围着一群男人，等着她开口说话。我轻轻拂过这扇窗的底部，抚摸着那排镶在藤蔓间的圆月。

“好精致啊。”苏西走到我身边，柔声说道。她的脸色绯红，表情生动。我很诧异她也深深地被这些花窗感动。大概对于她而言，这些花窗不仅仅是来自过去的艺术品，也不仅仅只是提示了一段已被遗忘的人生，而是通过它们所讲述的神秘故事，和苏西心灵相通。苏西在这间教堂里所体会的一切，和我曾经的经历很有共鸣，我们都能感受到一股超自然的力量，真实而又强大，虽然当年的我并不能理解这意味着什么。玫瑰一定也有过相似的感受吧，她的感受一定非常强烈，才会让她在一个不允许女人做牧师的年代里，依然梦想成为一名牧师，也才会让她帮人一起打造出这个不同凡响的花窗教堂。我想，如果能在这里看到苏西，玫瑰一定会很高兴。也许她也能理解我，理解我所有的疑问、所走的歧路和不断的追寻。

“这是同样的玻璃。”基根在教堂的另一边说道，“色调和材质都和智慧花窗一模一样。不用分析我都可以肯定这一点。你看，色调都非常一致，这些花窗应该是同一时期制作的，而且是同一批订单，你觉得呢，奥利弗？你觉得它们应该是韦斯特鲁姆哪个时期的作品？”

奥利弗没有马上回答，而是双手抱在胸前思索着。苏西从一扇窗走到另一扇窗前，轻柔的脚步声在圣堂里回响。

“很难说。如果从技巧判断的话，它们应该是他晚期的作品。但是从设计来看，他运用的又是他年轻时所钟爱的新艺术派风格，而这些作品也的确能让人联想起他年轻时的作品。我知道那些收据上有制作日期，但这些花窗的确和他其他的晚期作品太不一样了。实际上，它们和我见过的其他所有的韦斯特鲁姆作品都不同。”

我走到教堂后方的另一边，经过原本应该是悬挂智慧花窗的地方，走到东面的墙边。这面墙上的四扇花窗所刻画的也都是女性形象。第一扇花窗看起来很熟悉，一个女人跪在河边，正在把手里的篮子从水里拎出来，我依稀记得这好像是拯救摩西的故事；第二扇窗描绘了一个年轻的女人，在洒满阳光的田野里，将一斗谷物展示给另外一个年长些的女人看；第三扇窗描绘的，是一个女人从井里打水给顶着光环的耶稣喝；最后一扇窗里也有耶稣的形象，他坐在那里，对面坐着一个女人，正在殷切地听他讲话，而她身后还站着另一个女人，手里拎着一篮子水果。

我仔细研究着花窗上的人物形象，试图回想这些故事，仿佛回到了曾经上主日学校[①]的日子。那时的教室里充满了糨糊的味道，纸张的沙沙声和老师们大声朗读的声音。但我记得这些花窗上所讲的故事，大多数我们都没有读到过。我记得的似乎只有那些洪水啦，战争啦，在沙漠中流亡的故事。除了夏娃以外，《圣经》中我唯一记得的女性，就只有穿着蓝色长袍的圣母马利亚了。以前圣诞节话剧表演时，我们女孩子都想要演她，虽然她连一句台词都没有。

我慢慢地欣赏着一扇扇美不胜收的花窗，它们描绘的场景是多么普通——女人拿着谷物、罐子、装着水果的篮子，在花园里、小河边、水井旁，或是在墓前，但构图却是如此协调，充满美感，使得整个教堂流光溢彩，美得令人目不暇接。而同时，这些画面也聚集了某种力量，展

① 主日学校：基督教教会为了向儿童灌输宗教思想，在星期天开办的儿童班。

现了这些女人生命中那些重要的时刻，这些时刻又交织着她们内心的渴望、雀跃以及成就感。我小时候去的教堂里，那些花窗上的形象几乎都是男性；耶稣是男性，他的门徒们也是男性；而且礼拜时所用的言词里，也都只有男性人称。而在这间小教堂里，一切都被颠覆了。我再次走过每一扇花窗，感受内心观点的改变。生平第一次，我能把自己投射到这些《圣经》故事当中去。西墙那边，基根和奥利弗仍在讨论着花窗玻璃和韦斯特鲁姆作品。柔依自从进了这个小教堂后就一直出奇地安静，这会儿她走过来站到我的身边，轻声说道：

“它们好美啊。”

我点点头。“真的很美。你知道吗？其实那个女人是我们家族的人。”我不假思索地脱口而出。“就是参与设计了这些花窗的那个女人。你看到花窗底部的那些图案了吗？那是她设计的。”

柔依甚至都没有问我是怎么知道这些事情的，她也没有问任何关于玫瑰的事，甚至连她的名字都没有打听，只是说：“好酷哦。你知道吗，我喜欢画画，说不定这就是遗传哦。”

“说不定呢。”我回答，但心里又涌起了对玫瑰的占有欲；我总觉得是自己继承了她那勇敢无畏的精神。

“这些花窗讲的是什么故事？”

“我也不大清楚，得问一下。”

我们说话的同时，我再次环顾四周每一扇花窗，想看看有没有哪扇窗里的女性，和挂在韦斯特鲁姆纪念馆楼梯井那扇花窗里的女人，也就是玫瑰，有任何相似。可惜她们看起来都很陌生，而且容貌也各不相同。

基根在小教堂的另一边转过身，冲着我温柔地喊道：“嘿，你看到了吗？”

“你是说那个饰边吗？”

“不只是饰边，你看她们的衣服。”

于是我仔细搜寻着。她们每一个人都穿着不起眼的飘逸长袍，有些翠绿的如同刚发芽的嫩草，有的则碧蓝如湖水。突然我看出来基根指的是什么了，我之前居然没有发现：在每一扇花窗里，有的是在长袍的扣子上，有的是在腰带的边缘，有的是在发鬓，都出现了韦斯特鲁姆的招牌花朵图案。每扇窗里都有玫瑰，一朵朵小巧却又栩栩如生，殷红殷红的玫瑰。

“哇哦！”我站起身，走到最近的一扇花窗跟前，伸出手抚触着一朵漂浮在河上的玫瑰花。

“怎么了？”奥利弗问道。

“韦斯特鲁姆的招牌花朵，每扇窗里都有玫瑰花。”

“是吗？”奥利弗后退了一步，环顾着每一扇花窗，陷入了沉思。一道紫色的光线落在他头发稀疏处，形成了一个方形的光斑。

“好吧。”最后他终于开口说道，“我想你说的对，韦斯特鲁姆一定是认识玫瑰的，而且，他们两人应该很熟。这么多玫瑰花，感觉他俩应该很亲密。他很少这样，在他的玻璃作品里加入某种标志性的图案，就像和买主在玩某种游戏吧，他加的这些图案不会有其他人注意到，只有当事人才能发现；有时候这甚至是他的恶作剧。比如说，我们纪念馆里有一扇花窗，是当年他的邻居订制的。弗兰克那个时候很需要钱，但是他又不喜欢这个邻居——这是我们从找到的信里知道的，他觉得那个邻居虚伪又讨厌。邻居的名字叫‘鲍姆’，在德语里是‘树’的意思。花窗做得很美，鲍姆先生很满意，但他从来没有注意到整个花窗上到处都是掉光了叶子的树；弗兰克利用那些光秃秃的树枝来分割不同的色块。”

站在不远处的基根忍不住哈哈大笑。

“嗯，但这个不一样，做得很美，应该是出于某种敬意吧。”

“噢，这我同意。韦斯特鲁姆制作这些花窗的时候，显然费了很多心思，花了很大精力。不得不说，这些也算是他最好的作品之一了。他一定很喜欢这个女人。”

“我也这样觉得。”我想起奥利弗在工作室时的态度，决定不把玫瑰的事告诉他，我不会跟他讲我找到了玫瑰的那些信，也不会让他知道，其实我已经知道了更多的事情。我也不希望他知道爱丽丝的存在，不想让他知道那个时候玫瑰被迫把爱丽丝抛下，而玫瑰一心想做的，就是攒够足够的钱，再把女儿接回来。

柔依和我一起坐了下来。苏西也在我们前面的位子坐下，转过身来，手肘挂在长椅光滑的木质椅背上。

“这位玫瑰·贾勒特，她是谁呢？你还知道些什么？因为之前我对她仅仅是有一点好奇，不过现在啊，我真是好奇死啦。”

“是啊是啊，我也是，露西说她是我们家族的人，可是我却从来没有听说过她。这些花窗好漂亮，不过我都不知道它们讲的是什么故事。你能给我们讲讲吗？”柔依说道。

我很庆幸柔依开口了，这样我就不用承认我的无知。从十七岁开始，我就再也没有去过教堂。

“我可以告诉你这些花窗所描述的故事。”苏西说道，“这些花窗不仅漂亮，而且拥有震撼人心的力量。西面墙上的那四扇花窗里的女人，其实都是先知。第一扇花窗里的图像，是伊丽莎白和马利亚在对话。我想你们应该都已经看出来，她们都已怀有身孕——自认为已过了生育年龄的伊丽莎白，肚里怀着的是施洗的约翰；而马利亚是未婚少女，肚子里怀着耶稣。之前伊丽莎白已经告诉过马利亚她将会有孩子的预言。而在这扇花窗里，马利亚正在说话，她念的就是圣母马利亚颂歌，这首颂歌也带有预言性质，讲的是穷苦人民将得到正义。这两个女人，两位先知，她们肚子里的孩子就要出生了，她们的人生也即将发生她们自己无法想象，也无法控制的巨变。

“好，下一扇窗，这个拿着卷轴的女人叫赫尔达，是希伯来《圣经》里的人物。这个故事很棒：当国王在寺庙的墙里发现了古代的典籍时，他就去请教先知赫尔达，想知道这些典籍是什么意思。那时附近还有好多男性先知，但是国王却选择了赫尔达，因为她有智慧和仁慈的心。你看，她正站在寺庙的台阶上，手里拿着卷轴，人们聚在一起来听她讲话。”

“接下来的这个可是我的心头爱。”苏西继续说道，一边朝着描绘了一个女人站在洞穴前的那扇花窗点了点头。“那个女人就是抹大拉的马利亚。你们看她的表情，那么惊诧，那么恐惧。这个故事大家应该很熟悉吧，我都不知道现在还有没有人讲起这个故事。可是，想象一下，如果一个你深爱的人去世了，你来到他的墓前，却看到他居然安然无恙地出现了。那就是抹大拉的马利亚的故事——耶稣复活时，他第一次显现给的世人就是她，还让她把这个消息告诉其他人。不过很少有人注意到第一个看到耶稣复活的是一个女人，但事实就是如此。所以说呢，你那位曾祖姑母选择的这些故事的确让我很感兴趣。”

我们沉默了一会儿，其实我并没有在想这些花窗，而是在想那天，他们把爸爸的尸体拖上岸来的场景。

过了好一会儿我才开口说道：“我还以为，最后一扇花窗里，那个拿着罐子的女人是抹大拉的马利亚。”

“不是的，那个拿着雪花石膏罐子的女人到底是谁呢，倒是众说纷纭啊，不过应该不是抹大拉的马利亚。”

我犹豫着要不要问这个问题，但却不得不问：“你说这面墙上的女人都是先知，可是这个抹大拉的马利亚，她不是那个什么，一个妓女吗？”

“抹大拉的马利亚不是妓女。”苏西平静却又坚定地回答道，“也许，你们从小到大听到的都是这个版本。其实，在公元 4 世纪左右，有一个早期的教皇，他把《圣经》里所有的女人都描述成同一个妓女，这个形象自此根深蒂固，但这并不是事实，《圣经》里从头到尾都没有这样的记载。这个拿着雪花石膏罐子的女人，几个世纪以来，也同样被贴上了错误的标签。这个故事在四大福音里都有记载，足见其重要性。不过只有在《路加福音》里，她被笼统地称为一个罪人，可是你们想想，谁又不是罪人呢。《约翰福音》里说，这个女人，伯大尼的马利亚，是马大和拉撒路的妹妹。和抹大拉的马利亚一样，千百年以来，她也被贴上了妓女的标签。我认为，他们这样做是为了分散大家的注意力，是个烟雾弹，因为一旦他们把她说成是妓女，就可以轻松地把她抹去，把和她相关的故事抹去，大家都不需要再仔细研究有关于她的描述。这样一来，当人们看到这个女人拿着一个装满甘松油的罐子，站在耶稣前，把罐子里的油倒在耶稣的头上时，就不用说，看，你们看，为国王施涂油礼是先知所为。可是，事实就是如此，伯大尼的马利亚正在为耶稣施涂油礼。”

我们仔细审视着这个女人，看着她那一头飘逸的长发和同样飘逸的长袍，还有手里抱着的那一个雪花石膏罐子。

苏西继续说道：“这一幕包含着多么亲密的情感啊。有时我会想象这样一个画面：甘松的香味弥漫于整个房间，马利亚把甘松油淋在耶稣的头上，为他施涂油礼。门徒们都反对，认为她是在浪费钱，但耶稣却为她辩护，‘普天之下，无论在什么地方传这福音，也要述说这女人所行的，作个记念’[①]。然而，数千年之后的我们不仅没有讲述她的故事，甚至连她的名字都不知道。”

“一个被遗忘的女人。”我说，心中又想起了玫瑰，虽然她不是什么先知，也不是什么圣人，只是一个普通的年轻女人。她在寂静的黑夜中走回家，脚下的路满是泥泞和车轮的痕迹，夏日的空气轻轻拂过她的双臂，那神奇的彗星之光改变了所有的一切。她静悄悄地溜进花园，穿过厨房门，走回楼上那间小小的房间，躺在床上，整夜未眠，脑海中回忆着之前所发生的事。她知道一切将变得不同，但那个时候她还不知道会如何改变，她依然相信那个即将开启的新篇章是属于她自己的故事。

如果没有阁楼上的那块布的话，她也就会消失得毫无踪迹。

我继续说道：“玫瑰·贾勒特想成为一名牧师。虽然她知道不可能，

① 见《马太福音》第二十六章。

但这就是她秘密的梦想。”

苏西正在研究西墙上的花窗，听到我的话后饶有兴趣地回过头来好奇地问道：“真的吗？这样就能解释为什么这些花窗会采用这些故事了。不过那个时候的她一定感觉很受挫，也许还会很伤心吧。她那个时候是20世纪30年代？”

“不是，是她更年轻的时候，1914年吧。”

“明白了，她那个时候在做什么呢？”

“那是一个悲伤的故事。她爱上了一个不该爱的人。他比玫瑰要大，又很有势力，掌管着玫瑰一家的命运，但她却相信那就是爱情。那个时候她还很年轻，才十五岁。而那个男人非常有钱，当他知道玫瑰怀孕之后，就把她给甩了。一个悲伤又老套的故事。玫瑰几乎是一无所有地来到美国。我不知道她之后的遭遇，也不知道她是怎么结识弗兰克·韦斯特鲁姆的。”

“好可怜。”苏西说道，“不晓得她是不是知道，其实在早期的教会里，是有女性担任牧师一职的。现在已经有很多史料可以证明这一点了。”

“我估计她不知道，可能她觉得把这个想法讲出来都是犯罪吧。她曾经偷过一只圣餐杯，教会里的银质圣餐杯，因为当时她需要钱。”我继续说道。

我说得很快，边说边别过头去。我不知道我期望看到苏西什么样的反应：震惊？愤怒？或是不屑？可是苏西只是点了点头。

“她那样做，自己也一定很害怕。”

“我想是的。后来她对这件事一直都念念不忘。”

我双手抱胸。教堂里的空气微凉，潮湿而又带着霉味，要是我带毛衣来就好了。一想到这些女性的形象和这美丽的艺术被锁在这个地方几十年，我的心里泛起一阵怅然。在这个教堂里，参加了最后一次礼拜的人们呢，他们后来怎么样了呢？他们那些轻声的祈祷、希望、悲伤和梦想呢？如今这一切都已消逝得无影无踪。玫瑰后来到底怎么样了呢？

“那其他那些花窗里的人呢？她们也都是先知吗？”这时，柔依插嘴问道。

基根和奥利弗这会儿已经踱步到了教堂的后方，讨论着这些花窗玻璃、制作时间和弗兰克·韦斯特鲁姆，和我们讨论那些女人的生平一样专心致志。那个摄影师走到每一扇花窗跟前，不停地按着快门。

“不全是，不过她们都很有意思。我之前一直在想，她们之间有什么联系。我的想法是：她们都是坚强的女人，不畏挑战传统思想。比如说，那个是法老的女儿，她违抗了她父亲的命令，把摩西从河里拉上来。边上那扇窗里的是鲁思，她正在把从田里收集来的谷物拿给她的婆婆拿俄米。她们俩都是寡妇，但她们并没有依照当时人们对寡妇的要求来生活，而是互相扶持着生活。那个井边的是撒马利亚女人，她跨越了种族、性别和文化的界限，拿水给耶稣喝。她也和抹大拉的马利亚一样，是耶稣钦定的传话人。最后一扇花窗里的是马利亚和马大，也许你们都听过这个故事，马大抱怨马利亚不帮忙做家务，但耶稣却为马利亚说话，说她可以脱下围裙，坐下来聆听他的教诲。也许这听上去没什么了不起的，但要知道，在那个年代的文化里，女人不过就是家庭主妇和男人的私人财产的代名词。而耶稣却与马利亚交谈，认真对待她，这是多么激进的做法啊，可以说是很具有革命性，完全颠覆了当时人们的价值观。有些学者认为，马利亚与马大可能根本不是姐妹，而是在耶稣身边的圈子中举足轻重的两名女性。在早期的教会里，女人扮演领导角色的事并不稀奇，可是这个事实在后来也被逐渐掩盖掉了。”苏西说完又转过头来面对着我，一手撑着下巴说道，“那么，露西，你还知道玫瑰的其他事情吗？你知道他们为什么会制作这些花窗吗？”

“不知道啊，我也在找答案。”我回答，想起我曾经做过的那个梦，梦中那些人物形象从花窗里走出来，跨进房间里。我感觉这个梦似乎可以成真：那些拿着水果、谷物和雪花石膏罐子的女人是多么栩栩如生啊。也许玫瑰、科尼莉亚、薇薇安和弗兰克就是希望这座教堂能给人们带来这样的感受吧。我被这些花窗深深吸引，久久不愿离去。

似乎没有人想走。柔依站起身，重新仔细打量着那些花窗；我和苏西则默默坐在一旁。过了好一会儿，我才靠近苏西，说道：“它们好美，也非常吸引人。可是它们之间好像没有任何的逻辑关系。”

苏西点了点头，不过视线并没有离开那些花窗。“的确没什么逻辑关系。不过我觉得，逻辑并不适用于来解读这些花窗吧。我喜欢《以西结书》中的一句话，就是关于从肉体中除掉石心，赐给肉心的那句。这个听上去也不合逻辑，但我们都能理解这句话的隐喻。对于我来说，这些故事真正的力量所在，就是我们没有办法把它们量化，它们能不断延展，不断揭示新的意义。”

我不知道该如何接话，我差一点就要告诉她我爸过世那晚的事，告诉她那晚在花园里，爸爸叫我第二天和他一起去钓鱼，要是我去了，也许一切都会变得不一样。

但我最终并没有说出口，而是说了玫瑰的事情。“你知道吗，她的确犯过错，可是那时的她还很年轻，她只是想找到属于她自己的路。但她却失去了所有她爱的一切，好不公平啊。”

“你知道她晚年的生活是怎么样的吗？”苏西问道。

“我不知道，只怕会很悲惨吧。”

“不一定吧。也许你是对的，可是看看这些花窗，我看到的是美、欢乐以及对这些故事深刻的理解，还有某种颇具创意和生机的平和。在我看来，她应该没有一直处于困顿之中，她成长了，至少她把她失去的和曾遭受的磨难转换成了美。”

我没有说话，我们又静静地坐了几分钟，接着，苏西站起身，说她得回去开会了。于是，我们离开了小教堂，回到了外面阳光明媚的世界。基根和奥利弗已经等在外头，那个摄影师已经先行离开。湖风吹过长草，拂过树梢：长草翩翩起舞，宛如海浪；树叶微微颤动。我们这一行人便在此分道扬镳。苏西和奥利弗边走边聊，穿过草丛，走向他们停在入口处的汽车。柔依茫然地在门口站了会儿，之后把手伸进包里，翻开手机。我想起，以前我也经常借着看手机来化解尴尬，我也想起了玫瑰，当她孤身一人在火车站时，为了不想引人注意，拿出了一支笔，开始写信。我问柔依要不要载她一程，但她摇了摇头，合上电话，说她妈妈已经在来接她的路上了。接着，她大步流星地走开了，长长的双腿消失在草丛里。我又在那里站了一会儿，心想柔依看起来真是好年轻啊。

基根原本在和那些考古学家说话，这时他走了过来，碰碰我的手臂说道："嘿，很壮观吧。"

我点点头，脑海中仍满是花窗中的那些女性形象。"是啊，真的令人叹为观止。"

"苏西很酷吧？我不工作的时候，有时会来这里，苏西也默许，我喜欢就那样坐在圣堂里，大概是因为这里的安静吧。感觉很真实，和那些你在新闻里听到的咋咋呼呼的宗教不大一样。"他边说边笑着摇了摇头，继续说道，"我有一个表妹，叫贝奇，你应该没有见过她。她住在奥兰多，在我妈妈去世前，她来看过我们一次。我妈妈为她做了一顿非常美味的晚餐，还做了一道精致的甜点，蛋糕浸柑曼怡香橙力娇甜酒。贝奇吃了蛋糕后赞不绝口，就问我妈妈是怎么做的。但当我妈告诉她之后，她却跳起来，冲进卫生间把吃进肚子里的蛋糕都吐了出来，因为她信仰的宗教说不可以喝酒。所以呢，我就是很不能理解，为什么剥夺生活中的某种乐趣会是取悦神的方式呢？"

"我也想不通。"我想起儿时在教堂里感受到的那种平静，又想起有一次，我和吉隆一起拜访了坐落在大山里的一座寺庙，那座寺庙用深色的木头建成，有着优美的下旋式屋顶，还能听到远处的流水声。

"话说回来，那些花窗可真是独一无二的宝藏啊。你看到奥利弗的样子了吗？陶醉得快晕倒了。"

"看到了。"我回答道，"他看上去很兴奋，一副垂涎三尺的样子。我打赌他已经在计划把那些花窗收入韦斯特鲁姆纪念馆了。那些花窗得花很大功夫修复吗？”

“不需要吧，稍微修一下就行，保存得出乎意料地好。”基根抓过我的手，继续说道，“来，这个做好了，就给你带过来了。”

他把一个温润圆滑的东西放在我的手心里，我瞬间便想起了我梦里的渴望，不禁脸上泛起了红晕，仿佛感觉基根能够看透我的心思似的。

基根放在我手里的正是我们在工作室一起做的玻璃球，那时炉中的火焰熊熊燃烧，熔化的玻璃悬在吹管的顶端，基根的嘴唇贴在吹管的另一端边缘，呼出的气息悉数进入那个玻璃球体。之后，我的嘴唇又覆上了同一个地方，我的气息和他的气息在滚烫的玻璃球体中交融，玻璃球慢慢膨胀，闪闪发亮。玻璃球曲线优美，沉甸甸的，斑斓的色彩浮在球体的表面，宛若水面上泛着的油脂。

“我在上面加了个卷边，那样你可以把它挂起来。”基根说。

“谢谢你。我好喜欢握着它哦，它好美。”圆弧形玻璃的大小与我的手掌完美契合。

“不客气啦。”基根的视线越过草地，望向梦湖，说道，“我想去散个步，你一起来吗？”

“可以吗？会不会算是擅自闯入禁地啊？”

基根笑了：“露西・贾勒特，这要是在以前，我们会因为这个原因放弃吗？”

我笑了，接着便和基根一起穿过开满野花的草原，向树林走去。

草原与树林之间是一片灌木丛，我们艰难地穿过灌木丛之后，眼前出现了一片开阔的林间空地，一棵棵橡树、枫树和栗子树拔地而起。脚下的泥土肥沃松软，上头覆盖着一层树叶和掉落的松针，踩上去像垫子一样软绵绵的，悄无声息。我俩也静静地在树林间穿行，头顶上的树叶飒飒作响，但周围的空气却静谧祥和。

“你对这里很熟吗？”我问基根，因为他走得非常从容，于是我便放心地跟着他走。

“从来没来过，但就是感觉很熟悉，是吧？”基根回答道。

“是集体潜意识吧。”我开玩笑道。

“也许吧。”

我们沿着微微有些倾斜的地势，朝着远处的流水声走去。矮木丛间不时有动物跑过，虽然看不见它们的身影，但能听到树枝的咔嚓咔嚓声。阳光透过树叶的间隙，在树林的地上投下片片光影。有一丛灌木上，停满了棕色的小鸟，我们经过的时候，它们便呼啦一下四散飞去。我们仿佛进入了一个魔境，没有了时间的概念。我们走到了一条清浅的溪旁，这道小溪从谷底平滑的岩石上流淌而过。一开始我们沿着小溪往前走，后来基根索性爬下溪谷，涉水而行。我的黑色凉鞋沾满了泥土和各种残渣，我的黑裙子也弄脏了，但我还是继续往前走着。流光溢彩的花窗小教堂里的静谧仿佛一路延伸到了这里，仿佛整个世界就是一个圣地。我想一直前行，看看溪流的尽头到底在哪里。河床越来越宽阔，水流在浅池里形成一个个漩涡。我脱下凉鞋，踏进水里。我们走啊走，直到周围的树木开始变得稀疏，小溪流的水汇入梦湖。

我们站在冰冷的水中，水深及腿肚。“露西。”基根唤着我的名字，转过身，一只手抚上我的脸庞，温柔而又坚定地吻我，一如他刚刚在树林里带路时的从容。他的唇覆在我的唇之上，仿佛横亘在我们之间的时间从来没有存在过。我想起基根工作室里的轰鸣和沉静，想起他与火共舞的样子，不禁回吻了他。

接着，我往后退了一步，说道：“这样不好。”基根并不比我高多少，他的眼睛离我好近，温暖而又充满善意。

“为什么不好？自从这次再看到你之后，我就一直想这么做。”

“第一，我不再住在这里了。”我说。

“可是你现在就在这里啊。”基根一边说，一边伸出手轻抚着我的手臂。

“是啊。”我努力回想着吉隆站在我们的小阳台上，在客厅里练举重，手臂上泛着亮晶晶的汗珠的样子。但这些场景和那些鹅卵石铺成的小路、越过篱笆盛开的花朵、震颤的大地，仅仅在我的脑海一闪而逝，我唯一记得的，是之前一次电话时的不欢而散。

基根又再次吻上了我的唇，我的唇也覆上了他的。

不过我还是克制住了自己，往后退了一步。远处传来船的汽笛声。

“你把一切都搅乱了。”我说。

“我知道。”基根露齿而笑，说道，“我自己也有些吃惊。”他又碰了碰我的手臂，继续说道，“不过没关系，空中飞人露西，我们回去吧，就当什么事都没有发生过。”

不过这当然不可能。回去的路上，我们沿着溪流往上爬，接着又沿着我们来时在树林中踩出的足迹往回走。我能感受到基根的每一个步伐，每一次呼吸。中途有一次，他在一块空地处停下来，指向一片被踩平的灌木，上头还依稀留着某种动物的脚印。我想象着白鹿曾在这里聚集的场景，它们就像冬天里覆盖一切的白雪，活泼灵动，充满魔力而又静默无言。我很想假装，这些年逝去的时光不曾存在，很想假装，我和基根还是我爸爸去世前的那对小情侣。之后，我们更加沉默，轻轻地穿过树林，走过草原，经过大门紧锁、静谧安详的小教堂。虽然我不停地想着那些白鹿，想象着它们如兔子般温柔、瞪羚般敏捷、雪花般洁白，但是我们却连它们的影子都没有瞧见。

基根拉开货车的门时，我唤了一声他的名字：“基根。”但之后却不知道该说些什么。

他微笑着冲我挥挥手，开车离去。

第十四章

那天傍晚时分，在我们家的阳台上，安迪正在给妈妈倒酒——我居然过了几秒钟才认出来那是妈妈，她的头发好短，银灰色的发丝如羽毛般轻柔。她上身穿着一件翠绿色丝质上衣，旗袍领剪裁恰到好处，优雅地贴合着她的脖子。下半身则穿着一条白色家居裤，脚蹬一双金色凉鞋。她一看到我，便站起身，微笑着伸出已经除掉石膏的双臂拥抱我，可是我还是有点不自在，感觉自己不小心闯入了陌生人之间的私密晚宴。

“坐吧，露西。”安迪一边说，一边伸手把桌上的一个空酒杯拿过来，为我倒上酒。安迪也精心打扮过，还系着领带。“我们正在喝酒，庆祝你妈妈终于把那个石膏拿掉啦。等下我们打算去斯卡尼阿特勒斯湖区那儿，我发现你妈妈居然从来没有享用过道格拉斯餐馆的美食呢。我还有小提琴演奏会的门票，演出就在湖边的教堂里，我们在道格拉斯吃完晚饭后就去那儿看演出。也欢迎你和我们一起去。”安迪边说边瞟了一眼妈妈，妈妈微笑着表示赞同。安迪继续说道：“等我们到了那儿后再买一张门票好了，肯定没问题。”

我婉言谢绝了，不过真心觉得有点遗憾，因为斯卡尼阿特勒斯湖区的夏夜非常美丽，靛蓝色的湖水清澈迷人，村庄的旧日风采保存完好。不过我又加了一句：“这样安排真不错！”一边还在脑子里记下，道格拉斯的炸鱼不错，等吉隆来了以后，可以带他去那儿——如果他还来的话。

“等下你还要再出去吗？”妈妈问道。

“也许吧。”我含糊地回答道。不过其实我的确是要出门，一个小时前，基根给我打电话，邀请我去游船，因为今天晚上的天气很不错。我答应了和他一起去，他说他来接我，但我拒绝了，我说八点左右在他的玻璃工作室门口碰头。我们的这番对话，表面上听起来风平浪静，但背后则暗潮汹涌，涌起的是下午我们在树林里散步和在溪水中亲吻时的情愫，还有我们曾经的那些过往——十几岁的我们骑着摩托车在乡间狂野地穿梭，或是漫无目的地在湖上漂荡。

这一整天，我不是在游泳，就是乘着独木舟随波漂荡，满脑子挥之不去的都是小教堂里那些花窗上的人物形象和玫瑰写的那些信。每隔一阵子，我也会回到屋里，喝杯冰茶，看下邮件。湖边阳光明媚，对比之下，厨房里就显得有些暗淡了。我收到了吉隆的一封简短而又略显冷淡的邮件，只更新了下他的行程，其他也没说什么。我不知道他的会开得怎么样，也不知道他计划什么时候离开那个小岛。我的感受很矛盾，一方面有些担忧，一方面则是松了口气。和基根在小溪里的那个亲吻让我很不安，我不知道自己在干什么，也很迷茫我到底要什么，甚至怀疑我自己的动机。那么这个时候，不和远在千里之外的吉隆说话似乎是个明智之举，我得先理清我自己心中的这些纷纷扰扰。

每次合上电脑，我都能察觉到内心既失望，又有些宽慰。我回到屋外，重新读着玫瑰的信，试图把自己想象成是她，走进她的故事，走进她的梦想和她的挣扎里。当时，她一个人站在教堂里，手中捧着沉甸甸的圣餐杯，一定觉得很愤怒无助，一定是孤独和害怕到了极点，才会背弃她生命中最珍贵的信条，把那只银色的圣餐杯塞进怀里，偷偷溜走。

为了来到美国，他们抛下朋友、家庭和他们熟悉的一切。他们远渡重洋，为的是能有一个机会开创新生活，出人头地。然而，虽然从我现在的角度看，这样的期许完全合情合理，但实际上，至少在玫瑰和约瑟夫到了美国后的头几年，他们的生活和仆人也相差无几。我能想象，当大家坐在一起开会或者喝茶的时候，玫瑰总坐在角落里，一边低头干着针线活，一边因为那些男女平等的言论激动不已。也许每天晚上她都睡得很晚，阅读她收集来的那些小册子和杂志，那里面所描写的内容既震惊又诱人，不断地吸引着她，直到游行的那天早上，所有的感受都一起涌上她的心头，催促她摘下手套扔在灌木丛上，不计后果地加入游行的队伍，她只知道，那是唯一能在世界上发声的机会。

“敬你妈妈。”安迪放下酒瓶，举起酒杯说道，“恭喜她终于摆脱了石膏！”妈妈大笑着摇了摇头，用拆下石膏的手举起酒杯，我们一起喝了口酒。

“嗯，终于不用戴着石膏了，太好了。”妈妈开口道，手指仍放在酒杯那精致的杯脚上。交织的光影从湖面反射过来，在桌上投下斑驳的影迹，“可是安迪啊，要不是那次意外，我们也不会认识，对吧？所以说呢，我觉得这也不完全是坏事啦。”他们俩相视一笑。我喝了一大口酒。

“宝贝儿，”妈妈转向我继续说道，“你真的不和我们一起去吗？很好玩的哟。而且，虽然你已经回来一个多礼拜了，可是我总觉得，见到你的机会还是很少。吉隆马上也要来了吧，我很想见到他。他什么时候到？”

“他应该周六就会到吧。”我回答道，心想还是不要和妈妈提，上次我和吉隆通话的时候他表现得有些犹豫的事了。我一直避免去回想我们上一次的谈话，因为我之前的很多次分手都有类似的征兆，我总是任由距离的问题愈演愈烈，直到我可以理所当然地认为，分手是最好的选择。可是，这次是吉隆，我一直以为我们两个会有不一样的结局。我们曾经在雅加达共同度过了那么多美好的时光，我们住在河边的房子里，享受慵懒的恋情，日子过得平静，两人紧密相依。虽然后来到了日本之后，一切不再那么平静，但是和吉隆在一起，仍是我一生中最接近幸福的时光。吉隆曾经说过，我总是在逃避，也许他说得对。自从回来之后，我的确把我对吉隆的感情都打包封存了起来，一头扎进了玫瑰那引人入胜的故事，以及有关那块地愈演愈烈的闹剧里。还有基根，我究竟想干什么？也许就此展开一段新的恋情？这样的事我以前做得还少吗！可是我知道吉隆在犹豫还要不要来的时候，却感到了深深的悲伤，这一点连我自己都没有想到。

安迪再次邀请我和他们一起去，我婉拒了，不过依然没有提其实我晚上已经有了安排——仿佛我还是那个十七岁的小姑娘。

时间还早，所以他们并不急着出发。安迪问我那个小教堂怎么样，于是我走进屋里，把我印出来的照片拿给他们看。相比露台上的明媚阳光，屋子里显得有些暗，还泛着些许凉意。纱门在我身后合上，但我依然能听到他俩的窃窃私语声。我记忆中这栋房子里那简单而又纯粹的生活早已不复存在。

回到露台之后，我把花窗的照片摊在桌子的玻璃台面上。虽然这些照片无法媲美教堂本身风华的万分之一，但它们还是很漂亮。妈妈和安迪一边传看着，一边评论着花窗的色彩和艺术造诣，以及这个发现的重大意义。安迪说应该把小教堂开辟出来供人参观，妈妈也在一边附和。

妈妈一边继续研究着那些照片，一边说道："不过这得取决于最后是谁得到那块地吧。不过说不定，就算是地产开发商应该也能看到这些花窗的价值，而愿意保留那个小教堂，把它当作地块的中心。我觉得亚特就会那么干，是吧？这个教堂还能用吗？"

"已经不能用了。"我回答道。一想到教堂周围有可能被那些高档住宅霸占，我的内心就充满了无助的愤怒。这种感觉和我对奥利弗的感觉不一样，并不是我的占有欲在作祟，而是我深切地认为，那些花窗不应该以金钱来衡量，而是应该单独被大家所珍视。"是苏西牧师说的，据说之前进行过某种特殊的仪式，让那个教堂变得不能再举行宗教仪式了吧。不过显然教堂应该也可以被再次圣化。我感觉教堂的高层好像在试图把小教堂收回来，希望他们能成功。因为我不觉得亚特会珍视那些花窗，他根本看不到那些花窗的真正价值。”

“嗯，教会当然会想把小教堂要回来啰，因为抛开它的美丽不谈，那块地本身就值很多钱。”安迪并没有回应我针对亚特说的那番话，而且他说的也根本和我所表达的没什么关系。

但妈妈却附和道："肯定的，光是那块地就值好多钱。"

听到妈妈这么说，我又有些担心，不知道妈妈会怎么处置这栋房子。希望她不会把小教堂当作是把房子卖给亚特的借口。我想说些什么，但是安迪在，我没法开口。也许我根本就不应该开这个口：这不关我的事，妈妈和布莱克都明确地告诉过我了。

他们喝完酒之后，又再次邀请我和他们一起去。我站在门廊看着他们开车离开，还向他们挥手告别。我把自己的衣服从烘干机里取出来，拿上楼。接着我花了半个小时整理材料，把和玫瑰相关的字条在桌子上一一排列好，就像在做学校报告似的。然后，我套上牛仔裤，穿上从衣柜里面翻出来的一双很久不穿的高跟凉鞋。我很开心可以暂时离开家一会儿，不用再去想空空如也的电子信箱。一路上，我开着车窗，任由阵阵风儿吹乱我的头发。快到镇上的时候，我不得不放慢了车速，因为路上的车很多。我把车停在梦大师工厂的后面，穿过碎石子路，走到码头边。

基根已经站在那里等了，双手插在工装短裤的口袋里，两眼凝视着排水渠没入树林的转弯处。排水渠的水平静而又清澈，雨后湍急的水流也已渐渐消退。我努力不去回想麦克斯站在滚滚白浪旁的那一幕。从我这个角度看过去，基根几乎和高中时一般年轻，只不过他已经把摩托车换成了带双侧气囊的货车，皮夹克也变成了风衣。我微笑着冲他挥了挥手，仿佛又回到了少女时代。我以为自己已经把过去的纷扰抛置于脑后了，但无论是一开始关于房子的那些争论，还是溪中和基根的那一吻，都重新把我推进过去的漩涡里。

上船的时候，基根拉了我一把。他坐在船头，发动马达，船便突突突地驶过排水渠，向梦湖开去。岸上的行人有的正慢悠悠地散着步，有的手牵着手，有的吃着冰激凌，还有的冲我们挥手。我们从桥下穿过，经过码头，一路向开阔的湖面驶去。我还看到布莱克站在他那艘船的甲板上，我冲他挥挥手，心里有些懊悔把他的秘密告诉了妈妈。之前因为那块地的事情，我有点生他的气，也生妈妈的气，所以才会不假思索地把那些话说出来。布莱克也冲我们挥了挥手。基根猛地压下油门，我们的船便飞也似的在浪花上疾驰前行。基根很放松，湖和速度于他而言都是小菜一碟，就像那些天赋异禀的运动员，一旦开始游泳、跳跃或者跑步的时候，他们便会摇身变成其他的生物。船上的基根总是给人这样的感觉。

我们刚启程的时候还是黄昏，岸上的豪宅和土地上那些丑陋的伤痕都湮没在同样的暮色里。当我们终于来到湖中央的时候，基根才逐渐减速。夜色清澈，繁星满天，湖水虽深不见底，却是一片平静，波澜不惊。

“口渴吗？”基根问我，一边打开脚下的冰盒，从里面拿出一瓶酒来。

“好啊，谢谢，今天晚上好美噢。”

“是啊，再美不过了。”基根附和道。他把酒打开，倒在几个塑料杯子里，我们就那样在湖面上漂着，享受着这一片寂静，谁也不说话，由着夜色渐渐深沉。*在船上的时候，你不属于任何地方。*我想起玫瑰曾写下的话。

不知是因为这夜色，抑或是因为这寂静，我对基根提起了我的梦境，说起我遗落在树林里的东西，虽然最终找回了它们，却再也无法把它们重新拼凑在一起。我还说起梦里那个被我遗失却又被人保存了多年的钱包，里面封存着我的身份。

“我曾经也做过类似的梦，和你一样，仿佛都是一个系列的梦，但又不完全相同。那个时候，我刚离开艺术学校，但还没回到这里。我四处漂泊，先是在一艘开往墨西哥的货船上工作，从加利福尼亚出发。虽然我的西班牙语还凑合，应付工作没问题，有时甚至还能和其他船员开个玩笑，但是每天晚上他们一起喝酒的时候，我还是没有办法真正融入他们中间。船上还有其他外国工作人员，但是他们的英语不是很好，所以我总是一个人。一个人，又是在海上，没什么事情做，我只能读读带上船的几本书。每天就那样看书，想事情，工作，睡觉，还有做梦。

“就是从那个时候开始，我不停地做这个梦。我的梦和你一样，也是在一片树林里，不过我是沿着一条小路往前走，身边的树木越来越密，路越来越不明显，而每一个梦里，我总会低头发现自己不再是人类，而是变成了某种动物，每天晚上梦到的都不一样，有的时候是一只山猫，有时是狼，有时是豹子，总归都是些凶猛的动物，像是在找什么东西。”

“后来呢？你是怎么不再做这些梦的？”

“后来我们到了墨西哥。我下了船，看到一辆公交车，公司的名字叫作‘野狼公交’，我觉得这就像是一个预兆，于是我上了车，一直坐到了底站。那是一个很美丽的村子，在高原上。我在那里待了一年，谈了恋爱，也学会了当地的语言。再后来，我听到妈妈生病的消息，于是便回来了。”

我点了点头，又喝了点酒，心里不禁想，基根那个时候的女朋友会是什么样子。无论我是多么熟悉曾经的他，他的人生轨迹中有很大一部分都是我所不知道的。

“你回来了。”我重复了他的话，“那你刚回来的时候，是什么感觉呢？”

波浪轻轻地拍打着我们的船舷。基根把杯中的酒喝完后才回答道：

“说实话，没什么感觉。刚回来的时候，我根本都没有想过这个问题，只是想回来看下而已。后来我碰到了贝思，可就算是那个时候，我还是跟她说，我没有打算留下来定居，也不想两个人之间太认真。”说到这里，基根不禁笑出了声，“贝思人很好，但那个时候，我对她不好，亏欠了她很多。一部分是因为我妈刚过世的时候，我很伤心；另外也是因为，那个时候，我总感觉自己转错了方向，被迫陷入了自己不想过的生活里。说回做梦的事吧，快讲完了。麦克斯出生以后，我总是做梦，梦见自己走出家门，又变成了山猫，在一个陌生的城市里游荡。”

“所以你觉得那些梦很重要吗？”

“是啊。易洛魁族人很重视梦，认为梦境是灵魂的秘密心愿，也是内心的渴望。可能不是所有的梦都是这样，但那些重要的梦应该是。而当我重复做这些梦的时候，我就会觉得它们很重要。我住在墨西哥的那个村子里的时候，我也一直梦到山猫，梦见自己变成山猫在森林里驰骋，在黑夜里游过大河。那段时间就是我停止创作的时候，梦里山猫一直带我来到田野上，田野上的植物正在茁壮成长；或者是带我来到河里，河里的鱼儿跃出水面，堆在岸边。所以我明白了，我得继续创作，继续创造东西。原来梦境指引我的，不仅仅是那辆公交车，不只是外在的旅程，还有我内心的旅程，后来也证明真的是那样。”

我们在接近湖中心处随波漂荡。湖底大概有几百英尺深，即使是正午时分，光线也无法照射到湖底。有那么一瞬间，我几乎无法呼吸，我想着底下深邃的湖水和头顶浩瀚的天空，感觉自己漂浮在天地之间，是多么微不足道。我想起我的梦境，梦里那些玻璃球摔成了碎片。

“我不知道，我的梦好像没什么道理。”

“也许你做的梦还不够多。”基根说。

“也许吧。”

我又想起了日本，想起那些在水面下漂着的人脸，想起震颤的大地，想起那个时候，我总会从梦中惊醒，觉得自己必须扛起善后的责任。我们就那样随波逐流，各自默默想着心事。

过了一会儿，基根说道：“我从来没有把这些梦境告诉过别人。”

“我好像也是。”这是实话。吉隆从来不会问我做了什么梦，每次我从梦中醒来，他只会转过身，把我抱在怀里。

“这样好啊，不应该把自己的梦随便告诉别人。”

我想起了玫瑰，她在那个修道院的废墟中吐露了自己的梦想，我也想起了约瑟夫，他的梦想就像一张网，网住了他和玫瑰的未来。

“你知道吗，”基根又开口说道，“你爸爸过世以后，我常常划船到你家附近，看着人们在亮灯的房间里进进出出，好想看一眼你。”

“真的吗？”

基根的脸隐没在黑暗之中，我看不到他的情绪，但我依然记得那段时间，自己的内心被木然的失落和愧疚牢牢占据，根本无暇顾及其他的一切。我想起玫瑰的那些信，她写下她从教堂里偷圣餐杯之前那一刻的感觉：那一个晚上，我的内心除了痛苦，什么都感受不到。回头想想，其实很多年以来，我其实也一直是那个样子，为了不让自己崩溃，我把自己封闭起来，用刺激和忙碌的生活把那些悲伤和失落硬生生地压抑下去。而这会儿，忧伤再度将我吞噬，仿佛之前那些悲伤上覆了一层薄薄的壳，我走在上面，一脚踩破了壳，猛然一头跌入了深深的黑暗里。

“真的，不过也就是持续了几个星期而已。”

“真的对不起。”

“你在哭吗？露西，你看，我可不是想让你觉得愧疚，我只是想让你知道，我那个时候心里想的一直是你。”

“我知道，我没哭。”我一边说，一边擦了擦眼睛。

“可是你真的在哭啊。”

“只是因为一些过去的事吧，没什么。一想到那个晚上，想到一切其实可以有一个不一样的结局，我还是会很难过。那天你送我到家后，我在花园里碰到他，那是我最后一次见到他。”

“露西。”基根握住了我的手，一句话也没说。

过了一会儿，我才重新打起精神，擦了擦眼泪。为了转移话题，我说道：“我发现了好多玫瑰的事情。”

我们接着聊了一会儿小教堂的事，讲起那些明艳而又神秘的花窗，它们是如何让我们两人都一直魂牵梦萦。我们又聊起苏西牧师和奥利弗，聊起那块地不知最后会何去何从。我又告诉基根玫瑰的一些事情，她的梦想，以及我是如何试图理解她的人生，解读她的故事是如何最终成就了这间花窗教堂的故事。

“我周五还会再去一次赛内卡弗尔的女权国家公园，不知道还会再发现些什么，也许什么都没有。但我还是希望我能找到故事的答案，至少可以找到部分吧。”

“之后呢？你会待多久？”

“嗯，之后吉隆会过来。再之后……我也不知道。”

湖水轻轻拍打着船舷。我俩一起坐在船尾靠近跳水台的地方，我很清楚地意识到基根坐在我的身边，也感觉得到夜晚的空气中从他身上隐约传来的温热。

基根的手轻轻地拂过我的手臂，停在我的肩上。我好想就这样屈从于波涛汹涌的欲望之下，回到过去那熟悉的一切，那时候的基根和我，是那么无忧无虑，我们骑着车驶入充满湖水气息的夜色里，仿佛就会那样生活一辈子。但这已经不可能了。时光早已悄然流逝，一切早已改变。基根的生活在此处，而我的生活却在彼处。

“我们来游泳吧。”我边说边挪开身，同时脱下身上的T恤和短裤。我衣服下面穿了泳衣。不等基根回答，我便来到了船边，摆好姿势，一跃而入湖中，动作干净利落，湖水瞬时包围了我。我不停往下潜，因为四周没有光线，我只能凭借水的温度来判断下潜的深度。

我想知道，如果我潜得够深的话，我会在湖底发现些什么，会在这湖水之下发现什么样的残骸。我能感觉到大石子、泥浆、苔藓和黑色的鱼儿滑过我的肌肤，也许我会发现多年前因失火而沉没了的船餐厅，也许会发现人们在发现火苗后丢下的杯盘刀叉和人们游向岸边时丢下的衬裙、束胸、鞋子和靴子。也许还可能找到爸爸遗落的钓鱼箱，或是五十年前坠落在这里的飞机——当时那架飞机刚起飞便一头栽入了湖水里，尸体浮在水面上，随着水流漂出了好几英里。也许我还会发现，当年冰库工作人员留下的冰锥和斧子，隆冬时分，他们在湖面上开凿厚冰块，但是他们的雪橇下结冰的湖面开始颤抖，最后裂开，穿着厚厚的外套的工作人员和套着甲胄的马匹，全都随着雪橇一起沉入泥泞的湖底。

这时，我的肺部开始发疼，我置身于一片黑暗之中，睁眼或是闭眼，所看到的都是同样的世界。我心头涌起一丝惊慌，强迫自己暂时不动，让身体在水中漂浮几秒，好辨清方向，因为周围完全没有光线可以指引我。我拼命踩水，希望自己是在不断上浮，而不是下潜。心中的恐慌越来越强，因为我完全看不见，也不知道我还能屏多久的气。就在这时，我冲出了水面，抬头大口呼吸黑夜里清新美妙的空气。

“该死，露西。”基根说道，他也在水里，他游了几下来到我的身边，把一个轮胎的内胆推到我手里。内胆在太阳底下晒了一天，这会儿还温温的。“你潜了好久，我都以为你出事了。”

“谢谢。”我说，这时我的呼吸已经慢慢平稳了下来。

“喂，”基根在我身边踩着水，一只手搭在轮胎内胆上，凑近我问道，“你真的没事吗？”

“一会儿就好了。底下好黑，我都搞不清水面在哪里。”

基根踩水的时候，一只脚不小心打到了我的小腿，短裤的布料拂过我的腿。

“不好意思。”基根说道。他踢出的水流在我身边形成一个个涟漪。我想起了吉隆说过的话，他说我总是严格控制着身边的一切，一旦发现有什么不能被我掌控，我便会抽身离开。但我现在又在逃避些什么呢？逃避重新绽放的过往？逃避基根在这里丰富而又踏实的生活？还是我在逃避吉隆，甚至是在逃避自己？

可是我却只是说：“你穿着衣服在游泳呢。”

“是啊，刚刚我以为你出了紧急状况。”

有时寂寞也是紧急状况。我想起了吉隆的这句话，想起了他的好，一直以来，我都背负着这沉重的悲伤，深深压抑着自己，而吉隆一直都耐心地陪在我的身边。

我又感觉到了基根的脚，不过这一次他的脚轻轻拂过我的腿，他轻笑出声，眼神发亮。

“这一次我可不觉得不好意思。”他说。

我不想再思考什么，只想回到一切还未改变的过去。我推开轮胎，像过去那样吻他，像从前在幽暗的田野、漆黑的湖面上那样吻他，唯一不同的是，这次我们处于湖水之中，被水包围着，我们的每一个动作都会激起水流，他的手抚摸着我的手臂、我的腿，小小的波浪在我们之间来回激荡回应。我们以前也做过同样的事，那个时候一有机会我们便会一起溜出去。漫长的夏夜里，那时的我们总是乐此不疲地玩着这样的游戏：看谁能在水下面待更久的时间，因为看不见，每一次抚触带来的感觉则更加强烈。

我伸出一只手搂住基根的脖子，他一只手搂住我的腰，同时放开轮胎，我也放开手，我们一起渐渐没入湖水之中，依然吻在一起，在黝黑的湖水中慢慢下沉。我们没有往下沉，也没有往上浮，就那样在夜色中的梦湖里彼此温存相依，基根的抚触如湖水般温柔。我的思绪掠过雪橇、沉船、破碎的生命，又掠过那些花窗女人的形象，她们拿着的物品和她们的故事，最后停留在麦克斯身上，他平静地站在水流汹涌的河道边，只差一步便会坠落河中。思绪又再度发散开来，最后想起了爸爸，拂晓时分，他站在船上的身影不甚清晰，恍若剪影，或是相片底片上的人像。接着他跌下船，撞到了头部，沉入这同一片水中，不断地下沉下沉，再也没有回来。

我所有的噩梦都在这梦湖之底，所有我失去的一切都在那里。我挣脱了基根的怀抱，重新浮出水面，大口呼吸着夜晚纯净的空气。人刚出生的时候，一定也是这样的感觉吧，第一次张开嘴，感受涌入的空气。

随即，基根也浮了上来，摆摆头甩去头发上的水。

“露西。”他开口道。

“我不能，基根，我做不到。”我说道。

我游到船边，爬上狭窄的金属阶梯。基根也跟着我爬上船，在我对面坐下，离我很近，我们的膝盖挨在了一起。

“真的吗？”他问我。

我点点头。这么多年来，我第一次确定了自己的心意。“虽然我不想结束，”我指的不仅仅是我们在黝黑的湖水中的那个吻，还有那些年少轻狂时以为我们可以永远那样子过下去的青春日子。“但我觉得我们之间真的是结束了。”

“你真的这么觉得吗？”基根握住我的双手。他的短裤和T恤紧紧地贴着身躯，鞋子也没脱。刚才他一定是吓坏了，所以才会什么都没脱就跳下了水，“因为我总是想，要是那个时候你爸爸没有去世，要是我们——我就是一直觉得我们俩最终会在一起。”

“我懂。我以前也一直这么觉得，真的。可是基根，其实我那个时候已经决定离开了，那个春天，我本来就打算走的，就算我爸爸没有死，我也还是会离开。”

我想起那个春天自己心中那股迫不及待的躁动，虽然我总和基根一起四处飙车，但我心里清楚我正在奔向一个没有基根的未来，是我自己选择去上一个远在千里之外的大学。

“你生活得很好啊。”我很真诚地说道，心里想着那些膨胀起来的玻璃，那些炉火，还有基根那布置简洁的住处——要知道那里曾经可是一片荒芜，碎片满地啊。

他苦笑了一下：“是啊，生活得不错，非常好。”

“还有麦克斯，他好可爱啊。如果当时我们在一起的话，你就不会有麦克斯了。”

他点了点头。过了一会儿，他抽开手，放回自己的腿上。

“是啊，这倒是真的。”

我们静默了一阵子，听着波浪拍打船舷的声音。

“他什么时候来？”基根问道，“你那个日本男朋友。”

“他叫吉隆，这个星期六到。”

“好吧。”基根点点头，目光离开我，转向黝黑的湖面，“那到时候你不要把他带到我的工作室来，好吗？”

“好的。”我回答。可是一想到有多少门就已这样砰然合上，多少可能性已烟消云散，我的心不禁隐隐作痛。还有吉隆，都不知道他会不会来，现在我离他那么远，但除了那封简短的电子邮件，他已经两天没有给我打电话，也没有给我写点什么了。

“好了。”基根又重新把视线转向我，伸出一只手，用掌心碰了碰我的脸颊，“好吧，空中飞人露西小姐，我想我们该回去了吧。”

长长的回程路上，我俩都没有说话。到码头以后，基根扶我上岸，我有些不大自在地飞快抱了抱他。虽然我知道自己刚刚做了正确的事，但还是满心遗憾。基根转头去摆弄他的船，我转身离开，经过他的玻璃工作室，经过梦大师，即使是在夜晚，矗立在繁星满天的夜空之下的梦大师，还是把周围的景物笼在了阴影里。我坐进我的车里。

到家后，我看到妈妈留在吧台上的一张字条。吉隆打电话来，让你回电。

我手机里也有一个留言，但我没有听，不管是什么事，都等到明早再说吧。我实在是太累了，没有力气打电话给吉隆。我的肺还有些隐隐作痛。我没有开灯便上了楼，也没有脱下身上潮湿的衣服，便直接躺在了床上，悬浮在黑暗之中，仿佛依然在水中漂荡，直至入睡。

第十五章

我醒来的时候，阳光已经照在了脸上，我推开身上的毯子。昨晚我一直梦到玫瑰，梦里的她不停走路，身上衣服的色彩如那些花窗般明艳，双手白皙，宛若凝脂。冲澡和穿衣服的时候，昨晚的一幕幕如潮水般向我涌来，我感到有一种说不出的空荡感，仿佛终于卸下了多年来一直背负着的重担。我回到卧室，打电话给吉隆，响第二声的时候，他就接了。我在狭窄的小床上躺下，闭上眼睛，听到他的声音竟然让我觉得异常轻松，我想起了我们曾经踏实的生活，想起夜里大地震动时，他那依然规律的呼吸声。

“嗨，怎么样？你到哪儿啦？”我问道。

“我回到酒店了。我赶上了早班机。你没有收到我的留言吗？”吉隆回答。

“我出去了，手机又没电了。”这个是实话，但其实我一直故意不上网，也不想给手机充上电。

“哦，我一直在岛上，那里没有网络，其实没网络也不错。跟你说哦，那个岛真的好美！尼尔和朱莉向你问好呢。”

“好希望我也能在那里。”我说。那里的海水非常清澈，珊瑚丛中有色彩鲜艳的鱼儿在穿梭，周围一片寂静，潜水的时候能听到空气通过氧气罐输送出来的声音。我是在大学里学会潜水的，刚认识吉隆那会儿，我说服了他和我一起去，本来他觉得他不会喜欢潜水，但没想到他却一试成瘾。“我明天去机场接你，是中午到吗？”

“对。我在东京转机，然后到纽约，再飞到罗彻斯特。那边天气暖和吗？我可没带什么衣服，带的都是热带的装扮哦。”

“没那么热啦，不过应该没问题。因为你知道吧，我们这里也有商店呢。”

吉隆笑了，笑声低沉而又熟悉。我也笑了，不过眼里已有泪花，因为和吉隆说话是多么开心的一件事啊。

“你能来真好，我差点以为你不来了。我最近真的是有些心不在焉，对不起啊。”我得把和基根的事情告诉他，但我想当面和他说。

吉隆沉默了下，说道：“我也很高兴我能过去，我想我已经准备好做些改变了。”

“嗯，对了，你那有什么新进展吗？开会的时候发生了什么事？”我问道。

“就是工作的事。”他回答。

“你们把那座桥的事情谈妥了吗？”

“是。桥的项目还会继续，至少我听说会继续造。”

我等着他把话说完。

“其实，我本来是想当面告诉你的，不过还是现在就和你说吧。露西，我辞职了。我昨天递了辞职信。”

“真的吗？”我震惊得不知道该说什么。

“真的。我觉得也就只剩辞职这条路了。我没办法坚持那座桥的设计，而且很显然，如果我再坚持己见、四处嚷嚷的话，最后还是会被公司开除的。”

“可是你这么优秀，他们怎么可能开除你啊。”

“我是不错，对，可是我提了反对意见。也就是说，别人会觉得我意见大，至少管理层这么觉得吧。参加这次雅加达讨论以来，我已经听到三个不同的人说我没有团队精神了，他们说我应该考虑下我的将来。

所以上次和你通完电话后，我就开始考虑了。和你通电话的前一个晚上，我去散步，走了好久，就是沿着那条夜市街走的。我一边走，一边想，我想不出，留在一个不能发声、不能对我认为重要的事情表达自己意见的公司，会有什么未来。所以，后来在开会的时候，我表达了我认为桥的选址应该绕开那块圣地的想法。会议结束后，我就提交了辞职信。本来我还以为他们会挽留我，但没想到他们接受了我的辞职，所以我收拾东西，和尼尔、朱莉一起去浮潜了。”

“那么，你现在失业啦。”就像当年在孤儿院时那样，我心中对吉隆充满了赞赏，但同时，我也有种自由落体下坠的感觉。“所以我们两个都失业啦。”

“嗯，不过不用说，现在印尼人一定很喜欢我。”吉隆试着开玩笑说道，“我可以在他们那里找份工作。”

“雅加达对我们来说一直是个不错的地方。”我附和道，不过这突如其来的变故还是让我有些头晕目眩。

“别担心啦，露西。这是自由啊。”吉隆说。

“随你怎么说啦。”

电话那头寂静一片，我还以为他掉线了。

不过最终他开口说道：“好啦，露西，我那个时候真的是没有其他选择。所以呢，我尽量正面思考嘛。我还是应该当面告诉你的。”

“没事啦。”我对吉隆说，也像是对自己说，“不就是一份工作嘛，对吧。我们很快就能见面了呢 。”我尽量用冷静的语气和他说话，但还是感觉自己正在从高空中坠落，触不到地。如果这就是自由，那么这样的自由还是有些让人害怕。吉隆的语气很轻松，但是他也是一个很看重工作的人，而且这份工作又是在日本这个被他当作是祖国的国家里，所以这份工作对他而言，比其他任何工作更加有深远的意义。而且他也常常加班，又那么努力，辞职对他来说一定不是一件容易的事。

“吉隆，工作的事情，我真的为你感到难过。”

“别担心啦，我已经有些想法了。”

“啊，真的啊，好吧，那我们周六见咯。”

“周六见。晚上我会梦见飞过北极来看你哦。”

我们挂上电话后，我站在地板上晒得到太阳的地方，环顾四周，周围看起来和几分钟之前完全一样，但其实其他的一切都已经发生了变化。我想着一些实际的问题，比如我们是不是还会有医疗保险，所剩的存款够不够付清接下来三个月的租金。

我和基根一起做的那个美丽的玻璃球就放在白色的梳妆台上，一道细细的阳光洒落，玻璃球显得十分绚丽多姿。我拿起玻璃球，放在手心上，暖暖的，沉甸甸的，我想起一百多年前，玫瑰写下这样的语句：我想象不出我的将来会是什么样子。

整个白天我都坐在湖边，听着页岩滚动，波浪起伏，重新读着玫瑰的那些信件，直到最后把它们熟记于心。我想象着玫瑰的一生，把她的生活和我的生活进行比较。以前，我一直自认为自己的生活充满冒险，但其实和玫瑰相比，我的生活简单很多，也安全很多。她怀着孩子，身无分文，甚至不确定会不会有工作，就那样来到一个陌生的国家。没有医疗保险，没有社交圈子，除了一个哥哥之外，再没有其他亲人在身边，那种感觉一定很让人害怕吧。虽然当时的环境和社会风俗都对她不利，但她还是坚忍不拔，独立自强，从来不曾放弃。她的这种精神着实让人振奋，也驱使着我渴望知道更多她的故事。我划着独木舟来到湖里，回头看着家里的房子，它看上去是那么小，又离得那么远，我好希望自己成长的过程中能认识玫瑰，哪怕只是知道她的存在，也是好的。

星期五早上，我比妈妈起得还早，我在吧台上给她留了个字条，便驾车出发去了赛内卡弗尔。管理员已经回来了，她穿着一条深橘色的棉布裙子，皮肤晒成了古铜色，耳环也都换成了橙色的耳钉。她一看到我便冲我微笑，但是她镜片后的眼睛却显得有些通红，而且开口之前还特意清了清喉咙。

“嗨，我就知道你今天会来。你登记下就可以了。那几箱东西我也已经给你搬出来了，就在楼上的桌子上。不过那封信我收起来了，因为馆长下午会来，我想应该让她看一下，说不定是很有历史价值的东西哦。”

我点点头，松了一口气。因为我一直担心那几箱资料会被锁起来，再也看不到了。至于我拿的那几封信，我倒是一点都没有罪恶感。我把那些信都放在了家里，放在一个标有“玫瑰”两字的文件夹里。

“谢谢。那我能看下那封信吗？就看一下。我周末又研究了一下，所以想稍微比对一下。”

“我已经帮你复印了一份。我知道这事儿对你很重要，给。”

她把复印件递给我，玫瑰·贾勒特那倾斜的字体印成了黑白灰的色调。

“谢谢。”我道谢离开，急着去楼上，但我还是犹豫了一下，转过身问她，“你还好吗？”

她笑了，摆摆手说：“没事啦，就是和男朋友大吵了一架。”

“别难过。嗯，至少你的肤色晒得很漂亮哦。”

“肤色的确晒得不错，但也被蚊子咬了几百个包。我忘记带防蚊药水了，对，忘带防蚊药水是我不对，可是你会因为这个就提出分手吗？”

“那你可能问错人了。”我回答道，因为过去几年里，我就常常因为各种鸡毛蒜皮的事儿和别人分手，因为我不想把生活搞得太复杂，也不想背上任何的情感负累，所以我总是和人保持一定的距离。当然，我之前并不明白这一点，是昨晚和基根一起在梦湖时才想通的。多年以来，我一直四海为家，没有牵绊，为寻找一份冠冕堂皇的工作而感到骄傲，这样的日子倒也很简单，可是我却很少停下脚步，想想那些被我抛在身后的人和事。但现在，回忆却不请自来，我想起了那些我曾经刻意保持距离的男朋友。无论我和吉隆最后会如何发展，至少这一次我没有逃避，虽然差一点我又要当了逃兵。

“不就是没带防蚊药水嘛。”她叹了一口气说道。

“你知道吗，我觉得，没有他你会过得更精彩。”

这时，电话响了，她接起电话，我便走上楼梯。最后一个大箱子和其他箱子一起已经摆在了那张核桃木桌上。日光透过蕾丝窗帘照进来，在桌面上投下片片光影。空气中弥漫着灰尘和旧报纸的味道。房间里竖立着一排排的书架，我凝视着那排排书脊，不禁遐想，其实书和人是何其相似：有思想，有图像，能想象世界，也能感知世界；而且这些书里也留下了读者的指纹，记下了他们的会心一笑，或是喟然长叹。那些作者字斟句酌，把他们的思想逐一记录下来，但他们却从来没有机会与读者见面，想到这里，不禁令人叹息。而这些箱子也同样让人叹息：那里面的收据、字迹潦草的字条、没有题字的照片，曾经因那些鲜活的生命而交织在一起，而如今这些生命却早已消逝，不复存在。这一次，我有系统多了，不再像上次那样漫无目的地乱翻一气，而是分门别类地把箱子里的物品分成一个个小堆。楼下传来门开开合合的声音，人们交谈的声音和电话铃声。我抿了一口已经冷掉的咖啡，然后便开始了查找。

我找到了一个活页夹，和我发现那些信的文件夹一个式样。但直到我翻到箱子一半的时候，才又找到几个信封。这些信封用一根老掉牙的橡皮筋扎在一起，我轻轻一扯，橡皮筋便断了。最上面一个信封上的字迹很熟悉，是玫瑰那倾斜有力的字体。这时，所有我曾经接受的科学训练丝毫不起作用，我的双手还是颤抖得厉害。因为时间有限，所以我只匆匆瞄了一眼这几封信，没有细读。接着，我又找到一些字条、账本、朋友们送的生日贺卡，还不时发现几封散落的信。我把发现的信都拿出来放在一边。直到把整个箱子整理完毕后，我才坐下来，读起这几封新找到的信。

1915 年 4 月 30 日

亲爱的爱丽丝，

今天是你四岁的生日。约瑟夫来信说，你一切都好。他还寄给我一张你画的画，上面画着一个人，有着两只大大的眼睛和细细的腿；还有一只猫，它就是“影子”吧，因为你是用黑色的蜡笔画的。你还写上了自己的名字，每一个字母都写得好大，而且是用和你眼睛的颜色一样的深蓝色写的。你真棒！我很快就会看到你了，我一直在存钱，存钱来看你，存钱把你接到这里来和我一起生活。

每次想到你在那里过着没有妈妈的生活，我的心就很痛，那就来和你说说我在这里的生活吧。这里的生活，是我从来没有想过，也从来没有经历过的；这里的人，也和我以前认识的大不相同。好多好多的人在这里来来去去，几乎每个晚上，他们都会聚在这里，辩论每一天发生的重要事件，热烈地讨论工人的境遇，还有女性的处境。他们中有艺术家、护士、老师，甚至还有律师和音乐家。这里到处都是书籍和各种想法。有的时候，那些激烈的讨论会转化成音乐、歌声，或是诗歌朗诵。有些演员也会来，隔壁的面包师有时也会过来，还有一个女人，她丈夫管理着一个纪念馆。和他们在一起的时候，我一般总是很安静，因为大家的思想和辩论进行得太快，我几乎跟不大上，但没有人介意，大家会继续谈论下去。我觉得在这里，我有很多朋友。

上个星期，我交了一个新朋友。她叫比阿特丽丝。有一天晚上，他们正在表演一场滑稽剧的时候，她朝我走来。她身材娇小，育有四个儿女，其中最大的一个儿子比我小不了多少。在挤满了人的房间里，她和我一样很安静。她的眼睛又黑又亮，闪烁着生命力，仿佛周围的一切都逃不过她的眼睛。她说我长了一张很有趣的脸，还有一双与众不同的眼睛，她已经注意了我好长一段时间。她的丈夫是一位艺术家，她觉得她丈夫会很想要我做他的模特儿，他会付钱给我，而且做模特儿也很简单，不会很累，即使我忙了一天之后也能干。说起来我很幸运，因为我不用去工厂干活，薇薇安听说有一位老妇人在找看护，所以我白天在老妇人的豪宅里干活，晚上步行回来，回来的路上，不管是什么天气我都很开心，因为整个白天，我都在爬高摸低地忙着老妇人交代的差事。

因为我想要这笔钱，那样就可以早点把你接到我身边，所以我就答应做她丈夫的模特儿。她丈夫叫弗兰克·韦斯特鲁姆，她说话的口气好像我应该听说过他，但当然我根本不知道弗兰克是谁。

后来，我问薇薇安这样做好不好，算不算正经行当，她明确表示这件事很正确，而且我应该为此而感到骄傲。

我得跟你说说薇薇安这个人。我已经在这个城市待了六个月，现在，她已经成了我的好朋友。至少，我希望我们算得上是朋友，因为我很仰慕她。而且我对她也充满了感激，你看，这是她的房子，但是她让很多人住在这里，我们一起共享资源，分担家务。薇薇安比艾莉奥特太太小好多，估计有小十来岁吧。她母亲生她的时候死了，她还在上学的时候父亲也过世了。这栋房子是她家族留下来的。我想她曾经过着非常快乐的生活，开派对，穿礼服，赴晚宴，看戏剧。但她后来去帮助穷人，见到有些女人连自己的孩子都喂不饱，她深受触动。过了一段时间，她便去学习护理，举办这些沙龙。她认识所有的人。每两周她都会去那些最穷困的人那里，走进他们那阴暗、拥挤、贫瘠，但却圣洁的房子里，为他们治病，却分文不收。

我之所以知道这些，是因为我常和她一起去。

看见那些受苦的人，我心里很难受，但同时对我也是一种慰藉，因为这让我看到生活可以有诸多磨难，从而对我自己的生活心存感恩。我把你留在哥哥的家里，那个安全又舒适的地方，虽然这个决定让我难过不已，但我还是觉得这是对的。

现在已经很晚很晚了，我好累啊。我亲爱的寿星女儿，希望你睡得香甜，希望你会梦见我。

爱你的妈妈，

玫瑰

我把信放在桌上。所以，我猜的没错，玫瑰的确当过弗兰克的模特儿，如果不是在罗彻斯特的工作室，那就是早先在纽约市的时候。我不知道他们之间的关系是否仅限于工作。比阿特丽丝是玫瑰的朋友，我不愿意去猜测玫瑰会做出背叛她的事情。这时我忽然能够理解奥利弗了。因为他对于弗兰克·韦斯特鲁姆已经产生了强烈的情感，所以他不想弗兰克的形象受到任何的贬损。我翻出手机，找到那张放在基根工作室里的约瑟夫花窗照片。照片很小，但我仔细端详，试图辨认出里面的那个女人是否就是玫瑰，如果是的话，那当她站在弗兰克那悄无声息的工作室里，让他在漫漫长夜里将她细细画下来的时候，她又在想些什么呢？

接着我又发现了一张白色卡片，上头写着 CWE 三个字母，是金色的。

1916 年 5 月 2 日

我亲爱的玫瑰，

希望你收到这封信的时候，就像上次我去看望你的时候那样，一切安好。看到你幸福地过着新的生活，看到你为了女权挺身而出的下场还不至于太惨，我好高兴。我答应过要给你写信，告诉你爱丽丝的消息，我很高兴地告诉你，她过得非常好。我昨天见到了她，她正在院子前玩布娃娃。我停下来和她聊天，她谈吐得体，非常有礼貌，可以这么说，她是个精力充沛、充满好奇心的孩子。她正在茁壮成长，你一定会为她感到骄傲的。我会时不时地去看看她，告诉你最新的消息。现在呢，你就放宽心，她很安全，过得很好。

真挚的尼莉娅

接着又是一封短信，信上朴实的字迹十分熟悉。

1916 年 5 月 17 日

亲爱的妹妹，

爱丽丝在院子里过了她五周岁的生日。科拉烤了一个花朵形状的蛋糕，上面撒了金色和白色的糖霜，蛋糕里面是奶油冻。我们还喝了汽水。爱丽丝还得到了一条新的紫色裙子和一双新鞋子。科拉上个月开始脱掉了丧服。我还在农场工作，但我打算开一家锁行，我对锁有天分。

艾莉奥特太太说她见过你了，她说你过得不错。听那个女人讲话着实让人生厌，她现在还是不停地在折腾投票的那些破事儿。我现在开始念书了，准备申请美国公民资格，你也应该申请。

约瑟夫

1916 年 9 月 10 日

亲爱的妹妹，

收到你的信了，知道爸爸妈妈很好我就安心了。艾伦也写了信给我。昨天我和科拉结婚了。杰西去世也有一年了，我们也等了有一段时间。我问了科拉能不能请你回家来参加婚礼，但她觉得不好。我原本希望这只是杰西的想法，但可惜她也一直这么想。对不起。我也很遗憾没能见到你。你寄来的钱，我没有办法单独设个账户存起来，因为一直都有开销，得给爱丽丝买新衣服、新鞋子，还有书。我一直都精打细算的。爱丽丝过得很快乐，她总是在花园里玩。

约瑟夫

下一封信很厚，是玫瑰写的，是同一个夏天早些时候写的。信纸很薄，周围四个角上印有一圈淡蓝色的花，仔细一看，是勿忘我。

1916 年 6 月

亲爱的爱丽丝，

今天我看到你了，你在屋外玩耍。你长大了好多啊！你的头发已经那么长了，个子也长高了。但我还是一眼认出了你。我就站在艾莉奥特太太家前院的橡树底下看着你。我很难形容那个时候，我的心情是多么满足和快乐。

我已经快有一年没见到你了。现在终于攒够了钱来看你，这还全靠了那份模特儿的工作。为了这份工作，我得整晚整晚地坐在工作室里，冬天很冷，夏天又很闷热，我还得保持一个姿势不动，有的时候，我都累得快昏过去了。而他总是警告我说，注意你的眼皮，把下巴抬高一些，我总是尽量做到最好。他人很好，虽然有的时候脾气有些暴躁，还有些无礼。我朋友比阿特丽丝也很好，有的时候，她还会教我设计，因为她在结婚前就是学设计的，而且是个设计高手。

于是我就那么坐着、工作、存钱，然后来看你。

现在是6月，夏天的花刚刚开始绽放，但天气还是有些凉，就像早春3月。当然，我原本打算见见约瑟夫，也来看看刚成为贾勒特家族一分子的科拉，不过我还没办法把她当作嫂嫂看待。今天天色阴沉，我看到你把冬天的衣服又都穿出来了：那件蓝色的外套，还有我织好寄给你当作圣诞礼物的浅蓝色帽子和手套。我把箱子放在艾莉奥特太太家的门廊上，然后走过街，迫不及待地想见到你，抱抱你。你手上的手套已经掉了下来，一头连着我做的小绳子，半搭在手腕上；你的帽子也掉了，在背后甩来甩去；你的外套也开了，露出里面明艳的小裙子，不过还好，天气还不是那么冷。蜀葵也开花了，一朵朵软软的、铃铛般的花朵从那长长的茎上垂落下来。你摘了几朵，把它们做成了娃娃的样子：还没有开放的花骨朵是娃娃的脑袋，盛开的花朵则是娃娃的小裙子。以前我们俩经常一起这么玩，是我教你的。你做得很认真，一直低着头，直到我在你身边蹲下来，你才抬起头，撩开垂在脸上的头发，冲我微笑。

你说：“我在做娃娃，你要帮忙吗？”

“好啊，我来帮你。娃娃好漂亮哦。”

“是我妈妈教我的。”你的话让我心中涌起一阵喜悦，因为虽然你没有一下子认出我来，但显然你还记得妈妈。

“你妈妈一定很爱你。”我说。

“是啊。她很漂亮，她还给我织了手套呢。”

“手套好漂亮哦。”我说。我想起坐在楼下给你的小手织手套，身边有很多人在兴致勃勃地聊天。

“我从圣诞长袜里找到的，不过之后它们都被收起来了。妈妈说我可以玩一下下，但要放回去，不可以把它们弄脏。”

我等着自己的心跳了一下、两下、三下，努力想要理解你这话的意思。

“谁说你要把手套收起来的？”

“妈妈说的，科拉妈妈。你是来找她的吗？她在厨房做面包。”

“我不是来找她的。”说完这句话后我便再也不知道说什么了。

你把做好的花朵娃娃递给我，说道：“我给你做的，你是一个漂亮的阿姨。”你说完便站起身跑开了，咯咯直笑。

我就那样看着你离开，你那浅蓝色的手套在外套的褶皱间忽隐忽现。

看到这里，我不得不停下来。我站起身走到窗边，窗外是一片大草坪。我看着马路上车水马龙，心里充满了对玫瑰的同情。她就那样蹲在潮湿的地上，面对着已经不认识她的女儿。可我的这份同情却无处宣泄，因为玫瑰早已去世多年，无迹可寻了。我又想起了我的曾祖父，他的故事表面上看起来完美得天衣无缝：他早年白手起家创立了梦大师，抚养了一个不是他亲生的孩子长大，又娶了一个对他们的生活充满热忱的妻子。但细究之下，却发现，他们的人生和我自己的人生一样错综复杂，充满了各种错误、失望和被曲解了的好意。我有一种被欺骗的感觉，因为这么多年来，我对于我曾祖父那充满英雄色彩的人生深信不疑，而对玫瑰的故事却毫不了解，她被硬生生地从家族历史中抹去，仿佛她从来没有存在过一般。我接着读信，想看看之后她又做了些什么。

你离开以后，我走了好久好久，一直走到小镇外，沿着满是车辙印迹的乡间小路走着，一直走到了梦湖边，那个用花朵做成的娃娃在我手中渐渐枯萎。冰冷灰暗的湖面上有一道泡沫形成的白边。我哭了起来，我没有想到会是这样的一个结局。你一直在我的心里，所以我从来没有想过我却在你的记忆里渐行渐远。

我想让你明白，我的内心是如何地挣扎。我在一块大石头上坐下，波浪在我的脚趾边嬉戏，我努力思考着下一步该怎么做。我想到有两种可能性。一是我回到你身边，告诉你，你是我女儿，把你带回城里。薇薇安和其他人都会欢迎你住下。也不会有人提起你的爸爸，大家都认为他已经打仗死了。

可是我去工作的时候你怎么办呢？我必须得工作啊。还有你会怎么看我那间狭小的阁楼房呢？科拉会让你跟我走吗？还是她会说我没有资格当你的妈妈？因为我曾经坐过牢，又帮薇薇安一起做事，穿梭在各个穷人家庭。

我能给你怎样的生活呢？你的精神生活一定会很丰富，可以整天与艺术家和他们的创作为伍。你也会得到大家的爱。但我住的地方没有其他的孩子，无论我在这群人当中生活得有多么开心，把你接到这里来难道真的是公平吗？我坐过牢，这里很多人都坐过。我们的身上打着过去深深的烙印，我们还拥有坚定的信念。几乎每个礼拜，我都会去那些极其贫困的街道，爬上公寓楼里那些黑暗狭窄的楼梯，见到好多孩子在阴暗的角落里逗留。他们没有上学，因为他们连买衣服的钱都不够。他们还很害怕，也许是因为他们的妈妈病了，而且又怀了一个孩子，很可能熬不过生产这道关口；也许是因为他们的爸爸受了伤，没有办法工作。他们那微小的希望，正随着时光每分每秒的流逝而变得越来越渺茫。这些孩子已经在工厂里干活，那些十一二岁的女孩儿已经弓着腰操作着机器，男孩儿们则推着一车车的煤，给炉子添火，或是做一朵朵的布花，直到因体能透支而倒下。

难道我想让你卷入到这一切中来吗？

更何况，虽然我并不喜欢薇薇安的这份工作，但我知道这是一件很重要的事，而且每当我帮她的时候，我感觉自己是完整的。

湖面透出寒冷的灰蓝色。我的眼前不断地浮现你的身影，你在草坪上跑着，漂亮的小手套忽隐忽现。我的内心涌起一股怒气，但我努力让自己平复下来，平静地想想，该怎么做才是最好。我知道，因为愤怒而鲁莽行事是不对的。我希望把自己对你的爱，而不是我的情绪放在第一位，应该从一个旁观者的角度，也许是一个陌生人的角度，来考虑怎么做对你才是最好的，我美丽而又可爱的女儿啊。因为，这就是我在短短的一生中所学到的：切莫意气用事。做什么都应该以爱为出发点，要么就什么也不要做。

因为我见识过，怒气是如何让邪恶变得有机可乘。这是我跟着薇薇安后得出的结论：我们走访了那些混乱的大街小巷，走进那一栋栋屋子，看着人们受苦、死去，看着悲痛和愤怒像邪恶的病毒一般折磨着他们身边的人。曾经的我想法很单纯，我认为世上的人只有两种：善良的和邪恶的。杰弗里·温德姆就是邪恶的人，因为他抛弃了我，抛弃了我们。我认为他的家庭也是邪恶的，因为当他们一家人无忧无虑地住在大房子里的时候，那些在他们的土地上辛勤劳作的人却食不果腹，而且，在温德姆家族的人眼里，他们一钱不值。

我以前就是这么想的，有些人就是好人，剩下的就是坏人，而我当然是个好人。可如今，我却认为邪恶是这个世界上的一股力量，它总在不断寻找，只要看到愤怒和失落、悲伤和背叛，邪恶就会像长在面包上的霉菌，或是苹果上的腐肉，迅速地进入我们的生活中，把我们牢牢地控制住。

当年在修道院的废墟里，我就很愤怒，因为他们的笑声阻隔了我想以自己的方式去爱上帝，爱教会的那条道路。而后来，被愤怒蒙蔽了理智的我偷走了圣餐杯，仅仅因为上面刻着伤害了我的人的名字。

刚刚我也因为一时的愤怒而以为，科拉故意让你忘记我，故意把我——你的妈妈，从你的人生中抹去。

我大可以把你带走，乘上火车，让你在这里和我一起生活。

可是你现在过得很幸福，也被照顾得很好。

是我的亲哥哥在抚养你呵。

还有科拉，虽然我并不喜欢她，她也不喜欢我，但是她的确爱你。

我在湖边的大石头上坐了好久。当我终于站起身的时候，发现我的腿都已经坐麻了。我又一路走回镇上，路边的碎石在我的靴子底下嘎吱作响。艾莉奥特太太让我坐在火炉旁，我把我的决定告诉了她，她并没有指责我，也没有试图让我改变主意，而是伸出手搂住我的肩膀，说道，亲爱的玫瑰，是我让你承受了这么大的痛苦，对不起。而我却回答，这并不是她的过错，一切都是我自己的决定，每一次都是我自己的决定，的确如此。

我写信给约瑟夫，并寄上了我为你存下的所有的钱。第二天一早，我便起床，拎着箱子来到火车站。一天一夜我都在赶路，也一直都没有合眼。走路的时候，行李箱的把手深深地嵌进了我的手里，但我很乐意承受这样的痛苦，因为这样的痛苦是真实的、具体的，而且我知道总有一天它会结束。

好了，今天就写到这里吧，我亲爱的爱丽丝，我最心爱的宝贝。

读完这封信后，我的喉咙都有些发紧。

还有好几封信没有读，我还有一个小时的时间。但忽然之间，我却很想离开这里，把剩下的信拿到一个更私密些的地方看，确保它们在我身边万无一失。馆长再好心，也有可能会把它们弄丢的。要是奥利弗找到这些信，他或许会把这些信放进韦斯特鲁姆纪念馆那透明的玻璃展示柜里，把玫瑰变成弗兰克·韦斯特鲁姆传奇故事的一个小小脚注。无论这些信有什么样的历史意义，更重要的是，它们都是私人的。是被我们家族给抹去了的一个女人写了这些信，尽管它们不是写给我的，尽管她写完这些信几十年之后我才出生，但我还是能强烈地感觉注定就是会由我来找到玫瑰的这些信。

我把其他文件一一放回纸箱里，把那几封信小心翼翼地叠好，放进我的包里。我离开历史协会，冲着正在讲电话的官员挥了挥手。门口的街道很宽阔，两边栽着高高的大树，我沿着大街往前走，一直来到一个小公园。公园俯瞰着一个小小的人工湖，湖是当年开凿运河来蓄瀑布的水时开挖的。平静的湖底有着废弃的街道和工厂，静静地躺在激流之下。一艘船正在往码头方向驶去。我在草地上坐下来，从包里拿出另外一封信来看。

1916年10月14日

亲爱的爱丽丝，

自从上次在花园里见到你之后，已经过去五个月了，虽然离开你的痛苦依然存在，但日子仍在继续。最近发生的一切，让我越来越坚信，之前把你留在我哥哥那里是个正确的决定。因为，你看，我又进了一次监狱。

上次我跟你说过，我会和薇薇安一起去探望那些穷人家庭，后来我去得越来越勤。每一次去的感觉其实并不好受。女人们总会把孩子们打发到其他房间或是屋外去，然后殷切地求我们告诉她们，怎么样才可以不再怀孕。有些妇女已经生了七个孩子；有些被医生告知如果她们再要一个孩子，就会性命不保；有些人的丈夫酗酒，总是保不住工作；有些人的丈夫虽然勤劳肯干，却找不到工作；还有些人的丈夫生了病；有些妇女和当年的我一样，无权无势，孤立无援。但这些都不重要，重要的是，我们把我们所知道的知识告诉她们，便是一件不合法的事。我们传授最基本的生理常识，但这是违法的，康斯托克先生就是那样规定的。薇薇安曾经对这道法令心存忌惮，但后来，她亲眼看到，一个曾经求她教导避孕方式的妇女因难产而死，胎儿也死了。再之后，只要有人问起，她便会教她们。我也会。这道法令太不近人情，毫无仁慈可言。

尽管这样会使我们深陷险地，但我们还是毫无保留地把我们知道的知识告诉这些女人。当我们得知，桑格太太和她的妹妹拜恩太太打算开一家计划生育诊所时，我们便决定去诊所当志愿者。那天风很大，诊所还没开始营业，外面便已经排了好长的队伍。我们帮忙派发资料，我们就做了这一件事——把印有人体知识的手册发给人们。如果有一天，你有机会读到这封信的话，你一定会诧异，这样简单的举动竟然会引起这么大的震惊和骚动。来诊所看诊的队伍一天比一天长，但10月26号那一天，警察来了，他们封了诊所，还把我们都抓了起来。

比阿特丽丝和弗兰克一起来把我和薇薇安保释了出来。比阿特丽丝虽然身形丰腴，但动作敏捷，她很气愤，而弗兰克则一如平常地平静，坚定地站在她身边。我们和他们一起走出白瓷砖砌成的牢房。桑格太太得出庭接受审判，拜恩太太还在监狱里，开始绝食抗议。我们担心她会死在牢里，但她说她死不足惜，因为每年都有成百上千的妇女难产而死，因为她们被剥夺了知情权，无法决定自己的命运。每到一处，地铁里，街头巷尾，人们都在谈论拜恩太太的事。我听到有个人说："他们仅仅因为一个女人教了生理常识，就把她给关了起来！”事实就是如此。

爱丽丝，我现在很庆幸你不在这里，不用亲眼目睹你妈妈被抓起来送进监狱。但我从来不曾停止想你，我总是想你过得好不好，你的生活中有着怎样的小乐趣。

爱你的妈妈，玫瑰

我又看了下日期——1916年。玫瑰所讲述的这段历史，感觉并不是很遥远。这让我不禁试想，如果我不能读书，不能工作，甚至连自己身体的基本常识都无从得知的话，我的人生会变成什么样。在我独立自主的人生之下，埋藏着一段艰难的过往 ，就像这平静的湖面下隐匿的工厂废墟。在历史的长河里，那些被我视为理所当然的权利，其实由来并不是很久。我拿起下一封信，继续看下去。

1920年3月

亲爱的爱丽丝，

今天我收到了约瑟夫的信，说你一切安好，他和科拉，还有家里的其他人都没事。虽然这次镇上死了很多人，但你们都平安度过了这次流感。我打开这封信的时候，手一直在颤抖，因为我好怕等来的是相反的消息。今天我去了小教堂。我已经有很多年不去教堂了，感觉没有办法走进去，因为我的心里还有着愤怒。最近我参加了好几场葬礼，在某一场葬礼之后，当人们都离开后，我独自在一片静谧中坐了一会儿，感受着这么多年以来让我远离教堂的那些恐惧、悲伤和愤怒。我也为我这一生所犯下的错误感到愧疚。静谧的感觉很棒。我就那样坐了一会儿，我没有办法解释，这样的静谧也是一种慰藉。我又能像少女时代那样感受到教堂的力量了。于是我就这样回归了。有的时候我也会去参加礼拜。有的时候我就一个人去那儿，独自静静地坐上一会儿。今天早上我收到信，知道你平安后，我就去教堂这么坐了一会儿。

知道你健康平安，我内心的喜悦真是无以言表。这次的流感已经夺走了好多人的生命。薇薇安也病了好几个星期。我也是，康复得很慢。曾经在这里的聚会，激烈而又激动人心的会议，也都随着第一次世界大战的结束而结束了。现在，我们每天都会收到消息，说又有朋友患上了流感，或者有人因此去世。这其中，让我最悲痛的是，我亲爱的朋友比阿特丽丝也因为感染了流感而去世了。她看上去是那么健康，薇薇安病重的时候，她还过来帮忙，可能我病重的时候她也来了，我不大记得。但之后，她便一病不起，高烧不退，开始胡言乱语，甚至连我都不认得了。我握着她的手，但她没有清醒过来，也没有和我们说话，一天不到便死了。

就像这场流感，也是突如其来，一夕之间，世界仿佛都变了。

他们说女性投票权今年会通过，但比阿特丽丝却看不到了。

弗兰克悲伤得不能自已。日复一日，他就那样坐在黑暗的屋子里。他的作品如今已不大流行，而他又不愿意迎合现在流行的艺术品味。其实比阿特丽丝去世前，他就已经有些独来独往了。比阿特丽丝就是他和世界之间的连接桥梁，也是所有对他打击的缓冲区，但如今，比阿特丽丝却已经不在了。我给他做了玉米淀粉布丁，陪他一两个小时，但我也做不了什么其他的。我二十四岁，他四十八岁，我没法假装自己能理解他的悲痛。

1921 年 4 月 30 日

亲爱的爱丽丝，

真不敢相信，今天你已经十岁了。我想起你出生的那个美好的早晨，花朵在窗外绽放。当我把你抱在怀里的时候，我感觉已经和你认识了一辈子。艾莉奥特太太在这里，她会待上两周，帮忙打包。她说有一次她看到你在做侧翻，她还给你鼓劲来着。她还带来一张你的相片，你穿着一件带蕾丝和褶边的棉制衣服。你看上去好严肃哦。也许拍照的时候，科拉叫你不要动吧。我好想看到你的笑容啊。约瑟夫忙着梦大师的生意，很少写信给我。锁，嵌在门上的锁，我和他都能一摸便可轻松打开的锁。

这些事都是艾莉奥特太太一边打包一边告诉我的。现在，这些可爱的房间里都已经堆满了箱子，家具也都已经搬走了，在褪色的墙壁上留下了一块块的印记。

薇薇安要搬去梦湖和艾莉奥特太太一起住了。她答应会帮忙守护着你，也会给我写信讲讲你的近况。可怜的薇薇安，自从上次流感之后，她的体力一直没有完全恢复，她以前是那么活跃，但现在，这个房子对她而言已经太大太空，她也没有精力来打理了。她已经把房子卖了，我住在这里的日子已所剩无几，住一日少一日了。

弗兰克也走了，去了罗彻斯特。他说那里虽然很冷，但很宁静。他还写信说他很快乐。我们依然很想念比阿特丽丝，他挚爱的妻子，也是我亲爱的朋友，讲起她的时候，我们的心中略觉安慰。比阿特丽丝过世了，弗兰克郁郁寡欢了很久，我好担心他会就此一蹶不振，因为他好像没有了生活的热情，甚至都放弃了他钟爱的艺术。所以我有时会过去陪陪他，给他泡茶喝。一切便这么悄无声息地开始了，带着我们对彼此的敬意和我们之前的友谊，以及我们对比阿特丽丝共同的爱。

现在我们已经相爱了。我答应他等到这栋房子处置妥当之后，我就搬去罗彻斯特。但我不会嫁给他，我不会嫁给任何人。我也不会和他住在一起。他在市中心买了一栋房子，而我则租了莉迪亚·朗哈姆家的一间房间，她是一位护士，我是在当初这里举办各种聚会的时候认识她的。我也开始写信在罗彻斯特找工作了。

这样的话，我就能每天看到弗兰克，体会两人相处的快乐，但同时我也能每天回到自己的房间，关上门，享受独处的乐趣。

我亲爱的女儿，愿智慧与仁慈伴你成长。

爱你的妈妈，玫瑰

1925年10月1日

亲爱的爱丽丝，

哦，我的宝贝，我今天看到你了，还和你说了话。你不知道我是谁，你以为我只是艾莉奥特太太和她侄女斯托克太太的朋友。我编了个名字，告诉你我叫玫瑰·韦斯特鲁姆，不过我心里认为，这么称呼自己其实也没错。或许你感觉到我很紧张了吧，或许你也发现，我们俩的眼睛有多么相似，那湖水般变幻莫测的蓝色。你好漂亮，堪称完美。有个客人说我们俩长得好像，你看上去不是很开心。毕竟你才十四岁，而我已经三十岁了，对你来说我已经很老了吧。除了艾莉奥特太太之外，没有人知道我们其实是母女，甚至连把你接过去住的斯托克太太也毫不知情。

你很高兴可以离开梦湖，这我不怪你，尽管我的确希望你没有离家出走，让自己陷入那样的危险境地。我也希望你不需要工作，不过你找到了一份不错的工作，这还让我稍微欣慰了一点。我也很高兴你还参加了大学课程学习。我一直在给艾莉奥特太太寄钱，让她给你买点你喜欢的小东西，比如那件带小纽扣的蓝色羊毛衫，我很高兴见到你穿着这件衣服。当年我站在彗星的光芒之下，想象着世界即将改变，甚至末日即将到来。我听说那个著名作家曾经就住在街尾，生与死的时候都曾和我沐浴在同一片光芒之下，这一点也让我欣喜。

爱你的妈妈，玫瑰

·

我沿着宽宽的漆成了紫色的小路一直走了几个街区，回到车上，心里还在不断琢磨着信里的内容和玫瑰那错综复杂的生命轨迹。我很欣慰，因为她最终得到了幸福，而且更让我高兴的是，她又见到了爱丽丝，尽管她不得不永远隐藏起她真实的身份。爱丽丝是 1911 年出生的，也就是说，她有可能还在世，如果她还活着，那么现在应该也是九十几的高龄了，当然我也不知道该从何处着手把她找出来。我坐进被太阳晒得滚烫的车里。我的包里藏着那几封偷出来的信，我把包放在地上的时候，手肘不小心碰到了仪表盘上的储物格门，门应声而开。之前，我从来没有想过看看里面有什么东西。格子里几乎是空的，只有三支没有削过的铅笔，上头那粉橘色的橡皮头完整无缺，因为年代有些长了，橡皮头已经变得很硬。笔身上印着爸爸设计的蓝色码头标签。这些铅笔一定是很多年的某个星期天，爸爸开车出去兜风时放在那里的。我不知道现在还有没有人会像爸爸那样干，纯粹为了享受开车的乐趣而开车。有人把这个储物格叫作“手套间”，因为很早以前，女人出门的时候都要戴手套。我不知道那一天爸爸开车去了哪里，又想了些什么。我关上格子门，把那三支铅笔放进包里，挨着玫瑰的那些信，接着便沿着已经很熟稔的路开回家。一路经过拥挤的城镇，经过在徐徐晚风下青葱的起伏的原野。明天我会开车去罗彻斯特接吉隆。现在他应该正在北极圈上空，断断续续地小眯一阵，随着黑夜一起向西飞来。

回到梦湖之后，我把车停在市中心的主要街道上，抓起包往码头走去，布莱克的船就停在那儿。自从上次我们俩因为那几箱旧玩具吵了一架之后，我们就没有再说过话，艾芙丽在生我的气，因为我把她怀孕的事不小心说了出去。他不高兴，但我知道这也不能怪他，我脑子里一直浮现着那晚我和基根在昏暗的夜色下开船经过时，他站在船头看着我们俩的那个场景。除此之外，我还藏了一肚子的信，迫不及待地想告诉他玫瑰和她那不同寻常的故事，因为这也是我们的故事。

布莱克正在他的船上干活，给木栏杆上漆。上了漆的栏杆泛着晶莹透亮的棕色光泽。他看到我过去的时候，把油漆刷搁在罐子上，从口袋里揪出一块脏兮兮的白色抹布，把手在布上擦了擦。我跨过栏杆，踏上甲板。

“嘿，漆得很好看哟。”

布莱克的头发在阳光下呈现金红色。他点点头，说道：“我也觉得好看。”

“嗯，布莱克，对不起。妈妈说艾芙丽还在生气。”

“是啊，嗯，其实比生气还更严重呢。她是不是有点反应过度？也许有点吧。但她真的很难过，我也知道为什么。因为你知道吗，她很想由她自己来向大家宣布这个消息，由她来挑选一个合适的时机告诉大家。”

“我当时没多想。”我说道。就在那个时刻，我忽然明白了布莱克的心早已转向了别处，他已经有自己的家庭了。

“那你觉得我要打电话向她解释吗？”

布莱克耸了耸肩，说道：“也许吧，她真的很生我的气。露西，因为她不知道我告诉你了。她以为没有人知道这件事，所以呢，后来她发现的时候，你可以想象她心里是什么感觉。”

我手里挂着的包里装着那些信，虽然我很想和布莱克分享我所发现的一切，但忽然之间，和横亘在我们之间的问题比起来，一切都显得微不足道了。

“真的对不起，我能做些什么？”

布莱克的目光越过我，望向湖面，叹了一口气说道：“现在这个时候你做什么也没用吧，不过，如果你可以找艾芙丽聊聊的话，也许会让事情变得好一些。”

“我会的。”

“好吧。”他勉强挤出了一点笑容，说，“不过别指望她会用你的名字给孩子取名啦。”

“那没问题。”

我们沉默了片刻，船儿随着波浪轻轻摇晃。

“吉隆明天到。”我开口说道。

“太好啦，你们两个没事吧？”

“希望没事啦。”

他点点头，他一定是想起前一天晚上，我和基根一起在梦湖上开船的事吧。“我都有点开始担心了。”

“我和基根是注定不会在一起的。”

“你不要紧吧？”

“我没事，只是有点难过。我的意思是，基根有很多优点。我只是有点迷失吧，离家那么远，又离过去这么近。”

布莱克笑了。“我明白了。对了，我们这周二会开一个国庆派对，”他边说边指了指漆了一半的栏杆，“就在船上开。我现在就在着手准备了，我邀请了所有人，亚特、乔伊、柔依、奥斯丁、妈妈，还有一些艾芙丽店里的人。妈妈已经答应不把宝宝的事情告诉其他人，我们会在派对上向大家宣布这个消息。宝宝，还有结婚的事。我现在不会告诉你婚礼的日期，你得和其他人一样等到派对那天哦。对啦，我邀请你来派对。”

“谢谢，恭喜啊。”我抱了抱布莱克，他的一只手搭在我的肩上，我的包夹在我们中间。

接着我就走了，沿着码头往前走，穿过镇子，回到车上。我沿着环湖路一直开，直到我们家的房子出现在面前。这时太阳已经快落山了，夕阳照在阁楼的窗玻璃上，映出片片金色、紫红色和橘红色。我把车停在草地上后，便径直朝湖边走去，脱掉鞋子，走到码头的尽头，飞身跃入清冷的湖水里。

第十六章

吉隆的航班预计一早就到，所以我一大早便起来了。东边的天空散落着厚厚的云朵，遮住了初升的太阳，天际露出火一般红色和金色的光芒。妈妈这几天常待在楼上，整理橱柜，收拾爸爸留下的东西。妈妈搬回楼上原来的卧室睡了，但她也没多解释什么。卧室的门开着，传来她均匀轻柔的呼吸声，我轻轻地走下楼，光脚踩在厨房冰冷的瓷砖上，给自己做了个三明治，泡了杯热茶。

吃完早饭后，我坐进雪佛兰里，开上高速公路。路上车很少，我到机场的时候，还有一个小时吉隆的航班才到，所以我便坐在机场椅子上等。这个时候，机场几乎没什么人。我带了电脑来收邮件。我的邮箱几乎快爆掉了，我花了几分钟删除垃圾邮件。尼尔和朱莉寄来一些他们上次去浮潜时拍的照片，我打开电脑后，屏幕上便瞬间充满了热带风情。吉隆坐在白沙滩上，身体略后仰，手肘撑地，脸上洋溢着笑，双脚脚踝交叠，一头乌黑的头发剪得好短，他看上去显得好放松，很难相信那时他刚裸辞了一份工作。

我也不禁跟着微笑。我想起我们初识时的那场雨，想起我和吉隆在一起时是多么快乐。

正当我还在清理邮箱的时候，一封来自奥利弗的邮件跳了出来，标题是“感兴趣的消息”。我心想，他大概把我的邮箱加入了韦斯特鲁姆纪念馆的群发地址里了，但点开之后我才发现，原来这真的是奥利弗本人写给我的。

亲爱的露西，

首先，请允许我向你道歉，上次你和你母亲一起来韦斯特鲁姆纪念馆时，我有些怠慢。你说要仔细调查弗兰克·韦斯特鲁姆的事，但我也希望你能理解我的担忧。在如今这个高科技时代，我们不得不谨慎行事，我不希望错误的信息在网上疯传。但我也意识到，我对于韦斯特鲁姆留下的一切有些保护过度，最近我和你们的苏西牧师聊了一次，她的话让我意识到，上一次我们见面的时候，我的表现有些鲁莽，甚至无礼。

所以，请接受我的道歉。此外，我也想告诉你，最近我重新整理了一遍工作室，有了一个新的发现。我发现在标有1938年的那个抽屉里，藏有一张纸，是一张铅笔写就的纸条。上头只有几个字：爱丽丝·贾勒特·温德姆·斯通。如果是之前，我一定不会在意，但现在，我想她应该就是你说的爱丽丝吧。我把这个发现告诉你，也祝你和你的家人一切都好。

爱丽丝·贾勒特·温德姆·斯通。奥利弗的这封信写得真慷慨，完全出乎我的意料。我一遍遍地念着爱丽丝冠上了夫姓的名字，不禁念出了声。记得当初，我找到爱丽丝的受洗证明时，我对温德姆这个姓一无所知。而如今，那些信已经将那段悲伤而又复杂的历史慢慢展现在我面前。我很快上网搜了一下，但是除了巴塔维亚附近的温德姆·斯通草坪公司和奥斯威格的斯通古董店以外，一无所获。即使爱丽丝还活着的话，她也有可能在世界上任何一个角落。

整理到一半的时候，我发现了一封来自斯灵大学的信，薇薇安·布兰奇的档案就存放在他们的历史资料中心里。我都忘了那回事儿，没想到他们一直都在帮我查找。我点开邮件，档案管理员说她找到了两封我可能会感兴趣的信，是弗兰克·韦斯特鲁姆写给薇薇安·布兰奇和她的姐姐科尼莉娅的。她把这两封信扫描成了PDF文件，作为附件发了过来。我点击打开了第一个文件。

1938年9月9日

亲爱的薇薇安和科尼莉娅，

我写信来是想要告诉你们，花窗已经完成了。

昨晚，我让玫瑰在休养院的客厅里休息，她应该好些了，至少我希望她好一些了。我在暮色里站了很久，房间里的灯亮着，我看着她的影子在窗帘后挪动。在健康状况急转直下之前，她已经看过了所有的花窗，只有最后一扇没有见着。我希望，在我把花窗寄给你们之前，她能够好转回家。这些花窗对她而言意义重大。我好想她能见到所有的花窗摆在一起的样子，哪怕只有一次也好。我站在街上，在阶梯上徘徊，人们从我身边经过，一边说着话，有些还会打量我一眼。但我一直站在那里，看着她上楼，回到她的房间，等她关上灯睡觉以后，我才离开。希望她睡着了。她咳得很厉害，很难入睡。这个病太残酷，面对她的病，我觉得多么无助。我沿着河边走了很久。我回到家的时候已经是凌晨了，我自己也睡得很不踏实。

我想我也没有必要再写下去，我知道我的痛苦只会让你们更难过，我写这封信是要告诉你们，花窗都已经做完了。我觉得它们漂亮极了。花窗现在还挂在我工作室的窗前，我想你们看到它们的时候也一定会很欢喜。那些花窗摆在一起，里面的女人们也算是聚在了一起，她们的脚轻轻踩在玫瑰设计的饰边上。你们可能也知道，那个饰边的图案，是她按照儿时看到的一个画面设计的，那时候她觉得那个图案好美，便用铅笔描下来，也记在了心里。花窗里的女人，我都按照你们的要求描绘，但具体的形象、设计和色彩的运用我都参考了玫瑰的意见，我想你们应该乐于见到我这么做吧。可以这么说，是我和玫瑰一起创作了这些花窗，所以从某种程度上来说，这些也是玫瑰的花窗；诚然，花窗是你们的慷慨解囊和真知灼见的成品，也是我制作的，但的确也是我和她不断讨论后出来的作品。你们把玫瑰当成自家姐妹，所以你们也必然能了解，我在创作这些花窗的过程中，心里一直想着玫瑰；我在切割每一块玻璃的时候，都在想着她；当我把一块块玻璃组合起来时，我感觉我仿佛把我们俩的人生也完美地组合在了一起。可惜，我却做不到。

总之，花窗都已经完成，就等着你们来验收。

致礼，

弗兰克

1938年9月28日

亲爱的薇薇安和科尼莉娅，

希望你们收到这封信的时候，在梦湖一切都好。很感谢你们这么快就回复了我，还特意过来了一趟。我很高兴你们喜欢这些花窗。我也知道，这几十年来，你们两个人，还有玫瑰，都一直盼着有这样一个小教堂。这次多亏你们慷慨资助，这个项目才得以完成，而且我相信，这间教堂必定会激励后人。我发现这些花窗拥有自己的生命，除了我们为此所做的一切努力，它们本身就拥有某种浑然天成的美。以后这些花窗不能挂在我的工作室了，我一定会觉得遗憾。

不过我已经把它们都封好了，货运公司明天就会来把它们取走，两周之内就应该送到你们那里。

另外，尾款我也收到了，谢谢。记得告诉我安装时间，我等不及要看你们的小教堂。

玫瑰现在稍微好了一些，前几天下午还回来了一趟，在花窗之间站了很久。他们说也许她下周就能回家了，但愿如此吧。

致礼，

弗兰克

我把这几封信翻来覆去读了好几遍，因为它们直接证明了弗兰克·韦斯特鲁姆和玫瑰的关系。之前奥利弗把他发现纸条的事告诉了我，让我心存感激，于是我没有细想，便把这几封信也转发给了他。然后，我抬起头，发现周围已经热闹了起来，人流开始涌入，航站楼里到处都是人，吉隆的航班已经降落了。我合上电脑，站起来等他，一边还惦记着弗兰克的信，想象着他独自站在休养院门口，透过重重的玻璃，望着玫瑰投在窗帘上的剪影；又想象着他俩一起工作的情景：玫瑰描绘着饰边的设计，线条如她的字迹般简洁；而弗兰克则会把她的设计变成花窗，他们配合得完美无瑕。弗兰克的信显得很悲伤，不知道玫瑰到底得了什么病，弗兰克说的残酷的病到底是什么呢？我猜可能是肺结核，估计是她和薇薇安一起去探访穷人时被传染的。也可能是之前的流感留下的后遗症，她的体质变差了，肺部也受到了损伤。

旅客开始从扶梯上走下来，有的看上去神采奕奕，有的显得无精打采，还有的似乎已经精疲力竭。吉隆在人群的最后，神情看上去有些恍惚，一只肩膀上挂着背包。他穿着一条工装短裤，一件蓝色T恤，头发很短，皮肤晒成了古铜色，看上去好帅，我看着他从扶梯上下来时，都有些恍神了。之前，因为我急于追寻过往，差一点就和眼前这一刻擦肩而过。也许吉隆也想过要和我分手吧；我依然不知道这一刻到底意味着新的开始，还是旧的结束。我忽然有点害羞。他看到了我，一边冲我微笑，一边向我挥手。我逆着人流走到他身边，伸出一只手搂住他，很快亲了他一口。

“你来啦。”我说。

“是啊，我来了。”吉隆说。

我们拿了他的行李，走出航站楼，一边飞快地拉着家常：聊他的旅途啦，天气啊，我爸爸这辆淡黄色车的历史啦。我开车出了市区，驶上熟悉的环湖路，一边还不时指着不同的地标给吉隆看。他很喜欢车上宽阔的座位，还说这里的乡野景色很开阔，四处都是原野和农田。高速公路上，一个个墨绿色的市镇标牌忽闪而过：沃特金斯峡谷、科宁、艾玛拉。我向吉隆介绍了乔治·伊士曼纪念馆，那里有摄影和电影国际纪念馆，还告诉他马克·吐温当年就住在艾玛拉，他曾经有个八角书房，里面有壁炉，装有多扇窗户，就像一个独立的阁楼，目前这间书房坐落在艾玛拉学院的校园里。

快下梦湖出口的时候，我问吉隆："你觉得怎么样？累不累？我可以直接带你回家，你可以睡一会儿。或者我们也可以在镇上停一下，走一走。"

"我很累，但我知道我一定睡不着。"吉隆说，"带我四处逛逛吧，等我逛到走不动了再回去。"

于是我停了车。我们在镇上闲逛，途中在银行停了下来，周六上午银行是营业的。妈妈从文件堆里抬起头，站起身，微笑着握了握吉隆的手。看得出来妈妈一下子就喜欢上了吉隆，因为她一直在试图拖长对话。她说她今天会早点下班回家。我们买了冰激凌，坐在公园里，看着帆船在湖面上航行。吉隆跟我讲起去小岛玩的细节，还把相机里的照片找出来给我看。他一直很小心地避开有关工作的话题，有关如今我们俩都如那些帆船般飘零于世的事实。他也在小心翼翼地避谈这两周我们之间产生的嫌隙。吉隆躺倒在草地上，眯了一会儿，我沿着湖堤走了一会儿。玫瑰到梦湖后住的第一栋房子就在街对面，房子不大，是维多利亚式建筑，周围有着蕾丝状的修饰。爱丽丝就是在那里出生的。那个院子就是当年玫瑰给爱丽丝做花朵娃娃的地方。我看了吉隆一眼，他正躺在阳光下打盹，双手交叉枕在脑后，他看上去是如此熟悉，但即便如此，他的身上也必定有着我永远无法了解的历史。

吉隆醒来后，我们又继续走到了码头边。布莱克的船“可怕的对称”停在码头，随着波浪摆动着，但布莱克和艾芙丽都不在船上，所以我们继续往前走。我把矗立在排水渠边上的梦大师指给吉隆看。虽然它的屋檐已经出现了裂缝，砖墙也明显需要重修，但对我而言，它就是我们家族历史的标志。但透过吉隆的眼睛，我却看到了多年以来不曾看到的一个事实：梦大师只是一栋建筑，仅此而已。

“这是你祖父建的？”吉隆问道。

“是我的曾祖父，就是玫瑰的哥哥。他们是一起来美国的。”

“啊，那一定很辛苦。”

“我也觉得是，总之对玫瑰而言，一定很辛苦。”

吉隆点了点头：“我妈妈经常说，她刚搬到加利福尼亚的时候有多么寂寞。并不是她不喜欢美国，只是无论她在加州待了多久，她都没有家的感觉。也许这就是为什么，她和我爸愿意每隔几年就搬一次家吧。”

“是啊，独自一个人在异乡，的确会很寂寞吧？至少你妈妈还有手机可以打电话。玫瑰和约瑟夫只能写信，而且每封信都要等三个星期才能寄到，更何况，他们还没有钱。”

我们继续往前走，中途来到艾芙丽的店里喝杯咖啡。店里人不多，我们找到了一个靠湖的位子。我想找艾芙丽，但是她不在，我在厨房给她留了一张道歉便条，折起来贴在冰箱的不锈钢门上。一只鸭妈妈带着一群小鸭宝宝在我们身边游过，沿着排水渠经过基根的玻璃工作室，工作室门口的游客又排起了长队，也许基根正在里面与火共舞，那里，还未成形的玻璃仿佛有生命般慢慢膨胀，我尽量克制自己不去想这些场面。那群鸭子还在继续顺着水流往前游，如果它们顺着排水渠一直游的话，会一直到达伊利运河，接着会到水牛城。但是它们首先经过的是玻璃工作室，两天之前，我就是在那里，满心期待地坐上基根的船。

“吉隆。”我叫他。他抬起头冲我微笑，我别过头看向远方。当我再度看向他时，就知道他已经意识到不对劲了，因为他的神情变得很严肃，好像已经准备好听坏消息了。我很快告诉他，我爸爸去世那会儿，基根是我男朋友。我还告诉他，回到这里以后，我和基根一起搭船出去过，还吻过他两次，回忆起了我们之间未曾结束的过往。但最后，我没有和基根继续下去，因为我觉得这样做并不对。

“你的意思是从道德上说，这不对吗？”吉隆问，“你是说，如果你和我分手了，你就会和他在一起吗？”

“不，不是的，我的意思是，我感觉这样做不对。当时，我只是有点迷茫，因为回到了这个地方，再见到了他，而你又在千里之外。真的很对不起，吉隆，是我不好，我的心理有些失衡，其实，我这个样子已经很久了，相信你也知道，也许就是从我们搬去日本之后开始的。这是我必须要解开的一个心结，一个来自于过去的心结，而现在，这个结已经解开了。”

吉隆没有马上回答。他把双臂交叉在胸前，凝视着眼前的水面，掩饰着内心的情绪。我试图换位思考，想如果我是吉隆的话，我会有什么感觉，我知道我会很害怕。以前，我总是那个提出分手的人，从来不会是受伤的那一方，但这一次，很有可能我真的会受伤了。

“吉隆？我真的觉得很对不起。”

他看了看我，摆摆手说道：“我现在没法谈这件事，我太累了，感觉自己好像在往下掉。”

河水在我们面前缓缓流淌，我们静静等着我们点的东西，这个时候还是不打破沉默比较好。服务员给我们端来了咖啡和肉桂面包。这时，我脑中忽然灵光一现，很多事表面看起来似乎互不相连，但我想起早上我们开车时，一路闪过的路牌：卡南代瓜、赛内卡弗尔、科宁、艾玛拉。我又想起还躺在包里的那些信。

当年我站在彗星的光芒之下，想象着世界即将改变，甚至末日即将到来。我听说那个著名作家曾经就住在街尾，生与死的时候都曾和我沐浴在同一片光芒之下，这一点也让我欣喜。

艾玛拉是马克·吐温的故乡，他出生于 1835 年，也就是哈雷彗星造访地球的那一年；他死于 1910 年，又正好是哈雷彗星回归的那年。

我拿出手机，搜了一下艾玛拉的黄页电话本，果然找到了她的名字：爱丽丝·贾勒特·斯通。

“你在干什么？”吉隆问道。

他的语气听上去很正常，也许如果我们就这样继续下去的话，一切都会恢复常态吧。我把椅子朝他那边挪了挪，把手机屏幕给他看。“你看，吉隆，是爱丽丝，我找到她了，她就在艾玛拉。”

接着，我向吉隆解释了整个故事的来龙去脉：玫瑰是如何离开了她的女儿，又如何一直在远方守护着她，我又如何找到了这些信。爱丽丝既不知道玫瑰的存在，也不知道那些花窗的存在，更不知道她妈妈不平凡的一生。

“你要给爱丽丝打电话吗？”

“你觉得我应该打吗？”

“为什么不打呢？”

“对，你说得对，为什么不打？”

话虽这么说，但我拨了四次这个号码，也下不了决心按下通话键。也许这只是一个同名同姓的人，也许虽然这是爱丽丝·斯通本人，但她可能根本不想谈论此事。毕竟她也有九十五岁高龄了，也许她根本不记得以前的事，也许可能因为惊吓过度而昏倒，也许她会直接挂断电话。这么久以来，虽然我一直在想爱丽丝这个人，但我也有些犹豫，因为我不知道找到爱丽丝之后，对我意味着什么。我就像是站在一个门槛上，面前的那扇门将通往一个我未曾想象过的世界，而且，一旦当我跨过这个门槛，我将无法再回头。无论喜欢还是讨厌，有些事情一旦知道了，便没有办法再假装不知道。

“你还在等什么？”吉隆问道。

“我不知道，就是觉得有些不安。没什么。我不知道等着我的会是什么。”

吉隆摇摇头，说道：“会不会到最后你还是决定不打这个电话呢？你能接受你花了这么大力气找到她，却不和她联系吗？”

我笑了，听到吉隆这么冷静又现实的观点，我很高兴。“我不能接受。”

“那你还等什么？有什么大不了的呢？”

“我不知道啊。”问题就是我不知道会发生什么。与其说我是为了找到爱丽丝，还不如说，我是想通过找到她来了解我的家族。最终我还是按下了通话键，电话响了六七声，显然他们没有设置语音信箱。正当我打算挂上电话，心中既有些失望，又有些如释重负的时候，一个低沉的声音从电话那头传了过来。

“最好别是推销的，”那个女人的声音很严肃，“我正在洗澡呢。”

“你们没有语音信箱吗？”我问。吉隆在一边露出了忍俊不禁的表情，我冲他挥挥手。

“你是哪位？”

我深深吸了一口气，开口说道：“你不认识我。”

“那再见，我不会买你任何东西的。”

“等等，别挂好吗？我有很重要的事情，我保证不是来推销的。”

“好吧，那你有什么事？”

“我叫露西·贾勒特。”我急急忙忙说道，“我爸爸是马汀，马汀的爸爸叫约瑟夫，他爷爷也叫约瑟夫。我想我们可能是亲戚。”

电话那头沉默了好久，我一度以为我们已经断线了，也可能我的这通电话信息量过大，她震惊得昏过去了。

“喂？斯通太太，你还好吗？”

“我很好。”她干脆地回答。

“那就好，很抱歉我就这么冒昧地打电话过来。我知道对你来说一定很震惊。”

“你叫什么名字？”

“我叫露西·贾勒特。”

“你多大，露西？”

“二十九岁。10月份就三十岁了。”

“啊，这样啊，二十九岁，10月份就三十岁了。我跟你说，露西·贾勒特，我对我的家族历史不感兴趣，我早就和家里人脱离关系了，你明白吗？这是很早以前的事，在你出生之前，我不是针对你，但我要挂电话了，你以后也别再给我打电话了。你明白我说的了吗？听清楚了吗？”

“是，听清楚了，但能拜托你记下我的电话号码吗？因为我知道一些关于玫瑰·贾勒特的消息，也许在你的印象里，她叫玫瑰·韦斯特鲁姆。我想谈的其实是这个人，等你想听的时候，如果你想听的话，我想和你聊聊玫瑰。”

电话那头又是一阵长时间的沉默。当她再度开口的时候，听得出来她的声音有些颤抖，不过也可能是信号的缘故。

“你在说什么啊？”她问道。

我深吸了一口气，看了眼吉隆，他正专注地看着我，仿佛他从来不认识我似的。他的神情很严肃，带着痛苦，我知道他一定在想基根的事。“我找到了一些信，是玫瑰写给你的。你很小的时候她就认识你了。”

又是一阵沉默。

“把你的号码给我吧。”她说。

我把我的号码报给她，她重复了一遍，之后一言不发地挂了电话，只留给我一片沉寂和一颗扑通乱跳的心。

“怎么样？”吉隆问道。

“我不知道。”我耸了耸肩，把电话放在桌上，说，“就是她，她知道玫瑰这个人，至少她留下了我的号码。接下来我就只能等着，看她会不会打电话过来。”

“我觉得她一定会打过来，”吉隆说，“她一定想知道你说的事情。”

我点点头。“那你还好吗？”我问他。

“我也不知道，露西，我是说，我没想到，到了这里会听到这件事。”

“因为我不想在电话里跟你讲这个啊。不过我刚才其实是想问问你累不累？”

“还好，不是很累，刚才有些累，不过现在好多了，还可以撑个几小时吧。”

“我想带你去一个地方，是我很喜欢的一个地方，如果你想去的话。”

他没有立即回答，我内心的恐惧瞬间涌进了这片沉默里。

“我想我应该还撑得住，”他终于开口说道，“应该还可以走得动。”

我想带吉隆去的地方，就是我在中学最后一年常去的那个峡谷，但爸爸去世以后，我就再也没去过。当我们开车经过教堂的时候，一辆车正好从门口的一个车位上开出来，我临时决定在那里停一下。我听说他们打算过几天就把智慧花窗搬回小教堂了，奥利弗一直坚持这么做，因为他觉得只有这样，这个系列的作品才算完整。我想让吉隆看一眼那扇花窗。

我们从侧门走进教堂，我向秘书乔安娜招招手，便带着吉隆走过一条条迷宫般的走廊。智慧花窗挂在交谊厅的墙上，如今看起来比我记忆中的还光彩夺目。午后的阳光透过玻璃，照射在五彩缤纷的色彩上，照射在那熟悉的饰边上：藤蔓与花朵，交叠的圆月形成自古以来便被认为是神圣的双鱼几何图案。花窗里的人们高举双手，幻化成叶，又组成文字，徐徐上升。

“在日本的创世神话里，也有类似的场景。”吉隆说道，“故事里说道，很久以前，大地漂浮在水面上，一对神明从地上如发芽的芦苇般冒了出来。总之呢，和这个花窗讲述的故事有很多相似的地方。”

“如发芽的芦苇般冒出来，我喜欢这个比喻。我会带你去湿地那儿，一起划划独木舟，兵营已经关了，我们可以沿着湖岸划好远。”

我们在办公室门口停留了几分钟，吉隆去上洗手间，我在那里等他，正好看到苏西拎着手提包从办公室里急匆匆地走出来。

她停下脚步，对我说：“露西，什么风把你吹来啦？”

“我带吉隆来看智慧花窗，他刚从日本过来。对了，谢谢你，谢谢你和奥利弗说了那些话。后来他给我寄了点资料，让我找到了爱丽丝。她已经九十五岁了，现在住在艾玛拉。”

“她还健在啊，太好了。你和她说过话了吗？”

“说了几句，没有深聊。她应该会再打电话给我吧。我知道了好多关于玫瑰的事。下次我得找个时间再来一次，把我知道的都告诉你。”

“随时欢迎啊，来之前给我打个电话就行。不过现在我得赶去开会了。”

“嗯，我也要陪吉隆。”

“是啊，你知道吗，露西，我一直在想我们上次的谈话，还有你对玫瑰的看法。教会永远都会抱着一颗宽恕的心，上帝的宽恕和仁爱，无论玫瑰犯过什么样的错误，无论我们做过什么错事，都不会因为犯错而背弃生活，或者说是背弃精神生活，除非我们自己选择放弃。”

我感觉自己脸红了，因为苏西仿佛透过我对玫瑰的关注与看法，了解到那个我差一点就要告诉她的故事：我的潜意识里一直在想，如果我爸爸去世的那个晚上，我做出了不同决定的话，也许一切都将会改变。

“嗯，谢谢你。”我回答，知道我的语气听上去有些轻率，一说出口的时候就有些后悔了，“谢谢你告诉我。”

苏西点点头，走下楼梯。“那好吧，保重哦。”

吉隆回来的时候，苏西已经不见了。

我和吉隆回到车上，沿着环湖路前行。我和吉隆都没怎么说话。我有点担心，因为他的沉默很可能包含了各种含义。当我们快开到梦湖尽头的时候，我驶离了主干道，经过一条狭窄、迂回的石子路，来到停车场。这几年来，这个地方也变了不少，不像以前那么原生态了。那边多了一块布告板，上面有几张海报，介绍这里的各种蕨类植物和化石，同时也警告游客不要拣取任何植物或化石。我们沿着石子路前行，路越来越窄，最后来到瀑布下的小溪旁。

瀑布冲刷着河床。我涉水走到小溪中间，水深及膝，水流湍急。溪水非常清澈，我光着的脚踩在溪底深色的石头上，显得十分白皙。吉隆也很快来到我的身边，脚下的岩石很滑，他踉跄了几步，我一把抓住他的手。

“露西，”吉隆说道，“如果这不重要的话，那你为什么又要告诉我呢？”

“因为我不想我们之间藏着任何秘密，任何谎言。”

“真的吗？”他问。

“那些都已经结束了，”我告诉他，“我很确定，一切还没开始就已经结束了。”

吉隆点点头，说：“好吧，我相信你。幸好你觉得这样不对。”我笑了，他也笑了。我站在湍急的水流中喊道：“来吧！”我们跌跌撞撞，嘻嘻哈哈地往瀑布走去。我站在瀑布之下，任由水流冲刷着我的脸、我的肩膀，我把双手高高举起，就像智慧花窗里的人那样，仿佛我能抓住落下的瀑布，让它充盈我的身心。吉隆也站了过来，在急速流下的水帘下放声大笑。就在这一刻，我感觉纠缠了我一整天的不安被彻底洗去了。我往前踏了一步，想像当年在雨季时那样亲吻吉隆，但没想到，我脚下一滑，失去平衡，摔了一跤。这一跤让我摔进了瀑布后方那片幽静的天地：身后是一面湿漉漉的页岩墙，面前是瀑布形成的水帘，瀑布外的世界闪着朦胧的绿色、岩石色和蓝色。不一会儿，吉隆也穿过了这面如玻璃般平滑的水帘，走进这一片寂静之中。他将我扶起，双手拂上我湿湿的脸颊。这一刻才是我真正重要的过往，这一刻才是我想继续的时光。我们就那样站在岩石和水帘之间，一个完全与世隔绝的隐秘之处，一个我从来不曾发现的地方，深深拥吻。

我们在水帘之后站了一阵子，后来感觉有些冷了，才出来坐在暖暖的岩石上，双脚在瀑布冲刷形成的池子里晃荡。吉隆和我讲起他在会议上如何挺身直言，但等他说完便即刻感受到周遭人的冷漠和安静。我们也算了算目前还剩多少钱，还能用多久，另外也讨论了一下接下来打算怎么走。我们的工作经验都足以让我们在短时间内重新找到一份新的工作，但我们达成了共识：既然这次我们两个同时在找工作，那么我们要更加认真地选择工作地点和内容。

在时差把吉隆彻底打倒之前，我们终于回到了家，妈妈已经早早做好了晚饭——烤鸡和沙拉。吉隆好不容易爬上阁楼，我已经把阁楼收拾好，整理出属于我俩的空间，拖来两床被子，套上了干净的床单。早上离开的时候我把窗子打开了，这会儿，夕阳的余晖已洒满了这个小小的房间。

“真不错啊。”吉隆说着便倒在了被子上，闭上了眼睛，不过几秒钟，便睡着了。

我走下楼，和妈妈一起边收拾边聊天。我和妈妈说起爱丽丝的事，当她得知我居然打了电话给爱丽丝时，她有些惊讶，也有些不大赞同我的做法，担心我会就此揭开一段最好还是被隐藏的历史。

“打个电话又会有什么损失呢？”我说，“再说了，我真的是太想知道这一切了，如果奥利弗没把那个纸条上的名字告诉我的话，我可能永远都找不到爱丽丝。”

妈妈笑了，说道：“好吧，随便你说啦。对了，我挺喜欢吉隆的，他很有魅力。好奇怪，他好像有点英国口音，这倒是有点出乎我的意料。”

“他妈妈是英国人。”我说，“他在伦敦待过，不过后来因为他爸爸工作的原因，他们才满世界跑。我想有机会和他一起去伦敦，听说伦敦是一个很棒的城市。”

“好吧，虽然我和他还不熟，因为他才来没多久，但我觉得他这个人很好相处，让人一下子觉得好像和他已经认识很久了。你觉得他明天会有精神去尼亚加拉大瀑布吗？不知道他的时差反应会不会很严重。”

我说，我们可能得等等才能知道吧。接着，我们又聊起了布莱克的国庆派对。这时，我的手机响了，我擦了擦手，一边和妈妈讨论，到底是带土豆沙拉还是带新鲜水果，一边接起了电话。

电话另一头的声音很低沉，发音很清楚，不过不是熟悉的声音。

“我是奈德·斯通。”他说道，“我是爱丽丝的儿子。听说今天早些时候你给我妈妈打了电话。”

我深吸了一口气，想起妈妈所担心的事。谁知道他们到底是些什么样的人呢？“是的，你好，我叫露西·贾勒特。”

“我妈妈已经告诉我了。不过她不大清楚你到底有什么目的。”

“呃，其实，我没有什么目的。只是我找到了一些有关玫瑰·贾勒特的信息，是和你妈妈的家族有关的。我找到了一些写给你妈妈的信，所以我才打电话给她，看看她能不能帮忙解开一些谜团，同时也想告诉她那些信的存在。”

他清了清嗓子。我试着猜测他的年龄。如果爱丽丝是九十五岁的话，那估计他也应该六十好几了。

“我想我得告诉你，你的来电让我妈的情绪很低落，也许应该说很沮丧吧。当年，她年纪轻轻就离开了家，虽然我不大清楚细节，但好像当时闹得还挺不开心的。我妈的人生算不上特别的顺风顺水，我不想在她的晚年，还被你想说的那些事儿折腾得不安宁。而且坦白说，虽然我不是很好意思这么说，但你这样贸贸然打电话过来，还讲了这么奇怪的事情，我不得不怀疑你的意图。希望你不会介意。”

“我能理解。”我说道，“我愿意做任何事来让你们放心。”我又重复了一遍整个故事，包括我爸爸、爷爷和曾祖父的故事，以及如何找到玫瑰的信和爱丽丝的经过。我一边说，一边在脑海里画着族谱。算起来，奈德·斯通应该是我爸的第二代表亲吧。奈德没有接话，于是我便继续跟他讲教会的记录、花窗、弗兰克·韦斯特鲁姆和在历史协会的沾满灰尘的箱子里找到的那些信。“我们家族里从来没有人提过这些，我们甚至不知道玫瑰和你妈妈的存在。我好高兴找到了她，我想也许她想看看那些信吧。”

电话那头一阵沉默，我试着想象奈德的样子，他的声音听上去很小心谨慎，用词精准考究，他应该是那种有条不紊的人，家里会有办公室，铺着厚厚的吸音地毯，墙上挂着裱好的证书。

“你看过那些信了？”

“是啊。”

“要是你是我妈妈的话，看了这些信你会难过吗？”

我犹豫了一下。过去几天对我来说很刺激，但也着实让我不安。我们家族故事的老版本，也就是我从小便耳熟能详的版本，的确比较让人安心，让周遭的世界更加稳固。然而我的发现，却颠覆了我对自己的认知，甚至也改变了我对这个世界的认知。扪心自问，我宁愿没有这个发现吗？回答是否定的，相反，我想知道更多，想知道故事的全部。然而这个发现所带来的冲击力非同小可，我不知道一个九十五岁高龄的人得知这个天翻地覆的变化后，会是什么样的感觉。

“老实说，我觉得她可能会难过吧。”我在沙发上坐下，望着窗外黑漆漆的梦湖，继续说道，“我觉得，这个取决于你是否想了解事情的真相，至少是故事的另外一面，取决于你是否选择相信你一直以来深信不疑的那个故事版本吧。”

他迟疑着没有说话。

“好吧，”最后他终于开口说道，“那和我说说你到底知道了些什么？”

于是，我告诉她，其实玫瑰是他的外祖母，而他的妈妈却并不知道玫瑰的存在。

电话线的那头沉默许久。“太不可思议了。如果你说的是真的，那真的很难让人接受。”

“那些信写得很感人，比我说的强百倍。”

“那不如你把那些信发给我看看？”他最后建议道，“要不你把复印件寄给我，我看完后再和你联系。”

“我现在就把前两封信扫描一下，然后马上发给你。”我边说边从包里翻出一支笔，在一张杂货店收据的背面记下了奈德的邮件地址。

我把那两封信发给奈德，并附上了简短的说明，之后，便和妈妈一起在阳台上倒了杯酒喝。我们一起沐浴在黄昏里，徘徊在黑夜中。我不知道自己是否做得对，而妈妈只是耸了耸肩，不置可否。

她说：“现在已经回不了头啦，你只能等着看了。”

结果我并没有等很久，就等了不到两个小时，快到半夜的时候，奈德又打了电话过来。

“好吧，”他说道，“我妈已经九十五了，这点请你了解，我不想她难过。要是她难过了，或者是累了，那你就得离开。她现在和我住在一起，我和她聊过了，她想见你。如果你想来的话，请你在周一下午来找我们。”

“可以啊。”我边说边把地址记在我的手背上，圆珠笔的笔尖一笔一画地戳在我的皮肤上。“那就这样，周一下午两点，我会准时到你们家。”

第十七章

第二天，吉隆休息得差不多了，所以我们便带着他去看尼亚加拉大瀑布。因为需要两个小时的车程，所以我们一早便出发了。我们做了游客能做的一切：站在气势壮阔、咆哮怒吼的瀑布边缘观看瀑布，也穿上了雨衣坐着小船，驶入河里，去探访瀑布底部烟雾缭绕之境。接着，我们去了景观塔顶部的旋转餐厅喝饮料。吉隆举杯感谢这美好的一天，妈妈也举杯敬了吉隆，感谢他的来访。我们回到梦湖的时候已经很晚了，妈妈第二天一早还得上班。早上我起床时，发现妈妈已经走了，但她煮了一壶咖啡，还给我们留了张便条，祝我们玩得开心。她的字迹和我的好像，有些潦草难辨 。我很高兴我和妈妈之间的关系有所缓和：发现过去那么多不为人知的故事，这让我们之间变得比过去几年亲密了许多。

吉隆很晚才起床，等他下了楼，我们便拿着早餐来到码头旁，坐在阳光下，把昨天从艾芙丽店里买来的橄榄面包掰成小块，抹上鹰嘴豆泥酱吃。我们也把面包屑丢给湖里的鸭子吃，那些鸭子一拥而上，把浮在湖面上的碎屑一抢而空。咖啡很浓，我把咖啡倒入冰块里，和吉隆边喝边聊。过了一会儿，我把独木舟拖出来，两人悠哉游哉地沿着湖岸朝前划，一边欣赏着岸边未开发地段的美景，还有坐落在远处那红白灰三色的小教堂，与绿色的田野相映成趣。我们继续往前划了一段时间之后，那片建筑工地便跃入眼帘。土地已经被挖开，露出底下的岩石层，挖出的泥土则在一旁堆成了一个个丑陋的小山包。我回想起那天和基根一起散步的情景：那片神秘而又静谧的树林和未遭任何破坏的土地，在这个世界上，那样的原始风貌恐怕是越来越稀有了吧。

“那座桥的计划，你能站出来为当地人说话，我还蛮高兴的。虽然这意味着我们破产了，但你这么做是对的。”我跟吉隆说道。

吉隆把桨搁在船上，摇了摇头，说道：“我不知道。当时的确觉得很解气。但后来我也不是那么确定。因为这不像我的作风啊，是吧？太冲动了。”

“你已经考虑过了，我们也聊过，所以也算不上冲动。而且，我根本不介意。”我说道，奇怪的是，我似乎真的不再介意。所有驱使我走到人生这个阶段的动力，似乎已经消逝得无影无踪，就像岸边岩石间消退的潮水。我知道，这一切一定和基根的事终于有了了断有关，但不知何故，也和玫瑰有关。玫瑰的一生，对她家族其他人，她哥哥的后代们所关心的东西——金钱和地位，这些亮闪闪的成功标志，毫不关心。我们不知道她的存在，但即使我们知道，也会将她视为一个失败者。因为她这一辈子，既没有结婚，也没有取得什么显著的成就，还把孩子丢给其他人照顾。尽管如此，我却很景仰她，了解她的一生也改变了我对自己人生的看法。当然，玫瑰的确犯过错误，但她却有勇气坚持自己的信仰，知道自己要什么。虽然她所处的环境给她的目标设下了一个又一个的障碍，但她还是努力争取。那些信的字里行间充满了她对爱丽丝的爱，纵然当时她不得不离开爱丽丝。“我根本不介意你辞职的事，”我说道，“最近，我一直在想，也许现在，我们两个都应该做些不一样的事了吧。”

“比如说？”

“我也不确定。我在想当年我们在雅加达的孤儿院里做的那些事情。我在想，如果能做一些对社会有益的事还蛮不错的，就算钱少一点也没关系。”

我们在湖面上随波漂荡。湖面一片平静，水流拂上船身，退去后形成圈圈涟漪。

“我们可以找找看，”吉隆说，“我相信我们这样一对学理科的书呆子，一定能找到有益于社会的事情做的。”

“你也这样想呀。”

我想往更深处划，便把船桨往芦苇丛里一插，不想却惊起了两只躲在沼泽里的苍鹭，它们展开有力的翅膀，双脚悬垂，平稳地冲向天空。我们望着它们展翅翱翔，越过树林，飞向远方。

“这里好美。”吉隆赞叹道。

几个小时之后，我们开着雪佛兰，行驶在我熟谙于心的乡间，那里的景色一样很美。我们开过湖泊间一道道低矮的山脊，往艾玛拉的郊区驶去，去见爱丽丝。在我的想象中，爱丽丝的住所会像是历史协会那样的建筑：19 世纪的建筑风格，厚重的家具，椅子都覆着布罩，还有玻璃小碟子，里面装着摆了很久的硬糖果。我想大概是爱丽丝那有些暴躁的声音，让我产生了这样的想象吧。所以，当我沿着碎石铺成的车道，来到一座现代风格的房子前时，不禁大吃一惊。房子有许多窗户，边上是一小片树林。我把车停在一棵古老的银杏树下，树上长满了扇形的叶子。我欣赏着露台木头那整洁的线条，一面面石墙和无边无际的草坪。

来开门的女人和我妈妈的年纪差不多，身形瘦削，头发均匀地染成了浅浅的棕色。

“你是露西？”她问道，一面很快握了下我的手，她的手摸上去有些干。“请进，我是卡罗尔，爱丽丝的儿媳妇。这是我先生奈德。”

奈德身材高大，看上去很和蔼，头发稀疏灰白，脸上笑容可掬，眼睛是棕色的，还带着黑眼圈，和贾勒特家族的人完全不同。

他也握了握我的手。“我是家中的老大。”他说，“我弟弟基斯住在佛罗里达州。我妈妈就住在这里，这栋房子连着一间公寓，她就住在那儿。每年冬天，她会南下去基斯那里住一阵子，这样安排还挺好的。”

他的语速很快，我发现他有些紧张。卡罗尔伸出一只手覆上奈德的手臂，这个动作仿佛一道波浪，拂过奈德全身，让他放松了下来。奈德看了看卡罗尔，露出了微笑。

“这位是青木吉隆。”我介绍道。

没想到奈德居然微微鞠了一躬，用日语说道：“你好。”吉隆略微怔了一下之后，便用日语回答，接着，他们三人就用日语聊了起来，看起来很自在，也很愉快。他们的语速很快，有些地方我都没有听懂，但我大致明白了卡罗尔在东京附近住过很多年。

卡罗尔转向我用英语说道：“奈德以前被公司派往日本，当初我们以为，我们最多会在那里待四年。但后来，我们爱上了那个地方，最后一直待到奈德退休，一共在那里住了十五年呢。来，请进吧。”她边说边把我们让进客厅里。客厅挨着石砌的前厅，天花板是挑高的设计，厅里有一面墙上是一排落地窗，望出去就是那片树林。卡罗尔继续说道：“你看，我们从日本带了很多纪念品回来呢。”

一开始我并没有发现什么纪念品。房间的装修很简洁，只有几张低矮的白色沙发和木桌。不过不一会儿，我便发现，壁炉旁的架子上摆着一套套漂亮的茶具和酒具，另一面墙上挂着歌川广重[①]的浮世绘画作。

卡罗尔离开了客厅，奈德在沙发上坐下，说道：“请坐。”

我和吉隆拘谨地在一张白色沙发上坐下：“谢谢。好漂亮，简洁而又优雅。”

奈德微笑着说道：“说出来也许你们不会相信，我们楼上还有一个房间装了榻榻米呢。”

我们又继续聊了会儿日本；大部分时间都是奈德在说话，我则观察着他，试图找出他有哪些地方和我们家族的人相似，但发现完全没有。奈德和我爸爸一样，都被征召入伍，但在他出发前，越战就结束了。他在军队里待了四年，学习飞机引擎维修技术。他非常热衷于此，所以退

① 歌川广重：19 世纪日本浮世绘画家。

伍之后，就去攻读了工程学学位。三十岁生日的前一天，奈德在公交车上碰到卡罗尔，当时她就坐在奈德旁边的座位上。他们一共育有三名子女，都已成年，只有最小的女儿，和我差不多年纪的朱莉还住在附近。

“这些信啊，”奈德边说边拿起放在桌上的文件夹，“的确让我和妈妈大吃了一惊。她的第一反应是，这个实在太荒谬了，一定是恶作剧。但我把其中的一封信给她看，她看了信里的描述后，知道那里面说的的确就是约瑟夫·贾勒特。”

“显然，我妈妈也知道科拉和约瑟夫不是她的亲生父母，不过她从来没有跟我们提过。也许我爸爸知道吧。她从来不知道她的亲生父亲是谁，对亲生母亲也没有什么印象，因为她在我妈还很小的时候便离开了。于是我妈便把科拉和约瑟夫当成了亲生父母。他们在一起生活得也还不错，但后来，我妈进入了青春叛逆期，原本就存在于他们之间的小嫌隙越来越大。她十四岁的时候，你爷爷出生了，情况就更加不一样了。”

“那是 1925 年。就是他们北上，搬到梦湖边上的那一年。”我说道。

“是吗？啊，对噢，我妈应该在那里也住过一阵子。那个时候，他们之间的关系已经很紧张了。最后，她离家出走了。她跑到了这里，和朋友的朋友住在一起，也就这一点值得庆幸吧。她在玻璃工厂里找到了一份工作，之后便和贾勒特家族断了来往。我想你一定能想象，我妈读了这些信后非常激动，昨天晚上她很晚才睡，一直反复读着那些信。不过她还是想见见你。但就像我之前和你说的，请你慢慢来。还有别说那些让她难过的事情。”

奈德显得又有些紧张，语速很快。

“我知道。”我回答。

不一会儿，卡罗尔出现在门口，扶着一位老妇人的手臂。老妇人身材高挑，一头稀疏而又花白的头发，仿佛蒲公英的绒毛。我站起身，想起玫瑰的第一封信，信里曾写道，还是婴儿的爱丽丝，头发也是这个样子。我们四目相对，她那一双湛蓝的眼睛，炯炯有神，看起来似曾相识。

“就是她吗？”老妇人问道。

“妈，这就是露西。这位是她的朋友吉隆。快进来坐吧。”

她们走过来，在对面的沙发上坐下。

大家都坐好之后，没有人开口说话。四周一片沉寂，连奈德都保持了沉默。

过了好久，爱丽丝才开口道：“你长得很像你曾祖父。”

“真的吗？”

她点点头。“主要是眼睛像。”

“我有东西要给你。”我说，“是有人专门为你做的。”

我从包里拿出那块布料，之前我已经小心地用日本宣纸把布包了起来，宣纸很漂亮，是浅蓝色的，上面印着浮凸的白鹤图案。爱丽丝接过包裹，她的手指修长，肤色白皙，瘦骨嶙峋，微微颤抖。她慢慢打开包裹，把宣纸小心翼翼地折好，然后摊开那块布料。布料很精致，洁白无瑕，边上是交叠的圆月，月亮四周围绕着那熟悉的藤蔓图案。布料的做工非常精细，拿起来看时，它几乎是透明的，底部那道饰边的颜色比其他地方更显得深一些。我把整个故事讲了一遍，并尽可能简化：从布料上的那圈圆月开始，讲到锁在阁楼里的秘密信件和册子，又讲了我搜寻历史档案库的经过，还有花窗的那些事。我把玫瑰的活页夹连同那些信的原件都递给了爱丽丝，我自己则保留了那些信的复印件。

“这些都是写给你的。是你妈妈玫瑰写给你的。”

爱丽丝松开手，薄毯滑落到她腿上，她将薄毯轻轻捋平之后，伸手接过了活页夹。

她抬起头问道：“你读过这些信？”

“是的。”现在，这些信已经不再只是历史了，而是和我眼前这个老夫人的人生紧密相连。

我意识到自己有些逾矩，因为这些信是写给爱丽丝的，并不是写给我的，但我却擅自读了这些信。“对不起，之前我并不知道您还在世。”

爱丽丝缓缓地点了点头，说道：“那你觉得她是个什么样的人呢？”

“我认为她很勇敢，拥有热切的信仰，并且能为之奋斗。”

“是吗？我从来都不认识她。我很小的时候她就走了。他们说她犯了错，必须离开。他们还让我叫科拉‘妈妈’，我照做了。不过我一直记得一个场景：我躺在洒满阳光的床上，看着她做小蜘蛛的手指游戏[①]。到现在我还想象得出她的手指在空中翻飞的样子。除了这个场景，我还记得有她在身边的那种感觉。但除此以外，我对她没有任何印象。有很长一段时间，我根本不去想她。”爱丽丝顿了顿，奈德伸出手放在她的手臂上安抚她。

“奈德，直到你和你弟弟出生以后，我才开始回忆起她，并开始想，当年到底发生了什么事情。我记得她还没走之前，我们在市区的那栋房子。厨房里铺着油地毯，还有一个烧木头的炉灶，但其他房间就只能靠壁炉取暖。冬天的时候很冷，我的房间是朝北的，所以有的时候我一觉醒来，发现光线很奇怪，有些昏暗，原来外面的雪已经积到了窗户。他们说她做错了事，但我一直觉得那也许是我的原因，一定是我不乖，所以她才离开的。”

爱丽丝抬手擦了擦眼睛。我赶紧说道：“哦，不，不是那样的，完全不是你的错。你妈妈之所以被迫离开，是因为她参加了争取妇女选举权的游行，而且被逮捕了。1913 年时，在华盛顿有一场女权运动大游行，之后美国各地都发起了游行作为回应。而你的妈妈玫瑰，则参加了梦湖地区的游行。家里有人警告过她不要去，但她深受触动，最后，在游行队伍经过家门口的时候，她还是加入了队伍。后来，她被送进了监狱，之后家里人，主要是科拉和她的第一任丈夫，就不让她回家了。你的舅舅，也就是我的曾祖父，想过要帮忙，但他那个时候也没有能力说服他们。你妈妈是被迫离开你的。”

---

① 小蜘蛛的手指游戏:《小蜘蛛》是美国一首非常流行的儿歌，一边唱，一边配合手指动作，逗宝宝玩。

爱丽丝点点头，但没有说话。我指了指放在她腿上的信，继续说道：“后来她还回去找过你，你看完信就会知道。大概一年之后，她回去找你，在市区那栋房子的花园里见到了你，你们还聊了天。有一封信里她说起过这件事。”说到这里，我停了下来，因为我不想告诉爱丽丝当时她没有认出她的妈妈。“你可以自己看，她写了好多，她真的很爱你。”

所有的人都沉默不语。过了好久，爱丽丝才开口，语气轻柔，微微颤抖：“对我来说，要接受这些真的很难，非常难。我能理解，因为现在我也一把年纪了，我明白当时她不得不那样做。有的时候，我们的确会身不由己。但不管怎样，她离开了我，在我的成长过程中，她一直都不在我身边。”

我刚想开口，奈德却抬手示意让我不要说话。我们就那样静静地坐了一会儿。爱丽丝的嘴唇轻轻颤抖，但并没有哭出来。

后来，是卡罗尔打破了沉默：“也不是完全不在啊。至少你认识玫瑰·韦斯特鲁姆啊。你看，她还是回来了，虽然那个时候你并不知道她是谁。也许她觉得，对你来说还是那样最好吧。看起来她一辈子都在守护着你。”

阳光从落地窗照进来，洒落在爱丽丝那稀疏的白发上，缕缕发丝搭在苍白的头皮上，仿佛片片散落的迷雾。她手上的皮肤很薄，骨骼线条清晰可见。

“是，我认识玫瑰·韦斯特鲁姆，她是当时收留我的那家人的朋友。我结婚之后，她还寄了一封信给我，说她是我家人的朋友。我从来没有给她回过信。我为什么要回呢？我怎么会想要重新掀开那些过去呢？

“你知道吗，我十四岁的时候就离家出走了，也就是你爷爷出生的那一年。那个时候，科拉妈妈已经不年轻了，大概也四十几了吧，估计她早就断了会有自己孩子的念头吧。我到现在都还记得，知道妈妈怀孕之后，家里那异样的安静气氛。不过那个时候我也没有多想什么。每天放学回家，我依然会端上一杯茶给她，还负责给家里买东西。那整个秋天，一切都很平静，是悬而未决的样子。但后来宝宝出世了，很健康。他很可爱，也很乖，我也挺喜欢照顾他。

“科拉对他很温柔，很宠爱。我小的时候，她也是那样宠着我。但随着我年纪渐长，我们经常起争执，她总是说我任性又粗心。的确，我是不大灵巧，又长得人高马大，不讨她喜欢，买的衣服总是很快便嫌小。有时她会提醒我，说我亲生妈妈抛弃了我，是她好心收留了我，所以我应该心存感激，并且对她言听计从。我想，我的确是有些任性，这一点她倒没有说错。和每一个年轻人一样，我对人生有自己的想法，自己的梦想。但科拉却觉得我很鲁莽，思想又很激进。她会把嘴唇抿紧，抿成一条线。那个时候我也很坏，我还会算计一天能让她抿几次嘴，还把这当作是一个游戏。

“我想在宝宝出生前，他们就已经开始讨论我之后的出路了，但一直没做决定。所有的一切都悬而未决，仿佛凝固在冬日空气中的一滴水蒸气。宝宝出生的时候，我也快十五岁了。那时，我的很多同学已经离开学校，在排水渠旁的工厂里工作。你得理解，在那个年代，那个年纪的女孩子离开学校是再正常不过的事情了，大家都这么干。我身边认识的女孩子中，没有一个去上大学。她们都得在农场帮忙，或是出去赚钱，再不然就是恋爱、结婚。

“所以，等到约瑟夫出世之后，我就在市区的编织厂里找了份活干，一部分的原因也是想离开家里。因为在家里，我感觉自己被当成了隐形人，至少我的感觉是这样。那个时候我还小，所以有可能只是嫉妒心理作祟吧。当然，我也一直很努力地在帮忙，想讨好他们。但当宝宝出世之后，我觉得自己就像一个被扔在一边的旧娃娃。当年，那家编织厂就坐落在排水渠边，对面就是绝缘玻璃厂；当然，那家编织厂现在早已不存在了。我之所以记得这些，是因为当年我从那些大大的窗户望出去的时候，能看到河对岸的工厂里，人们和我一样在机器面前埋头苦干。我不知道他们是否和我一样，觉得厌烦；又是否和我一样，拥有他们自己的梦想。不过我不能看太久，不能开小差，因为还得看着机器，不然万一出个差错，不仅损失巨大，而且很可能会有危险。我第一天上班的时候，泰德莉夫人的手指就被卡在了编织机里，血洒得到处都是，之后工厂还召集大家开会，警告我们不要再犯同样的错误，说泰德莉夫人的血毁了五件毛衣的纱线。

“我负责做袜子的机器。机器是圆形的，四周是一圈针，动得非常快，我常常看得眼花缭乱。袜子会从机器下方出来，我负责把它剪断，传到右边，右边那个人负责把脚指头的部分缝起来，再往后传。一开始，我得全神贯注才能跟上机器的节奏，但后来，我的手就能习惯性地自己动作了，于是我便有机会瞄瞄四周。我旁边是萨利·齐默曼，她总是低着头，不停地把一只只袜子放上机器，把脚趾的地方缝起来。我们面前就是窗户，光线透过窗户，穿过嘈杂的噪音，穿过空气中缕缕灰尘和布料的碎屑。每天晚上我刷牙的时候，都会吐出蓝色的线，耳朵和鼻子里也常常跑进那些碎屑。

“我每天的工作时间都很长，一个星期只有星期天休息。每天下班走回家后，我都累得抬不起脚，只能倒头便睡。就在那个夏天，过了没多久，我们便搬到了湖边的那栋房子。

“后来，搬到湖边后，麻烦便接踵而来。

“我实在是太累了，大多数时候站着都能睡着，但我还是挣扎着起来帮家里干活。有的时候，我会走到湖边，在太阳下坐一会儿，听听波涛的声音，有时就那样睡着了。

“有一天下午，科拉得出门办事，她走到码头跟我说，让我留意下宝宝，要是他哭了，就把他抱起来哄哄，她两个小时之内就会回来。阳光很温暖，我大概是打了个盹，醒来便听到宝宝细细小小的哭声，从草地那头传来。他正在长牙，有点闹，所以我给他冲了点奶，帮他换了尿布，把他带到屋外。科拉在湖边的柳树下给宝宝专门搭了个游戏区。不知道那棵树现在还在不在？还在？那些低垂到草地上的柳条和柳叶都好美，不过等叶子都掉光的时候就是一团糟。宝宝很喜欢坐在那里玩，把玩具从一只手换到另一只手。玩了半小时之后，他就会犯困，发脾气大哭。所以，我把他和玩具一起放到树荫下，而我就坐在一边的椅子上看书，但也就只看了五行。阳光很暖，我还记得波浪的声音，我闭上了眼睛。

“我不知道我是怎么醒的，也不知道我睡了多久。我坐起身，觉得有些头晕眼花。我望了一眼树下的毯子，却发现那里空空如也。我盯着毯子，惊慌失措，整个人呆在了那里。这时，我听到有些响动，便转过身。宝宝已经十个月，会爬了，但我不知道他已经会爬了，因为我一直在外面工作，我也没有太在意。我睡着的时候，他爬到了湖边，接着爬进了湖里。波浪拍打着他的下巴，他咯咯直笑。但紧接着他便滑倒了，头朝下栽进水里。我一跃而起，向他跑去。那大概是我生命中最漫长的一分钟了吧。他并没有哭，只是在水里挥舞着双手，头朝下地漂浮在水上。我一把抄起他，抱在怀里，后怕得瑟瑟发抖。

“一开始我还没发现科拉。但她其实就站在谷仓边，两手遮着眼睛，脸上的神情非常可怕。她看到了整个过程。所以，我的一切就从那个时候开始结束了。她一直都没能原谅我，也不相信这是个意外。最后，我就离家出走了。”

“这不是你的错。”奈德说道，“这就是一个意外啊。而且宝宝也没有受伤。”

“是啊，他还笑得很开心。他太小了，根本不知道什么是危险。”

我不禁想起了麦克斯，他站在湍急的水流上，回头冲我微笑，仿佛一点都不知道危险。

这时，吉隆开口问道：“那你后来去做什么了呢？离开以后，你去了哪里？一定很辛苦吧，那时你年纪还那么小。”

“是啊，是很辛苦。不过年轻的时候，倒不会想得太多，也不会意识到自己正在决定生活的方向。那时，我跑出去和一个朋友一起住，但他们还是找到了我。当我告诉他们我不想回家时，他们便把我送到艾玛拉，一位斯托克太太的家里，她正好在找房客。所以我就去了，之后在一家玻璃厂里找到了一份工作。我想当老师，但因为我没有受过相关教育，所以不可能。后来，在我二十一岁的时候，我在公司的一次野餐会上碰到了约翰·斯通。他和奈德一样，是一位工程师，那天，他在放风筝。”

“就是我爸爸。”奈德说道，“他们婚后一起生活了五十七年。”

“那你之后就再也没有见过约瑟夫吗？再没有见过你舅舅和表弟？”

爱丽丝摇摇头。“没有再见过表弟。但我舅舅来看过我，就一次，应该是在他去世前不久吧，天知道，那时候我也五十几了。他带了一张他小时候的照片给我，还请我去吃午饭，他还说，等他死了以后，一定会留遗产给我。当然，我并不相信他的话。而且在那之后，我就再也没有他们的消息了。所以我想我是对的吧。”

我们说话的时候，前厅的门轻轻地打开又关上，一个年轻的女人走了进来，她穿着短裤和白色背心，扎着马尾。她在客厅进门的台阶上坐下，双手托腮，认真听着我们说话。我们谈到一半时，卡罗尔跟我们介绍说，她就是他们的小女儿朱莉。

朱莉微笑着和我们打招呼。我一边回应她，一边打量着她。因为奈德和我爸爸算是第二代表亲，那么朱莉和我应该是第三代表亲了——如果有这种算法的话。但就算真的有，那又有什么关系呢？因为这样的远房表亲，就算我们是在同一个镇子里长大，也都可能互不相识。她很高，虽然没有我高，但也差不多。我站起身，她过来和我握了握手。

朱莉说道：“你是水文学家呀。听起来很有趣。”

“嗯，我很喜欢。”

“你在日本工作？”

“呃，不算是吧。”我瞥了一眼吉隆，“我们住在日本，现在正在休假，在想接下来要做些什么。”

“我明白，我也经历过类似的阶段。”

“朱莉是老师。”奈德说道，“但她很喜欢动物，一直在做动物救援的事，那才是她真正热爱的工作。”

我不知道该如何回答，就这一点上，我们俩还真是完全不像。不知道她的公寓里是不是到处都是流浪猫。

“是一些特别的动物。”朱莉仿佛看穿了我的想法，说道，“我救援的是那些特别的动物，它们的主人不知道该怎么养它们，最后抛弃了它们。到目前为止，我养了一条大蟒蛇，两只猴子，还有三只南美大蜥蜴。当然，猴子不在我家里，肯塔基州那里有家很不错的机构收留了它们。”

这时，卡罗尔说："朱莉，之前，爱丽丝奶奶想把一些文件从保险箱里拿出来，还有以前的一些老照片什么的。但我们打不开保险箱，你爸把密码给忘了。我们也想不起来把密码记在哪儿了。你能帮个忙看看吗？"

“那我试试看。”

朱莉打开一个嵌入式橱柜的门，在保险箱旁坐下来，耳朵紧紧贴着门锁，手指搁在转盘上，闭上了眼睛。我不禁心跳加速，脑海中闪过锁的内部构造，那些小针无声的移动。朱莉慢慢地旋转着转盘，一边聆听着金属的声音。我知道那紧贴着她脸颊的金属的触感，也知道那锁栓是如何轻轻地移动，发出咔哒声，每一声都像呼出的一口气。朱莉屏住呼吸，认真听着，表情放松，一脸满足，而我的心底也涌出同样的成就感。她打开那扇金属小门，把手伸了进去。

奈德笑着说："看看，真厉害！"

“这是天赋，她五岁的时候就会了，也不知道是遗传了谁的。”卡罗尔附和道。

“以前我舅舅也会。”爱丽丝说道。她的声音听上去有些飘渺，眼神似乎也并没有落在当下，仿佛戴着一副能够看穿过去和现在的3D眼镜。

我展开我的手指，说："我也会。我也会开锁。"

他们诧异地看着我伸出的双手。这时，朱莉从保险箱里取出一沓文件，递给她爸爸奈德。奈德翻看着那沓文件，有债券啊、遗嘱啊、契约什么的，终于从中找到了那张泛黄的小照片，就是我曾祖父唯一一次去看望爱丽丝时给她的那张照片。那是一张全家福，摄于 1909 年 8 月 22 日，也就是杰弗里·温德姆开着银魅冲进村子里的那一年，哈雷彗星来的前一年。照片背后还有铅笔写的话。照片里，玫瑰站在中间，穿着深色的裙子，领子和袖口是浅色的。其他站在她两旁的家庭成员，也穿着黑色的正装：留着花白胡子的是玫瑰的父亲，一个哥哥，另外三个年长的女孩儿，可能是表姐妹或者堂姐妹吧。可能是因为摄影师在场，所以他们看上去一脸严肃。玫瑰的妈妈、阿姨和奶奶僵硬地坐在前排。

“这是在什么场合拍的啊？”我问道。

“不知道。”奈德说道，“也许是婚礼或是葬礼，也可能是正好有摄影师路过村子吧。”

“这就是约瑟夫。”爱丽丝用手指点着玫瑰边上的男孩补充道，照片中的约瑟夫眯着眼睛斜视着镜头，仿佛想看穿未来的样子。爱丽丝顿了顿，声调柔和了下来，继续说道，“我想那个女孩子一定就是玫瑰吧，我的妈妈。”

我又仔细看了看照片，一边想着玫瑰写的那些信，想到她站在船栏边，望着她的祖国越退越远，最终渐渐消逝在雾里。照片里的她还好年轻，才十四岁，留着披肩长发，脖子上系着一条缎带，脸上漾着微笑，好像随时都会回过头来开玩笑。那几个年长的女孩子站成了一排，看上去很严肃；玫瑰的父母和阿姨则是一副饱经风霜的样子；玫瑰的奶奶则看上去和现在的爱丽丝一样老，戴着黑色的礼帽，容颜如枯萎的李子般苍老。这一家人里，只有玫瑰看上去很快乐。

那个时候，她在想些什么呢？她有着什么样的梦想？对自己的人生又有什么样的想象？就在某个夏日的早晨，她的身旁环绕着亲人，她转过身，正要放声大笑。那时，她既不知道爱德蒙·哈雷是谁，也没听说过哈雷彗星——那个巨大的冰块，将穿过寒冷的天空，进入地球的轨道，给她的人生投下奇异的光芒。那时的她并没有意识到，一扇通往世界的大门即将为她打开，而她也将跨过那扇门，带着恐惧和希望，迈入一个她从未想象过的未来。

“我累了。”爱丽丝边说，边把装满信的活页夹放在沙发上，双手放在盖在大腿上的那块毯子之上，手指摩挲着如丝绸般的布料，“我想我得休息一会儿。”

奈德立刻站起来，爱丽丝扶着他的手臂，站起身。我也站了起来，握了握爱丽丝的手，她的手指冰凉。我告诉她，等她有机会读了这些信，消化了信中的内容后，我还想给她看一些东西。我向她讲了弗兰克·韦斯特鲁姆、花窗和玫瑰的故事，不过我不知道她听进去了多少。奈德倒是很有兴趣，他陪爱丽丝走到过道后，停下了脚步。

“你说有一座纪念馆，里面全是花窗玻璃？”

“是啊，玫瑰也帮忙参与了花窗的设计。她认识那位花窗艺术家。他们的关系很近，玫瑰曾经当过他的模特儿。”

“明白了。嗯，等我妈妈准备好了以后，我们想继续了解详细的情况，我们很有兴趣。”

“是啊，我挺想看看那些花窗的。”爱丽丝也附和道。随后，他们便沿着走廊慢慢地向她的房间走去。吉隆和我又在那里站了几分钟，和卡罗尔还有朱莉说了一会儿话。我把韦斯特鲁姆纪念馆的宣传册，还有小教堂的介绍册子一起给了她们。

“这些事实在是太让人震惊了。”卡罗尔边开门边说，“连我都觉得很难一下子接受，所以可以想象爱丽丝会有什么感觉。她得用不同的角度来思考她的整个人生了。”

卡罗尔陪我们走到车边，对这辆雪佛兰流畅的淡黄色线条赞不绝口，还答应我们，他们一定会和我们保持联系。她一直站在那里，目送着我们离开，直到我把车开出长长的车道，消失在树林里。

“我也好累啊。”我一边开车一边和吉隆说，“精神上累得不行，你怎么样？”

“我还好，毕竟不是我的家族，所以从旁观者的立场而言，还觉得挺有意思。不过呢，你知道的，我妈妈的家族来自英格兰西南部，大概是靠近布里斯托那边吧。所以，说不定我俩还有亲戚关系呢。”

“乱讲啦。”

吉隆哈哈大笑：“不过这真是不可思议啊，这整个故事都是，还有，这都过了好几十年了，你居然找到了爱丽丝，太不可思议了。”

“是啊。”

一路上，我们一直聊着这件事。我们离开了艾玛拉，驶向鲜花盛开的田野。沟渠旁如火的萱草开得正艳，各种蝴蝶和昆虫把田野装扮得一派生机勃勃，路边深蓝色的湖泊波光潋滟。

开到半路，我俩便陷入了一种自在的安静氛围中，这时，车子却突然震动了起来，还发出有规律的砰、砰、砰的响声。我把车停在路边，下车检查。果然，车子的前轮胎爆了。吉隆在后备箱里东翻西找了半天，也没找到备胎，同时，我也打了电话给妈妈，问她有没有买道路救援服务保险。她说有，于是我便打电话请服务商来帮忙。

我们所在的位置正好位于两个湖泊之间，在一片高起的田野边缘，远处能看到湖水。天气很暖和，我觉得很累，于是便走到田野上，躺下来，试着不去理会那些昆虫的叫声和那群从水塘边飞来的蜻蜓。不一会儿，吉隆也走了过来，在我身边坐下。我稍微挪动了身体，把头靠在他的腿上。他抚着我的头发，最后手指停在我耳后柔嫩的肌肤上。我感觉身下的大地仿佛有生命般，万物都在生长；而在吉隆的抚触下，我真切地感觉到自己也活着，活着，也有点睡意，感到心满意足。我伸出手抚过吉隆结实的小腿，心里想着，能和吉隆一起待在这片阳光灿烂的田野上，边上还有这深蓝色的湖泊，如一个碗般镶嵌在绿色的田野上，是一件多么幸福的事啊。接着，我们便听到了卡车的声音，听到车门砰的一声合上。我们站起身，一边把沾在衣服上的种子和草拍掉。

一个戴着白色帽子的男人从拖车上走下来。吉隆刚才没有把后备箱合上，所以那个男人从那里东翻西找地找出了一个空的红色塑料汽油桶、一袋工具、一块折叠起来的毯子，还有我爸的钓鱼工具箱，小心翼翼地把它们一一放在路肩上。“现在的车都没有这么大的后备箱啦。”看到我们走近，他抬起头，冲我们笑着说道，“我想我还是找一下，说不定里面还有放备胎的隔层。”吉隆紧挨着我站着，手搭在我的背后，让我感觉很温暖。那个男人继续找了一会儿，但还是一无所获。于是，他便熟练地卸下了雪佛兰那个瘪了的前轮胎，让我把它靠在保险杠上，并换上了一个临时备胎。看上去他的心情不错。远处的湖水碧蓝，泛着银色的光芒。他又把所有的东西放回后备箱，合上盖子，我们便重新上路了。

第十八章

我们到家时已经傍晚了。厨房的吧台上摆满了绿色的一升装的纸盒，里面全是现采的草莓，满头银发的妈妈和安迪正并肩站在水槽边，低着头，一边洗东西，一边笑。他们中间堆着一堆高高的叶梗，还有几个陶碗，里面盛着满满的洗好的草莓。空气中弥漫着浓郁的草莓和糖的味道；炉子旁的擦碗巾上，整整齐齐地摆着八个红宝石般的果酱瓶。我和吉隆进门的时候，正好听到其中一个瓶盖封上的声音。妈妈转过身，脸上带着笑容，举起一只手，向我们示意，让我们不要说话。她的头发湿漉漉的，贴着头皮，两颊因为屋里的高温而泛红，手肘下方有一道红色的印记，手指也染成了红色。我们一动不动地站在那里，过了一秒钟，便又听到有一个果酱瓶封口的声音，之后是第三个。妈妈开心地笑了，一面把举起的手放了下来。

“好了——我刚刚正在数封好了几瓶果酱呢，现在都搞定啦。放在吧台上，是不是很漂亮？像珠宝一样，我最喜欢这个过程了。等到冬天下大雪的时候，吃到这些，我们一定会很开心的。”

“现在看上去就很棒啊。”吉隆在门口一边脱鞋，一边说。

“不好意思啊，我们来晚了。拖车耽搁了点时间。”

我走过去，从碗里拿起一个草莓，一口咬穿红色的外层，咬入柔软洁白的果肉，又递了一个给吉隆。小时候，我们经常一大早就出门，在低矮的草丛间采摘草莓，或是从树上摘樱桃。布莱克和我总是边摘边吃。

每次我们都会满载而归，等到了傍晚，厨房里便会充满温暖和甜蜜的味道，吧台上总会放满一排排的果酱瓶，里头装着饱满的金黄或是红色的果实，或是切成半月形的晶莹洁白的雪梨片。

这时，安迪说道：“尝尝看吧。”他用一块毛巾擦了擦手，递给我们一瓶深红色、还在冒泡的果酱，继续说道，“我们从艾芙丽店里买了些新鲜面包，还有一些有机黄油，不是我吹牛，这么好的味道，真的是世间少有。”

吉隆和我在桌边坐下，顿时感到很饿。我们一边吃，一边讲起我们去艾玛拉的事：一路上美丽的风景，吉隆和他们用日语聊天，朱莉那遗传的开锁本事，还有爱丽丝告诉我们的故事。当我说起爱丽丝，说起她的喜怒无常，还有她知道真相后激动的心情时，妈妈停下了手头的工作，抬起头，双手搭在沾满了草莓汁的吧台上。

我继续把话说完：“真的很感人。回来的路上，我一直在想这件事。她已经九十五岁了，但她心里还是有被人遗弃的感觉。我希望她知道事情的真相之后，心里会觉得好受一些。”

“我也希望如此。”妈妈说道，“我说，事情能这么顺利，我也松了一口气啊。我的意思是，她也可能是一个疯子，或者很刻薄、不诚实什么的，是吧？也可能是一个你宁愿不认识的人啊。”

“是啊，我们没有办法选择有什么样的亲戚。你妈妈一整天都在担心。”安迪一边说，一边拿起一碗捣碎的草莓走到锅前，经过妈妈身边时，还吻了一下她的脸颊。

妈妈抬起头，对着安迪微笑。

我说：“一切都很好啊，很不错。”

妈妈和安迪继续做果酱，我和吉隆则一起准备沙拉和米饭，还在阳台上烤了鲑鱼。当我们终于坐下来吃晚饭时，已经不早了，天色也暗淡了下来，由灰蓝转成了靛青色。我们倒上酒，一边传递着食物，一边听着梦湖远处传来的船只的轰鸣声。饭后，吉隆把一只手搭在我的大腿上，那只手，仿佛带着今天我们在等道路救援时田野上所有的热度、阳光以及昆虫们的吟唱，还有大地和汗水的味道。我们把盘子收回厨房，又忍不住称赞了红宝石般的草莓果酱。接着，妈妈和安迪一起出去看晚场电影。我们看着他们车头灯逐渐远去，吉隆站在我身后，把我的头发拨到一边，吻着我的脖子。我转过身，他牵起我的手，仿佛跳舞一般。我们爬上阁楼，感觉恍若在水中行走，缓慢而又优美，身边暗潮涌动。

几个小时之后，我醒了，发现自己做了个梦。躺在阁楼的地板往上望，星空一览无余，夜幕仿佛一块有着无数洞洞的深色画布，白色的光芒透过画布宣泄而下。其实不难理解，为什么古代的人们会认为天上还有另外一个世界，为什么神话故事里的树木会不断生长，突破天幕，把人们带到那里。也不难理解，为什么古代的人们不愿意给这样的力量取一个名字。我想起了智慧花窗，那上面的人从大地中生长出来，充满了气息与生命；我还想起了基根跟我讲的易洛魁族人的创世故事，神向一个女人吹了一口气，让她怀孕。接着，女人掉入一棵大树根部的洞里，一直坠入黑夜里，落入海中，直到海里的一只海龟游上来接住了她；其他的动物潜到海里，带回很多泥土，创造了整个世界。你活在这里，所有的故事都这样说，但你充满着神的气息，而这个你所照看的世界，到处都有奇迹。

吉隆还在睡，我转过身看着他。他的嘴微微张开，隐约有些气味，胸膛温柔而又有规律地起起伏伏。我伸手抚过他的手臂，他动了一下，便在睡梦中转过身来，伸出手来抱我，手臂搂住了我的腰。我弓起身迎合着他，和他一起躺在房子的最高处，一起飘浮在黑夜里。

刚刚那个把我惊醒的梦渐渐清晰了起来——不可怕，但是很费神，萦绕着悲伤的气息，梦里的我还在不断地寻找着什么。梦里，破晓时分，我和爸爸一起去钓鱼。我们漂浮在水面之上，天色还很黑，虽然爸爸就在我身边，但我几乎看不见他。我们随波逐流，不时地挥竿下钩。我们需要更好一点的诱饵，爸爸说。于是，我从座位底下拖出钓鱼箱，打了开来。箱子是灰绿色的，金属材质，在月光下泛着光泽。里面装着一排排的鱼饵，每一份鱼饵都放在一个小格子里，五彩斑斓，有绿色、蓝色、深橘色，仿佛是从棱镜深处抽出的颜色，色彩浓郁，却又隐隐发光。它们看上去好像一颗颗圆弧状的宝石，很光滑，后头拖着羽毛、彩带，或是蕾丝。有些鱼饵看上去就像一个个迷你版地球，蓝中带绿，沿着各自的轨道，在白雾中旋转。我好想把它们拿在手里，但每一次当我伸手碰到它们时，它们便兀自裂成了碎片。梦里的我能感到那种紧张而又沮丧的能量。我努力想把那些碎成两半或是碎块的鱼饵拢在一起，把它们用细线缠起来，或是用小小的金属销子串起来。但似乎有什么不大对劲，非常不对劲。接着，爸爸拿出另外一个箱子给我看，里面的鱼饵完整无缺，光滑平整，熠熠生辉。我看着自己手中这些用细线和金属销串起来的鱼饵，一个个支离破碎，遍布疤痕，只能凑合着用，心中不禁感到深深的绝望。

从梦中醒来的我仰望着群星，把注意力集中在吉隆和我自己的呼吸上。这个梦当然和那些描绘女人形象的花窗有关，也和寻找爱丽丝有关，因为那些就是我们家族故事在一个世纪前遗失并被遗忘的碎片。这个梦，也和我回到家以后重复出现的梦境有关。那些梦，似乎已经穿过了生活表象的涟漪，甚至穿过了记忆，直达人心深处；那些梦，大概是源自多年前我离家之后不间断的寻寻觅觅吧。我细细体会着这些梦，之前是梦见寻找藏于叶间，如水银般泻落在地的圆形物体；而现在，又梦到锁在金属箱里裂成碎块的小球。吉隆的手滑过我的大腿，我想起今天在等待道路救援的时候，我们俩坐在洒满阳光的田野里，我的头枕着他的大腿，感受着他的脉搏。我好想和吉隆一起再回到那里，回到那片阳光灿烂的田野里，回到宛若镶在绿色田野间的蓝色大碗一般的湖边，回到那片刻的宁静里。直到我们听到拖车到来，车门合上的声音，然后我们起身，重新回到现实里。

我继续回想着。我们走过草地，和戴着白帽子的拖车司机打招呼。

后备箱开着，所以那个男人从那里东翻西找地找出了一个空的红色塑料汽油桶，一袋工具，一块折叠起来的毯子，还有我爸的钓鱼箱，小心翼翼地把它们一一放在路肩上。他在找备胎，但一无所获。“现在的车都没有这么大的后备箱啦。”吉隆紧挨着我站着，手搭在我的背后，让我感觉很温暖。我们看着他在忙碌地修车。远处的湖水碧蓝，泛着银色的光芒，田野上蜻蜓翻飞，一派生机勃勃的景象。他把所有的东西放回后备箱，关上箱门。

我坐起身，梦中那些破碎的鱼饵洒落一地。空气清冽宁静，天上的星星似乎不曾移动过位置。我爸溺水之后，搜救的人在湖里潜水找了好久，找回了一只装满淤泥的靴子，湿透了的帽子，还有爸爸的钓鱼竿。

但他们始终都没有找到他钓鱼用的钓鱼工具箱。

现在我才知道，原来那个箱子，这么多年以来，一直就放在他车后的后备箱里。

现在我非常确信，我爸爸死前的那一晚并不是去钓鱼！就像我确信知道自己的名字，知道现在我的肺部正有一口气往上冲。那天晚上，爸爸去梦湖，一定是去想事情。他想在黑暗中的水面上随波逐流，好好理清让他夜不成眠的那些思绪，想透那压在他脑中沉甸甸的心事。

为了不吵醒吉隆，我小心翼翼地爬出被窝，从地上的一堆衣服里找出我的短裤和T恤穿上。一整天，我俩身上都带着那田野里的热度，互相爱抚着彼此，就像阳光拂过绿草，就像茎叶穿透土壤。我们在阁楼里拥吻，一边迫不及待地脱下彼此身上的衣物，扔在地上。直到这会儿，那些衣物依旧带着白天的温度和阳光的味道。我蹑手蹑脚地走下楼梯，尽量踏在每一个台阶的边缘，避免楼梯吱呀作响。接着，我从厨房的橱柜里拿了车钥匙，走过门廊，穿过草地和走廊，来到仓库前。

我光着脚，脚下能感觉到湿漉漉的青草和粗糙的沙石。我悄无声息地推开仓库门。昏暗的灯光下，雪佛兰隐约可见。等我的眼睛适应了仓库里的黑暗之后，我便摸索着走到我爸的工作间，中途还撞到了割草机，绊倒了一把钉耙。墙上挂的手电筒早就没电不能用了，但是旧的煤油灯里倒还剩着一寸煤油，火柴也还放在老地方——就在刨子架上，装钉子的罐子右边。我点燃灯芯，玻璃灯罩亮了起来，照亮了周围的物件，也投下了它们的影子。

我轻易地打开了雪佛兰的后备箱，拎着煤油灯往前一照，摇曳的灯火照亮了黑暗的角落，只见那个暗绿色的钓鱼箱已经被推到了最里面。我只好放下煤油灯，使劲把箱子拖出来。但是箱子上了锁。我在工作台上找到一根铁丝，往地上一坐，感觉到腿下的水泥地粗糙而又冰冷。手里的铁丝细细长长，带着手心的温度。温柔的夜色笼着我，让我感觉仿佛依然在梦中，爸爸还在身边，看着我轻车熟路地把铁丝探进钥匙孔里，一只耳朵贴在工具箱上，细细聆听。

一开始是寂静一片，接着我便听到金属间摩擦的轻微响声，之后是一声几乎弱不可闻的咔哒声，我知道那是有一根针落到了指定的位置。然后是另外一根，再是最后一根。一、二、三，我坐起身，锁已经开了，我打开了箱子。

箱子里的鱼饵和从前一样，很普通，铁丝上粘着羽毛，钩着塑料做的小虫子，每一个都不一样，但没有一个会发光，也没有一个是球形的。那一格格的小格子里，没有小月亮或是小行星飘浮在迷雾里。小时候，我常常看到这些鱼饵，我还帮爸爸一起做，把铁丝、塑料和闪闪发亮的金属片摆在爸爸的工作台上，根据我们自己的想象，把它们做成鱼儿喜欢吃的饵料样子。我的心里涌起浓浓的怀旧之情，回忆着当我们最后用剪刀修剪金属片时那尖锐的声音、铁丝的嘶嘶声，还有爸爸的笑声，他会把或鲜艳或黯淡的鱼饵拿起来，转一转，或是摇一摇，让我俩好好欣赏下我们想象力的创造，充满乐趣的手工作品。

一切都很寻常，所有的东西都和以前一样，我在把盛鱼饵的盘子拿出来之前，几乎都能想象得到，盘子底下一定摆满了成捆的铁丝和细线，小钳子和备用钓鱼线。也许当时爸爸在去另外一个湖的时候，把钓鱼箱忘在了车上，等到他来到平静黝黑的湖上时，才发现自己只带了鱼竿，却忘了带鱼饵。很可能是这样。当我拿开盘子之后，我知道我的直觉是对的。原本盘子底下应该摆满了各种钓鱼工具的地方空空荡荡，只有一捆文件，一共几张纸，折成了三折，用一根暗红色的橡皮筋绑着。我轻轻一扯，橡皮筋便碎了。

最上面的那张纸几乎是空白的，只有一句话，是我爸爸的笔迹：在厨房的西墙里找到的。

我闭上眼睛，把注意力集中在自己的呼吸上，吸气，吐气，同海潮的节奏一般，直到自己平静下来。我想起那个晚上，我从峡谷匆匆赶回来，带着风，也带着愧疚和愤怒，看到爸爸站在花园里一边抽烟，一边沉思。我又想起爸爸去世前的那个春天，厨房重新装修，搞了好几个星期，墙都被推倒，空气里充满灰尘和金属的味道，门廊里堆满了新的厨房设备。爸爸穿着工作服，从口袋里抽出大手帕，擦拭着额头上夹杂着沙砾的汗水；透过破碎的石膏和灰尘，发现了这些文件。我就像爸爸当年发现这些文件时那样，慢慢打开了这些文件，因为我们都怀着同样的，既想知道，又不想知道的矛盾心情。我双手颤抖着把最上面的那页纸放到最后，开始看里面的内容。

这是一份正式文件，是我的曾祖父约瑟夫·亚特·贾勒特最后的遗嘱。那个怀着彗星梦想的男孩儿长成了一个男人，成立了一家锁具公司，重新装修了这栋房子。当他的人生快要走到尽头时，他写下了这份遗嘱，字迹坚定有力，微微倾斜，和他的妹妹的字迹如出一辙。我往煤油灯昏黄的灯光处靠了靠，煤油灯发出轻轻的嘶嘶声，还散发着煤油的味道，除了这张纸，这些字，周围的一切都重新隐匿到了黑暗里。遗嘱里还悼念了科拉，并表明要将一笔纪念款捐赠给科拉钟爱的花卉协会。另外还有几笔纪念款，分别捐赠给图书馆、教会和五金协会。而他的大部分财产，则一分为二，一份留给他的儿子，小约瑟夫·亚特·贾勒特，另一份则留给他的外甥女，住在艾玛拉的爱丽丝·贾勒特·温德姆·斯通。

为了弥补我对她的亏欠。为了提醒我的儿子，不应心存不劳而获的想法。

遗嘱的时间是 1972 年 5 月，就是我曾祖父去世前六个月。

仓库里有蝙蝠，我重新坐下的时候，一只蝙蝠低低掠过。我把文件攥在手里，想要理解所有这些日期和文件所代表的意义。1972 年时，玫瑰应该已经过世三十年了，科拉也走了有十几年。所以，当曾祖父去世之后，家里已经没有人认识玫瑰，也没有人知道她的故事，没有人可以证明早年每个月玫瑰都会寄信回来，而那些信封里都会装着钱。那些钱可能是用在了爱丽丝身上，给她买新裙子、鞋子、书本和茶具，但那些钱也可能被用在了其他地方——比如支付生意的各项开支，购买湖边的那栋破房子并修整。事到如今，我们已经无法分辨当年的是是非非，也许从来就无法分辨吧，也无从得知当年到底发生了些什么。但从这份遗嘱来看，曾祖父一直生活在愧疚之中。在他生命的最后，他想做出补偿，看起来在他去世的时候，他也相信自己已经做到了。

又有一只蝙蝠俯冲下来，旋即又飞回横梁那里。水泥地很凉，但我还是坐了很久，手里攥着那份遗嘱，两眼看着闪烁的灯光和映在天花板和墙上的影子，心里想着玫瑰这个我素未谋面却一心喜爱的人。终于，我站起身，掸去腿上的沙砾和灰尘。我把钓鱼箱重新放回后备箱，合上门，吹灭煤油灯，回到工作台前。我走出仓库，站在车道上，看着这栋房子的屋檐、门廊、阁楼——吉隆正在里面睡觉，还有剥落的油漆、荒废了的花园，野玫瑰在里面疯长。我和布莱克就在这里长大，我们曾经一起跑过草地，从码头上跃入湖中；我们一直深信这个世界存在特定的秩序，有着某种必然的轨迹，一如天上的星辰。然而，与此同时，这些推翻了我们深信不疑的历史的文件，却一直藏在厨房的墙里。

空气中弥漫着玫瑰的味道，波浪冲刷着湖岸。我试图想象着最后一晚，爸爸到底在思考些什么。他抽了一根烟，接着又抽了一根，之后走过草坪，把船拖出来，抓起鱼竿，却忘了拿钓鱼箱。他知道爱丽丝是谁吗？在他出事前的那段时间，他是不是曾试图拼凑出她的故事呢？又是谁把这份遗嘱藏在了厨房的墙里？而且只是藏起来，却没有把它毁掉。藏在那么一个隐匿的地方，也许永远都不会被人发现；或者即使有一天能够重见天日，也早已经是物是人非，有关玫瑰和爱丽丝的记忆也早已没入尘土，消散得无影无踪。也许藏起这份遗嘱的人就是约瑟夫·贾勒特自己，因为他最终改变了主意。也许那个人是我的祖父，如果他看过这份遗嘱，那么遗嘱的字里行间所散发出来的怒气，一定让他坐立难安吧。

阳台上，金属椅子沾着夜晚的露水，冰凉而又潮湿。我在椅子上坐下，心潮澎湃，思绪混乱，还没有来得及想清楚便已按下了手机上布莱克号码的快捷键。电话响了十次、十二次、十五次，布莱克终于接起了电话，带着睡意的声音略显沙哑。

"怎么了？"他问。

"你在睡觉啊，不好意思哦，艾芙丽在吗？"

"是啊，她正在睡觉啊。露西，到底发生什么事啦？艾芙丽在又怎么样？"

我站起身，走到阳台边，望着草坪另一端的梦湖，波浪拍上湖岸，轻轻冲刷着岸上的页岩。

"是玫瑰的事。我不想把艾芙丽也吵醒。"

"呃，那还真是要谢谢你了。"我听到他的脚步声，接着他走到甲板上，电话里的背景声音顿时开阔了起来。

"露西，那都是很久以前的事了，好吗？不管玫瑰是谁，无论一百年前，她到底闹出了什么样的丑闻，现在早就不重要了。你就不能放手吗？去睡会儿觉吧，也让我睡吧。"

"好吧，可是我找到她的女儿了。"我说道，"我找到了玫瑰的女儿，爱丽丝。吉隆和我今天去见了她。她已经九十五岁了，住在艾玛拉。我们也见到了她的家人。”

电话那头一片沉默，接着是一阵沙沙声。我想布莱克大概是在甲板上坐了下来，和我一起仰望着同一片星空。

“好吧。”他终于开口道，“那你说说，为什么这件事有这么重要，让你在凌晨一点给我打电话。你不会才回来吧？”

我想起我们回家的路上，我们穿过鲜花盛开的田野，看到沟渠旁如火的萱草开得正艳，各种蝴蝶和昆虫把田野装扮得一派生机勃勃，路边深蓝色的湖泊波光潋滟。和爱丽丝一家会面之后，世界在我眼里与过去变得截然不同，仿佛一个人在水下待了很久，重新浮上水面之后，眼里的世界会变得鲜艳夺目，焕然一新而又生机勃勃。我没有办法把这种感觉告诉布莱克，也没法和他讲，我是如何被那个鱼饵的梦唤醒，引我来到仓库，找到爸爸的钓鱼箱，最终发现了这份遗嘱。但忽然之间，我想起了梦大师里那沓设计图稿，他们正在密谋的那个计划，于是我便有些犹豫，要不要把遗嘱的事情告诉布莱克。

“我知道已经很晚了，不好意思，可我睡不着。我们居然不知道，家族里还有另一支系的人存在，你不觉得很惊奇吗？”

布莱克叹了一口气，说道：“当然会吃惊啊，很有意思。但说实在的，这也不是什么生死攸关的大事，也不值得大半夜的把我叫醒吧。露西，你不觉得你有点太纠结于这件事情了吗？干吗不放松一点，带着吉隆到处逛逛？也许要是你现在没有失业，而只是来休假的话，这件事可能就不会像现在这么重要了吧。”

尽管我早先和吉隆说过不介意他辞职的那番话，但布莱克的话的确戳到了我的痛处。也许这也是之前为什么，我从来不会让自己处于失业状态，从来不愿停下脚步，拿了一份又一份奖学金，不断跳槽换更好的工作。因为这样我在回到家里，看到亚特、乔伊，甚至是柔依时，才能对自己说：*我的决定没错*。

“什么意思？这件事改变了一切啊。”

“他们，最多算是曾经被排除在家族之外的远亲吧。这件事也不能改变什么啊。”

“布莱克，这个故事改变了一切。”

布莱克有些恼怒地冷笑着说：“好吧好吧。我可不想在凌晨一点和你吵架，露西。我们明天派对上见吧。现在先晚安吧，好吗？”

说完他便挂了电话。

我继续在阳台上坐了一会儿。阳台上也有蝙蝠。我一直很喜欢这些长着翅膀的黑影，喜欢它们那小小的充满智慧的双眼，喜欢它们热爱昆虫和黑夜的习性。兵营那边有不少洞穴，也许那些蝙蝠就住在那里，成群结队地挂在洞穴壁上，寂寞不语，聆听着大地的声音、湖水的耳语和植物生长的声音。如今，推土机挖开了大地，那些蝙蝠也一定在听着金属撞击岩石那诡异陌生的声音吧。

如果我祖父曾发现了这份遗嘱，他是否也找过玫瑰和爱丽丝，但是没有找到？很有可能。虽然我有玫瑰的信，而且我的运气也很好，但我也是好不容易才找到爱丽丝。又或许，他根本就没有找过她们，这也有可能。我试着想象，如果我祖父真的看到过这份遗嘱，那当时他会是什么样的心情？他的父亲，留下的话是那么不留情面，仿佛一记当头棒喝：为了弥补我对她的亏欠。为了提醒我的儿子，不应心存不劳而获的想法。这样严厉的措词，也许写下来就已经足够。也许就是我曾祖父自己把这份遗嘱封进了墙里，因为这只是他一时气愤写下的气话，并不想被其他人知道。

另一种可能是，在约瑟夫·亚特·贾勒特去世后的几个小时里，我的祖父静静地读完了这份遗嘱，便把这几张纸塞进了墙里，并用石灰把空隙填满抹平，仿佛想把那些字眼擦去。但他父亲那些失望的话语，却早已深深刻进了他的心里。

我又想起我爸爸和亚特，他们在这栋房子里长大。虽然那些话连同那些苦涩一起被封存在了墙里，但它们的存在却塑造了之后的一切，如同流水打磨了岩石的形状 。不管我喜不喜欢，这也塑造了我的人生。

这时，几道光线划过草坪和湖面，之后忽然又暗了下来。车道上的沙砾嘎吱作响，黑夜里传来妈妈的笑声。接着，夜色里传来温柔的谈话声。之后又是一片寂静，我听到车门砰的一声合上，听到更多的笑声。接着，车灯又亮起来，妈妈的身影出现在门廊，我冲她大声打招呼。

“露西？”妈妈推开沙门，走到阳台上。她穿着银白两色的衣服，看上去就像荒废的花园里的某种花，她身上的香水味飘散在空气中。“你在这里干什么？吉隆呢？”

“哦，他在睡觉呢，我睡不着。电影好看吗？”

妈妈笑了，但却无法让人看透微笑中的含义。虽然今天妈妈做了那么多草莓酱，虽然安迪很和蔼可亲，虽然我也希望妈妈幸福，但这时，我还是觉得很愤怒，恼怒妈妈就这么迫不及待，而又轻而易举地把所有的一切抛在了身后。但我也知道我这么想，其实对妈妈并不公平。也许是因为我太想念爸爸，一直在思考在他生命最后的那段日子里烦扰着他的那些心事。又或许是因为草莓的香味依然萦绕在房子里。“电影很难看啊，但我们还是玩得挺开心的。你知道吗，我已经很多年都没有跟人在一起笑得这么开心了。看完电影后，我们还去他家坐了一会儿，一起吃了派。”

“他的厨艺还真是好。”

不知道她有没有听出我话语中讽刺的语气，但不管怎样，她都没有表现出来。“是啊，他的厨艺的确很不错，他做的凝脂奶油派很好吃。他说下厨能让他放松。”

“嗯，那不错啊。”

“露西，宝贝，为我高兴好吗？拜托，只要你为我高兴，这样就行了。”

“你知道吗？”我还没下决心告诉她，但话却已经脱口而出，“爸爸死的那个晚上，我就在这里碰到他，在你的花园里。那时候是半夜，就在他去钓鱼之前，他问我要不要和他一起去，但我说不去。”

妈妈看起来一脸惊愕，慢慢地问：“你是说他溺水的那个晚上？”

“是的，就是那个晚上。我的意思是，如果我答应和他一起去的话，也许一切就不一样了，他可能还活着，所有的一切，所有，都会不一样。”

“哦，宝贝，”妈妈走到我身边，伸出手来搂住我，说道，“你是这样想的吗？这些年来你都这么想？可是宝贝，不是这样的。你爸爸的事不是你的错，也不是任何人的错，你也没办法改变什么。”

但我依然坚持道：“可是如果那天我和他一起去钓鱼，一切就不会是现在这个样子。”

“好吧，也许吧。或者要是他那天没有去钓鱼的话，一切也会不同，或者是如果那天下雨了……还有好多其他的如果。你不能这样，露西，别这样。相信我，我也折磨了自己好久。那个时候，你爸看上去一直心事重重。后来，意外发生之后——一开始，我甚至怀疑那到底是不是一个意外。出事之后，我一直在想，为什么自己没有刨根问底，让他告诉我到底发生了什么事情。那个晚上，他下床的时候我醒了，我抓住他的手问他发生了什么事，但他说没什么。他亲了我一下，让我别担心。这就是他最后和我说的话。但我睡不着，于是便爬上阁楼。露西，我听到你回家的声音，听到摩托车进来又出去的声音。我也听到你和你爸在花园里说话。你并没有说什么不该说的话，那件事情并不是你的错。”

我沉默了好一会儿，没有接话。蝙蝠在我们头顶掠过，像飘落的树叶，像天空落下的碎片。跟妈妈说出了这件事之后，我整个人都轻松了。

“这个我知道，只是——”

“宝贝，你爸爸已经走了，走了很久了，我相信他也希望你能好好地过你自己的生活。”

“我知道，我知道的。可是，妈妈，你也说他有心事，你知道是为什么吗？那个时候爸爸到底在想什么？”

妈妈坐下来，摇了摇头。“唉，露西，我们一定要这样吗？我实在不想再谈过去了。你已经找到爱丽丝了，对吗？那你的调查也应该到此为止了吧。过去的就让它过去吧，露西。”

妈妈又轻轻地说道：“一味地纠缠过去并没有什么好处，反而会让你错过眼前的一切。你要相信我，我是过来人。别把自己困在过去。”

那几张字迹倾斜的遗嘱捏在我手里，感觉像烫手的山芋。我想把遗嘱的事情告诉她，但我又犹豫了，就像刚才对布莱克那样。这份遗嘱说，要把财产的一半分给爱丽丝，而几十年之后的今天，我也找到了爱丽丝，那这份遗嘱还有效吗？爱丽丝会在意吗？那妈妈会不会在意？我不知道，而这就是问题所在。我觉得自己像是走在流沙之上。

妈妈看着我，带着困惑、恼怒和担心。我想她这会儿只想转身离开，爬上床，在松香和草莓味里安然入睡，一边想着安迪的笑声，想着他那双大而灵巧的双手，慢慢放松，进入梦乡。但过了一会儿，妈妈叹了口气，把椅子往桌子拉近了一些。我想起那天早上，我和妈妈坐在这里，一起看玫瑰·贾勒特那些晦涩的书信。那是两个星期之前的事，但却已恍若隔世。我把手中的遗嘱翻了个面。

“我不知道。”妈妈说道，“我不知道该如何回答你的问题。就像我说的，你爸去世后，有好几个月，我日日夜夜都在想这个问题，想弄清楚这个问题。那个时候，我们都还不算老，那年夏天，你爸才四十五岁，我四十三。那之后有好长一段时间，我早上醒来的时候，都以为你爸没有出事。那也是为什么我把楼上的房间都锁了起来，我想用一堵墙，把过去和现在分开，把我们梦想的人生和现实分开。

“总之，我只能告诉你，那段时间他肯定有心事，因为他总是一副若有所思的样子，但看上去并不像是在担心什么，倒是像在听我听不到的音乐。有时候，一个问题我得问上三四遍，他才会有反应。那段时间，他正在做整修厨房收尾的工作，而且和承包商有点问题，所以我不想再给他增加压力。我想，不管是什么事，最后他一定会告诉我的，只不过他需要一些时间来理清头绪。”

妈妈盯着桌子，接着抬起头继续说。虽然她的眼眶里没有泪水，但声音却因为情绪而变得沙哑。

“露西，这件事就那么重要吗？因为我觉得，对于整件事的态度，我们还处在不同的阶段。刚开始，我也一直在找原因。我也一直在折磨自己，觉得自己要是做了这个，说了那个，说不定就可以改变那个结果。也许是吧。但事情就是发生了，没有什么可以改变这一点。那是一个意外，这些年来，我就是这么想，才让自己好受起来。”

在这之前，我和妈妈从来没有这么直接谈过爸爸的死。我们一直把悲伤埋在心底，就像灌入页岩底下的水，不知何时就会毫无预兆地冒出来。我不想妈妈痛苦，于是便把那份语气恼怒的遗嘱放在了桌上，然后解释那是什么，我是怎么找到的，以及遗嘱里的内容。

妈妈往椅背上一靠，拿起遗嘱，草草地看了一遍，但天色太黑了，基本看不清楚什么东西。

“真的？他把一半的财产都留给了爱丽丝？”

“对，如果他希望这份遗嘱让别人看到的话。但也可能是他自己把这份遗嘱封进了墙里，可能他后来改变了主意，但没有把遗嘱烧掉，而是封了起来。”

妈妈慢慢地点了点头。“有可能，也可能是其他人封的。你爷爷或是你奶奶，只是我很难想象你爷爷会做这样的事情。你对爷爷还有印象吗？”

“说实话，没什么印象了。”

“他人很好，热爱生活，也很乐得享受他父亲给他带来的财富。仔细想想的话，其实亚特很像你爷爷，觉得一切都是他应得的。他是那种多一事不如少一事，为求和睦而愿意忍气吞声的人，但，谁知道呢，也许他受够了，才会做出那样的事吧。不过你奶奶一直很护着两个儿子，尤其偏袒亚特，特别是在你爷爷中风之后，她更是如此。所以我觉得，很有可能是你奶奶做的。当然，我不认识你曾祖父，所以也没法说他是不是会做那样事情的人。”

“总之呢，是有人不希望这份遗嘱被人找到。”

“是啊。”

“如果是为了钱，那一定是个唯利是图的人。”

“也许是为了钱，也许是因为愤怒或是怕没面子吧。你的爷爷奶奶都是很正统的人，很注重外表以及家族名声。梦湖是个小地方，消息传得快。要是真是你爷爷或奶奶做的，那么最可能的理由，就是怕丢面子吧。”

“这是你爸爸的字。”妈妈边说边拿起封面的那张纸，又读了一遍。在厨房的西墙里找到的。“他一定是那年春天整修厨房的时候找到的。他从来没有跟我提起过，不过，他应该也不会跟我说。但我还是能感觉到有点不对劲。”

“也许这就是他的心事吧。”

“对，”妈妈缓缓地说道，“我觉得是，有可能。”

“如果这件事是真的，那么一切就都不一样了啊。”

四周一片寂静，我们听着梦湖温柔的潮水声，低语的潮水冲刷着岩石嶙峋的湖岸，爸爸被人们从湖里打捞上来后，就躺在那岸边。

“嗯，也不全是吧。”

妈妈站起身，把遗嘱递回给我。刚刚进来时，她身上散发出来的那种幸福感已经荡然无存了。

她说道：“我们再好好想想吧，先别和其他人说。我们可以和律师聊一下，我觉得目前还没有必要和其他人讨论。”

“真是奇怪的一天啊。”我说道，因为我不想去细想为什么妈妈不想张扬这件事。妈妈伸出一只手搂住我的肩膀，她身上的味道有点陌生，夹杂着草莓和汗水的味道。

“上床睡觉吧，露西，睡一觉。”她说。

我爬上阁楼，看到吉隆正睡在床铺的中央。我在吉隆身边躺下来，他往里挪了挪。我醒着躺了很久，白天发生的事和晚上发现的事，在我脑中一遍又一遍地放映，仿佛就像一条无法关闭的运输带。我尝试做放松练习，背诵诗歌，回忆小教堂里的感受，甚至尝试了很多年都没有做过的祈祷。但一直到阁楼里洒满日出时分的灰色光线时，我才断断续续睡去，连梦也没做一个。

第十九章

当年，易洛魁族人还居住在湖区时，每当收获季节来临时，他们都会沿着湖边燃起篝火，围成一圈，庆祝丰收。这个传统一直保留至今。每年秋天，当落叶撒在梦湖之上，褐色的田野变得荒芜一片，悄然蛰伏的时候，人们依旧保持着这项庆祝传统。多年来，每到 7 月 4 日国庆日，人们也会沿着梦湖燃起一圈篝火。童子军们会在街上售卖闪光弹烟火，人们买回家后便会插在草坪上，或是湖岸边的鹅卵石地里。吉隆和我在杂货店外的一个小摊上买了四个闪光弹烟火，我跟他解释之后会发生什么事：等到夏至那天的黄昏陷入黑暗时，梦湖边便会燃起一圈篝火，放起烟火，为梦湖戴上一条熠熠生辉的珠链。

我们聚集在码头边的公园里，等待这一刻的到来。布莱克把船停在最靠近岸边的地方，他和艾芙丽准备了好几个冰桶的饮料，还从绿豆荚餐厅里带来了几篮精致的豆瓣火鸡三明治。亲朋好友们有的拿着饮料，坐在防波堤上，有的三三两两聚在船上、码头上或是草坪上。观景台上还有一队乐队在演奏，孩子们赤着脚跑到草坪上跳舞，当他们跑得离湖有点近时，家长们便会追过去。我在甲板上找到了艾芙丽，她穿着一件紧身 T 恤，让人一眼便能看出来她已经怀有身孕了。

我对她说：“真对不起，这都是我的错。”

她对上我的目光，说道：“也不全是你的错啦，谁让布莱克自己说出去的呢。”

“是我逼他的，我一直问他为什么非得留在这里，非得去梦大师工作。他只是想让我知道原因而已，是我自己莫名其妙就说漏了嘴。”

她叹了口气，望着湖面，喝了一口气泡水。

“好吧。”她终于又把视线转向我，开口说道。

“那我们两个没事了吧？”

她耸了耸肩说：“那也不能这么说，不能说什么事都没有吧，毕竟已经发生的事情也没法重新来过，所以呢，我们就继续过日子吧。”

我点了点头。她的语气有点刻薄，但她说的也没错，至少很诚实。

“还有，”她语气略微缓和了一些，“我们今天晚上就要告诉大家了，不是正式跟大家宣布，我们会挨个跟大家说。”

“好啊。恭喜你们，我真心为你们俩高兴。”

听到我这么说，艾芙丽微微笑了，点了点头，这时，她的一个朋友走过来拥抱她，我便退到一边，拿着饮料走回公园。吉隆正在那里等我，我勾住他的手臂，把头靠在他的肩膀上，他回过头来看了我一眼，冲我笑了笑，这才回过头继续和乔伊说话。乔伊身旁带着那个身材高大、长发披肩的女人，和上次我在梦大师碰到的是同一个人。柔依和奥斯丁也在，和亚特一起站在船上。接着，我瞥见了在草坪另一端的麦克斯，他正随着苏萨[①]的进行曲肆无忌惮地跳着舞。基根和他一起跳了一小段，接着便哈哈大笑着俯身抱起麦克斯，让他坐在肩膀上。我的心中顿时涌起一阵爱意，还有一丝丝遗憾，但我很快便恢复了常态，重新转回到和乔伊的谈话中。

他们正在谈“登陆”那个计划。他们已经拿到了那块地，现在正在等委员会审核土地用途转换申请，结果应该这两天就会出来。乔伊对结果很乐观，认为他们肯定会取得建筑权。我想起那座美丽的小教堂，它正坐落在他们想要的那块地的中央。我又想起妈妈让我不要把遗嘱的事

---

① 苏萨：约翰·菲利普·苏萨，美国进行曲之王，美国国歌《星条旗永不落》的作者。

情告诉其他人，心中突然涌起一阵恐慌：为什么不能讲呢？难道她真的打算把房子卖给亚特吗？她对梦大师的看法已经变了吗？我也突然想知道，奥利弗和苏西牧师对那个小教堂有什么打算。

我抿了一口杯中的酒，说道："但现在说盖什么还为时过早吧。"

乔伊满不在乎地耸了耸肩，一副自鸣得意、自信满满、招人厌的样子。"说早也不早，我们已经搞得差不多了。已经有几十个人打电话给我，说有兴趣要买了。说不定这会是我们做过的最了不起的事吧。"

我想起那块湿地，想起我骚扰到芦苇丛中苍鹭的巢时，它们硕大而又优雅的身姿腾空而起，越飞越高，越过树林。我的视线越过湖面，停留在站在甲板上的布莱克身上。他正在和安迪、亚特还有其他两个我不认识的人一起说说笑笑。我妈妈这会儿正在和一脸兴高采烈的艾芙丽说话。"新年前夜，"我听到艾芙丽说，"我们打算在 12 月 31 号举行婚礼。"

乐队继续在演奏，表演结束之后，最后的几个音符还飘荡在湖面之上。夕阳西下，暮色沉沉，我们边吃边喝。篝火开始燃起来了，起先只有一两堆，接着便越来越多，梦湖的四周不时升起烟火。这个夜晚好美，感觉似曾相识，空气温暖轻柔如鼻息，然而遗嘱的秘密却如同一面透明的墙壁，隔在我和其他一切事物之间。我不停地穿梭在人群之间，敷衍着和不同的人聊天。

终于，我和吉隆可以单独坐在防波堤上，双脚荡进湖里。我把遗嘱的事情告诉了他，也分析了这一切可能带来的结果。

吉隆说："嗯，这也不一定是坏事。也许在想清楚之前，你妈妈不想贸然行事。"此刻的梦湖已经蒙上了一层灰灰的雾气，和越来越暗的天色融合在了一起。"毕竟，这份遗嘱说不定已经失效，就算没有失效，那也已经过了这么久，要理清楚财产的划分也不容易啊。"

"你是不是觉得我有点反应过度了？"

"有一点。"吉隆点点头。

"可能吧。"我一边说，一边想起之前，我和妈妈聊起奥利弗盘算的事，后来证明妈妈的想法是完全正确的。“回来几天之后，我就一直是这个样子，完全没有了方向。外表看起来，我一切正常，但其实发生了好多事情，有的还得回溯到几十年前，都像汹涌的暗潮，让我无法理解。”

“但这次不一样啊。”吉隆说道，“这次你知道玫瑰的故事了，这应该让你对很多事情有了新的看法吧。”

吉隆说的没错，的确如此。玫瑰的故事，小教堂和韦斯特鲁姆纪念馆里那璀璨夺目的花窗，拓宽并改变了我对世界的看法。所有的一切都息息相关，只不过之前的我并没有发现罢了。正是玫瑰的梦想，还有曾祖父的梦想，把我们带到了这个朦胧的夜晚，带到了这一可能决定着未来方向的关键时刻。

布莱克沿着码头走了过来，脚上的帆船鞋踩在木板上，发出微弱的响声。他还在栏杆上挂上了一串串白色的小灯泡。

“嘿，你们好啊，我要开船送妈妈回家。你们一起来吗？正好可以看看沿岸的篝火。”

“我想啊，但是我把雪佛兰开出来了，所以我不能去了。”我一边说一边用脚在水里踢着水花。

“吉隆呢，你来吗？”

“你去吧。”我说。因为我知道吉隆很爱坐船，而且这可能是他在这里唯一一次搭船的机会，因为布莱克这么忙，而且我们在梦湖待的时间也不多了。

“那你一个人没关系吗？”吉隆问。

“没问题啦，真的。我们在家见。我可能会先散会儿步再回去。”

我看着大家都上了船，小船驶向幽黑的梦湖深处，逐渐消失于视线外，只留下点点灯光忽隐忽现。我喝完杯中的酒，穿过公园，走过挤满了夏日游客的街道。

我的车停在梦大师后面，因为我知道停在那里不会被拖走。我沿着排水渠往前走，梦大师的楼就像是一张冷漠的脸，眼神黢黑，冷眼望着这个世界。但我走到停车场时，却看到亚特的办公室里亮着灯。刚刚在派对上，我还没有机会和他打招呼他便走了。我不知道这会儿他是就在办公桌前呢，还是之前他离开的时候，没有把办公室的灯关上。我想知道他对爱丽丝的事情知道多少，还有那份遗嘱，还有玫瑰，他又了解多少。于是我便走了进去。

我走过一条条走廊。小时候，我常来这里玩，在灰扑扑的地毯上跑来跑去，兴奋地闻着金属和锯屑的味道。这个地方塑造了好多代的人，感觉它本身也像是被困在了时间里。墙边摆着一整排待售的保险箱，保险箱门都开着，这些保险箱现在都是其他家公司生产的了。我在走道里来来回回地走了几趟，观察着展示柜里的各种锁具，桶里的钉子，还有架子上的油漆色卡和刷子。

当我终于走到亚特的办公室门口时，我看到他正盯着电脑屏幕，桌上摆着一台老式的加法计算机，正在往灰扑扑的瓷砖地上吐着纸。

一开始，他并没有听到我走过来，所以我在门口站了一会儿，仔细端详着他。他的手和前臂的形状和我爸爸很像，还有他两鬓的胡须也和爸爸的一样，一直长到灰色的头发那里。他抬起头，不经意看到我站在门口的时候，不禁大吃了一惊，五官放大，表情错愕。接着，他便笑出声来，放松地往椅背上一靠。

“露西啊，真没想到你会来。”他说。

“进步很大呀？我是说，从硬件到软件都升级了嘛。”我说。

他哧哧笑出声来说：“是啊，你会用电子数据表吗？”

“用得还不错。”

“啊，那你想看一下吗？”

“不大想。”

这时，他才真正地看向我，脸上则又浮现出刚刚看到我时那种不自在的神情。

“不想啊？”他把双臂抱在胸前，“那你来找我有什么事吗？”

那一刻，我突然有点替他难过，因为坐在办公桌后的他看上去是那么苍老而又脆弱。

“我正好路过，看到这里灯亮着。”我边说，边指了指窗户，“我去派对之前，把车停在了这里。刚才我看到了你，但没来得及和你打招呼。”

“我就去了一下，很好玩啊。我一直都很喜欢环湖的篝火，还有乐队的演奏。你爸爸和我小时候会一起点闪光弹烟火玩，感觉好像还是不久以前的事。”

“回来后我一直在开爸爸的车。你知道吗，就是他修好的那辆。”我说道。

“我知道，刚才我还去看了一眼那辆车。他真的很喜欢那车。”

“是啊，这么多年来，我妈都没有勇气去碰那辆车，所以它就一直停在仓库里。”

亚特点点头，望向窗外铺着碎石的停车场，那辆雪佛兰就停在那儿，路灯灯光的边缘刚巧能照到它，那银色的箭头在灯光下熠熠生辉。

亚特说道：“我想，露西，知道你喜欢这辆车，他一定会很高兴。”

我靠在椅子上，说道：“我是很喜欢啊，只不过开起来像在开船，而且前两天，我们从艾玛拉回来的路上，还爆胎了。我只得打电话叫道路救援的人来帮忙，来的那个人把车子后备箱里的东西都翻出来了。你一定猜不到我发现了什么。”

“我想不出来——拆轮胎棒？”

“有拆轮胎棒，还找到了我爸的钓鱼工具箱。”

亚特坐直了，身子微微前倾，双手小心翼翼地交叉在一起，放在桌上。

“是吗？真的吗？他死的那天晚上，我们一直在找那个钓鱼箱。”

“不会错的。他以前经常带我一起去钓鱼，我记得的那些鱼饵也在那个钓鱼箱里。”

“噢，这样啊。”

“你们年轻的时候也经常一起去钓鱼吗？”我一边问，一边在椅子上坐下来，椅子上光滑的皮革滑过我的小腿。

“是的，以前我们常常一起去钓鱼。夏天的时候，我和马汀，我们几乎每个早上都要去钓鱼，有时我们会钓到好多鱼，有的时候却空手而归。”

我点点头，心中充满了怀旧之情，想起以前，我和爸爸也曾经一起度过无数个这样的早晨。

“但奇怪的是，鱼饵都好好地在钓鱼箱里，和以前一样，但是底下放的工具却都不见了。没有工具，没有铁丝，什么都没有。那里面空荡荡的，我看了觉得很难过。后来我发现，里面还有一沓文件。”我说道。

“真的吗？什么文件啊？”

“是一份遗嘱，你爷爷的遗嘱。”

接着，我没有停下来细想，便简要地把整个故事的来龙去脉告诉了亚特，包括玫瑰和她的女儿的事，还有曾祖父留下的遗嘱，遗嘱中说要把财产分给爱丽丝。

亚特脸上的表情没有任何变化。过了一会儿，他叹了口气，重新靠在椅背上，双手交叉抱在脑后。

“那遗嘱在你手上吗？能不能让我看看？”

之前，我把遗嘱留在了车里，重新放回了钓鱼箱，并上了锁。

但我告诉亚特：“遗嘱在家里，被妈妈收起来了，我也不知道她放在哪里。”

亚特点点头，说道：“应该也没什么关系吧。过了这么多年，估计那份遗嘱也早就失效了。玫瑰也应该早就过世了，估计她的女儿可能也不在人世了。有没有那份遗嘱又有什么区别呢？”

我这才意识到，亚特对这一切毫不知情。他应该不知道那个小教堂和花窗的事，也不知道玫瑰传奇的一生，更不知道家族里还有其他的后代，就住在离我们不远的地方。

“嗯，其实她还在世，我是说，爱丽丝还活着。我最近才见过她。她有两个儿子，孙子孙女的年龄和我差不多大。”

“真的吗？你见过她了？”

“是的，我都没想到能找到他们。她已经九十五岁了，思维清晰，而且眼睛和我们家的人长得很像。”

“那她知道遗嘱的事情吗？”

亚特问的第一个问题居然是这个，这让我感觉很奇怪。我回答道：“还没有。我见过她之后，才发现了遗嘱。但我觉得应该让她知道，你说呢？我是说，就算这份遗嘱已经没有法律效力，但从感情上讲，这份遗嘱对她很重要，因为这说明，曾祖父还是把她当作家里的一分子啊。”

亚特压低了嗓门，虽然语气并不温暖，但还是希望我听他说完。我想起爱丽丝和玫瑰，想起所有我知道，但他不知道的家族故事。我把身子往前倾，好仔细听他讲，希望能了解得更多，找到另一块拼图，也许就能把整个故事完整地拼起来。

“露西，”亚特温柔地开口道，“你一定知道，现在湿地很值钱，那块地以前并不值钱，以后也许也不一定会像现在这么有价值。我的意思是，目前是个大好的时机。也许你说的那份遗嘱并没有法律效力，所以我也不是很在意。但即使是这样，如果你联系了这个人，这个失去联系这么久的亲戚，你就让他们有了机会来争财产，甚至提起诉讼。我得警告你，到时候好时机就已经过了，那样一来，你本来可以拥有的一切，你们家本来可以得到的一切，可就都没了。”

“这并不是为了钱。”我说道，但连我自己都听出来语气中的犹豫。虽然我也在回忆和爸爸一起在湿地里划船的情形，但我也在想布莱克，在想我们家那栋摇摇欲坠的房子。

“每件事都和钱有关的。”亚特说，“露西，别做傻事。”

他停了一会儿，等到再度开口时，他的声音变得有些怀旧：“我很爱你爸爸，他一直都是那么开朗活泼，从小到大，大家都很喜欢他。所以我有点嫉妒，也做过一些让我后悔的事，他也是，但我其实很爱他。我一直都在想，要是他还活着，我们一定会和好如初的。”

我深深吸了一口气，空气中满是木屑和铁的味道。“我觉得，之前你有大把的机会和他和好啊。”

亚特摇摇头，眼神越过我，望向门口，望向过去的某个遥远的时刻。“你爸爸是一个很固执的人。他总是按自己的意愿做，从来听不进别人的话。”

亚特的语气听上去很怀旧，又夹杂着悲伤和遗憾。但我并不认为爸爸是亚特说的那样，因为他很善于倾听，也教会了我倾听。我静静地坐在那里，一动不动，感受着办公室里突变的氛围，甚至连眨眼的速度都放慢了，仿佛亚特是一头猛兽，而我不想把它吓跑。

我温柔地问道：“什么时候？什么时候爸爸听不进你的话啊？”

亚特没有看我，甚至可能都没有听见我说的话。

“能做的我都做了，我想尽了办法，想让他好好听我说。”

“但是他不听？”

亚特摇摇头，伸出一只手抹了抹眼睛，仿佛想把睡意抹去。

“是啊，他不听，我找他谈过三次、四次、五次。最后，他都不愿意和我说话了。那天晚上，我找到他的时候，他也是那样，只是自顾自地抛着鱼线，好像我根本不存在一样。马汀总是那样，总当我不存在。”

这时，我已经快要不能呼吸了。我喃喃自语：“他在抛鱼线。”

“是的，抛到芦苇丛里。”

“你说是他死的那个晚上。”

“是的。”

亚特从办公桌的那头看向我，我们四目相对，谁也没有开口说话，仿佛他刚才说的话已经把空气撕裂，屋子里所有的氧气正在慢慢耗尽。

“我只是想做对的事情。”他继续说道，说的好像我一定能理解他的话一样，“我只是想帮助他，帮助你们。”

我闭上眼睛，“但他却不愿意听。”

“是的。”亚特说完又移开了视线，望向窗外漆黑的停车场。停车场里的石子在路灯的光芒下泛着灰白色。“马汀从来都不会听我说话。他也给我看了那份遗嘱，我敢打赌，就是你找到的那份。他把遗嘱给我看，然后跟我说他想做的事情，但却一点都不想听听我的意见。那是他的土地，没错，就像他说的。”亚特做了一个沮丧的手势，把手往下一劈，仿佛又回到了和我爸争执的那个场面。“土地是他的，他可以拱手让人，这是他的事。虽然这么做很愚蠢，但这不关我的事。可是，这里却关我的事，梦大师是我的生意。我不断地告诉他，如果他找到了这个人，如果这个人想从中分得一杯羹，那你怎么知道，他不会想得到全部呢？你爸爸他根本不知道，这么做会有什么后果，会带来什么样的影响。”

*或许我爸知道。*我心里想，也许他还很享受这样一种无声的报复呢。当然我并没有把这话说出口。我只是点了点头。亚特说话的时候，我已经平静了下来，变得出奇地冷静，仿佛我已经抽离了现实，只是在远处看着这段对话。

在一片寂静中，亚特继续说道。

“想到他不知道会拿着那份遗嘱去做什么，我就睡不着觉，就这样过了好几天。然后，有一天半夜，我被吵醒了，也可以说是被惊醒的。那时候，乔伊一直玩得很疯，但一般来说，要是他过了宵禁时间才回家的话，他会偷偷溜进来。但那天晚上，他回家的时候却像疯了一般，把东西扔得到处都是，门口还有一辆车在等着他。我还没来得及起来问他发生了什么事，他就已经找到了他要找的东西，扬长而去，还把门甩得砰砰响。我怎么可能再睡得着呢。那天晚上天气很好，夜色清透，我们小时候总是盼着那样的天气。我觉得马汀可能会去梦湖，去湿地那儿，他很喜欢那里，我有预感他会去。我们以前也常去那儿。于是，我便开车去梦湖，接着又开船出去，我想，要是他在那里的话，就和他好好谈谈。他果然在那儿，我很快就找到了他，因为那天晚上非常安静。”

我点点头，想起那天晚上，我站在妈妈的月亮花园里和爸爸说话的场景。我们周围安静得出奇，静得仿佛都能听到花朵绽放的声音。

“他一定听到了我过去的声音，但他连头都没有抬一下。我把船开到他边上，关掉马达，和他一起漂在水面上。他不停地抛着鱼线，再收回来，但就是不和我说话。我们两条船就那样漂在水上，船下有黑色的鱼在游来游去。”

到处都有黑色的鱼游来游去，我心想。

“后来，我一把抓住了他的船，金属很冷，而我很沮丧。我说他那么做太傻了，他转过身，可能原本只是想把我的手打掉，但却打中了我的脸。我站起来，他也站了起来。我记得，不是我先打他的，但也许是我，谁知道呢。我一直说，马汀，住手，见鬼，住手，但他就是不听，所以我就用力推了他一把，用了很大力。他没站稳，就跌倒了，我也因为反作用力摔倒在船上，船几乎翻了，倾斜着往一边打滑。那时候天色很暗，我几乎什么都看不清，只能凭感觉和听觉。我听到一个很可怕的声音，他的头撞在了船舷上，应该是他的头。他没有大叫，也没有呼喊。”

讲到这里，亚特停下来，看着我，一脸痛苦的表情。我无法言语，困在这个沉寂的空间里无法动弹，周围的空气几乎已被抽干，黑色的鱼在四周游来游去。

“我想找到他，我找了，但是我看不到他，因为太黑了。他跌下湖以后，我觉得我找了很久，但我不确信到底找了多久。我想找人来帮忙，我记得我当时想，得找人来帮忙。于是我就离开了，我离开了他。”

我依然没有开口，回想起那个美丽的早晨，草坪上传来喧闹声，已经没有生命指征的爸爸躺在石头上，皮肤肿胀发亮，像一条鱼。妈妈跪在他的身边，轻轻地抚摸着他的脸颊，而他却再也不能转过脸来亲吻妈妈的手心。

“一切都不会有什么差别。”亚特看着他的双手，仿佛是在对着他的手说话，“我游到岸边的时候，一切都已经是定局了。其实在我离开的时候，就已经改变不了什么了。”

房间里灰蒙蒙的，日光灯下的亚特没有看我，但我知道他想要什么——他不仅希望我听他说，也想我能附和他，告诉他没关系，告诉他在那样的情况下，他的所作所为也是可以理解的。如果我那样说，我就会成为同谋。亚特坐在办公桌后，看上去好苍老，仿佛说出这一切已经耗尽了他所有的元气，他的皮肤松弛，紧紧贴着骨头。

“露西，”亚特终于抬起头看着我，恳求我说，“说句话吧，别这样，就算那个时候我没有离开，结果也不可能改变啊。”

我颤抖着站起身，一言不发地走出门，踏进黑夜里。

亚特跟在我身后，站在梦大师门口，轻声冲着我喊，声音穿过草坪传来：“露西，别忘了，这件事也关系到你和你弟弟的权益啊。”

我在排水渠那边停下脚步，内心充满痛苦和愤怒，几乎无法呼吸。亚特在幽黑的梦大师门口站着，远远望了我一会儿，这才转身进去，大门在他身后咔哒一声合了起来。

我不知道自己在那儿站了多久。夜色温柔，街道上游人如织。“绿豆荚”里传出阵阵欢声笑语，飘过水面，传了过来。人们在小道上散步，有的手牵着手，有的吃着冰激凌，经过我身旁，有人从我身边绕过，仿佛我是一根柱子、一张长椅或是一座雕塑。我静静地站在那里，沉浸在那个令人窒息的痛苦过去里，仿佛又回到了他们把爸爸从湖里抬上岸的那个早晨。

基根的玻璃工作室楼上的窗户是暗的，也许基根已经睡着了，麦克斯正在轻柔地呼吸，房间里寂静祥和。我沿着排水渠快步往市区方向走，步伐有力，头脑里一片混乱。这是一个美丽的夜晚，清澈而又温暖，好多人逗留在餐厅外，或是沿着梦湖散步。中途有两次，人们经过我时，向我投来了诧异的眼光，我这才意识到，原来自己一直在大声地喃喃自语，有时是一个字，有时是一句话，毫无逻辑，情绪激动。

我就那样走了好久，途中经过许多温暖舒适的小家，屋子里面亮着灯，有人在走动，有人在看书，或是看电视，或是洗盘子，做着那些稀松平常的琐事。他们看不到我经过他们的房子，看不见我的泪水滑落脸庞，也看不见我因为内心强烈的悲愤，而差点和路人撞在一起。我一直走到市区的边缘，然后又折回来，经过有着红色拱门的教堂。我想起了苏西牧师，但这会儿已经太晚了，不能打电话给她。我回到停车场的时候，街上已经安静了许多。我站在爸爸的雪佛兰边，一只手搭在车上，爸爸曾经是多么喜欢这辆车啊，还把他最后的秘密也藏在了这辆车里。

遗嘱现在还在这辆车里，我把它放回了爸爸的钓鱼工具箱里，因为我觉得，那是最安全的地方。我想起来自己为什么会来见亚特，是因为我想把爱丽丝的事情告诉他，再和他谈谈土地所有权的问题；而不是为了来听他这一番坦白忏悔。他那番话仿佛闪电般，把我已知的世界颠覆变样，仿佛细沙熔成了玻璃。

梦大师里一片漆黑。我从后门走了进去，很奇怪，门居然没锁，亚特似乎离开得很仓促。我走到店面那里，几乎不假思索，便开始把货架上的东西往地下摔：一罐罐油漆、一桶桶钉子，一整架子的门把手纷纷滚落在地毯上。我翻倒了一个装满大理石球的桶，小球在店里滚得到处都是，散落的光线穿过窗户，映在滚动的小球之上。听到东西摔碎的声音，看到那些灯具被推倒熄灭，我感到出了一口气。就这样，我摔了一排又一排的货架，直到脚下的地被打翻的油漆搞得黏糊糊的，小石子滚得满地。保险箱也被我一个个地摔在地上，发出令人满足的砰砰声。

就在我把最后一个保险箱摔在地上的时候，一辆车从街上径直向梦大师开来，车灯照亮了店面玻璃窗。我愣在原地，一动不动，直到那辆车掉头离去。一旦被打断之后，我便没了继续破坏的念头。于是，我小心翼翼地穿过满地的狼藉，来到办公室，把灯打开。

我在办公室里翻着那些文件，把它们都拿出来堆在地上。我不知道自己到底在找什么，也没有找到什么特别的东西，这些都是几十年前的收据，还有一些销售记录和运输记录。也许是因为湖边熊熊燃烧的篝火，也许是因为心中燃起的怒火，在翻找的过程中，我的脑中也燃起了熊熊怒火。我不断地想着，我不费吹灰之力就能把这些文件点燃，看着它们蹿起浓烟，火焰将舔舐着墙壁，一直烧到里面的屋梁，烧到阁楼，阁楼里那么干燥，只要起火，火势一定会一发不可收拾。那个停车场下面还埋了一个旧煤气罐，只要一点火花，便会引起大爆炸。

我甚至真的拿起了一沓旧发票，点燃了一角，看着它们在金属垃圾桶上燃烧，直到纸张燃成灰烬，我的手指沾上黑色的灰。

我是不是会把这栋楼一把火烧了呢？这里是我曾祖父的梦想，是他勤奋和想象的结晶，也堆满了过去的旧物什。我不知道，也许我会，因为这个念头在我脑海中是如此鲜明，也许我真的会这么干。小时候，我们总喜欢躲在橱柜里，我打开一扇扇橱门，把一沓沓文件拖出来，扔在地上，堆起一座小山，足够用它燃起一堆篝火。文件越堆越高，堆到了我的脚踝、到了小腿，过了膝盖。我不断地想着，只要一根火柴就可以了。架子上有打火机油，还有涂料稀释剂。只要一根火柴，这个地方就会起火，冒烟，燃成灰烬。

接着我便看到了那些字，是我爸爸写的，字迹工整，微微左倾，和玫瑰的字迹不大一样，爸爸的字体更长，也更圆润和流畅，是他的，没错。爸爸写的是一个日期，1972 年 1 月，写在一本浅蓝色账本的厚纸板封面上。就是在那一年，爸爸遇上了妈妈，后来又被派去了越南。我在办公桌边坐下来，手指抚过粗糙的封面，想象着当年爸爸也是这样坐在这张桌子前，伸手拿笔的情景。1 月份的时候，雪应该积得和窗户差不多高吧。那或许是一个黄昏，雪花在街灯照耀下片片飘落；也或许是一个傍晚，雪花在淡淡的日光下旋转着飘过雪堆。而我的爸爸，那时仍青春年少，踌躇满志，站在人生的三岔路口却又浑然不知。如果仔细思量，想象所有可能发生的一切，对比真正所发生的生命轨迹，真是让人心碎。

曾经有许多先人坐在这张宽大的办公桌前，而现在，我也坐在这里。我打开那本账簿，浅蓝色和红色的整齐格线上是爸爸那工整的字迹，记着精确的数字。我顿时被带回了过去，回到那些周日的夜晚，爸爸坐在餐厅的餐桌旁算账，耳朵后头别着一支铅笔，手指飞快地按着加法计算机。我用手抚过那些数字，翻着书页，每一页上的每个数字都写得非常工整，许许多多的数字和日期，每一页的最后还有数字的加总。这本账簿记录详尽精确，即使只是随便翻翻，也让我赏心悦目。整本账簿都写得满满当当，在某一页上，日期变成了 2 月，接着一直到结尾都是 3 月。

当我再次抬起头，早先占据了真个身心的那股怒气已经枯竭，我只觉得疲惫不堪，连站立的力气都快没有了。但最后，我还是站起身，绕过地上的纸堆，关上灯，穿过走廊，回到空无一人的停车场。我沿着环湖路往家开，一边告诉自己，刚刚梦大师的门本来就没有锁，所以，谁都有可能进去搞破坏。我到家的时候，看到家中灯火通明，妈妈和吉隆正在厨房的电话旁。

“你终于回来了。”妈妈说。

吉隆伸出手抱住我。

“你去哪儿了？”妈妈问道，“为什么不接电话啊？”

“我在散步。”

“散步散了四个小时吗？露西，都已经半夜了啊。”

“不会吧，怎么可能？”

“你自己看。”

我瞥了一眼炉子上方的钟，果然是半夜了。

“对不起，”我说，“我走了一阵子，然后又在湖边坐了一会儿，没注意时间，不好意思，让你们担心了。”

“你真的没事吗？”

“我没事。”我牵起吉隆的手，和他十指紧扣，“我没事，就是有点累了。”我刻意地在他脸上亲了一口，心里只想快点离开，“走，我们上楼吧，我累坏了。“

第二十章

爬上阁楼后，我跨过皱巴巴的被褥，在靠窗临湖的位子上坐下，从这里能看到已经荒废了的花园，那里是我最后一次和爸爸说话的地方。爸爸一直保守着遗嘱的秘密，甚至都没有告诉妈妈。

吉隆在我身边坐下，把我的双手握在他的手心里，耐心地等着，等到我终于可以深呼吸，把整件事情告诉他。我想起从前，每当我们身下的大地颤抖之时，有吉隆在身边是多么让人安心。我讲述了事情的经过后，便渐渐放松了下来，压在胸口的压力也略微减轻了些。

“他真是那么说的？”吉隆问道，声音低沉而又平稳，“他真的承认那么做了？”

我紧紧抿了一下嘴唇，吸了一口气。

“是的。他说那是一个意外。但那不是重点，重点是，他居然就把我爸丢在那里。他找不到我爸就走了，而且他从来都没有和我们透露过一个字。”

吉隆一直握着我的手，没有接话，好让我继续往下说。

“他还来参加了葬礼。”我一边回忆一边说，“这些年来，他一直该死地在装好人，帮我妈的忙，给布莱克工作，还想雇我——这些年，他一直在做这些事情，好让我们觉得他人很好，他也知道大家会这么想。”

“他说那是一个意外？”

“是的。”

“嗯，也许那就是意外啊，也许他是在努力弥补那个过失呢，露西，这件事一定也一直折磨着他。”吉隆说道。

我抽开手，放在两颊上，说：“别帮他说话。他的所作所为没有任何借口。”

“哦，你这是在生我的气吗？”吉隆说。

我深深吸了一口气回答道：“不是，对不起，我不是生你的气。”

“那就好。”

我闭上眼睛，隔了一秒钟说道：“嗯，好吧，我不知道该怎么办。不过显然不能把这个告诉我妈。”

吉隆摇了摇头，轻轻地笑出声，一脸难以置信的样子：“为什么不能告诉她？”

我仔细思考了下吉隆的话。虽然他的家人之间住得不是很近，但是他们相互间都很坦诚，而我们家却不是那样。为什么我不能告诉妈妈呢？因为我不清楚妈妈对亚特和这块地的态度；我也不清楚她接下来的计划。而且，我也想保护她，不想让她为这事难过。

“这不是你的责任啊。”当我向吉隆解释我的想法时，他指出，“露西，你不能把这件事自己一个人扛着，闷在心里。要是你什么都不说，你也会很痛苦的。”

“还有布莱克。”虽然我也意识到，自己并没有正面回应吉隆，但我还是继续说道，“布莱克也夹在中间，就算他不知道这件事，他也早已经被牵扯进来了。亚特说得没错，这件事也关系着布莱克的利益。”

“和你也有关系啊。”

“不，和我没关系。”

“我不是指钱，也不是指财产或是这栋房子。”

黑暗中，我看不到吉隆的脸，但是他的语气听上去有些激动。我在黑暗中努力辨认着他的脸色，但他的眼睛如夜一般漆黑，无法解读。“我的意思是，露西，事情的真相和你有关。其实，就算你讲出来，也不会有人把你伯伯抓起来啊。他说那是意外，那就可能是个意外。这是一个道德问题，而不是法律问题。”

“前提是，那得真的如他所说，是个意外。”

“什么？你觉得他是在说谎吗？”

“我也不知道我到底怎么想，有可能啊，他还问我遗嘱在哪里，我的意思是，那份遗嘱确实让他有些坐立不安。”

“那遗嘱在哪里？”

“在车里，不过我没告诉他。”

这时，我突然想起自己是怎么跟亚特说的——我说我把遗嘱交给了我妈，也不知道她把遗嘱收在家中的哪个角落。那其实是一个并不理智的回答，但此时，我却突然一阵惊慌，仿佛这会儿如果我望向窗外，便会看到亚特大步流星地穿过草坪，进来搜查。

我叹了一口气，说道：“你说得对，我想我得告诉我妈。”

我们静静地并肩坐了一会儿，温柔的夜色包围着我们。吉隆伸出一只手，穿过我的头发，帮我按摩着头皮。

“你太紧张了，躺下休息一会儿吧。”吉隆说道。我在被褥上躺下，整个人摊开趴着。吉隆温柔地帮我按摩着背，轻轻地抚过我的肌肤。“放松点。”吉隆边说边用手按着我的肩膀，揉去了连我自己都没有注意到的紧绷感。我的肩膀、手臂和背都放松了下来，焦虑如流水般泻去。不远处的梦湖里，波浪一波波拍上码头，我全神贯注地听着那有规律的波涛声，想象着自己正漂浮在水上，随波逐流。

吉隆在我身边躺下，一手搭在我的腰上。我就那样漂啊漂啊，聆听着波浪的声音，鼻息与吉隆的鼻息交缠在一起，终于沉沉睡去。

再次醒来时，我发现四周依然漆黑一片。我看了下时间，发现我只睡了一个小时。夜还深，离天亮还有好几个小时。我的身边，吉隆正在酣睡，而我的身下，楼下的房间里，妈妈也在熟睡。我小心翼翼地站起身，摸索着走下楼，以免把吉隆吵醒。我倒了一杯水，站在门廊的阶梯上，坐立难安，又累得没法游泳或是散步。远处，从湿地那个方向，穿过树林，传来蛙声一片，低沉而又响亮。我想起那些苍鹭，它们或许在瑟瑟作响的芦苇丛中睡着，或许站在那里，双腿如芦苇般纤细。我又想起那天和基根一起散步，经过那片寂静的树林、那片原始的土地时感受到的那股魔力，仿佛我们身处时间之外。我想起曾经走在这片土地上的那些人，和他们留下的印记——石臼、陶瓷碎片、房子仓库的遗迹，还有地窖的形状。我想起了爱丽丝，她童年的最后一个夏天就是在这里度过，也许她也曾在一个相似的夜色里，站在相同的地方，聆听着流水和青蛙的声音，搜寻着夜空中明月的踪迹。我也想起了玫瑰，和她留下的那些印记，据我所知，她从来不曾踏足这栋房子，也不曾踏进那座美丽的小教堂，尽管她也参与了教堂的设计。

想到这里，我忽然想到我想做什么了。我回到屋里，从挂钩上取下车钥匙，然后坐上雪佛兰出发了。

小教堂并不远，离我家不到五英里。我把车停在杂草丛生的宽阔路肩上，走到兵营门口，门上挂着锁链。现在，这里已经不再是正式的兵营基地，里面没有存放什么设备，地底下也不再藏有武器。所以，虽然我小时候这里戒备森严，但现在，这里几乎已经无人看管了。门上只有一个锁链，很快在我手里应声而开，我便溜了进去。在我身后，几盏路灯照耀着一片黑暗，我站着的地方却是一片漆黑，所有的事物都在黑夜温柔的怀抱之中沉睡。我一路沿着高草丛往小教堂方向走，就像前几天一样。我真的无法看透时间，这么短的时间内，居然可以发生这么多事情；上次来这里的时候，我对一切都还很懵懂。

教堂的门也很容易开，锁是老式的，几下就打开了。我走进教堂，在原地站了几分钟，让眼睛适应黑暗。渐渐地，各种形状开始一一浮现：一排排空荡荡的长椅、讲道坛、诵经台，还有圣餐围栏后的祭坛，上头的空烛台在微弱的亮光下隐隐发亮。我脱掉拖鞋，这是在亚洲养成的习惯，然后光脚踩在满是沙砾的瓷砖上，一路走到小教堂的前面。智慧花窗已经移回了这里，其他的花窗很快也会被卸下来，送去清洗和整修。但此刻的小教堂完整无缺，和当初设计时一模一样。即使这会儿我看不清花窗上的图案，但我只消瞥一眼那莹白的玻璃和那几道铅框，便知道花窗就在那里，知道每道花窗的底部都依稀可见藤蔓环绕圆月的图案。一个世纪之前，玫瑰一眼见到这个图案之后，便带着它，历经爱和失望，越过宽阔的海洋，走进寂寥的冬夜里。她先是将这个图案织进了送给女儿的毯子里，之后又将它放入了花窗的饰边。这就是她留给这个世界的印记，使得她的人生的一部分，在数十年后的今天，住进了我的想象里。

我在长凳上坐下，木头触感很光滑，四周落下一片寂静和黑暗。我一动不动地坐在那里，随着时间一分一秒地流逝，我的呼吸也渐渐平稳起来。我让自己深深地吸气，放松。灵、气息、精神、智慧。我在脑海中想象着智慧花窗的模样，晶莹的玻璃呈现了神的存在，虽然没有形象，没有名字，却是万物之源，创造了万物，塑造了众生。我静静地坐着，曾经也有无数的人和我一样坐在这里。我努力克制着自己的悲伤和疑惑，静静聆听，想象着一个世纪前的玫瑰·贾勒特，坐在另一个国家的另一座教堂里，也曾如我般细细聆听。

我不禁揣测，这个故事到底是何时开始的呢？是玫瑰失去她所爱的一切，将沉甸甸的圣餐杯揣入口袋里的那一刻吗？或是更早，是当杰弗里·温德姆在废墟里嘲笑并击碎她的梦想的那一刻吗？或者是之后在幽暗的楼梯间，他逼她做出无法选择的决定那一刻？这一切是源自彗星那神奇的光亮，还是源自更为久远的过去？其实，当我的祖先们一出世，便早已被由不同事件和社会架构构成的网络牢牢网住。

无论故事源自何时，剧情都已展开，一环紧扣一环，家族的每一代之中，都有美和遗憾的存在。而这一刻，离彗星造访地球的那年已过去百年，我坐在这里，也成为了故事的一部分，只不过属于我的剧情却不曾有人揣测。

在静谧的小教堂里，我终于感到安全，可以鼓起勇气回想当年那个拂晓前的梦湖。爸爸头上戴着那顶柔软的蓝色钓鱼帽，在平静的湖面上漂荡，心中思索着，该如何处理那不请自来，却无法忘却的真相。这时，他听见微弱的动静，一艘船开过来，起先只是迷雾中的一道阴影，也在他心中投下一道阴影。接着，在灰蒙蒙的光线下，亚特的声音传了过来，爸爸应了一声。起初他们的争论还很客气，很理智，也很心平气和。但渐渐地，他们的争吵声便不那么理智了，就像一阵烟雾，恼怒地升腾而起，最后他俩都站了起来，冲着对方大喊大叫，并真的动起手来，最后两个人都摔倒了。亚特摔在了自己船里，撞到芦苇丛后又弹了回来，而爸爸却一头撞在船的金属边缘，滑进冰冷漆黑的湖里，昏了过去，无法动弹。

我用双手掩住了脸。

那一晚似乎还有一些未解的谜团，如同翅膀扇动时引起的气流，在这片静谧之中撩拨着我的思绪，我能察觉得到。

周围那些美丽的花窗在黑暗中静静伫立，它们将我和其他生命、其他时代紧紧联系在一起，也将我与那些已竟和未竟的事联系在了一起。我相信，玫瑰之所以离开，是出于对爱丽丝的爱；然而，对于爱丽丝而言，母爱的缺失是她心中永远的痛。我想起玫瑰曾写过关于愤怒的文字，写到愤怒会让人腐化，让邪恶有机可乘。也许她是对的。也许邪恶这个古老的字眼，也可以被称作“不和”或是“不调”。也许玫瑰说得对，邪恶并不是附着于个人，而是存于世上的一股力量，它如病毒般四处繁殖，四处寻觅，想要纠缠、诱捕和收回世间的美好。

我想找寻的东西在黑暗中不停地飞来飞去，像长着翅膀的生物，而现在，它终于停了下来。这么多年来，我完全问错了问题。我该问的，并不是如果那天我和爸爸一起去钓鱼的话，事情会变得如何；而是如果那天晚上我根本没有出门的话，会发生什么。

那个夜凉如水的晚上，我坐在基根的摩托车后座上，一路飞驰到峡谷，在那里碰到了乔伊。从小到大，他总是不断嘲笑我，那种冷漠的鄙视带给我一次又一次的伤害，留下一道道伤疤，在我心中留下了积聚了几代人的愤懑。因此，当我偷了乔伊的衣服，把它们扔到树上，把他的车钥匙扔到灌木丛里时，我觉得理直气壮，甚至有些兴奋。估计车钥匙到现在还在那儿，锈迹斑斑地躺在土里吧。直到很久之后，我才觉得有些懊悔，但也一直不曾有强烈的悔悟，充其量不过是有些不安罢了。但此刻，在这静谧的圣堂里，我的耳边回响起我之前没来得及消化的，亚特说的那番话：那天晚上，乔伊回来时动静很大，比平常溜回家时吵多了。他用力拉开抽屉，在黑暗里哗哗地到处找衣服，找备用车钥匙。我想象着亚特从睡梦中被吵醒，翻身坐起，双腿跨下床，骂骂咧咧地站起身，走下楼，喝了一杯水，发觉自己再也睡不着了。那晚夜色温柔，如同他年少时分的那些夜晚一样，他不禁想起了钓鱼的地方，想开船去那儿兜一圈，有何不可呢？他把水杯放在水槽里，便出发去了梦湖。而我爸那个时候已经在那里了。

发生在爸爸身上的意外并不是我的错，我也不应为他的死负责。推他的不是我，留他一人在水里的也不是我。

然而，世世代代以来，被“邪恶”控制了的，并不仅仅是其他人，不仅仅是曾发生在另外一个国度或是那漆黑的梦湖里的那些丑恶的事，“邪恶”控制的还有我，我和所有人一样，是整个故事的一部分。

我在那里坐了很久，渐渐地，光线开始在花窗上聚集，使得花窗和冰凉的石墙之间的区隔明显了起来。花窗里女人们的形象也开始鲜明起来，有的抱着罐子，有的捧着碗，还有的带着故事，向世人讲述着她们的人生。她们的存在，对我是一种宽慰。智慧花窗里的那些动物、植物和人物形象也变得鲜明起来，那些人高举着双臂，双手幻化成树叶，树叶又化成文字，是那么有创造力，活泼而又喜悦，任由智慧在其中恣意流动，为其疗伤。我想起玫瑰，想起她留下的那些信件。我想象着她坐在梦湖边，强压住心中的怒火，做出了她一生中最艰难的决定。

太阳完全升起后，我便离开了小教堂。我小心地把教堂门重新锁上，然后慢慢走回到田野上，高高的荒草在风中舞动。我不知道自己刚刚在小教堂的行为，算不算得上是祈祷——因为我既没有滔滔不绝地提出要求，也没有绵绵不断地背诵祷词，而更像是一种神圣的倾听。雪佛兰就停在兵营的门口，那里已今非昔比，只剩下大门提醒着人们过往的种种。我开车回家。

我到家的时候，大家都还没有起来，于是我煮了咖啡。过了一会儿，等到差不多够晚的时候，我打电话给布莱克，跟他说我得马上见他。他还有点昏昏沉沉，一副搞不清楚状况的样子，而且也不是很高兴，但他还是答应过来。他很快就到了，过了一会儿，妈妈才下楼，她边走边把浴袍带子紧紧地系在腰间。

“怎么了？”妈妈一边问，一边走到阳台上，和我们一起在桌边坐下。风又大了一些，但是很暖和。我用几颗圆润的石子压住我的文件夹，里面是照片和信件。

“我完全搞不清楚状况啊。”布莱克说道。他靠在椅背上，双手交叉，枕在脑后。“露西说的好像是生死攸关的大事一样。”

妈妈说道：“露西，怎么了？你没事吧？”

“我没事。”我一边说，一边给大家倒上咖啡——做这些寻常的事让我平静下来。我放下咖啡壶，把杯子捧在手心里。天边已经涌起大片的乌云，阴沉沉的，但还没有迫近。

接着，我便把那晚亚特在梦大师跟我说的话转述了一遍。我一边说，一边观察着他们的表情。我的语气非常平静，虽然心底早已暗潮汹涌。

他们静静听着。妈妈十指相对，压在唇上。我一字不漏地把亚特的话重复了一遍，当我说到亚特伸手推我爸爸时，妈妈闭上了眼睛。她没有动，但泪水却从她的脸庞滑落。布莱克别过头，凝视着梦湖。清晨的日光下，梦湖看起来波涛起伏，水色灰蒙。

之后，布莱克终于转回头，愤愤然地对我说：“你干吗要这样？该死的，露西，你为什么一定要多管闲事啊？你突然跑回来，一副什么都知道的样子，你说的话我一点都不信。”

妈妈用指尖抹了抹眼睛，看着我，问道：

“真的吗？露西，你说的是真的吗？”

“是亚特告诉我的。”我太惊讶了，一时之间都不知道该怎么回答布莱克。我怎么都没有想到，他们居然可能会不相信我说的话。我也从来没有怀疑过亚特说的，因为他的痛苦看上去是那么真实。“为什么我要编这样的故事啊？”

“我也不知道啊。”布莱克说道，“因为你不希望有人开发那块地吧，编这样的故事对你有利。”

“那你选择不理会眼前的事实，也是对你自己有利吧。”

布莱克的脸沉了下来，但他没有反驳。我强迫自己深吸了一口气，因为我也很生气，但我又想起了玫瑰的话：切莫意气用事。做什么都应该以爱为出发点，要么就什么也不要做。

“你看到过那份遗嘱了。”我跟妈妈说，“你看了那份遗嘱，但我不明白，为什么你让我不要和别人提起。那天我告诉亚特的时候，他就把这件事告诉了我。”

我把装着遗嘱的那个信封递给了布莱克，他打开遗嘱看着，四周只有湖水冲刷着湖岸的声音。

“那时，我只是想好好想想，想想这一切可能代表的意义。露西，难道你以为，我真的完全不知情吗？”

妈妈站起身，走进屋里，没几分钟，她便拿着一份文件回到阳台上。

布莱克抬起头，说道：“妈，你在干吗啊？我们都还没搞清楚，我们还没有听到亚特自己的说法。我们只是听露西说说而已，也许她听错了呢。”

“我没有听错。”

妈妈抬起手，示意我们别说话，一边打开了文件。

“这是合同。”妈妈边说边从文件夹里拿出一份文件，“这栋房子和这块地的事情，亚特已经和我讨论了很多年了。我知道他一直想要房子和地，也知道为什么他想要。刚开始的时候，我也很抗拒，但经过这么多年以后，我越来越觉得其实这个提议也有道理。可能是因为房子的负担越来越重，所以我也开始考虑住到市区去的可能性，这样，我也不用天天听着这栋房子的抱怨了。而且这些年来，亚特也一直很照顾我，的确帮了我很多。我也越来越依赖他，不管他曾经做过什么，这些都是事实。”

妈妈翻到文件的最后一页，我看到她已经签了合同，时间是 6 月 25 日，就是我们去参观韦斯特鲁姆纪念馆的第二天，那时我们还去了琼・罗瑞拥挤而又寂寞的公寓。妈妈把签了名的这一页撕下来，扯成两半，撕成了碎片。她摊开手，碎纸片落到草坪上，有些落在灌木丛里，有些被风吹到岸边，最后被波浪冲走。

“妈。”布莱克叫道。

“我相信露西的话。”妈妈说，“因为我还记得那个时候的情形，我记得你们两个都不知道的事情。发生那样的事我不觉得意外。亚特说的那些，我一点都不意外。你们爸爸那晚原本是打算回来的，那段时间他总有心事，睡不着。他做的最后一件事是亲了我一下，说他很快就回来，让我不要担心。但我还是很担心。”

“那如果我不信呢？”布莱克问道。

“嗯，布莱克，你也已经是个大人了，你想信什么就信什么吧。”

我向他指出一点：“这份遗嘱是真的，就算你不相信其他的事情，你手里的那份遗嘱是真的。”

“你也可以自己去问亚特呀，听听他怎么说。”妈妈建议道。

“他不会承认的。”我说，心里忽然觉得亚特一定会否认的，而且我又有什么证据证明亚特说过那些话呢——除了那天深夜他在梦大师里说的那些话，什么都没有，没有。

“有可能。”

“不然他也会说那是一个意外。”

“就算是真的，那也一定是个意外啊。”布莱克反驳道，“和大家一样，亚特也有缺点，但他并不是个冷血的人。”

我想起吉隆的话，*那是道德问题，不是法律问题。*

“我要把遗嘱的事告诉爱丽丝。”我把遗嘱重新折起来，放回那个黄色的信封，说道，“你想做什么就做什么吧，可这是我一定要做的。”

妈妈也附和道：“是应该让她知道。”

布莱克往椅背上一靠，凝视着他停在湖面上的船，脸颊上的肌肉抽搐着。

“太离谱了。”布莱克终于开口道，“妈，随便你卖不卖吧，卖给亚特也好，卖给其他人也行。但这个遗嘱的事实在是太疯狂了。这份遗嘱已经这么久了，还塞在墙里，很可能都已经失效了。但如果它没有失效，我们为什么要自投罗网呢？为什么要把我们辛辛苦苦得来的东西拱手让给一帮陌生人呢？”

妈妈和布莱克在阳台上继续聊着，我走回屋，吉隆正在厨房里，看从机场买的《哈泼斯杂志》[①]上的一篇文章，是关于露天采矿的，吧台上放着一杯咖啡。

“谈得怎么样？”

“还行吧。”

“真的？”

“唉，其实不大好，搞得挺僵的。”

“我能帮上什么忙吗？”

“好像没有什么能帮的。”

“好吧，那我能换个话题吗？”

“那最好了。”

① 《哈泼斯杂志》：一本具有美国进步人士及左派立场的月刊，涵盖了文学、政治、文化、艺术诸多方面。

他把电脑拉过来，打开屏幕。

“上次我们聊了工作的事情后，我找人问了下外面工作职位的情况。有些人给我回信了，列了一些职位给我，不过多数我都不大感兴趣。但还是有几个让我眼前一亮，一个在巴布亚新几内亚，一个在柬埔寨。”

我扫了下职位描述，都是援助机构和非营利机构的工作。

“看起来很有意思啊，不容易干，但很不错。”我说。

“和我们之前做的都不大一样。薪水还可以，但是福利就差远了。”

“我们现在可是什么福利都没有哦。”我提醒他。

吉隆笑着说：“这倒是，我给他们回信了，问他们要一些更详细的信息，也问了他们是否有你会感兴趣的工作。”

“好啊，太好了，我自己也写信到处问问。”

妈妈和布莱克还在阳台上激烈地讨论。我叹了口气，找出手机，心中忐忑，不知道自己做得对不对，但我知道，这是我现在唯一能做的事情。电话响第二声的时候，奈德便接了起来，听到我的声音时，他有些诧异。

“你妈妈还好吧？”我问。

“她还好，那些信让她非常投入，不过我们还没有认真聊过这件事，她也没把信给其他人看。”

“等她准备好了以后，我想邀请她去看看韦斯特鲁姆的作品收藏，也请你们一起去。还有一个花窗教堂，我也想带她去看。”

“好啊，这个我们之前不是已经说好了吗？”

“是啊，我就是想再确认一下。”我犹豫了一下，摸了摸装着遗嘱的信封，继续说道，“其实这几天还发生了一件事。”接着，我便把我知道的一切，小心翼翼又原原本本地告诉了他。

第二十一章

韦斯特鲁姆纪念馆柔和的灯光下，爱丽丝看上去不像上次那么苍白，她的双眼灵动而又充满活力。她穿着一件浅蓝色的套装，脖间围着一条深色的围巾，还戴着一对小小的夹式珍珠耳环，头发也特意整理过。奈德一直在她身边，扶着她走过人行道，走上台阶。不过在我们走进纪念馆之后，爱丽丝便离开奈德，去和奥利弗说话。奥利弗颇有绅士风度地抬起一只手臂，这样既可以帮助爱丽丝，又不会让她觉得尴尬。我在一边看着，不禁暗自称赞，奥利弗这样做还真是贴心。爱丽丝的手指勾着奥利弗的手臂，和他一起欣赏着一扇又一扇的花窗。奥利弗侃侃而谈，讲述着弗兰克·韦斯特鲁姆的生平和纪念馆的历史。他很激动，还不时用空着的那只手比划。爱丽丝一边听，一边欣赏着那些花窗。史都特·敏特站在柜台后，看到我时，他冲我微微一笑，还挥手致意，于是我便带吉隆过去和他打招呼。

几分钟后，妈妈和安迪也到了，吉隆和我把他们介绍给奈德和卡罗尔认识，接着我们站在一起，虽然大家表现得都很友好，但还是不大自然。我把遗嘱的复印件寄了一份给奈德，他说他会去咨询一下律师，看看接下来能做些什么。我和妈妈也去见了一位律师，是安迪的朋友，专门处理房地产相关的法律事务。他说这个事情会比较棘手。目前看来，事情会如何发展还并不明朗，而在我给奈德打了第一个电话之后，我便没有再和斯通一家谈过和遗嘱相关的事情。

我们参观完韦斯特鲁姆纪念馆一层，欣赏了所有的花窗之后，奥利弗带着我们来到楼梯井花窗前，花窗里的那个穿着金绿色裙子的女人，手捧着鲜花站在那里。上次看到这扇花窗时，我还没有发现玫瑰写的那些信，也没有深入了解她的故事，以及我和她之间的联系。我几乎已经忘了这扇花窗有多么迷人。花窗有六英尺高，女人怀中抱着悬垂着的鸢尾花，和真实的花一般大小，色彩鲜艳悦目。我站在那里，凝视着花窗里的女人和那熟悉的眼睛，想象着她在光线充足的工作室里，给弗兰克·韦斯特鲁姆当模特儿。弗兰克勾勒着她耳朵的弧度，优雅的脖子线条；对她的爱意不时涌上心头，他便会停下画笔，而这份爱意，无论是用画，还是用花窗，都很难完完全全地表达出来。

我们站在楼梯井欣赏着这扇花窗。“很漂亮，是吧？”奥利弗说。最终，我还是把玫瑰的信复印了一些给奥利弗看，他也给我看了一些弗兰克和科尼莉娅之间的往来信件，这些是他在档案里找到的。“她很美。斯通夫人，我认为您的母亲就是这花窗女人的原型，您看她的眼睛，还有她怀里抱着的花，那是鸢尾花啊，斯通夫人。”

爱丽丝沉默着，虽然我们都看着她，但却无法从她的表情中读出她的想法。她的视线一直没有离开那扇花窗。最后，她松开了奥利弗的手臂，直接坐在楼梯上，就坐在第三层台阶的中间。

“妈？”奈德问道。

“我没事。”爱丽丝一边说，一边把外套的一只袖子卷了起来，抬起手腕，“奈德，卡罗尔，你们看她戴着的那条手链，和我的这条一模一样。奈德，你还记得吗，这条手链是你几年前给我的，你说你是在哪里找到的来着？”

“是我整理几个箱子的时候找到的。那个时候，我其实没跟你说清楚，因为那几箱东西是玫瑰去世之后寄给你的。就是弗兰克·韦斯特鲁姆寄的，有几个信封上写了这个名字，不过当时，我们都不知道这个人是谁。是爸爸告诉我这几个箱子在哪里的，他说你想把那几个箱子都扔掉，但他偷偷留下了，因为他觉得，说不定哪天这些东西会很重要。你知道爸爸就是那样的人。”

爱丽丝说：“是啊，他就是那样的人。剩下的那些东西你也都还留着？”

奈德点点头：“有一些画，还有一块花窗玻璃，是一片蓝色鸢尾花的田野。”

过了好久，爱丽丝才说道：“奈德，帕罗特先生，要是你们不介意的话，我想一个人在这里坐一会儿。”

于是我们便让爱丽丝独自留在那里，跟着奥利弗上楼，来到一间角落的房间，两面的墙上都镶有高高的玻璃。奥利弗已经把馆藏中所有和玫瑰相关的花窗玻璃都集中陈列在了这间房里，挂在透明的玻璃墙上。

离我们最近的那面墙上，挂着的就是我看到的第一扇花窗，正是它引导我走上了这条探寻之路。阳光从窗背后透进来。这扇花窗在关闭的小教堂里沉睡了多年，后来，我在基根的工作室看到它的时候，它还蒙着一层尘垢，但现在已经被清理干净。教堂收到的那张收据清单上并没有这扇窗，因此我猜测，这很可能是弗兰克特别为玫瑰而做，或许是应她的要求而做的。但当玫瑰病重时，弗兰克无法忍受把这扇窗留在身边。清理后的花窗看起来色彩浓郁而真实，璀璨夺目。无论是谷物袋中的圣餐杯，还是背景中的男男女女，全都流光溢彩。

花窗底部依然是藤蔓圆月的饰边。我已经做了些研究，发现很多地方都出现过这个图案。这些交织的圆月历史悠久，最早可以追溯至毕达哥拉斯的几何学。几何学，是一种测量世界的方法。在有些更为神秘的领域，这个图形经常代表着不同世界的交叠，比如：梦与醒，生与死，有形与无形。玫瑰大概是在某个中世纪教堂里看到了这个图案，后来便把它织进了送给她孩子的毯子里。

“你在想什么，想得这么严肃？”吉隆已经绕着房间走了一圈，参观完了每一扇花窗，重新回到我的身边，问道。

“在想玫瑰啊。”我回答，“还有我曾祖父的梦想。一直以来，我们只知道他的梦想，却没有人知道玫瑰的梦想，这就是问题所在。我想，她想用这扇花窗表达的，可能就是这一点吧。我的意思是，如果从个人的角度，而不是从《圣经》的角度去看。在《圣经》故事里，约瑟夫一直在做梦，对吗？我查过资料，就是因为这些梦，才让约瑟夫和他的兄弟之间起了隔阂。当然，约瑟夫很傲慢，而他的兄弟们的妒忌心又强，所以最后他们把约瑟夫丢进了坑里，把他卖作了奴隶。谷物堆里的那只圣餐杯就是后来约瑟夫用来预言、用于解梦的圣物。后来，约瑟夫让他的兄弟们带走了那只圣餐杯，当然，那只是让他们回来的一个手段，直到那时，大家才又重新找回了平衡。”

吉隆说：“有可能，我觉得听起来还挺有道理。”我想着玫瑰把那块柔软的毯子包起来，寄给并不认识她的女儿；想着她把圣餐杯偷偷藏在裙下，在夜色里出走。我又看了看围在谷堆边的那些女人和埋在谷堆里的那只圣餐杯。我们家族的历史湮灭了玫瑰的故事，如同谷堆掩埋了那只圣餐杯，这一切不禁让我心有戚戚。

过了一会儿，等我的视线从花窗上移开后，吉隆才对我说道：“刚刚我接到了一些好消息，想看看吗？”

我们从楼梯走回大厅，在一条低矮的长凳上并排坐下，一起看上午收到的电子邮件。吉隆在巴布亚新几内亚和柬埔寨的联络人已经开始在帮我找工作机会，他们的措词谨慎，但听上去还比较乐观。他们也在询问一些机构有没有适合我的职位。之前，我自己也写信请人帮忙找工作，我们一边等，我一边收信看看有没有回复。闪烁的阳光从树林间隙中照射进来，手机屏幕有些反光，我便用手遮在手机旁。

“我朋友爱丽丝说，马里那边可能会出来一个职位，但听起来比较商业。不过她把联系方式告诉我了。”

“那不错啊，可以看一看。”

“是啊，我们回去以后我就写信过去。”

“我想我们得继续好好找找，估计想要找到我们理想的工作的话，我们可能得花点时间。”

我们在那里坐了半个小时，小声地聊着我们接下来的打算，还计划要把我们在日本租的房子退掉。我一直在想以前读到过的玛丽·奥利弗的一句诗：“你将如何度过一生 / 度过你那狂野而又珍贵的一生？”那么我到底想如何度过我这一生呢？

我没有看到爱丽丝上楼去看花窗，但她一定去了，因为我看到她最后和奈德一起走下来，奥利弗和卡罗尔紧随其后，妈妈和安迪在最后。

爱丽丝在柜台那停下脚步，史都特递给她一本书，让她在上面签名。妈妈走过来说道：“他们要回去了。我想爱丽丝一定累坏了，一下子要消化这么多，她精神上可能吃不消吧。”

“肯定的。他们有没有提起遗嘱的事情？”

妈妈环顾了下四周，说道：“提过，他们很客气，提议明天下午一起在梦湖碰头开个会。他们的律师、我的律师、亚特和他的律师都一起参加。这会儿秘书们应该已经在彼此联络了吧。他们希望事情能进展得快一些，最好赶在市镇委员会宣布土地规划变更之前有所决定。我完全不知道会发生什么事，但看起来他们已经有些想法了。”妈妈看了一眼手表，叹了口气说道，“中午之前我得赶回银行，他们一直对我还挺客气的，我也不想做得太过分。”

这时，爱丽丝他们从房间的另一边走过来，奈德和卡罗尔分别走在爱丽丝的两边。经过我们时，他们停下来和我们道别，爱丽丝摸着我的手说：

“谢谢你，谢谢你找到她，也找到了我。”

下午天气很好，所以吉隆和我并没有直接回梦湖。我很清楚，我们在这里逗留的时间已经不多了，而吉隆的假期大部分时间，都在处理我的一些过去和现在的家庭事务，要不就是在找工作。虽然吉隆不是那种会抱怨的人，也不会把压力转嫁给别人，但我看得出来他有心事，因为他常常表现出若有所思的样子。于是，我们没有回家，而是在路上买了点三明治，然后开车去伊萨卡附近的一个州立公园玩，我一直很喜欢那个地方。我们在峡谷里沿着一条小溪徒步，接着又在峡谷底部的池塘里游泳。水其实很冷，不能游太久，但我们还是跳下水，一直游到实在坚持不了了才爬上岸，坐在水边的岩石上晒太阳。

傍晚，我们回到家时，妈妈才下班。布莱克也在。我们在沙石车道上看到了他的车，停的角度很奇怪。我以为他在厨房，但却没在厨房看到他。我们叫了他好几声，他的回答声才从楼上他以前的房间传来，声音闷闷的。他那老房间的墙是深蓝色的，他站在里面，手里捧着一沓书，两眼却盯着他的那些海报，有一张是月亮，一张是从太空看地球的画面，十分漂亮。

布莱克说道：“这儿简直像个山洞，我那个时候到底在想些什么啊？”

妈妈跟在我后面上了楼，笑着说道：“你那时才十几岁呀，脑袋里想的就是那些东西，那时你正处于转变期吧。看看柔依就知道了，你那个时候就和现在的她一样。”

布莱克摇了摇头。“我看我应该是在黑暗中长大的吧。对了，纪念馆怎么样？”他边问边把他的那些书放在桌子上——他十几岁的时候，就已经在看和船有关的书了。

“不错啊。”我说。

“是啊，还挺感动的。”妈妈补充道。

布莱克点点头，但没有说什么。一开始，我还有点担心，他会不会还在为我们把遗嘱的事告诉斯通一家而生气，但他再度开口时，却换了个话题。“嗯，我来这里，是因为有些事情要告诉你们。”

我们下楼来到餐厅，一起围坐在那张大橡木桌子旁。吉隆来之前，我用柠檬油给这张桌子上过光，所以这会儿光线透过两扇高高的铅质窗户照进来时，桌子便散发出柔和的光。

布莱克继续说道：“好吧，我找亚特谈过了，气氛挺僵的，最后他既没有承认也没有否认。但我也花了点时间好好想了想。我要告诉你们的是，我辞职了，是今天早上辞的。我把办公桌清理完之后就离开了。”

“他就那样让你走了，什么都没说？”妈妈问道。

“他试图挽留我，但他的心思根本不在我这儿。国庆那天晚上，有人闯进梦大师搞破坏，不知道你们听说了没有。损失不小，货架上好多东西都被扔到了地上，多数是一些文件。所以亚特一直忙着在整理这些东西。”

吉隆悄悄地在客厅找了个位置坐下，看着一本杂志。听到这里时，吉隆抬起头，对上了我的眼神，冲着我微微耸了耸肩。

布莱克继续说道：“所以，这几天他一直在整理那些旧文件和以前的东西，我想，他也被过去的那些事情弄得有些心烦意乱吧，而且他还在担心‘登陆’计划的结果。简单说吧，我辞职，他也没多说什么。”

“好吧，我也不知道我是该哭还是该笑。”妈妈举起双手说道，“现在好了，我的两个孩子都失业啦。”

“那艾芙丽呢？她能接受吗？”我问道。

布莱克笑着说：“能啊，应该说她比我还能放得下。她本来就是个爱冒险的人，她认为，事情总归会有解决办法的。而且，反正我还有那份开船的工作啊。”布莱克又加了一句，“就是开渡轮的那份工作。”

“我觉得艾芙丽说的没错。”我说，“虽然我和吉隆现在也没有工作，而且也不知道接下来会在哪里生活，但我已经开始觉得，这个改变对我们两个来说都是件好事。不过分沉浸在对未来的想象中，会让当下的生活更有意义。”

“你这种态度很好。”布莱克说。

我笑着回答：“嗯，我和吉隆现在都没有工作，所以为了让我自己不发疯，我决定不要浪费精力去担心这个担心那个了。晚上吉隆会做咖喱面条给我们吃，你要不要留下来一起吃？”

“好啊。”

我们拿出跳棋，一直玩到太阳落山。

和律师的会面安排在第二天的下午四点，他们的讨论一直持续到了六点才结束。妈妈把车开进车道，轮胎把小石子压得噼啪乱跳。我在房子后头的台阶上等她。

“怎么样？布莱克应该已经打了三次电话来了吧。你们谈得如何？”

“走，我们去阳台坐会儿。”妈妈说。

于是我们便去了阳台。吉隆在楼上忙找工作的事。妈妈把事情的经过描述给我听。看起来，那份遗嘱依然具有法律效力，爱丽丝确实可以要求分这块地产。但已经过了这么多年，她是否还能行使这个权利就有待商榷了。虽然这份遗嘱的确签了名，也经过了公证，但没有人知道，是谁把遗嘱藏到墙里的。如果是我爷爷放的，那就是欺诈；但如果是我曾祖父放的，那就算是他自己改变了主意，这些事情爱丽丝也都清楚。奈德也做了不少研究，他也了解整件事情的复杂性，一方面是大家对兵营那块地的争议不小，另一方面是亚特很想把我妈的那块地买下来，和那片湿地并在一起进行房地产开发。奈德也知道，易洛魁族人和保护团体联合申请了暂缓该片土地的买卖。

妈妈继续说道：“所以他们最后想出了一个不错的主意。他们说土地还是归我们所有，但要求我们签署一份法律文件，保证这片土地永远不被开发，就像‘永久农场方案’一样。你听说过这个方案吗？他们一家人很多年前就投身于自然保护协会了，所以他们对这个程序很熟悉。只要大家都同意的话，那我就可以继续持有这块地和这栋房子。但我不能把地和房子卖给别人，也不能自己开发。另外，亚特买下的那块土地里，靠近这附近的也要捐出来。基本上，他们提的计划就是为了保护那片湿地。你爸爸要是还在的话，他一定会很赞同这个计划的。那些白鹿和其他野生动物都会得到保护，因为那块地其实还挺大的。还有，这个计划也能让奥利弗和教会保住小教堂，他们为了这件事一直在努力游说。他们的想法是让这个小教堂再次对公众开放，可以用来做礼拜和举行结婚仪式什么的。小教堂可以作为艺术遗产保留下来，由韦斯特鲁姆基金会赞助，但不受韦斯特鲁姆纪念馆和保护协会的管辖。”

“这个计划不错啊，你有什么不满意吗？”

妈妈摇了摇头，说：“我也不知道，就只是觉得可能会有陷阱，但我又看不出来陷阱在哪里，律师也看不出来。我们都会再好好想想。但我觉得，他们的提议是善意的，他们应该不想闹上法庭。”

“但他们为什么要这么做呢？我的意思是，这块地值不少钱啊。我只是不理解，他们为什么要放弃这么大一笔钱。”

妈妈又摇了摇头：“当然，这个我就不知道啦。但爱丽丝已经九十五岁了，她根本不需要这笔钱。她的儿子看起来也过得不错，而且他们俩也都快七十了。更何况，他们和当年发生的事情也几乎没什么联系了，如果要上法庭的话，也有的一吵吧。我相信，如果这事发生在五十年前，也许他们会做出不同的决定。但是现在嘛，他们宁愿以他们和我们的名义，把这片地捐出去。如果事情真的是这样的话，那他们确实是做了一件好事。”

结果事情的确如此，大家最后终于达成了协议。亚特是最后一个签字的，但他也知道，妈妈不会把地卖给他了，所以他对湿地旁的那块地也不那么在意了。另外，虽然他从来不承认自己曾经向我吐露过爸爸发生意外的那个晚上的事，但我记得，那天晚上我离开时他脸上的表情，因此我知道，那件事肯定也一直在困扰着他。也许他想开发那块地的初衷，就是为了抹去在那里发生的一切吧。虽然之后他再也没有提起过那个意外，但我一直相信，他之所以最后签了这份协议，也是因为他想减轻心中的内疚。

总之，最后大家达成了协议。妈妈谈妥了各种事项，并争取到了一年的时间来慢慢整理打包。保护协会已经在考虑把房子改建成一座自然中心，妈妈也开始考虑在市中心买一间公寓。

至于亚特和乔伊，他们竞标了梦湖边另一块较小的地。我一直冷眼旁观，心中暗自希望事情会有所突破，有所转机。希望有一天，亚特会出现在我们面前，满怀愧疚地向我们坦白承认一切。希望公道自在人间，梦大师终有一日会遭到报应，破产倒闭，或是被一把大火烧成灰烬。

当然，这一切都没有发生。亚特很快就开始了土地开发申请的流程。“登陆”计划的规模缩小了，工程的示意图就贴在工地石子路的路口，不过房产的销路很好，一个夏天就以定价卖出了不少套。到了10月，一台台亮闪闪的机器挖开了土地，把梦湖岸边的树木连根拔起——橡树、松树、枫树、榆树，全都倒在地上，仿佛远古时代留下来的恐龙遗骸，尸横遍野。我看到亚特在工地上监工，头戴棒球帽，帽檐朝后，两只硕大的手搭在臀部，仿佛从来没有发生过什么大不了的事，仿佛从来没有什么阻碍过他。

还有好多其他的变化。修复工人从小教堂里把那些花窗玻璃取走，进行清理与修复。我们看到教堂外的田野里停了一辆货车，便过去看。那些花窗四周原来还有木板固定，所以拆下来的时候必须非常小心。工人们站在梯子上，拿着各种凿子和锤子，敲打着玻璃和石墙之间的密封条。我不禁屏息凝神，看着他们的动作，不过他们的技术很好，很快就把花窗一扇扇卸下，并把它们小心翼翼地一一包好。奥利弗预计修复这些花窗需要三个月的时间，而他正好可以利用这段时间，来募集资金办一场盛大的开幕仪式。他给我们看了介绍手册的样版，封面上是智慧花窗的照片，里面包含了所有其他花窗的介绍，还新增了一段文字介绍玫瑰的生平。奥利弗告诉我们，他修改了韦斯特鲁姆纪念馆里所有的文字介绍，说明了玫瑰对纪念馆所做的贡献。

我和吉隆离开梦湖的前一天，我们最后一次去市区逛逛。布莱克的船就停在码头最后一个位置，我们走到船边。艾芙丽一听到我打招呼的声音，便走了出来，一只手抓着栏杆保持平衡，另一只手拎着一大袋书。她看上去没什么变化，苗条而又结实，只是肚子已经鼓了起来。

“嗨，”艾芙丽说。她来到甲板上，把那袋书递给我，“这些书你要吗？我们正在大扫除，清理东西，我都等不及啦。”

“你们要搬家了？”

“是啊，好兴奋哦。我们刚在果园街上租下了一栋小房子，有两个房间，一个卫生间，里面贴着粉红色和黑色的瓷砖，后面还有一个小院子。最棒的是，它一点都不会晃哦。”艾芙丽边说边笑出了声。

“那这艘船怎么办？”

“已经卖了，协议也签了，今天下午就运走。布莱克！”艾芙丽边说，边转过头，冲着楼梯下面喊道，“布莱克，你姐姐来了，还有吉隆。”她等了一会儿，看到布莱克走出来，才转回头看着我们说，“还是让他自己来告诉你们吧。”

“告诉我们什么？”我看到布莱克从楼梯下走出来，便问道，“你要告诉我们什么？”

“我把船卖了。”布莱克一边用手抚过船的栏杆，我一看就知道，对他来说，决定把船卖掉并不容易。“还有几个小时我们就能卸完了，就要成为陆地人啦。”他边说边勉强挤出了一丝笑容。

“还有呢，还有其他的事哦。”艾芙丽说。

“嗯，对，还有，我打算创业。”布莱克说。他指了指梦湖另一边泊着的渡轮，游客们正在登船，准备参加下午的游湖活动。“这些年，我和麦克·西蒙斯断断续续地谈过几次，你知道那艘渡轮就是他在经营吧？ 他一直希望我能成为他的合伙人，然后慢慢买下他所有的股份。之前我一直不想那么做，因为不想被绑住。”

艾芙丽没有理会布莱克的话，继续说道：“现在我怀孕了，就不能没日没夜地工作，我给‘绿豆荚’找了一位店长和一名厨师。但我还是想能做做菜，所以呢，看起来布莱克的这个计划还不错。”

吉隆和我留下来帮了会儿忙，帮他们把几个箱子搬到布莱克的车上，然后搭着他们的车去参观新房子。他们的新家很小，也有些破旧，厨房还是 50 年代的装修风格，但很温馨，还有一个很宽敞的前门廊。参观完以后，我们便一路走回市区，取了车，沿着环湖路开回家。

吉隆在宽敞的副驾驶座上活动了下手臂，说："回日本之前，我们还有六天的时间待在这里哦。我们没有工作，只有很少的存款，我们什么都没有，只有梦想。"

"是啊，不管怎么样，我们自由啦。"

尾声

我和吉隆离开梦湖的前一晚，我们在通风而又漆黑的阁楼里度过了最后一晚，我躺了很久，辨认着天上的星座，迟迟无法入睡。天蝎座和射手座很容易辨认，我又像往常一样，试着将一颗颗星星连起来，心想，不知古人是如何把这些随机的名字，加之于看似杂乱无章的星空图样之上的。不知道如果从月球上看，这些星星会是什么样子。吉隆还睡在我身边，黑色的头发枕在床单上，呼吸均匀，就像湖水的波涛声，听着让人安心。几个星期前，我们还在令人不安的地震中醒来，而现在，我们却身处于此，原本熟悉的世界也已经以我们无法想象的方式发生了改变。

我仰望星空，点点繁星在夜空里静静绽放。

之后所发生的事，到底是梦境，还是清醒状态下的幻觉呢？我睡着了吗？星空依旧，月亮依旧，而我站在湖畔的浅水区里，双脚没入平整的页岩沙砾，波涛溅在膝盖上，小鱼围着我的脚踝打转。我的脚趾仿佛树根般深深扎入石头之中，而我的双臂则如树枝般伸向天空，空中风云变幻，月光皎洁。高处，我的手指随风幻化成了树叶。

我兴高采烈地坐起身。四周的空气轻爽，吉隆与我四腿相缠。我轻轻抽出身子，爬过床铺，来到窗边。一轮圆月正静静挂在天空，在幽黑宽阔的湖面上投下一道月光小径。

微风拂面而来，我想起玫瑰，想起她偷走的那只圣餐杯。后来呢，那只杯子或许被偷了，或许掉了，也或许被卖了，熔成了银子。我也想起了她的那些花窗玻璃，那藤蔓交织的圆月图案，想起智慧花窗里举起双手伸向天空的人物形象。我想起妈妈的郁金香，从绿叶间开出光彩夺目的花朵，宛若一只只精致的杯子，在花茎上轻轻摇荡。我还想起在日本时，摆在我床边的西藏钟碗，还有那只高脚玻璃杯，那顶在纤细的玻璃杯脚之上的杯体，如同花朵一般。

我像智慧花窗里的人那般举起双臂，腿和躯干就是树干，双臂形成一弯新月的弧度，不分男女，不辨今昔。

我是一株郁金香，一只酒杯，一朵花萼。

我是月光下的一只圣餐杯。

之后的几个星期，几个月里，我一直重复做着这个梦，但除了吉隆以外，我没有告诉任何其他人。梦还是不去解最好，好似池塘边展翅而起的苍鹭，最好没有名字。我不想任何人在听了我的梦之后嘲笑我，或者半信半疑地挑挑眉毛，或是毫不理睬。但每次，当我看到花朵绽放，看到有人翩翩起舞，或是有人以双手为杯掬水时，我都会想起这个梦。

吉隆和我飞回了日本，然后搭乘一列火车，之后又转乘另一列火车，最后踏上了通往我们公寓的鹅卵石路。我们的家和几个星期前离开时一模一样。我们进行了大清理，把家电都卖了，运不走的都送了人，剩下的都运到了我们下一个目的地，柬埔寨。那里有我们理想中的工作，我们申请了那里的两份工作，最终也决定去。我爸参加过越战，那时他写给妈妈的信里就提到过柬埔寨，妈妈一直保存着那些信，用一条绿色的丝带绑在一起。妈妈还保存着一张照片，上面是爸爸站在柬埔寨的皇宫前。除此之外，我对柬埔寨一无所知。然而，即便是这样一个微弱的联系，也让我觉得，去那里工作是个正确的决定。于是我们便清点物什，整理行囊，准备出发了。地震已经平息了，海里新生成的那座小岛也终于冒出了水面。离开日本的前一天，藤本太太送给我一条漂亮的丝巾，我回赠给她一个黄铜做的万花筒，里面装着几百片变幻无穷的玻璃，我们还在路上互相鞠躬告别。

10月中旬的时候，我们又回了一次梦湖，最后一次看看我们家的房子。蓝色的天空下，树叶的边缘已被染成金色、橘色或是火红色。我们坐在阳台上，我拆开一个盒子，拿开一堆厚厚的绵纸之后，里面装着两只小巧的高脚玻璃杯，是用精致的绿玻璃制作而成，杯壁薄如蝉翼，几近透明。盒子里还装着一张卡片，上头简单写着一句话：*为你的婚礼而制，基根和麦克斯赠*。我把一只杯子递给吉隆，一边想象着杯子吹制成形的过程：玻璃渐渐熔成液态，杯身逐渐从碧绿的杯脚上膨胀出来，精巧细致，仿佛人的形状。

我和吉隆结婚的当日，我们依照日本的传统，互相交换酒杯，用的就是基根送的这一对。我们在花窗小教堂里举行了婚礼，由苏西牧师主持，长凳上坐满了来观礼的亲朋好友，四周花窗中的女人们也陪伴着我们，仿佛玫瑰和弗兰克也在场似的。奈德为我们朗诵了《雅歌》[①] 中的一段话，我也让柔依为我们念了一首她写给我们的诗。她爸妈坐邮轮旅行去了，所以她暂时搬过来和我们一起住。她剪了短发，还在锁骨处纹了一只小巧的蝴蝶，这让她看起来显得更年轻，更脆弱，估计这与她的初衷背道而驰吧。吉隆的父母从赫尔辛基飞过来，坐在我妈妈和安迪的身边。爱丽丝和卡罗尔也来参加了婚礼，朱莉还带了她的男朋友一起来。奥利弗带着他的妻子，史都特·敏特带上了他的男朋友。布莱克和艾芙丽也来了，但是他们坐在后面，只观了礼，并没有参加之后的婚宴招待，因为他们的儿子上一周刚刚出世，他们忙得有些晕头转向，累得不轻，也不大想离开儿子太久。他们用爸爸的名字给他取名“马汀”。

亚特和奥斯丁也寄来了结婚礼物，是一套白色瓷盘，我原封不动地捐给了“好意慈善组织”。

婚礼之后，我们在小教堂外逗留了一会儿，秋日蔚蓝的天空下，树叶早已变成明艳的黄色和红色。

① 《雅歌》:《圣经》66卷中很独特的一卷书，全书中心是讲男女间爱情的欢悦和相思之忧苦。全书很短，只有117节，体裁奇特，文字秀丽，富含东方色彩。

三天之后，我们便飞往金边。

这里的美丽和贫穷，和这里的高温一样，席卷了我和吉隆。我们沿着阳光灿烂的街道散步，在堆满一篮篮新鲜的胡萝卜、绿叶菜或是整条鱼的市场里穿梭，经过重新整修过的殖民时期的建筑和用茅草还有防水布搭成的小屋子。战争的疮痍随处可见，尤其是在郊区，不时能看到一段焦黑的楼梯，孤零零指向天空，或是看到一个池塘，圆得极其规则，一看便知道曾经是个弹坑。在人们的脸上，我也能看到相同的印记。如果说当下是湍湍急流，那么过去便如同水流里锋利的石头，突兀地从各个地方探出头来。每一天，目睹这片土地和人们所遭受的苦难和坚韧，我变得越来越谦卑。

吉隆在一家非营利机构工作，负责湄公河的水资源发展监控，湄公河从中国发源，流经老挝、越南和柬埔寨。沿途的水坝建造对于这条河以及在这里世代居住的人们的未来至关重要。每天，吉隆回到家都精神抖擞，思如泉涌。我的工作也不错，不过没想到的是，最后我的工作并不是通过我以前的人脉找到，而是通过苏西牧师找的。她认识的当地一个教会组织致力于改善农村妇女的生活。我的工作就是到农村去，帮助她们搭建脚踏式水泵。水泵用竹子和金属活塞制成，每家每户轮流使用，从水井中泵水上来。万事都离不开水，水能用来灌溉菜地，这些人家把菜卖了之后，他们就能用卖菜得来的钱去买小鸡、鸡蛋或是奶牛，也就可以送他们的孩子去上学。这个项目进展迅速，最近我的工作重心已经转移，开始培训其他人来演示脚踏式水泵的使用，并前往其他省区考察。

我们就住在湄公河畔。湄公河是世界著名的大河之一，每年雨季来临时，水位便会涨高，而紧挨着的大海对湄公河也造成了很大压力，使得它不得不改变流向，朝北溯流，灌入洞里萨湖，造成湖水泛滥。洞里萨湖被柬埔寨人称为生命之湖，因为湖中水产非常丰富。优雅的船只在湖面上行驶，船上的男人倾着身子，撒网捕鱼。当然，我常想起爸爸，但曾经背负多年的悲伤却已经不复存在。

一艘艘的船就像是一个个容器，每天清晨载着渔民出发。船身修长而又狭窄，两端向上翘起，仿佛一轮轮新月。人的心脏也是一个容器，把血液沿着管道输送到身体各处。英语中“祝福”这个词就源自古英语的“血”。这块土地所带来的挑战很真实，有时也很困难，但我已经学会了放慢脚步，寻找日常生活中的美，寻找我们说的每一句话中，所接触的每一样东西中交织的神秘与祝福。每个清晨，我站在阳台边，看着船只在河面上掠过，我感觉到血液在血管中跳动，这些血管，也是容器。

我静静聆听。我听的不再是锁的声音，而是穿透寂静，聆听自己最深处的欲望，即被神秘主义者称为的“最真实的自我”，而我则逐渐意识到，其实这就是对神的祷告，这是玫瑰留给我的最宝贵的遗产。她织的那块布料，就挂在我们家中一面刷了漆的混凝土墙上；爱丽丝把它作为我的结婚礼物送给了我。去年，在缓慢炎热的旱季和突如其来的雨季，我的身子也渐渐圆润了起来，好似玫瑰·贾勒特那环环相扣的圆月。我的肚子慢慢大了起来，好似我们小房子外逐渐涨高的湄公河。我常常想起玫瑰。凉爽的季节快过去时，我们的女儿出生了。我们叫她汉娜，没有用任何人的名字，而是取自一个日语“hanashobu”，就是长在湿地上的一种鸢尾花。不过我们有时也叫她汉娜玫瑰。

汉娜出生几个月后，发生了一次月食。我和吉隆在阳台上坐了一整晚，看着皎洁的月亮从河上冉冉升起，一块阴影覆上它的边缘，渐渐侵蚀着它的光亮。我想起约瑟夫·贾勒特，从梦中醒来，走入彗星的光芒之下，而在同一个夜晚，玫瑰独自一人穿过葡萄园，走回家中，心中感受到前所未有的悸动和害怕。

月食快结束的时候，汉娜醒了。吉隆走进房间，把她抱起来，一边温柔地和她说着话，把她带到了阳台上。我们对她说：“你看，宝贝儿，那是月亮。”她看到月亮渐渐从阴影中挪出来，开心地笑了，一边伸出小手，和所有的婴儿一样，想把月亮抓在手上，当作饼干塞进嘴里。

当她发现自己够不到月亮的时候，她又笑了，把手伸得更高，我们也把她高高举起。当然，我们也不会一直这样举着她，因为很快，她就会觉得厌烦，或是觉得饿了，那么我们就会回房，独留繁星在夜空兀自闪耀。然而，在那一刻，如黑色玻璃般的湄公河依旧在脚下静静流淌，我们站在阳台上，凝视着狂野而又美丽的月亮，看这个世界如何转换，如何变化。